UN SANCTUAIRE POUR ZOEY

UN SANCTUAIRE POUR ZOEY (FORCES TRÈS SPÉCIALES : L'HÉRITAGE, TOME 5

SUSAN STOKER

DU MÊME AUTEUR

<u>Autres livres de Susan Stoker</u>

<u>Forces Très Spéciales : L'Héritage</u>

Un Sanctuaire pour Caite

Un Sanctuaire pour Brenae

Un Sanctuaire pour Sidney

Un Sanctuaire pour Piper

Un Sanctuaire pour Zoey

Un Sanctuaire pour Avery

Un Sanctuaire pour Kalee

<u>*Hawaï : Soldats d'élite*</u>

Un paradis pour Élodie

Un paradis pour Lexie (10 Aug 2021)

Un paradis pour Kenna (19 Oct 2021)

Un paradis pour Monica

Un paradis pour Carly

Un paradis pour Ashlyn

Un paradis pour Jodelle

<u>Mercenaires Rebelles</u>

Un Défenseur pour Allye

Un Défenseur pour Chloé

Un Défenseur pour Morgan

Un Défenseur pour Harlow

Un Défenseur pour Everly

Un Défenseur pour Zara

Un Défenseur pour Raven

Ace Sécurité

Au Secours de Grace

Au Secours d'Alexis

Au Secours de Bailey

Au Secours de Felicity

Au Secours de Sarah

Forces Très Spéciales Series

Un Protecteur Pour Caroline

Un Protecteur Pour Alabama

Un Protecteur Pour Fiona

Un Mari Pour Caroline

Un Protecteur Pour Summer

Un Protecteur Pour Cheyenne

Un Protecteur Pour Jessyka

Un Protecteur Pour Julie

Un Protecteur Pour Melody

Un Protecteur pour l'avenir

Un Protecteur Pour Les Enfants de Alabama

Un Protecteur Pour Kiera

Un Protecteur Pour Dakota

Delta Force Heroes Series

Un héros pour Rayne

Un héros pour Emily

Un héros pour Harley

Un mari pour Emily

Un héros pour Kassie

Un héros pour Bryn

Un héros pour Casey

Un héros pour Wendy

Un héros pour Mary

Un héros pour Macie

Un héros pour Sadie

Un héros pour Annie (Feb 2022)

CHAPITRE UN

— Mark Wright ? demanda la dame derrière le comptoir de la compagnie aérienne.

— C'est moi, dit Bubba.

Cela lui faisait toujours bizarre d'entendre quelqu'un l'appeler par son prénom. On lui avait donné son surnom après avoir terminé l'entraînement de Démolition Sous-Marine des SEAL et mangé un seau entier de crevettes tout seul à la Bubba Gump Shrimp Company... et depuis, personne ne l'avait plus appelé Mark.

— Super, répondit la femme. L'hydravion affrété pour vous devrait être prêt à embarquer dans une vingtaine de minutes. Si vous voulez bien attendre là-bas avec l'autre passager, nous vous appellerons quand nous serons prêts.

Lorsqu'il tourna la tête vers l'endroit qu'elle désignait, Bubba aperçut une femme assise sur une chaise à proximité. Un livre sur les genoux, elle ne s'intéressait qu'aux mots qui composaient sa page. Elle donnait une impression de calme, contrastant avec l'animation du terminal principal d'Anchorage.

Bubba attrapa son sac de voyage et se dirigea vers l'endroit indiqué par l'hôtesse d'accueil. Ils se trouvaient dans la partie du terminal qui abritait les avions privés et les charters. L'avocat de son père, Kenneth Eklund, lui avait envoyé les détails du vol. Il avait été organisé par son assistante, sur les instructions de ce dernier.

Il rentrait chez lui à Juneau, en Alaska, car son père était décédé de façon soudaine.

Comme une autre vague de tristesse menaçait de l'envahir, Bubba se concentra sur la femme. Elle lui semblait familière, mais il n'arrivait pas à se souvenir d'où il la connaissait.

Debout en face d'elle, il attendit qu'elle lève les yeux et le reconnaisse. Comme elle continuait à lire, Bubba ronchonna intérieurement. Comme il pouvait être prétentieux ! Que croyait-il ? Que se tenir devant elle sans rien dire suffirait à ce qu'elle le regarde telle une servante et reconnaisse son maître ?

— Salut, fit-il.

Elle eut un sursaut si grand que Bubba se sentit mal de l'avoir effrayée.

— Oh ! dit-elle en posant son regard sur lui. Je ne vous ai pas vu arriver.

C'était évident.

— Je suis désolé. Je ne voulais pas vous faire peur. Nous sommes sur le même vol pour Juneau.

Elle cligna des yeux.

— Oh, Mark, salut. Je ne savais pas que ce serait toi qui partagerais le vol avec moi. Je suis vraiment désolée pour ton père.

Bubba, à son tour, fut surpris par ses paroles.

— Euh... je te connais ?

Elle lui adressa un sourire teinté d'autodérision.

— Oui. Je suis Zoey Knight. On s'est connus au lycée.

Et c'est ainsi que tout commença. Une des choses que Bubba n'aimait pas dans sa ville natale, c'était que tout le monde se connaissait. Juneau n'était pas vraiment une petite ville, mais on avait toujours l'impression qu'elle l'était, probablement parce qu'il n'y avait pas de routes pour entrer ou sortir de la ville. Elle n'était accessible que par avion ou bateau.

Les secrets n'existaient pas à Juneau. Cela le rendait fou quand, plus jeune, il sortait avec ses copains au lycée et que son père savait, dès qu'il revenait, où il avait été, avec qui et ce qu'ils avaient fait. Il n'était pas un mauvais garçon à l'époque, mais juste une fois, il aurait souhaité pouvoir boire une bière sans qu'on le lui reproche à son premier pas dans la maison.

Pendant une seconde, Bubba fut incapable de se souvenir du nom de Zoey. Il lui semblait familier, mais il avait du mal à se souvenir d'elle au lycée.

Elle mit fin à son embarras.

— Je suis sortie avec Malcom quelques fois en terminale.

Le déclic se produisit et Bubba observa la jeune femme en face de lui avec un intérêt renouvelé. Il se souvenait d'elle, maintenant.

Elle avait vraiment pris ce qu'il fallait où il fallait depuis le lycée. À l'époque, elle était super maigre et timide. Il estima qu'elle mesurait une quinzaine de centimètres de moins que lui, et il ne put s'empêcher de laisser ses yeux errer sur les courbes qu'elle n'avait pas des années plus tôt.

Oui, Zoey Knight avait beaucoup changé... et pour le mieux.

Conscient qu'il l'avait reluquée un peu trop longtemps, il lui tendit la main.

— C'est bon de te revoir, Zoey.

Elle lui serra la main.

— Toi aussi. Je suis juste désolée que ce soit dans ces circonstances.

Et tout à coup, il se souvint de la raison pour laquelle il rentrait chez lui. Il vint s'asseoir à côté d'elle.

— Oui, moi aussi. J'ai toujours pensé que mon père vivrait éternellement.

Zoey hocha la tête.

— Ça a vraiment été un choc pour nous tous, car il était en bonne santé.

Bubba plissa légèrement ses yeux.

— Tu connaissais bien mon père ?

Elle cligna des yeux.

— Oh, tu ne le savais pas.

— Savoir quoi ?

— J'aidais ton père à la maison. Tu sais, un peu de ménage, je faisais un peu de jardinage quand il en avait besoin, je faisais des courses, ce genre de choses.

Son père avait effectivement mentionné qu'une certaine Zoey l'aidait à faire certaines des tâches qu'il détestait. Il n'avait pas fait le lien entre cette conversation et la Zoey qu'il avait connue quand il était jeune.

— Ah.

Elle l'observait.

— Qu'est-ce que ça veut dire ?

Bubba leva les mains.

— Rien. Je savais qu'il avait quelqu'un pour l'aider, mais je ne savais pas vraiment qui.

— Peut-être que si tu étais revenu de temps en temps pour lui rendre visite, tu l'aurais su.

C'était un peu trop personnel pour que Bubba soit à l'aise, et il ne put que répondre sèchement.

— Oui, eh bien, j'étais en train de sauver le monde. Je n'ai pas eu le temps de venir dans ma ville natale pour qu'on me reproche de ne pas être plus présent.

Les yeux de Zoey se plissèrent et elle le regarda fixement.

— Le grand méchant Navy SEAL. Oui, nous savons tout de toi et combien tu es incroyable. Trop bien pour parler à des gens comme moi, j'en suis sûre. Alors, si tu veux bien m'excuser, je pense que je vais continuer à lire jusqu'à ce que notre avion soit prêt.

Bubba soupira et passa une main dans ses cheveux courts. Il n'avait aucune intention de l'insulter, mais ça n'empêchait qu'elle le méritait un peu. Au moins, pour avoir été un peu dure et l'avoir fait encore plus culpabiliser. Mais dès lors qu'il avait quitté la maison, revenir à Juneau ne fut jamais une priorité dans sa vie. Son père l'avait supplié de revenir pour travailler dans son entreprise. Son frère l'ignorait quasiment ; se voir pour parler de l'entreprise une fois ou deux ne comptait pas vraiment. Et tous ceux qu'il côtoyait lui demandaient quand il allait retourner à Juneau. Il en était parti parce qu'il avait l'impression d'étouffer dans cette petite ville.

À part le trafic des bateaux de croisière en été, rien n'avait vraiment changé et les ragots étaient l'un des passe-temps favoris des habitants. Ça le rendait fou, et une fois diplômé, il s'était senti plus que prêt à aller de l'avant, à voir le monde.

Son jumeau, Malcom, s'était contenté de rester à Juneau et d'aller travailler avec leur père. Bubba détestait que son frère et lui ne soient plus aussi proches qu'ils l'avaient été enfants, mais après treize ans de séparation, ce n'était pas trop surprenant.

Ce qui lui avait fait le plus mal dans la mort de son père, c'était l'inattendu de celle-ci. Bubba pensait qu'il vivrait jusqu'à 90 ans, au moins. Il avait toujours eu une santé de fer, et apprendre son décès avait été un coup dur pour lui. Surtout qu'il avait prévu de lui rendre visite bientôt. Mais il n'avait pas pu voir son père une dernière fois, et ça lui faisait très mal.

— Je suis désolé, dit doucement Bubba à la tête baissée de Zoey. C'est juste que... je me sens mal de ne pas avoir pu lui dire au revoir. Bon sang, je ne savais même pas qu'il avait des problèmes cardiaques. Cela semble si irréel.

Zoey mit son doigt entre les pages pour marquer l'endroit et ferma le livre en levant les yeux vers lui.

— Si ça peut te consoler, il était malade depuis un moment, mais semblait en voie de guérison. Et quand je suis partie à Anchorage pour rendre visite à ma mère, il allait mieux, et je n'étais pas inquiète en le laissant. Je déteste ne pas avoir pu lui dire au revoir aussi. Et je suis désolée pour mon commentaire précédent. C'était hors de propos et un coup bas. Je suis juste un peu jalouse de toi. Nous n'avons pas tous eu la possibilité de partir après le lycée, dit-elle doucement. Bien que Juneau ne soit pas l'endroit le plus excitant du monde, ce n'est pas non plus aussi nul que tu sembles le penser.

— Je sais. Le lycée était plutôt amusant, dit Bubba, essayant de détendre l'atmosphère.

Malheureusement, sa tentative sembla tomber à plat.

— Oui, amusant, reprit Zoey sans enthousiasme.

Sentant qu'il avait raté quelque chose, Bubba fit ce qu'il faisait toujours... essayer de résoudre le mystère.

— Alors, pourquoi as-tu rompu avec Malcom ?

Elle leva les yeux au ciel, et Bubba ne put s'empêcher de trouver ça mignon. Ses cheveux bruns étaient ramenés en arrière en un chignon désordonné, ses yeux noisette étaient pleins d'intelligence et d'audace. Il aimait ça.

— Nous ne sortions pas vraiment ensemble, expliqua-t-elle. Nous sommes seulement sortis quelques fois.

— Ah oui ?

— Oui. Je suis sûre que ce n'est pas une surprise, mais Malcom était un obsédé. Tout ce qu'il voulait, c'était me mettre dans son lit.

Bubba posa la question avant de réfléchir.

— Et a-t-il réussi ?

Zoey plissa les yeux.

— Ça ne te regarde pas vraiment, mais non. Je n'étais pas ce genre de fille.

— Non ?

Merde, il devait vraiment mieux se contrôler. Mais Bubba fut surpris par son niveau d'intérêt pour sa réponse.

— Je ne l'étais pas, confirma-t-elle, avant de continuer. Je ne l'étais pas. Je ne le suis pas. Voilà tout ce que je peux dire. Je ne sors pas avec des hommes pour du sexe. Si je veux prendre mon pied, je peux m'en occuper toute seule. Je sors avec des hommes parce que je veux apprendre à les connaître. Parce que je les aime bien. Parce que j'aime être avec eux. C'est ton frère, donc je suis sûre que je ne te dis rien que tu ne saches déjà, mais il s'avère qu'après avoir appris à connaître Malcom, je ne l'appréciais pas tant que ça. Il était trop égoïste et ennuyeux à l'époque, et ça n'a pas beaucoup changé. Et je commence à penser que son jumeau n'est pas si éloigné, même si ton père a chanté tes louanges. Maintenant, je vais vraiment lire mon livre et essayer de faire comme si nous n'avions pas eu cette conversation.

Puis Zoey ouvrit de nouveau son livre, bougea dans son siège pour lui tourner le dos, et baissa la tête pour reprendre sa lecture.

Bubba se gifla mentalement. Mon Dieu, il était vraiment stupide. Lui demander si elle avait couché avec son frère était impoli et, franchement, ça ne le regardait pas. Se frottant le visage avec une main, il s'assit sur la chaise et soupira à nouveau.

Il savait que Malcom était un peu débile. Il l'avait toujours été. Ils étaient proches quand ils étaient enfants, mais en grandissant, Bubba avait réalisé que son frère utilisait les gens pour ce qu'il pouvait en tirer. Il sortait avec des filles jusqu'à ce qu'il obtienne ce qu'il voulait, puis les larguait. Il avait supplié Bubba de faire le bon vieux jeu de l'échange de jumeaux pour éviter de passer des examens. Ce qu'il avait accepté à plusieurs reprises, mais quand il en eut assez de ce jeu et qu'ils eurent été démasqués en quatrième, il refusa de le refaire. C'était puéril et stupide et, à cette époque, Bubba savait déjà qu'il voulait entrer dans l'armée, alors il avait fait tout ce qu'il pouvait pour ne pas s'attirer de problèmes.

Malcom, pas tant que ça. Il avait été arrêté pour vol à l'étalage et conduite en état d'ivresse. Il n'avait pas respecté le couvre-feu trop de fois pour pouvoir les compter et séchait régulièrement l'école. Leur père le punissait constamment et menaçait de le chasser de la maison.

Mais ils savaient tous les deux que jamais il ne l'aurait fait. Malcom n'avait pas d'autre endroit où aller. Alors il s'excusait, faisait attention pendant un moment, mais les vieilles habitudes avaient la vie dure, et ils finissaient toujours par y revenir.

En tournant la tête, Bubba étudia Zoey pendant qu'elle lisait et faisait de son mieux pour l'ignorer. Maintenant qu'il se souvenait de qui elle était, il se rappelait très clairement l'époque où Malcom était sorti avec elle. Zoey avait déménagé à Juneau en seconde, et avait toujours été calme et réservée. Malcom était si suffisant qu'il avait réussi à lui faire accepter un rendez-vous. Il avait affirmé qu'elle était l'une des rares filles avec lesquelles il n'avait pas couché et qu'il était ravi d'en avoir enfin l'occasion.

Bubba lui avait répliqué qu'il aurait probablement une petite amie plus longtemps que quelques mois s'il les traitait gentiment et non comme des morceaux de viande. Malcom l'avait envoyé promener en lui disant qu'il ne savait pas ce qu'il ratait.

Ce n'est qu'après quelques rendez-vous que son frère était revenu un soir, furieux. Apparemment, Zoey l'avait largué après qu'il l'eut pelotée. Il la dénigra pendant une heure, ne cessant de répéter à son frère à quel point elle était frigide et coincée, et qu'elle finirait sûrement vieille fille.

Le lendemain soir, il sortit avec des amis et ils se rendirent à une fête de lycée, où il aurait eu des relations sexuelles avec trois filles.

Bubba se souvint d'avoir eu pitié de Zoey pour la façon dont son frère l'avait traitée. Il l'avait toujours appréciée... plus qu'un peu, à vrai dire.

— Encore une fois, je suis désolé, dit-il à Zoey. J'aime à penser que je ne suis pas comme Malcom. Je ne le connais pas aussi bien que je le connaissais. Mais ce que j'ai dit était hors de propos et très impoli. Mon père devait vraiment t'apprécier et te respecter, parce que je sais qu'il n'a jamais aimé les gens qui se mêlent de ses affaires, comme il disait toujours.

Zoey soupira et ferma son livre une fois de plus. Elle se retourna pour le regarder.

— Non, c'est moi qui suis désolée. Nous sommes vraiment partis du mauvais pied, puisque nous nous faisons tous les deux beaucoup d'excuses. Je n'aurais pas dû dire tout ça. Et j'aimais ton père. Il a toujours été gentil avec moi et m'a vraiment aidé quand j'en avais besoin.

Étrangement inquiet, Bubba répondit :

— Papa était vraiment comme ça.

Il aurait aimé savoir pourquoi elle avait eu besoin d'aide, et ce que son père avait bien pu faire pour l'aider, mais s'étant déjà montré peu discret, il valait peut-être mieux ne pas insister.

— Alors, tu vas à Juneau ? Tu rends visite à ta famille ?

— Tu ignores vraiment tout ce qui se passe chez toi, n'est-ce pas ? demanda-t-elle avec un petit sourire qui indiquait qu'elle le taquinait. Je vis toujours à Juneau. Je loue une petite maison à ton père. Il m'a accordé une réduction de loyer en échange de mon aide. Je ne suis allée à Anchorage que pour rendre visite à ma mère. L'avocat de ton père a appelé pendant que j'étais ici pour me dire que Colin était décédé, et il a dit que je devais revenir pour la lecture de son testament.

Surpris, Bubba demanda :

— Tu es sur le testament de mon père ?

Elle plissa les yeux.

— Apparemment. Mais si tu dis quoi que ce soit de grossier sur ma relation avec lui, je vais te faire mal. J'aimais ton père, mais pas comme *ça*. Nous étions amis. C'est tout.

Bubba secoua la tête.

— Non, je n'allais pas insinuer quoi que ce soit, je le jure. Je suis juste surpris, c'est tout. Je ne sais manifestement pas grand-chose de sa vie... encore moins que je ne le pensais.

Zoey pinça ses lèvres.

— Quand je suis partie, il avait l'air heureux, et il semblait s'être remis de la maladie bizarre dont il avait souffert récemment. Il m'a dit de ne pas m'inquiéter pour le règlement du loyer ce mois-ci, de l'utiliser à la place pour le billet d'avion pour Anchorage. C'était l'homme le plus généreux que j'ai jamais connu, et il était comme un père pour moi. Il va me manquer.

Bubba se sentit vraiment mal à l'aise. Son père était un homme bon, il n'en doutait pas, mais qu'une étrangère lui apprenne toutes ces choses lui faisait mal. Le regret de ne pas l'avoir vu pendant des années pesait là, comme une boule, dans son estomac.

Prenant un risque, il tendit la main et la posa sur l'avant-bras de Zoey.

— Merci d'avoir été là pour lui. Je n'ai pas été le meilleur des fils, mais j'ai toujours voulu le meilleur pour Pap.

Comme elle ne s'éloignait pas, Bubba se sentit un peu mieux.

— Je suis heureux qu'il t'ait inclus dans son testament, et cela ne me surprend pas. Il a toujours pris soin des gens qu'il aimait.

Zoey posa ses grands yeux noisette sur lui et Bubba ne put réprimer un frisson. Il était incapable de détourner son regard.

Elle ouvrit la bouche pour répondre, mais l'employé de la compagnie aérienne l'interrompit avant qu'elle ne puisse le faire.

— Il semble que votre pilote ait presque terminé ses vérifications préalables. Vous devriez pouvoir embarquer dans environ cinq minutes.

La gorge serrée, Zoey se déplaça juste assez pour que la main de Bubba tombe de son bras.

— Merci.

Réalisant qu'il devait appeler Rocco comme il l'avait promis, Bubba se leva.

— Je dois passer un coup de fil avant le décollage, dit-il à l'employée de la compagnie aérienne.

— Vous avez cinq minutes, répondit-elle, visiblement indifférente.

Après qu'elle fut partie, Bubba se tourna vers Zoey.

— Désolé, j'ai promis à mon ami de l'appeler avant de partir. Il est un peu paranoïaque et je dois le rassurer.

Zoey haussa les épaules.

— OK.

Étrangement déstabilisé par sa désinvolture, Bubba prit son téléphone et s'approcha de la fenêtre en composant le numéro de Rocco.

Il ne lui fallut que deux sonneries pour répondre.

— Hey, Bubba. Tu te prépares à partir ?

— Oui.

— Le vol pour Anchorage s'est bien passé ?

— Sans incident, dit Bubba. La pilote a presque terminé ses vérifications avant le vol et nous devrions atterrir à Juneau dans environ trois heures.

Il observa de la fenêtre la femme qui marchait autour d'un des hydravions, si communs dans cette partie de l'état. Il y avait au moins dix autres petits avions alignés sur le tarmac. Ils étaient extrêmement populaires en Alaska, car de nombreuses communautés, dont Juneau, n'avaient pas d'accès par la route. Beaucoup de gens obtenaient leur licence de pilote en même temps que leur permis de conduire.

— Nous ? demanda Rocco.

— Oui. Une femme nommée Zoey Knight est sur le même vol que moi. Apparemment, elle aidait mon père et rendait visite à sa mère à Anchorage quand il est mort. Elle est dans le testament de mon père, et on lui a aussi demandé de revenir pour la lecture. Donc l'avocat nous a mis sur le même vol.

— C'est drôle.

— Qu'est-ce qui est drôle ? demanda Bubba.

— Son nom de famille est Knight et le tien est Wright. Si vous vous mariez, elle n'aura qu'à changer deux lettres de son nom de famille.

— Va te faire foutre, répliqua Bubba à son ami avec un grognement. On ne va pas se marier. Mon Dieu. Ce n'est pas parce que tu es sur le point de te marier que le reste d'entre nous l'est aussi.

—Quoi qu'il en soit, tout va bien ici. Le commandant ne prévoit pas de missions dans l'immédiat, même si on sait tous les deux que ça peut changer rapidement. Essaye de profiter de ton retour chez toi. Je sais que tu n'y es pas retourné depuis des années. Tu verras ton frère, n'est-ce pas ?

Bubba grimaça. Il se sentait mal car il n'avait pas vraiment hâte d'y être. Malcom était son jumeau. Il devrait être ravi de le revoir et de rattraper le temps perdu. Mais les paroles de Zoey lui indiquaient que son frère n'avait pas beaucoup changé.

— Oui. Mal sera là. Tout comme Sean, l'associé de mon père. Je ne l'ai pas vu et je ne lui ai pas parlé depuis des années non plus. Oh, et probablement toutes les personnes avec qui j'ai grandi et que je n'ai pas vues depuis treize ans.

Rocco eut un petit rire.

— Tu dois aimer les petites villes.

— Oui, c'est ça.

— Quand aura lieu la cérémonie pour ton père ? demanda Rocco.

— Dans deux jours, il me semble. Il sera incinéré selon ses volontés demain. Donc je pense que la cérémonie est prévue pour le lendemain.

Bubba vit l'employée de la compagnie aérienne s'approcher d'eux et comprit qu'il ne lui restait plus beaucoup de temps.

— Je dois y aller, on dirait que c'est l'heure d'embarquer.

— OK. Fais attention là-haut. Tu n'as pas ton équipe à tes côtés cette fois.

Bubba leva les yeux au ciel, ce qui lui fit penser à Zoey.

— Tu t'inquiètes trop, répondit-il à son ami et chef d'équipe SEAL.

— C'est mon travail. Et attends de trouver ta femme. Tu ressentiras la même chose. Je jure devant Dieu, presque tout me rend nerveux, même les plus petites choses, depuis que j'ai rencontré Caite.

— Je passe, plaisanta Bubba. Je ne veux pas devenir un angoissé comme toi, alors je vais rester célibataire.

— Tes célèbres derniers mots, ajouta Rocco en riant. Appelle-moi à la seconde où tu atterris. Et si tu as besoin de nous, on est là. Je sais que ce n'est pas facile pour toi, et si les choses deviennent trop pénibles, tu n'as qu'à appeler l'un de nous, ou nous tous, et on sera là en un clin d'œil. Compris ?

— Merci, Roc. Je t'en suis reconnaissant. Je t'appellerai quand on sera à Juneau.

— Quand tu veux. On se parle bientôt.

— Au revoir.

— Au revoir.

Bubba raccrocha et éteignit son téléphone pour se préparer au vol. Il entendit l'employée de la compagnie aérienne dire à Zoey qu'elle pouvait monter dans l'avion, et il fourra son téléphone dans son sac de voyage avant de les rejoindre.

Il voulait proposer à Zoey de porter son sac, mais il avait déjà l'impression d'avoir abusé pour une seule journée.

En avançant sur le tarmac, Bubba était heureux qu'il y ait du soleil. La température était modérée pour cette période de l'année, et avoisinait les 15 degrés. Les prévisions annonçaient de la pluie pour plus tard, mais rien d'extraordinaire. Le dicton « Si vous n'aimez pas le temps, attendez vingt minutes et il changera » était tout à fait approprié pour cette partie du pays.

Pendant qu'ils marchaient, les yeux de Bubba se posèrent sur les fesses de Zoey. Il n'était pas fier de l'avoir reluquée, mais elle avait définitivement un fessier pour ça. Il réussit à lever les yeux juste à temps quand elle se retourna pour lui demander s'il avait une préférence pour le côté de l'avion où il voulait s'asseoir.

— Non. Tu peux choisir. J'ai prévu de faire une sieste, donc ça n'a pas d'importance.

Zoey hocha la tête avant de se retourner, et Bubba ne put s'empêcher de regarder à nouveau ses fesses.

Mon Dieu, qu'est-ce qui n'allait pas chez lui ? Il était fatigué, c'était la vérité. Il avait dormi comme une masse la nuit précédente, se demandant ce qui l'attendait à Juneau, mais ce n'était pas son genre de reluquer si grossièrement le corps d'une femme.

Bubba porta son attention vers la pilote alors qu'ils approchaient du petit avion. Elle avait l'air jeune, une vingtaine d'années, mais cela ne le préoccupait pas. Ici, nombreux étaient ceux qui apprenaient à voler très jeunes.

— Bonjour, dit la femme quand ils s'approchèrent. Je m'appelle Eve Dane. Je serai votre pilote aujourd'hui. Si vous laissez vos sacs en bas de l'escalier, je les ferai charger et nous décollerons bientôt.

Zoey la remercia et, après avoir déposé son sac, monta dans l'avion. Bubba tendit sa main et serra celle d'Eve.

— Je suis Bubba. Voici Zoey. Nous apprécions que vous nous emmeniez à Juneau aujourd'hui. Depuis combien de temps volez-vous ?

Elle sourit distraitement, lui serrant la main tout en regardant quelque chose dans l'avion.

— Je sais que j'ai l'air jeune, mais j'ai mon permis depuis huit ans. J'ai commencé à voler avec mon père quand j'avais quatorze ans et j'ai passé le test à seize ans.

Bubba hocha la tête. Il n'était pas du tout surpris.

— C'est un plaisir de vous rencontrer.

— Pareillement.

Il lâcha sa main et posa son sac à côté de celui de Zoey avant de monter à son tour. Il y avait deux sièges à l'avant et deux à l'arrière. Ces derniers étaient de type banquette, séparés seulement par un accoudoir. Cela les plaçait, Zoey et lui, très près l'un de l'autre. C'était un peu serré, surtout pour lui, mais Bubba s'attacha dans le siège à côté d'elle sans trop de difficulté.

Eve monta au bout de quelques minutes et se retourna pour leur sourire brièvement.

— Prêts ?

— Prêts, répondit Zoey.

Bubba hocha la tête.

Il n'était pas un passager nerveux, et c'était un habitué des hélicoptères, de gros porteurs, et même de petits avions privés comme celui-ci. Il ferma donc les yeux et prit une profonde inspiration. S'il pouvait dormir pendant les quelques heures qu'il leur faudrait pour arriver à Juneau, il arriverait dans un bien meilleur état d'esprit. Ce qui était important, car il avait le sentiment qu'il aurait besoin de toute sa patience pour faire face à l'avocat, à son frère, à l'associé de son père et aux innombrables autres personnes qui voudraient savoir tout des treize dernières années de sa vie.

Il n'était même pas encore arrivé, et Bubba se sentait déjà claustrophobe et avait envie de quitter cet avion. Autant il regrettait de ne pas avoir fait l'effort de voir son père avant sa mort, autant il ne regrettait pas de ne pas avoir passé plus de temps que nécessaire dans la ville étouffante où il avait grandi.

Quelques secondes après avoir senti les roues de l'avion quitter le tarmac, Bubba s'endormit, épuisé.

CHAPITRE DEUX

Contrairement à Mark, qui dormait paisiblement, Zoey ne parvint pas à se reposer. Elle le regarda un instant avant de rapidement reporter son attention sur l'extérieur. Mais, perdue dans ses souvenirs, elle ne vit pas vraiment le paysage magnifique qui s'étendait.

Mon Dieu, Mark Wright n'avait pas du tout changé depuis la dernière fois qu'elle l'avait vu, il y a treize ans.

D'accord, c'était un mensonge. Il avait changé, c'est vrai. En mieux. Il était toujours grand, environ 1,80 m, comme son jumeau. Mais même s'ils étaient identiques, elle les différenciait facilement. Malcom était une brute, et il y avait quelque chose dans ses yeux qui criait « abruti ».

Les yeux de Mark étaient pleins de secrets et de douleur, mais elle n'y voyait pas la moindre once de méchanceté. Oui, il avait dit des choses plutôt indélicates à l'aéroport, mais il s'en était excusé presque immédiatement. Elle ne se souvenait pas d'un moment où Malcom avait présenté ses excuses pour quelque chose qu'il avait fait.

Mais elle n'avait pas non plus été Miss Sympathique à l'aéroport. Elle s'en voulait d'ailleurs un peu. Ça ne lui ressemblait pas, de se montrer aussi antipathique. Elle s'était excusée, mais elle se sentait toujours mal à l'aise. Peut-être avait-elle agi comme une garce car elle était habituée à devoir faire face à Malcom. Mais Mark n'était pas comme son frère, elle s'en était rendu compte dès les premières excuses qu'il avait prononcées. Et ce n'était pas la seule différence entre eux deux.

Mark était bien plus musclé, et avait des épaules plus larges que celles de Malcom.

En soupirant, Zoey posa son front sur la vitre fraîche. Elle avait accepté de sortir avec Malcolm autrefois, car elle avait des sentiments pour Mark. Elle pensait que, puisqu'ils se ressemblaient, sortir avec Malcom serait tout aussi bien. Elle avait eu tort.

Elle frissonna en repensant à la nuit où elle l'avait largué. Elle devait réagir. Malcom n'était pas du tout comme Mark. Il l'avait emmenée manger dans un fast-food, puis l'avait conduite à la plage de Lena pour passer un peu de temps et discuter. Mais bien sûr, une fois là-bas, il n'avait voulu que mettre ses mains sous sa chemise. Quand elle l'avait repoussé en lui disant qu'elle n'était pas prête et qu'elle ne voulait pas faire l'amour avec lui, il s'était mis en colère, l'avait traitée de prude et d'allumeuse. Il l'avait même jetée hors de la voiture et l'avait laissée là. Elle avait dû appeler sa mère pour qu'elle vienne la chercher, un moment embarrassant et humiliant de sa vie.

Bien sûr, au lycée la semaine suivante, elle avait entendu les rumeurs que Malcom avait répandues sur la relation sexuelle qu'ils avaient eue et sur l'horrible garce qu'elle avait été. Elle s'en fichait pas mal, sauf que Mark les avait également entendues et peut-être crues.

À l'époque, elle s'était demandé comment elle pouvait encore craquer pour quelqu'un qui ressemblait exactement à l'ordure qui l'avait humiliée et laissée en plan.

Heureusement pour elle, Mark avait toujours détesté les ragots. Tout le monde le savait. Et bien que cela n'ait pas empêché les rumeurs à son sujet, Zoey, 16 ans, avait été soulagée qu'au moins son amour secret n'ait pas supposé qu'elle soit une femme facile.

À ce moment-là, elle ne savait pas si elle était bonne ou mauvaise en matière de sexe, puisqu'elle n'avait encore jamais pratiqué. Elle s'était préservée. Mais quand Mark avait quitté la ville pour rejoindre les Marines, elle avait réalisé que sa chance avec lui était passée. Il ne reviendrait pas. Elle le savait aussi bien que tout le monde. La seule chose qui la rassurait, c'était qu'elle n'avait pas donné sa virginité à Malcom comme une sorte de lot de consolation.

En voyant Mark à l'aéroport, elle fut d'abord choquée, même si elle n'aurait pas dû l'être. Bien sûr, il rentrait chez lui pour les funérailles de son père. Colin Wright était un homme aussi bon que Mark. Il n'avait de cesse de répéter à qui voulait bien l'entendre à quel point il était fier de son fils Navy SEAL, et la plupart du temps, c'était à Zoey qu'il le disait. Elle lui tenait compagnie, tout en gardant sa maison propre et bien rangée. Elle était sa confidente et son amie.

Penser à Colin et à la crise cardiaque survenue de nulle part – alors qu'ils pensaient tous les deux qu'il était enfin sur le chemin du rétablissement– déprima Zoey une fois de plus.

Elle n'avait pas la vie la plus excitante ou la plus prospère, mais elle en était satisfaite. Elle avait obtenu un diplôme de commerce à l'université locale. En été, elle travaillait à temps partiel dans un magasin pour touristes près des quais des bateaux de croisière. Son travail pour Colin la rendait heureuse, et lui donnait de quoi s'occuper pendant les mois d'hiver.

Mais maintenant que Colin était décédé, elle devait prendre des décisions difficiles. Honnêtement, il était la principale raison pour laquelle elle vivait encore à Juneau. Elle l'appréciait suffisamment pour décider de rester quand il le lui avait demandé, quand bien même elle rêvait alors de faire ses valises pour Anchorage. Il paraissait parfois seul et déprimé, et Zoey n'avait pas pu se résoudre à partir.

Elle n'avait aucune idée de ce qu'il lui avait légué dans son testament, mais elle supposait qu'il avait à peu près tout laissé à ses fils. Ce qui signifiait que Malcom allait probablement la virer de la maison avant la fin de la semaine.

Après leur relation, Malcom ne s'était jamais montré agréable avec elle. Alors même qu'il avait dépassé les bornes en essayant de la caresser de force, il avait déformé toute l'histoire pour faire croire que c'était elle qui lui avait fait du tort. Il ne la tolérait que parce que son père l'aimait bien.

Bien sûr, elle pouvait déménager à Anchorage pour se rapprocher de sa mère, mais cela ne l'attirait pas vraiment non plus. Désormais, elle voulait plus que tout découvrir le monde.

Il fut un temps où elle ne voulait rien d'autre qu'un mariage et des enfants, ici, à Juneau pour toujours. Sa mère avait la bougeotte – elle l'avait toujours eue et l'aurait toujours – et, pendant les quinze premières années de sa fille, elle ne restait jamais très longtemps au même endroit. Zoey avait donc volontairement choisi de rester là où elle avait obtenu son diplôme d'études secondaires, aspirant à la stabilité.

Mais après des années passées à écouter Colin conter les aventures de Mark dans les Marines, elle avait lentement mais sûrement commencé à avoir l'impression de manquer de quelque chose.

Elle n'avait jamais été à la plage – une plage où il fait chaud, bien sûr. Elle n'était jamais allée à Disney World, n'avait jamais vu le Grand Canyon. Toutes ces choses que les gens considéraient comme acquises, elle n'avait jamais pensé à les faire.

Jusqu'à maintenant.

De bien des façons, la mort de Colin l'avait libérée. Oui, sa situation financière n'était pas idéale, mais elle pourrait peut-être trouver un travail à Anchorage et économiser assez d'argent en vivant quelque temps avec sa mère, puis en déménageant en banlieue.

Elle se tourna pour regarder Mark et soupira une fois de plus. Ses yeux étaient fermés et sa tête, inclinée, reposait sur le dossier du siège. Ses cheveux bruns étaient coupés plus court que ceux de Malcom, et il donnait l'impression de ne pas s'être rasé depuis quelques jours, ce qui était très sexy. Elle était habituée à voir des barbes complètes sur les hommes, car elles étaient très populaires en Alaska. Beaucoup de gars disaient que cela les aidait à garder leur visage au chaud pendant les mois d'hiver, mais comme Mark vivait dans le sud de la Californie, il ne s'en préoccupait certainement pas.

Il portait une paire de bottes noires et un pantalon cargo bleu marine dont les poches semblaient remplies à ras bord de choses qu'elle n'imaginait pas. Il portait un T-shirt Henley vert foncé, avec quelques boutons défaits près de sa gorge, et une chemise à manches longues plus épaisse par-dessus. Le tissu était tendu sur ses biceps, et Zoey pouvait presque l'imaginer en train de transpirer et de faire des tractions pour rendre ces muscles aussi imposants qu'ils l'étaient.

Ses doigts entrelacés étaient posés sur son ventre, et elle ne put s'empêcher de les regarder. Ils étaient longs et rugueux, et elle se fit la réflexion qu'ils auraient un effet incroyable sur sa peau nue. Son nez tordu semblait avoir été cassé, et une petite cicatrice marquait sa tempe. Il en avait aussi quelques autres sur le dos de ses doigts. Elle avait vraiment envie qu'il lui raconte comment il les avait eues.

Elle voulait tout savoir sur lui.

Il avait l'air dur, et si elle ne le connaissait pas, Zoey aurait pu être nerveuse d'être assise si près de lui dans l'intérieur exigu du petit avion. Mais elle le connaissait. Elle en savait probablement plus sur lui qu'il ne l'imaginait à cause des fanfaronnades de son père.

Et même après toutes ces années, à la seconde où elle l'avait vu, son amour de lycée avait refait surface.

Mon Dieu, elle était pathétique. Elle n'était plus la vierge ingénue qu'elle avait été, mais elle était encore plus attirée par l'homme que Mark Wright était maintenant que par le garçon qu'elle avait connu.

Soupirant, Zoey ferma les yeux et détourna le regard une fois de plus. Il n'aurait jamais regardé deux fois quelqu'un comme elle. Il n'était en ville que pour l'enterrement de son père et la lecture du testament. Une fois que ce serait fait, il repartirait et ne reviendrait jamais. Elle le savait, mais ça ne l'empêchait pas de vouloir ce qu'elle n'aurait jamais.

À ce moment-là, l'avion fit une embardée, la tirant de ses rêveries en moins d'une seconde. Zoey se leva et attrapa la poignée au-dessus de sa tête.

Il y eut un autre mouvement brusque, puis le moteur se mit à tousser.

Elle retint son souffle et fixa la pilote avec de grands yeux.

— Merde ! s'exclama Eve, et Zoey la vit tâtonner avec les instruments du tableau de bord.

Être si proche du pilote ne l'avait jamais dérangée jusque-là. Dans les petits avions en Alaska, c'était même une habitude. Mais, en ce moment, elle aurait préféré ne pas voir la pilote actionner frénétiquement des interrupteurs et secouer le manche.

Les mouvements erratiques de l'avion avaient visiblement réveillé Mark, car il se pencha en avant et demanda : `

— Qu'est-ce qui ne va pas ?

— Je ne sais pas, répondit Eve. C'est comme si on était en panne d'essence, mais c'est impossible. J'ai fait le plein avant de partir. Nous devrions avoir suffisamment de carburant pour aller jusqu'à Juneau.

Zoey vit le regard de Mark passer du tableau de bord à la fenêtre.

— Que puis-je faire pour aider ? demanda-t-il.

Zoey eut presque un fou rire. Bien sûr, le Navy SEAL voulait aider. Il allait probablement sortir un trio de parachutes qu'il avait rangé dans son sac pour qu'ils puissent tous s'échapper de l'avion.

— Vous êtes pilote ? demanda Eve.

— Non.

Zoey jura dans sa tête. Pourquoi ne l'était-il pas ? Il devrait l'être ! S'il l'était, il aurait probablement réparé ce qui n'allait pas en un clin d'œil.

Elle savait que ses pensées allaient dans tous les sens, qu'elles étaient hystériques et irrationnelles, mais impossible de s'en empêcher. Depuis le temps qu'elle vivait en Alaska, avec les centaines de vols effectués dans un appareil comme celui-ci, elle n'avait jamais été dans cette situation. C'était effrayant et elle détestait ça.

— Pouvez-vous nous faire descendre en toute sécurité ? demanda Mark à la pilote.

Elle secoua légèrement la tête, ce qui n'aida pas Zoey à se sentir mieux.

— Peut-être. Si je peux trouver un endroit pour atterrir.

— Eau ou terre ? reprit Mark.

— De l'eau de préférence. Ah, là ! s'exclama-t-elle exclamée. Il y a un petit lac en face de nous. Si on arrive à y aller, je pourrai le poser.

Dès qu'elle eut fini sa phrase, l'avion toussa encore une fois et un sinistre silence envahit l'intérieur de l'avion.

— Merde. On a perdu les moteurs, annonça Eve, sur un ton effroyablement calme. Mettez-vous en position de sécurité. Mettez votre tête en bas et couvrez-la avec vos bras. Faites-vous aussi petit que possible à l'arrière.

Zoey regarda Mark avec des yeux qu'elle savait aussi larges que des soucoupes. Il la dévisagea un instant avant de la rejoindre.

— Respire, Zoey, dit-il doucement. Eve va nous faire descendre.

— Bien sûr qu'on va descendre, que nous le voulions ou non ! répliqua Zoey.

Mark ne fit aucun sourire, mais ses lèvres tressaillirent. Ses doigts s'enroulèrent autour de sa nuque et il la poussa à se pencher. Dans n'importe quelle autre situation, Zoey aurait eu un orgasme spontané en sentant ces doigts calleux sur sa peau nue, mais le fait d'être à quelques secondes de la mort diminuait drastiquement sa libido.

— Penche-toi, Zoey. Mets-toi en position de force.

Au lieu de faire ce qu'il lui demandait, le corps de Zoey se mit à réagir sans même qu'elle y pense. Elle se pencha sur le côté, enfouissant sa tête dans l'estomac de Mark. La ceinture de sécurité se tendit et creusa ses épaules, mais elle ignora le léger inconfort.

Ils étaient assis assez près l'un de l'autre pour qu'elle puisse le toucher à tout moment, mais elle s'abstint pour sa propre santé mentale. Mais, sachant qu'ils étaient sur le point de mourir, elle ne se retint pas. Plus reconnaissante que jamais que l'avion soit si petit et qu'aucune allée ne la sépare d'un autre être humain vivant et respirant, Zoey entoura la taille de Mark du mieux qu'elle put et retint sa respiration.

Au lieu de la repousser, Mark se recourba sur son dos autant que possible. La position était inconfortable, mais sentir le poids et la chaleur de Mark sur elle la faisait se sentir beaucoup plus en sécurité que si elle s'était mise en boule de son côté de la banquette.

Elle entendit la pilote jurer une nouvelle fois mais Zoey ne leva pas la tête pour voir ce qui se passait par le pare-brise. Elle ne voulait pas savoir.

Les minutes passèrent, ou peut-être seulement quelques secondes. Le temps semblait s'être arrêté.

Au premier choc, Zoey poussa un cri d'effroi. Mark resserra son emprise sur elle, et elle l'imita. Personne ne dit un mot.

Le bruit de l'avion qui grinçait et de l'eau qui claquait contre les pontons était aussi qu'une bombe.

— Putain oui, je l'ai fait ! s'exclama Eve trente secondes plus tard.

Ce furent les trente secondes les plus longues de la vie de Zoey. Elle sentit Mark se lever, mais elle resta où elle était, accrochée à ses genoux comme l'aurait fait une enfant de trois ans.

— Je nous ai fait descendre, mais nous ne sommes pas encore hors de danger, dit Eve à ses passagers. Je vais nous diriger vers le bord du lac. Vous allez devoir sortir pendant que je vois si je peux trouver ce qui ne va pas et le réparer.

Sortir. Oui, Zoey pouvait faire ça. Elle serait heureuse de sortir de ce piège mortel.

— Je ne vous ai pas entendu lancer le SOS, dit Mark.

— Oui, je n'ai pas eu le temps, répondit calmement Eve. Je vais le faire dans une seconde et je vais demander de l'aide par radio. Notre plan de vol a été enregistré, et la route d'Anchorage à Juneau est très fréquentée. Je suis sûre que même si je n'arrive pas à faire redémarrer cet engin, quelqu'un nous trouvera bientôt. Nous y voilà. Je me suis approchée le plus près possible de la côte.

Zoey inspira profondément et s'assit lentement. En regardant par le hublot, elle ne vit que de l'eau et des arbres. Elle fit pivoter sa tête pour regarder à l'avant de l'avion, et elle vit qu'ils n'étaient qu'à quelques mètres de la terre ferme.

— On dirait que ça devient peu profond près de la rive. Si vous montez sur le petit ponton du côté passager, vous pourrez rejoindre la rive sans trop vous mouiller. Je vous lancerai alors le câble de remorquage, et vous pourrez attacher l'avion à l'un des arbres pour que je ne parte pas à la dérive pendant que je cherche à comprendre ce qui ne va pas avec ce fichu avion.

Zoey regarda Mark. Il fronçait les sourcils. Ce n'était pas une surprise, car elle avait réagi de la même façon.

Mais quelque chose était différent dans son expression. Il avait l'air sur les nerfs. En alerte.

Suspicieux.

— Mark ? demanda doucement Zoey.

Elle n'était pas sûre de ce qu'elle demandait. Tout ce qu'elle savait, c'était qu'elle voulait sortir de cet avion. Maintenant.

Après un dernier long regard à Eve, il prit une grande inspiration et se leva à moitié pour se pencher au-dessus d'elle et pousser la petite porte du côté passager avant. Zoey poussa le siège devant elle et se recula aussi loin qu'elle le pouvait, laissant à Mark le soin de sortir en premier. Il monta sur le bord et lui tendit la main.

Elle la prit avec gratitude. Elle voulait mémoriser la sensation de ses doigts autour des siens, mais ce n'était pas le moment de céder à un coup de cœur stupide. Ils avaient failli mourir, pour l'amour de Dieu. Elle devait se ressaisir.

Il l'aida à se tenir debout sur le minuscule flotteur, et elle inspira fortement, de peur que l'avion ne se renverse dans l'eau, leur poids se trouvant maintenant d'un seul côté du petit avion.

Mark descendit dans l'eau et l'attrapa. Il l'arracha du flotteur comme si elle ne pesait pas plus lourd qu'un enfant. Zoey enroula ses bras autour de son cou et s'accrocha à sa vie tandis qu'il faisait les quelques pas nécessaires pour atteindre la terre ferme.

Elle portait sa tenue habituelle : un jean, des chaussettes en laine parce qu'elle avait toujours froid aux pieds, des bottes Timberland, un débardeur sous un T-shirt à manches longues et sa chemise à carreaux doublée de polaire nouée autour de la taille, au cas où elle aurait froid.

Dès que ses pieds touchèrent le sol, Mark fit demi-tour pour retourner à l'avion et attraper le câble de remorquage – et Zoey regarda avec incrédulité l'avion dont ils venaient de sortir.

Au lieu d'être à quelques mètres du rivage, il était maintenant à plus de cinq mètres, et s'éloignait de plus en plus chaque seconde qui passait.

Quand le moteur s'alluma, Mark se mit à crier :

— C'est quoi ce bordel ?

Sans les regarder, Eve fit demi-tour et s'éloigna vers le milieu du lac.

Zoey regarda l'air perdu pendant une seconde avant de comprendre la situation.

— Je pensais que le moteur était mort, chuchota-t-elle.

— Moi aussi, dit Mark.

Ils se tenaient sur la rive du lac et regardaient, impuissants, l'avion qu'ils croyaient en panne s'éloigner, puis faire demi-tour. Eve activa le moteur et l'hydravion effleura la surface de l'eau sur quelques centaines de mètres avant de s'élever lentement dans les airs. Le moteur émit un son puissant, et ne montra aucun signe de problèmes techniques.

— Fait chier, s'exclama Mark avec dégoût.

Ils regardèrent tous les deux, impuissants, l'appareil devenir de plus en plus petit dans le ciel jusqu'à disparaître complètement, les seuls bruits étant ceux de l'eau qui clapotait paresseusement contre le bord de la rive et d'un oiseau qui passait de temps en temps.

Zoey fit un pas de plus vers Mark, comme si son cerveau savait qu'ils étaient dans les ennuis et que le seul endroit sûr était à côté du grand homme énervé à ses côtés.

— Elle va revenir, n'est-ce pas ? demanda Zoey, quand une autre minute fut écoulée.

Mark la fixa d'un regard si intense et effrayant que Zoey fit instinctivement un pas en arrière.

— J'en doute fortement, puisqu'elle a simulé cette panne de moteur et nous a fait échouer au milieu de nulle part.

Zoey inspira brusquement.

— Mais... elle l'a dit elle-même. La trajectoire de vol d'Anchorage à Juneau est très fréquentée. Quelqu'un va bientôt nous trouver, n'est-ce pas ?

Mark soupira et passa une main sur la courte barbe de son visage. Le bruit que ce mouvement produisit aurait excité Zoey dans n'importe quelle autre circonstance, mais pour le moment, elle ne pouvait rien faire d'autre que regarder Mark et prier pour qu'il soit d'accord avec elle.

— J'étais fatigué, dit-il.

Zoey fronça les sourcils, ne sachant pas de quoi il parlait.

— Je me suis endormi presque aussitôt que nous avons décollé. Je ne faisais pas attention à l'endroit où nous allions.

Combien de temps sommes-nous restés en l'air avant que le moteur ne s'éteigne ?

— Euh... Je ne suis pas sûre. Peut-être une heure ou deux ? fit Zoey.

— Putain, jura Mark. Ça ne me dit rien qui vaille.

— Mais nous devrions être presque à mi-chemin de Juneau, ajouta-t-elle, sachant pertinemment qu'elle n'aimerait pas les prochaines paroles de Mark.

— Zoey, Juneau est au sud-est d'Anchorage. Je ne l'ai réalisé qu'après l'atterrissage... mais nous volions vers l'ouest.

Ses yeux s'écarquillèrent, et elle réalisa qu'il avait raison. Merde. Le soleil aurait dû être dans les yeux de la pilote pendant qu'ils volaient, mais ce n'était pas le cas, il était derrière eux.

— On ne se dirigeait pas vers Juneau, ajouta-t-elle inutilement. Pourquoi ?

— C'est une bonne question. Je suppose que c'est lié à la raison pour laquelle notre pilote a simulé une urgence pour faire atterrir l'avion et la raison pour laquelle elle nous a bloqués ici.

La gravité de leur situation frappa alors Zoey. Ils étaient au milieu de l'Alaska, perdus quelque part sans nourriture et sans abri. Ils n'étaient pas sur la trajectoire de vol qu'ils étaient censés suivre, donc si quelqu'un les cherchait, il chercherait certainement au mauvais endroit puisqu'ils n'avaient même pas pris la bonne direction. Ils n'avaient pas de téléphone, même s'ils n'étaient pas utiles ici, au milieu de nulle part. Personne ne savait où ils étaient.

Ils allaient mourir.

— Ce doit être une erreur. Elle va revenir ! dit Zoey, au comble du désespoir.

Mark s'approcha d'elle et la prit par les épaules. Elle leva les yeux vers lui, espérant qu'il dirait quelque chose de positif. Quelque chose qui pourrait rendre leur situation moins sombre.

Mais il ne le fit pas.

— Elle ne reviendra pas. Nous sommes seuls.

Zoey n'était pas une pleurnicharde. Elle avait appris il y a longtemps que pleurer ne résolvait rien. Tout ce que ça faisait, c'était lui donner mal aux sinus et gonfler ses yeux. Mais elle n'aurait pas pu retenir ses larmes à ce moment-là, même avec un pistolet sur sa tête.

Elle allait mourir dans le désert de l'Alaska. Personne ne trouverait jamais son corps. Sa mère se demanderait toujours ce qui lui était arrivé. Peut-être qu'elle finirait dans une de ces émissions sur la chaîne ID qu'elle aimait tant. Quelle ironie. Et quelle tristesse.

Et même Mark, qui la prit dans ses bras et la serra pendant qu'elle pleurait, ne parvint à la calmer.

CHAPITRE TROIS

Bubba était furieux et s'en voulait. S'il ne s'était pas endormi et n'avait pas été aussi groggy, il aurait remarqué que quelque chose n'allait pas. Même lorsque son cerveau avait émis un doute sur la direction qu'ils prenaient, il s'était seulement dit qu'Eve essayait de prendre le contrôle de l'avion et qu'elle avait fait demi-tour en cherchant un endroit pour atterrir.

Il avait été stupide de quitter l'avion, mais la panique qu'il lisait sur le visage de Zoey le préoccupait et il avait voulu la mettre en sécurité.

Bon sang, quel idiot !

Il n'avait aucune idée de qui était derrière tout ça, mais il allait le découvrir. Celui qui avait planifié cela avait sérieusement sous-estimé ses capacités.

Il était un Navy SEAL. Son entraînement l'avait préparé aux temps les plus froids et il avait passé plus de temps que n'importe qui dans la nature. Et même s'il ignorait où ils étaient, il le découvrirait dès qu'il aurait réussi à calmer Zoey.

Bien que son sac à dos soit toujours dans l'avion avec Eve, la fourbe, il n'allait jamais nulle part sans quelques articles de base dans ses poches. SEAL un jour, SEAL toujours.

Il sentit Zoey prendre une grande inspiration alors qu'elle

essayait de se contrôler. Il appréciait ça. Il n'avait rien contre les femmes qui pleuraient, mais il était un homme d'action. Ils avaient beaucoup à faire et il devait s'y mettre immédiatement. Remonter le moral de Zoey serait ainsi moins compliqué.

À l'époque du lycée, il l'avait remarquée quand elle était arrivée dans l'établissement. Elle était nouvelle, et bien sûr, tous les garçons avaient les yeux sur elle. Elle était timide et douce, et quelque chose en elle l'avait interpellé. Mais ensuite, Malcom l'avait invitée à sortir, et après la façon dont les choses s'étaient terminées entre eux, il aurait semblé bizarre de la draguer pour voir si elle pourrait être intéressée par l'autre frère.

Il avait déjà été échaudé par des filles qui se fichaient de savoir avec quel frère elles sortaient. Même au lycée, il souhaitait une fille qui le voulait lui et seulement lui.

Aussi, ses notes et son entrée dans les Marines le préoccupaient plus que ses rendez-vous amoureux.

Mais tenir Zoey dans ses bras et la voir se tourner vers lui pour se réconforter alors qu'elle pensait qu'ils allaient s'écraser, c'était satisfaisant. Vraiment satisfaisant. Il avait l'habitude de prendre les autres en charge, d'être quelqu'un vers qui les gens se tournaient dans des situations compliquées, mais voir que Zoey comptait sur lui était différent. Il se sentait bien.

Il prit une profonde inspiration en se répétant mentalement qu'il fallait se détendre, qu'ils allaient passer quelques jours extrêmement difficiles – avec un peu de chance, ce ne serait *que* quelques jours. Bubba posa ses mains sur les épaules de Zoey et la poussa doucement en arrière afin de voir son visage.

Ses yeux étaient gonflés et son visage mouillé par les larmes, mais il n'y lisait pas de panique, ce qui était une bonne chose. Il pouvait accepter qu'elle soit effrayée et perplexe, mais la panique était une émotion plus difficile à combattre.

— Tu te sens mieux ? demanda-t-il.

Elle hocha la tête, mais dit :

— Non.

Bubba ricana malgré lui. C'était un autre souvenir qu'il avait de Zoey. Elle pouvait le faire rire aux moments les plus surprenants.

— Bien. Tout d'abord, je dois m'excuser.

Elle fronça les sourcils.

— Pourquoi ?

— J'aurais dû faire attention. Je sais que ç'aurait été préférable. Mais j'étais fatigué, et j'ai baissé ma garde. Ça ne se reproduira pas.

— Mark, ce n'est pas ta faute. Comment pouvions-nous savoir que cela arriverait ?

Tout comme à l'aéroport, entendre son prénom sur ses lèvres lui procurait une sensation... étrange. Il n'en saisissait pas la raison, alors il se contenta de l'ignorer.

— Mon père avait beaucoup d'argent. Donc je suppose que quelqu'un ne voulait pas qu'on retourne à Juneau pour la lecture du testament.

— C'est stupide, dit Zoey. Nous faire disparaître ne va pas automatiquement faire que l'argent aille à quelqu'un d'autre... n'est-ce pas ?

Bubba haussa les épaules.

— Je n'en ai aucune idée. Je ne sais pas ce qu'il y avait dans le testament de Pap ou comment il l'a formulé. S'il a mis en place une fiducie, il est possible que si je suis malade – ou mort – elle aille à quelqu'un d'autre.

Zoey écarquilla les yeux.

— Qui pourrait être derrière tout ça ?

— C'est la question à un million de dollars, n'est-ce pas ? demanda-t-il. Et je dois <u>te</u> demander quelque chose. Tu as passé beaucoup plus de temps avec Pap que moi. Qui, à ton avis, voudrait se débarrasser de nous ?

— Nous ? Je ne suis personne. Je n'étais même pas liée à Colin. Pourquoi quelqu'un m'inclurait dans son plan ?

— Une autre bonne question, lui dit Bubba, content qu'elle

ait arrêté de pleurer. Et peut-être que tu as juste eu la malchance de partager un avion avec moi. Mais en ce qui concerne le fait que tu ne sois personne, ce n'est absolument pas vrai. Je n'avais pas vu Pap depuis une éternité, mais je sais que tu as été à ses côtés pendant plus de dix ans. Tu étais très importante pour lui, et comme il t'a incluse dans son testament, tu n'étais certainement pas une inconnue pour lui non plus.

Zoey le dévisageait en silence, et Bubba n'arrivait pas à lire ce qu'elle pensait.

Finalement, elle ferma les yeux et soupira.

— Donc quelqu'un voudrait nous tuer tous les deux, ou au moins nous mettre hors-jeu pour que nous ne puissions pas réclamer l'héritage de ton père ? C'est un plan stupide.

À nouveau, Bubba se mit à rire. Il n'imaginait pas qu'elle dirait cela.

— Je suis d'accord. Parce que si nous sommes déclarés morts, ce que Pap nous a laissé reviendra à nos héritiers.

— Quoiqu'il en soit, ça ne nous dit toujours pas qui veut notre mort, reprit Zoey.

Bubba hocha la tête.

— Oui. Mais nous avons des choses plus importantes à gérer pour le moment.

Zoey regarda autour d'eux. Elle ne s'était pas dégagée de son étreinte. Bubba vit qu'elle avait une chemise molletonnée attachée autour de sa taille, et il descendit ses mains pour tirer sur le nœud.

— Qu'est-ce que tu...

Avant qu'elle ait pu terminer sa question, il se plaça derrière elle et l'aida à enfiler sa chemise. La température avoisinait les quinze degrés en ce moment, mais il était content qu'elle ait une couche supplémentaire car elle risquait de baisser durant la nuit.

— Merci, dit-elle quand il revint vers elle.

— Nous n'allons pas mourir ici, ajouta-t-il d'un ton assuré et grave.

Zoey releva la tête pour le regarder dans les yeux.

— Tu n'en sais rien.

— Je le sais. Celui qui était derrière ça a tout gâché.

Elle haussa les sourcils en le regardant.

Bubba sentit ses lèvres se retrousser à nouveau. Mon Dieu, elle était adorable.

— Leur première erreur a été de penser qu'en nous déposant au milieu de nulle part, ils allaient se débarrasser de nous.

— Je déteste te dire ça, Superman, mais nous n'avons pas de nourriture. Pas de transport. Aucun moyen de contacter qui que ce soit. Pas d'abri.

Zoey regarda autour d'elle de façon comique.

— Et je ne vois pas d'Uber faire la queue pour nous ramener chez nous.

— Oh, femme de peu de foi, dit-il. Sur une échelle de un à dix, à quel point es-tu à l'aise en extérieur ?

Elle fronça les sourcils et plissa le nez.

— Peut-être quatre. Quatre et demi, répondit-elle.

Bubba rayonnait.

— Parfait.

— Parfait ? Est-ce que quelqu'un t'a déjà dit que tu étais fou ?

— Mes coéquipiers, en fait, affirma-t-il, le visage impassible. Si tu avais dit zéro ou un, alors les choses auraient été un peu plus difficiles, mais je peux me débrouiller avec un quatre.

Zoey secoua la tête et leva les yeux au ciel, ce qui donna à Bubba l'envie soudaine de passer une main derrière sa nuque et de déposer un baiser sur son visage exaspéré. Il n'eut pas le temps de réfléchir à cette réaction car elle reprit la parole :

— Sérieusement, tu es fou. Je vis à Juneau, donc bien sûr je suis un peu familière avec l'extérieur. Tu sais aussi bien que moi que nous aimons tous être dehors autant que possible en été parce que c'est trop triste, froid et sombre en hiver.

— Je sais. Et le sport ?

— Quoi, le sport ? demanda-t-elle.

— Est-ce que tu en fais ?

Zoey soupira à nouveau, et son regard s'éloigna du sien.

— Si tu me demandes si je m'entraîne en secret pour le triathlon, tu vas être déçu.

Bubba n'aimait pas la mettre mal à l'aise. Il posa un doigt sur son menton et tourna doucement son visage vers le sien.

— J'ai le sentiment que rien de ce que tu feras ne pourra me décevoir.

Quand elle roula une nouvelle fois des yeux, Bubba soupira intérieurement de soulagement. Il aimait son subtil sarcasme.

— Pour répondre à ta question, je ne fais pas de sport régulièrement. Je n'aime pas aller à la salle, je me sens trop gênée à côté des hommes et des femmes super sportifs qui fréquentent celle de Juneau. Mais je n'ai pas non plus de voiture, alors je marche beaucoup. La maison que je louais à ton père était à quelques rues de la sienne, alors quand j'allais l'aider, je marchais. Quand je devais aller en ville, je prenais mon vélo.

Bubba inclina la tête en signe de satisfaction.

— C'est génial.

Devant son air incrédule, il continua.

— Sérieusement. Marcher dans Juneau n'est pas vraiment facile. Tu as peut-être oublié que j'ai aussi vécu là-bas. La maison de papa est au sommet de cette énorme colline, et je sais par expérience qu'il n'est pas facile d'y monter à pied. Et si tu allais en ville en vélo, tu devais monter et descendre plusieurs collines. Ça va beaucoup nous aider ici.

Zoey se mordit la lèvre et regarda autour d'elle.

— Mark, on est au milieu de nulle part. Nous ne savons même pas dans quelle direction se trouve Anchorage. Comment penses-tu que nous allons y arriver ? On ne peut pas marcher. Nous avons été dans les airs pendant une heure !

Bubba sentait qu'elle s'énervait, et il comprenait sa colère, alors il fouilla dans une des poches de son pantalon cargo et en sortit quelque chose. Il le tint dans sa paume pour qu'elle puisse le voir, et dit :

— Nous n'aurons pas à marcher tout le chemin. On finira bien par croiser quelqu'un. Et j'ai ça.

Zoey baissa les yeux sur sa main, puis les remonta sur son visage.

— Tu as une boussole ?

— Oui.

— Pourquoi ?

— Pourquoi pas ? fit-il avec désinvolture.

Comme elle ne souriait pas, il redevint sérieux.

— J'ai toujours pensé qu'il fallait être prêt à tout. Je n'ai peut-être pas mon sac de voyage, mais je te promets que nous n'allons pas mourir de faim ou de froid.

Elle avala de travers.

— Tu crois qu'on est vraiment seuls ici ? Et si celui qui avait planifié ça avait caché quelqu'un ici pour s'assurer qu'on ne s'en sorte pas vivants ?

Bubba y avait évidemment déjà pensé.

— Honnêtement ? J'espère que c'est le cas.

Ses yeux s'agrandirent et elle le regarda comme s'il avait tout à coup trois têtes.

— Quoi ? Pourquoi ?

— Parce que je pourrais les capturer et leur faire dire qui est derrière tout ça. Ils ont probablement aussi des trucs que je pourrais chaparder. Peut-être même un téléphone satellite.

— Tu as l'air si sûr de toi, reprit Zoey après un moment.

— C'est parce que je le suis. Zoey, je suis un Navy SEAL.

— Je sais.

Il secoua la tête.

— Mais je ne pense pas que tu comprennes vraiment ce que cela signifie. La plupart du temps, nos missions consistent à se faufiler dans des pays étrangers et soit à sauver des civils innocents des méchants, soit à tuer des HVT.

— C'est quoi une HVT ?

— « High Value Target », Cible de grande valeur. On m'a appris à survivre dans les déserts les plus chauds et les terrains arctiques les plus froids. Je sais comment tuer à mains nues, tout comme je sais comment faire du feu avec deux bâtons, m'abriter avec à peu près n'importe quoi, et comment échapper à la capture. Je ne peux pas te promettre que ce sera très amusant, mais je *i* te promettre que je te ramènerai chez toi. Tu me crois ?

Au lieu d'acquiescer immédiatement, Zoey l'observa pendant un long moment. Bubba n'avait aucune idée de ce qu'elle cherchait ou de ce qu'elle voyait quand elle le regardait, mais il demeura silencieux en espérant qu'elle lui fasse confiance.

— Donc, ce que tu dis vraiment, c'est que pour toi, ce n'est rien de plus qu'une sortie camping normale ou un truc du genre ?

Bubba ne put retenir un éclat de rire.

— Eh bien, pas tout à fait. Quand je campais avec papa, nous avions toujours une tente et une glacière remplie de bières. Mais si personne d'autre n'est là pour essayer de nous tuer, alors oui, ce sera une promenade dans le parc pour nous ramener à la civilisation – peu importe la distance que cette promenade peut représenter. Nous serons peut-être sales et puants quand nous arriverons à destination, mais nous ne mourrons pas de faim, nous ne mourrons pas de froid – Dieu merci, nous ne sommes pas au milieu de l'hiver – et nous ne serons certainement pas intimidés par ceux qui pensent pouvoir se débarrasser de nous.

— J'ai toujours froid, lui dit Zoey d'un air détaché.

— Pardon ?

— J'ai toujours froid, répéta-t-elle. C'est pourquoi, même en septembre, je porte des bottes, une chemise à manches longues et j'avais ma polaire enroulée autour de ma taille. Je ne sais pas pourquoi, j'ai toujours froid, c'est tout.

— Je ferai de mon mieux pour m'assurer que tu sois bien.

Zoey soupira.

— Je suis allée camper deux fois en tout et pour tout, et je n'ai pas vraiment aimé ça.

— Tu n'as pas fait du camping avec moi, dit Bubba.

Comme il s'y attendait, les yeux de Zoey se levèrent.

— Je vois que les Marines t'ont appris la modestie.

Bubba partit d'un petit rire, puis lui tendit la main en guise d'invitation.

— Viens, prenons nos repères et faisons un plan préliminaire.

Elle n'attendit pas pour enrouler ses doigts aux siens, et Bubba réalisa que sa main était assez froide. Il la couvrit avec son autre main, pour essayer de la réchauffer.

— Seulement un plan préliminaire ?

— Oui. J'ai été formé pour ne pas seulement créer un plan A, mais B, C, D, et E aussi.

— C'est vrai. Bien sûr, répondit Zoey.

Puis elle redressa ses épaules et fit un geste de la tête vers leur gauche.

— Je vous en prie, allons-y, ô grand guerrier Navy SEAL.

— Est-ce que quelqu'un t'a déjà dit que tu es une petite maline ? dit-il en serrant plus fort sa main et en les éloignant du lac.

— Non. Du moins, pas avant que tu n'arrives.

Bubba ne put s'empêcher de sourire.

Toute cette situation était lamentable. Plus que lamentable. Mais ça aurait pu être cent fois pire s'il avait été bloqué avec une autre personne que Zoey Knight. Plus il était près d'elle, plus il se rappelait à quel point il l'aimait au lycée. Et s'il était honnête avec lui-même, il avait hâte d'apprendre à mieux la connaître pendant qu'ils chercheraient où ils se trouvaient et comment retourner à Anchorage ou Juneau. Il y avait au moins un avantage à cette situation.

Honnêtement, il n'était pas trop inquiet à l'idée de vivre à la dure pendant un certain temps. Ils ne profiteraient d'aucun confort, mais il avait suffisamment confiance en ses capacités pour être sûr qu'ils finiraient par rentrer chez eux.

Celui qui avait pensé à se débarrasser d'eux l'avait sérieusement sous-estimé. Et ne plaisantait pas le moins du monde en disant à Zoey qu'il souhaitait presque que quelqu'un soit là pour le tuer. Il aurait pu retourner la situation et obtenir plus de provisions, peut-être même un véhicule et un téléphone. Mais il avait le sentiment que la pilote avait choisi le lac où elle avait atterri au hasard. Que ça n'avait pas été planifié à l'avance.

Il avait remarqué qu'elle agissait un peu bizarrement, mais il avait mis trop de temps à comprendre ce qui se passait.

Se rappelant soudainement qu'il avait promis d'appeler Rocco dès qu'il atterrirait, Bubba sourit. Pour une fois, l'insistance de son coéquipier paranoïaque à s'inquiéter pour tout le monde allait jouer en sa faveur. Si Rocco n'avait pas de nouvelles de lui, il essaierait certainement de comprendre pourquoi. Entre le reste de son équipe et lui – ainsi que leur ami expert en informatique, Tex – Zoey et lui seraient à la maison en un rien de temps.

Il l'espérait.

Alors qu'il resserrait sa main autour de celle de Zoey qui trébuchait, Bubba eut le sentiment que sa vie ne serait plus la même après cette petite aventure. Celui qui avait voulu le mettre hors-jeu avait aussi visé Zoey, et c'était quelque chose qu'il ne pardonnerait pas.

Comme si elle pouvait lire dans ses pensées, Zoey serra sa main et murmura :

— Ça craint, mais si je dois être coincée au milieu de nulle part, je suis contente que ce soit avec toi.

CHAPITRE QUATRE

Si elle n'avait aucune idée du temps qui s'était coulé, Zoey se lassait déjà assez de cette randonnée et de ce camping improvisés. Elle faisait de son mieux pour rester positive, mais chaque heure qui passait, elle était de plus en plus découragée et effrayée.

La seule chose dont elle était reconnaissante était que l'automne commençait seulement à point le bout de son nez, et qu'ils ne se trouvaient donc pas en plein hiver. Car, au lieu de se frayer un chemin dans le sous-bois humide de la forêt, il leur aurait fallu se frayer un chemin dans trente centimètres ou plus de neige.

Penser à la neige la faisait frissonner. Malgré les kilomètres de marche, elle avait toujours froid. Zoey imaginait que c'était probablement parce qu'elle n'arrêtait pas de songer à l'endroit où ils allaient s'arrêter pour la nuit. Elle allait devoir dormir par terre et mourrait probablement de froid. Elle ne pensait même pas aux insectes et aux serpents qui pourraient décider d'élire domicile dans ses vêtements.

— Arrête de penser si fort, dit Mark.

Elle leva les yeux au ciel. Elle marchait derrière lui, et Zoey savait qu'il se retenait d'aller plus vite, juste pour qu'elle puisse le suivre.

Zoey s'arrêta une seconde et posa ses mains sur ses cuisses alors qu'elle se penchait pour reprendre le contrôle sur ses émotions. Elle avait faim, elle était fatiguée, elle avait froid et elle était morte de peur. Pendant un court moment après le départ, l'adrénaline lui avait permis d'oublier la gravité de leur situation, ou du moins de la mettre dans un coin de sa tête. Mais avec le temps, et les heures de marche dans les jambes à travers une forêt effrayante au milieu de nulle part, ses doutes et ses peurs avaient trouvé une faille par laquelle s'insinuer.

— Zoey ?

Le ton de Mark était doux, presque irrésistible. Il posa une main sur le haut de son dos et l'autre saisit doucement la base de son cou pour la masser.

Zoey ferma les yeux. Pourquoi ne pouvait-il pas être un crétin comme son frère ?

— Tu dois arrêter d'être gentil avec moi, lui dit-elle sans se redresser.

— Ça n'arrivera pas, rétorqua-t-il.

Zoey soupira.

— Alors peut-être que tu devrais juste aller de l'avant et trouver de l'aide et revenir me chercher.

Il vint se placer devant elle, puis l'obligea à se lever. Il conserva une main sur sa nuque, plaçant ses autres doigts sous son menton pour qu'elle redresse un peu la tête. Zoey ne savait pas quoi faire de ses mains, alors elle les posa avec hésitation sur sa poitrine.

Il ouvrit la bouche pour dire quelque chose, mais elle lâcha avant qu'il n'ait pu dire quoi que ce soit :

— Mon Dieu, tu es si chaud !

La chaleur qui irradiait de sa poitrine brûlait presque ses pauvres doigts gelés, mais c'était tellement agréable.

En réponse, il l'entoura de ses bras, l'attirant contre lui pour qu'ils soient collés l'un à l'autre des hanches à la poitrine.

Zoey gémit et pivota légèrement son visage pour que son nez soit collé contre ses pectoraux. Bien sûr, cela signifiait qu'elle ne pouvait pas respirer, mais qui avait besoin d'air quand il y avait autant de chaleur à prendre ?

Elle le sentit rire tout bas et elle gémit une seconde fois lorsqu'il la déplaça pour que sa joue soit contre sa poitrine. Une main à l'arrière de sa tête, il la maintenait doucement contre lui quand l'autre pressait le bas de son dos plus près. Même si elle avait voulu aller quelque part, elle n'aurait pas pu facilement se libérer de son emprise. Il était comme une couverture électrique vivante et respirante.

— Je ne te quitterai pas, Zoey, dit-il après une minute. Pourquoi penses-tu une seconde que je le ferais ? Tu me considères si peu ?

Il avait l'air blessé, et Zoey détestait ça. Elle secoua sa tête contre lui.

— Non. Mais je te ralentis. Je parie que tu pourrais être des kilomètres plus loin à l'heure actuelle si tu n'étais pas obligé de m'attendre constamment ou de vérifier sans cesse que je ne suis pas tombée à plat ventre. Tu pourrais aller de l'avant et trouver qui tu veux et revenir.

— Je ne te quitte pas, répondit fermement Mark. Ce n'est pas comme ça que ça marche. Un SEAL ne laisse pas un coéquipier derrière lui.

— Je ne suis pas un SEAL, dit-elle immédiatement.

— Peut-être pas, mais je ne te quitterai pas pour autant. Regarde-moi, Zoey.

À contrecœur, elle pencha la tête en arrière et fixa ses yeux marron. Elle avait l'impression bizarre qu'il avait les cils les plus longs qu'elle ait jamais vus sur un homme.

— J'ai besoin que tu m'écoutes. Que tu m'écoutes vraiment. Est-ce que tu m'écoutes ?

Elle hocha la tête.

— On est dans le même bateau. Quoi qu'il arrive, on reste ensemble. On ne sait pas ce qui va se passer, et j'ai besoin de toi autant que tu as besoin de moi. Ce n'est pas une affaire à sens unique. Tu t'es très bien débrouillée jusqu'à présent. Je suis impressionné, et crois-moi, je ne suis pas facilement impressionnable.

— Je suis tombée plusieurs fois et les seules choses que j'ai dans mes poches sont un paquet de bonbons et le ticket du hamburger pourri que j'ai mangé avant de monter dans l'avion, dit-elle en haussant les sourcils.

— Tu es peut-être tombée, mais tu t'es relevée. Chaque fois, affirma Mark. Je ne te raconte pas d'histoires quand je te dis que j'ai été dans des situations très similaires à celle-ci... marcher dans la jungle en essayant d'atteindre un point d'extraction avec quelqu'un que nous avons sauvé, et cette personne ne fait rien pour s'aider elle-même. Je sais que c'est dur. Ça craint. Vraiment. Mais tu t'en sors bien. Et je suis sûr que tu n'as aucune envie de voir celui qui est derrière tout ça réussir. N'est-ce pas ?

Zoey soupira. Il avait raison, bien sûr.

— Exact.

— Nous formons une équipe, Zoey. J'ai besoin que tu assures mes arrières, et j'assurerai les tiens. OK ?

— Bien sûr, dit-elle. Si un ours nous trouve, je lui jetterai un bonbon en espérant que ça le distraira assez longtemps pour qu'on puisse s'enfuir.

— C'est un bon plan, dit-il en souriant

Puis il lâcha son menton.

Zoey enfouit immédiatement son nez dans sa chemise et soupira alors que la chaleur de son corps enveloppait tendrement son visage.

Mark demeura immobile pendant plusieurs minutes, la laissant s'imprégner de sa chaleur et se reposer. Prenant une grande inspiration, elle se força à s'éloigner de lui mais ne put empêcher le frisson involontaire qui traversa son corps quand elle s'éloigna de la chaleur de l'homme.

Il fronça les sourcils.

— Tu as vraiment froid, hein ?

Zoey haussa les épaules.

— Je pense que ma température corporelle a été affectée de façon permanente par ma vie en Alaska. Je t'ai dit que j'avais toujours froid.

— Je ferai de mon mieux pour te tenir chaud, dit Mark.

Et bien sûr, l'esprit de Zoey lui imposa aussitôt des idées qu'elle préféra taire. Elle savait qu'elle rougissait, mais elle tenta de l'ignorer.

— Ça va aller. Nous ferions mieux de continuer. On va toujours vers le sud ?

Pendant une seconde, elle crut que Mark allait lui demander ce qu'elle avait en tête, d'après son regard intrigué, mais il finit par hocher la tête.

— Oui. Je veux à tout prix éviter d'aller vers l'ouest. On tomberait directement sur cette chaîne de montagnes, et je ne suis pas sûr que l'un de nous soit prêt à faire de l'alpinisme de sitôt.

En regardant à sa gauche, Zoey vit les grands pics montagneux au-dessus de sa tête à travers les arbres.

— Non, je pense que je préfère rester ici, acquiesça-t-elle.

Ils se remirent à marcher et, comme si Mark savait qu'elle avait besoin de quelque chose pour ne pas penser à l'endroit où ils se trouvaient et à ce qu'ils faisaient, il demanda :

— Alors... qu'est-ce que tu as fait ces dix dernières années, à part aider mon père ?

Zoey gloussa.

— Ouah, c'était une question ouverte, ronchonna-t-elle.

Mark tourna la tête et se mit à sourire.

— Tu as mieux à faire actuellement ? demanda-t-il.

— En fait, j'avais un rendez-vous chez le coiffeur, mais j'imagine que je vais le manquer, plaisanta-t-elle.

Mark se mit à rire, et Zoey réalisa à quel point elle aimait l'entendre rire.

— Après avoir obtenu mon diplôme, je suis allée à l'université de Juneau et j'ai obtenu un diplôme d'associé en commerce. Mais je n'ai pas particulièrement aimé les cours et je n'étais pas sûr de ce que je voulais faire ensuite. J'ai trouvé un emploi dans un des magasins pour touristes près des quais des bateaux de croisière, et ça m'occupe l'été.

— Comment as-tu commencé à travailler pour mon père ? demanda Mark.

Se cachant sous une branche et sautant par-dessus une flaque d'eau, Zoey continua :

— Une année, c'était après que les magasins aient tous fermé pour l'hiver, je suis tombée sur ton père à l'épicerie. Je lui suis littéralement rentrée dedans avec mon chariot et je l'ai fait tomber. Je me suis sentie très mal, mais il a été très gentil. J'ai insisté pour l'aider à mettre ses courses dans sa voiture, puis j'ai proposé de cuisiner quelque chose pour lui en guise d'excuse. Je savais qui il était ; je l'avais vu à la remise des diplômes avec Malcom et toi, et occasionnellement en ville. Il a accepté que je cuisine pour lui, je pense, parce que j'ai admis que j'avais marché jusqu'au magasin, et qu'il essayait d'être gentil et de trouver un moyen de me ramener en voiture sans me forcer. Quoi qu'il en soit, je lui ai fait des poivrons farcis ce soir-là, et il m'a offert un emploi sur-le-champ. Cette semaine-là, j'ai commencé à nettoyer sa maison et à faire des tâches ménagères. Et au cours des mois suivants, nous sommes devenus de bons amis.

Elle s'arrêta de parler, se demandant ce que Mark voulait entendre. Elle ne voulait rien dire qui puisse le rendre triste.

— Continue, insista Mark.

— Je... je sais que vous ne vous entendiez pas vraiment. Je ne veux pas dire quelque chose qui dépasse les bornes.

— C'est ce que tu penses ? Que nous ne nous entendions pas ?

— Eh bien... oui. Tu n'es jamais vraiment venu le voir, et Malcom a dit que vous vous étiez brouillés et que c'était la raison pour laquelle tu n'étais jamais là.

— J'aimais mon père plus que je ne peux le dire, répondit Mark sans se retourner. J'admets que j'aurais dû revenir au moins une fois après mon départ, mais je ne suis pas resté à l'écart à cause de lui. Pas vraiment.

— Alors pourquoi ?

Mark soupira, et Zoey se sentit mal d'avoir posé cette question, mais il finit par répondre.

— Parce que j'avais peur de continuer à le décevoir. Je savais qu'il voulait que je travaille avec lui. Pendant tout le lycée, il m'a parlé d'occuper un poste à Heritage Plastics et de gravir les échelons jusqu'à devenir son vice-président. Je n'ai même pas eu de diplôme universitaire. Je ne pouvais pas supporter de voir la déception dans ses yeux quand il a réalisé que je ne serais jamais intéressé par ce qu'il faisait. Il parlait de tous les trucs sur lesquels sa société travaillait et mes yeux devenaient vitreux. Je ne pouvais pas rien imaginer de pire que d'être assis dans un bureau, ou pire, de travailler dans une usine.

Zoey fronça les sourcils et fit quelques pas de course pour rattraper Mark. Elle posa sa main sur son bras et tira, le forçant à s'arrêter. Il se retourna et la regarda d'un air interrogateur.

— Mark, Colin était si fier de toi.

Comme il la regardait d'un air sceptique, elle serra son bras plus fort.

— Sérieusement. Je sais que tu n'envoyais pas souvent des e-mails, mais quand tu le faisais, il disait à tout le monde à quel point tu étais génial. Il se vantait tout le temps que tu étais un SEAL, et que tu faisais tout le boulot pour que des gens comme lui puissent rester assis derrière leur bureau et vendre du plastique.

Mark déglutit avant de demander :

— Vraiment ?

— Oui. Il se fichait que tu n'aies pas de diplôme. Il était vraiment fier de toi.

En passant une main sur son visage, Mark déclara :

— J'aurais dû venir le voir.

Zoey haussa les épaules.

— Peut-être. Mais il ne t'aimait pas moins pour autant. Il disait toujours que tu étais trop occupé à sauver le monde pour t'inquiéter d'un petit vieux.

Mark ricana, mais son visage ne cachait pas sa tristesse.

— Je le regrette, dit-il tranquillement.

Zoey serra son bras.

— Je regrette aussi de ne pas être resté plus en contact avec Mal. Peut-être qu'il n'est pas trop tard pour réparer cette relation.

Zoey fit de son mieux pour garder une expression neutre, mais elle n'y parvint pas, puisque Mark lui demanda :

— Quoi ?

— Rien, dit-elle rapidement, ne voulant pas dire quoi que ce soit qui puisse dégoûter Mark de son frère. Leur relation ne la regardait pas. Comme je l'ai dit plus tôt, je ne sais pas ce que je dois ou ne dois pas dire à propos de ton père. Je ne parlerais pas de lui si ça te faisait trop mal.

Mark secoua la tête.

— Non. Enfin, oui, ça fait mal, mais j'aimerais entendre parler de lui, si tu es d'accord pour en parler.

Zoey lui fit un sourire.

— Et si on discutait en avançant ?

Mark se mit à rire.

— Tu dis que je fais trop de pauses, femme ?

— C'est toi qui l'as dit, pas moi, fit-elle en riant.

— Madame, oui, madame, dit-il en lui faisant un salut intelligent, puis il fit demi-tour et se remit à marcher.

Pendant une seconde, Zoey put l'imaginer debout, dans son uniforme blanc, en train de saluer. Elle avait vu des photos. Il en avait récemment envoyé une à son père une photo où il posait avec ses coéquipiers. Ils portaient leur uniforme blanc. Ils étaient debout sur une plage, entourant un homme et une femme qui venaient manifestement de se marier. Elle n'avait pu s'empêcher de fantasmer un peu sur lui. Elle avait toujours eu un faible pour les hommes en uniforme, même si elle ne l'avouerait jamais.

— Donc, il y a eu cette fois où une fillette est venue dans la maison de ton père. Elle vendait des biscuits, et elle pleurnichait un peu parce que tout le monde refusait de lui en acheter. Colin invita la fillette et sa mère à s'asseoir et ils discutèrent pendant environ dix minutes. Des matières qu'elle préférait à l'école, de son plat préféré, et d'un million d'autres choses au gré de la conversation. Puis il lui demanda combien de boîtes de biscuits elle avait à vendre et il lui en acheta *le double*. Quand la fillette s'en alla, elle souriait jusqu'aux oreilles et disait à sa mère qu'elle avait hâte de dire à ses amis qu'elle avait doublé le minimum requis. Il faisait toujours des choses comme ça. Des choses désintéressées. Colin avait beaucoup d'argent, mais il n'a jamais agi comme tel. Il était aussi heureux de manger des macaronis au fromage qu'un steak à 50 dollars.

— Qu'est-ce qu'il a fait avec tous les cookies ? demanda Mark.

Zoey le regarda l'air surpris.

— Qu'est-ce que tu veux dire ?

— Pap détestait ces cookies. Il disait qu'ils avaient un goût de merde. Je sais qu'il ne les a pas mangés, alors qu'est-ce qu'il a fait de toutes ces boîtes ?

Zoey sourit. Mark pouvait regretter sa relation avec son père, mais il connaissait bien l'homme. Même s'il ne l'avait pas vu depuis plus de dix ans, il connaissait son père.

— Il en a fait don au refuge pour sans-abri et au refuge pour femmes de la ville.

Mark hocha la tête. Zoey ne pouvait pas voir son visage, mais elle avait le sentiment qu'il souriait.

— Oui, ça lui ressemble bien. Quoi d'autre ?

Au cours de l'heure suivante, Zoey raconta à Mark autant d'histoires qu'elle pouvait se rappeler sur son père. Certaines étaient tristes, mais la plupart étaient des souvenirs stupides et heureux. Ça faisait du bien de parler de lui. Lorsqu'elle n'eut plus d'histoires, Mark déclara :

— Merci. Je vois que tu l'aimais beaucoup.

C'était vrai. Colin Wright pouvait être grincheux et ennuyeux, mais n'est-ce pas le cas de tout le monde ? Et il avait fait plus pour elle que n'importe qui d'autre dans sa vie. Il croyait en elle et l'encourageait toujours à faire ce qu'elle voulait. Bien sûr, elle l'aimait.

— Je peux te demander quelque chose ? reprit Mark.

— Je pense que tu viens de le faire.

Elle l'entendit rire, puis il tourna la tête, la regarda dans les yeux et lui demanda :

— Pourquoi es-tu restée à Juneau après le départ de ta mère ? Tu l'aimais tant que ça ?

Ils marchaient toujours, et ce n'est que lorsque Mark se retourna et ne la regardait plus qu'elle put répondre.

— Je suppose que c'est parce que je n'avais nulle part où aller, dit-elle. C'est un peu pathétique, maintenant que j'y pense...

— Non. Non, ce n'est pas le cas, l'interrompit Mark.

— C'est vrai. Et ne m'interromps pas, gronda Zoey, oubliant une seconde que Mark n'était pas son père.

Elle se détendit en voyant qu'il se contentait de lui sourire en coin, par-dessus son épaule.

— J'allais déménager à Anchorage, mais Colin m'a demandé de rester. C'est alors qu'il a dit que je pouvais louer la maison près de la sienne. Honnêtement, il m'a fait dire oui si facilement. C'est probablement pour ça qu'à trente et un ans, je n'ai aucune idée de ce que je veux faire de ma vie.

— Mon père a toujours eu un don pour rendre les choses faciles, commenta Mark. C'est l'une des raisons pour lesquelles je suis parti si tôt après avoir obtenu mon diplôme. Je savais que si je restais et travaillais avec lui, même pour quelques mois, il serait beaucoup plus difficile de partir.

Zoey y pensa pendant un moment alors qu'ils avançaient péniblement. Mark avait raison. Son père avait facilité les choses pour qu'elle reste à Juneau. Elle ne détestait pas sa vie, mais elle n'était pas si excitante que ça. Elle rencontrait des tas de gens heureux dans les magasins pour touristes l'été. Des gens qui étaient ravis d'être en croisière et de voir le monde, et elle était là, une femme au foyer qui n'avait jamais quitté son état.

Perdue dans ses pensées, elle ne se rendit pas compte que Mark s'était arrêté, et elle lui fonça littéralement dessus. Elle serait tombée à la renverse s'il n'avait pas eu des réflexes ultra-rapides pour la rattraper.

— Oh, merci. J'aurais dû regarder où j'allais, dit-elle.

Avoir le bras de Mark autour d'elle était une sensation assez incroyable. Réconfortante. Elle eut l'impression qu'il prit son temps avant de la lâcher, mais dès que ce fut le cas, elle fit un pas sur le côté, ne voulant pas l'encombrer... ou lui faire comprendre à quel point elle voulait rester dans ses bras. Elle devait se ressaisir.

— Pas de problème. J'aurais dû te prévenir que je m'étais arrêté. Je pense que c'est un bon endroit pour passer la nuit.

Zoey regarda autour d'elle et ne vit aucune différence entre l'endroit où ils se tenaient maintenant et celui qu'ils traver-saient depuis plusieurs heures.

— Ici ?

— Oui.

— Pourquoi ?

— Parce que tu es fatiguée. Tu respires plus fort qu'il y a une heure, et tu trébuches un peu plus. Il y a une clairière là-bas où je peux construire un petit appentis, et il y a beaucoup de bois sec que nous pouvons utiliser pour faire du feu.

Gênée qu'ils s'arrêtent à cause d'elle, elle tenta de ne pas trop y penser. Elle se concentra sur ce qu'il lui avait dit plus tôt : il ne la quitterait pas. En regardant autour d'elle, elle ne voyait toujours rien qui ressemblait à un bon endroit pour installer un abri ou faire un feu, mais elle ne discuta pas. Mark était le SEAL, il devait savoir.

— Que veux-tu que je fasse ? demanda-t-elle.

Elle ne comprit pas le regard tendre qu'il lui lança, mais il lui fit du bien.

— Tu peux voir si tu peux ramasser du bois ? Nous aurons besoin de petits bâtons et de plus grosses bûches.

— Euh…Mark ?

— Oui ?

— Je sais que tu as dit que tu pouvais le faire tout à l'heure, mais vas-tu vraiment allumer un feu en frottant deux bâtons ensemble ?

En réponse, il fouilla dans une de ses nombreuses poches et en sortit un petit bloc argenté. Il lui sourit en le lui montrant, mais sans expliquer ce que c'était.

Zoey regarda le bloc, puis regarda Mark.

— Je suis sûre que je suis censée savoir ce que c'est, mais je n'en ai aucune idée. Un quatre sur l'échelle de confort en plein air, tu te souviens ?

Il se mit à rire, et Zoey ne put détacher ses yeux de son visage. Jusqu'à présent, cet endroit désert au milieu de nulle part n'était pas si mal. Surtout quand elle avait quelqu'un comme Mark à regarder.

— C'est un silex. Il va faire des étincelles et allumer le feu pour nous.

Bien sûr. Zoey se sentait vraiment stupide maintenant.

— D'accord. Je le savais. OK, je vais trouver des bûches pour notre feu alors.

Elle commença à se retourner pour ne pas avoir à faire face à « Monsieur l'homme des montagnes », mais Mark lui attrapa le bras et la fit tourner si vite qu'elle perdit l'équilibre et serait tombée au sol s'il ne l'avait pas rattrapée – encore une fois.

Il l'attira dans ses bras, et elle ne put s'empêcher de se blottir contre lui. Une fois de plus, il était chaud et elle était gelée. Le simple fait d'être près de lui faisait monter la température de son corps de plusieurs degrés.

— Ne sois pas gênée, lui dit-il.

— Tu ne peux pas dire quelque chose comme ça et t'attendre à ce que ce soit vrai, grommela-t-elle.

Elle sentit plus qu'elle entendit le rire grave sous sa joue.

— Je ne me moquerais jamais de toi, Zoey. Jamais. Je me fiche de ce que tu sais et de ce que tu ne sais pas. Je te l'ai dit tout à l'heure et je le répète, je vais m'assurer que tu rentres chez toi, peu importe ce qu'il faudra faire. J'ai l'impression que c'est moi qui t'ai mis dans ce pétrin, alors je vais t'en sortir.

— Tu n'as pas engagé cette femme pour nous emmener dans le désert de l'Alaska et nous laisser ici, rétorqua-t-elle.

Puis elle leva les yeux vers lui et demanda :

— C'est toi qui l'as engagée ?

Il ferma les yeux et secoua la tête, mais comme il souriait, elle sut qu'il avait bien saisi la blague qu'elle avait voulu faire.

— Non, Zo, je ne l'ai pas engagée.

La chair de poule se forma sur ses bras en l'entendant l'appeler ainsi. Personne ne lui avait jamais donné de surnom auparavant. Elle aimait ça.

— Tu m'as donné quelque chose de précieux aujourd'hui, et je ne l'oublierai jamais.

Elle se creusa la tête pour essayer de trouver ce qu'elle lui avait offert et n'en eut pas la moindre idée. Est-ce qu'il délirait ? S'était-il cogné la tête quand elle ne regardait pas ?

— Des histoires sur mon père, précisa-t-il. D'après mon expérience, lorsque les gens décèdent, personne ne veut parler d'eux de peur de bouleverser leurs proches. Mais entendre parler de sa vie quotidienne, savoir qu'il était heureux et que tu étais là pour lui, ça signifie plus pour moi que je ne peux le dire.

— Ne t'excite pas trop, tout le monde dans ta famille ne m'aime pas tant que ça.

Zoey comprit qu'elle aurait dû se taire quand il se crispa

contre elle.

— Mal ? demanda-t-il.

Elle acquiesça.

— Et Sean.

— L'associé de mon père ?

— Oui. Je l'ai entendu parler à Colin un soir, lui demandant pourquoi il me gardait dans le coin. Il a dit que s'il avait besoin d'une gouvernante, il pouvait engager un service dédié pour ton père.

— Trou du cul, marmonna Mark.

— Et je ne suis pas sûre que son avocat m'apprécie beaucoup non plus, poursuivit Zoey, incapable d'être langue de bois. Quand il m'a appelée pour me parler de la lecture du testament, il n'avait pas l'air ravi que je sois incluse.

— Je n'en ai rien à foutre d'eux, dit fermement Mark. Je t'aime bien, et c'est tout ce qui compte.

Et à ce moment-là, dans ses bras, au milieu de nulle part, c'était tout ce qui comptait pour Zoey aussi.

Finalement, Mark recula doucement et annonça :

— Allez, il faut qu'on s'y mette. Je sais qu'il fait encore jour, mais tu as froid. Je veux allumer un feu pour que tu puisses te réchauffer.

Il fut assez aisé de comprendre qu'elle était plus fatiguée qu'elle ne l'avait pensé quand ce simple geste donna à Zoey l'envie de pleurer. Elle inspira profondément et hocha la tête.

— La bonne nouvelle, c'est que nous n'avons pas à nous soucier de cacher un feu à un méchant qui pourrait nous suivre.

Comme Mark ne répondit pas immédiatement, elle demanda nerveusement :

— N'est-ce pas ?

— Désolé, c'est vrai. Tu as tout à fait raison. Et, qui sait, peut-être qu'un incendie au milieu de nulle part alertera quelqu'un de notre présence, et ils voudront enquêter, répondit Mark.

Zoey hocha la tête.

— Je vais rassembler autant de bois que je peux trouver pour que nous puissions faire un grand feu alors.

— Parfait, lui dit Mark.

Zoey se détourna pour partir chercher de quoi allumer le feu, mais quand elle regarda Mark une minute plus tard, il était toujours debout là où elle l'avait laissé. Il la regardait, visiblement perdu dans ses pensées.

— Mark ? fit-elle. Est-ce que tout va bien ?

Cela sembla le faire sortir de la transe dans laquelle il se trouvait.

— Oui, désolé. Tout va bien.

Puis il fouilla dans une autre poche et en sortit le couteau qu'il lui avait montré plus tôt. Il lui expliqua qu'il avait reçu une permission spéciale pour le porter puisqu'ils étaient sur un vol charter en dehors des mesures de sécurité habituelles, alors qu'il était resté dans sa valise sur son vol précédent vers Anchorage.

Se demandant ce qu'il avait d'autre dans ses poches, Zoey commença à ramasser du bois de chauffage. Elle rêvait qu'il sorte un sandwich aux boulettes de viande. Ou un téléphone satellite, ce qui l'aurait fait rire. Il lui aurait ensuite avoué qu'il voulait juste passer du temps avec elle avant d'appeler à l'aide.

Zoey savait qu'elle avait des problèmes. Plus elle passait de temps avec Mark Wright, l'extraordinaire SEAL, plus elle l'appréciait. Et ce n'était pas un coup de cœur d'écolière. C'était un véritable coup de cœur. Elle devait juste s'assurer qu'il ne le sache jamais. La dernière chose qu'elle voulait voir, c'était cette tendresse sur son visage, juste avant qu'il ne lui brise le cœur.

Sa vie était ici en Alaska, et la sienne en Californie. Il ne voudrait jamais d'une femme au foyer comme elle. Elle devait profiter du temps passé avec lui maintenant et garder ces souvenirs près de son cœur si... non, quand... ils sortiraient enfin d'ici.

CHAPITRE CINQ

Bubba avait les yeux sur les flammes dansantes devant lui sans vraiment les voir. Toute son attention était portée sur la femme dans ses bras. Ils n'avaient rien mangé pour le dîner, à part un paquet de bonbons chacun, et ils étaient maintenant blottis l'un contre l'autre dans le petit appentis qu'il avait construit devant le feu. Zoey frissonnait, et il détestait ne pas pouvoir faire plus pour la réchauffer.

Elle avait été d'une aide précieuse pour installer leur petit camp pour la nuit, même après être revenue avec le bois. Elle s'était assurée de ne pas se poser tant qu'ils n'avaient pas fini. Il lui avait patiemment montré comment il construisait leur appentis, et elle l'avait observé attentivement pendant qu'il utilisait le silex dans sa poche pour allumer le feu.

Ils installèrent un petit piège en bouts de ficelle trouvés dans leurs poches et de bâtons glanés autour du camp, puis un système qui leur permettrait de récupérer l'eau des arbres. Il se glissa ensuite derrière elle, l'entoura de ses bras, et fit de son mieux pour réchauffer son dos pendant que le feu faisait de même pour l'avant de son corps.

Elle s'était raidie dans ses bras, sans pour autant s'éloigner.

— Tu veux que je change de place ? demanda-t-il.

Zoey secoua immédiatement la tête.

— Non. Te serrer dans mes bras, c'est une chose, mais me coucher contre toi comme ça, c'est un peu... gênant.

— Non, ça ne l'est pas, rétorqua-t-il. Détends-toi.

— Mais nous sommes des étrangers.

— Non, nous ne le sommes pas. Je te connais depuis plus de quinze ans, Zoey.

Elle secoua la tête.

— Oui, mais je ne t'ai pas vu pendant treize de ces années, Mark.

— Alors nous reprenons juste là où nous nous sommes arrêtés, conclut-il.

Elle renâcla, et Bubba imagina qu'elle était probablement en train de rouler des yeux.

— Je pense que je m'en serais souvenue si on avait fait ça dans le passé. Je craquais pour toi, tu sais.

— C'est vrai ?

Zoey soupira.

— Merde. Voilà ma bouche qui va plus vite que ma pensée, encore une fois.

— Si ça peut te rassurer, à la seconde où je t'ai vue, je t'ai trouvée mignonne.

Elle tourna la tête et le dévisagea. Le soleil n'était pas encore couché, et il vit qu'elle le regardait d'un air sceptique.

— Est-ce que tu dis ça pour que je me sente mieux ?

— Non, répondit instantanément Bubba. Tu venais d'entrer dans le lycée avec ta mère. Tu avais l'air effrayée, et je ne pouvais pas t'en vouloir. Être la nouvelle élève d'un lycée dans un endroit comme Juneau effraierait certainement l'âme la plus courageuse. Mais quand tu as vu que les gens te regardaient, tu as levé ton menton et croisé le regard de tout le monde. Je pensais que c'était très courageux, et j'étais intrigué. Sans parler de ton corps dans ce jean noir et de la forme de tes... hmm... atouts sous le T-shirt rose que tu portais.

— Tu te souviens de ce que je portais la première fois que tu m'as vue ? demanda-t-elle sans cesser de le regarder.

Bubba resserra le bras sur sa taille et enroula l'autre en diagonale autour de sa poitrine. Elle s'installa contre lui une fois de plus. Bubba se sentait plus à l'aise, maintenant qu'elle ne le fixait plus. Il regardait les flammes vacillantes du feu pendant qu'il ajoutait :

— Oui, je sais. Tu portais des Chuck, et j'ai su tout de suite que tu étais cool.

— Je n'étais pas cool, marmonna-t-elle.

Il ricana.

— Sérieusement, de tout ce que j'ai vu, tu étais gentille avec tous ceux que tu rencontrais. Tu ne pensais pas que tu étais meilleure que les autres, et tu ne te souciais pas de savoir si quelqu'un était l'intello de la classe ou le sportif, tu traitais tout le monde de la même façon.

— Je n'arrive pas à croire que tu te souviennes de ce que je portais, répéta-t-elle en secouant la tête.

Bubba eut un fou rire. Il ne se souvenait pas avoir ri autant depuis très longtemps. Il n'était pas un râleur, pas comme Phantom, mais il n'était pas exactement jovial non plus. Même dans cette situation merdique, être avec Zoey le faisait rire plus que d'habitude.

— Eh bien, si j'avais su que tu savais que j'existais, je n'aurais peut-être pas accepté de sortir avec Malcom quand il me l'a demandé.

Bubba fit de son mieux pour ne pas se tendre.

— Pourquoi es-tu sortie avec lui ?

Zoey haussa les épaules.

— Je me suis dit qu'il était le plus proche de toi que je puisse avoir.

Ses mots semblaient résonner autour d'eux dans la lumière déclinante. Elle continua rapidement.

— Mais à la seconde où nous nous sommes rencontrés au

centre commercial, lors de notre premier rendez-vous, j'ai su que les choses n'allaient pas fonctionner.

— Pourquoi ?

— Parce qu'il m'a pratiquement ignorée, expliqua Zoey. Il était trop occupé à regarder autour de lui pour voir qui d'autre était là, et qui pouvait le regarder. Ce n'est que lorsqu'il a vu un de ses amis qu'il a passé son bras autour de mes épaules. Il m'a attiré contre lui et m'a pratiquement étranglé quand nous étions au cinéma. Il a acheté mon billet, mais une fois à l'intérieur, où personne ne pouvait nous voir, il a laissé tomber son bras et m'a dit que si je voulais une collation, je devais l'acheter moi-même. Puis, pendant tout le film, il a essayé de me peloter. C'était gênant, et je ne voulais plus avoir affaire à lui. Il a insisté pour se promener dans le centre commercial après, en faisant le truc du bras autour de mon cou une fois de plus.

Bubba imaginait sans mal ce qu'elle lui décrivait, et il n'aimait pas ça.

— Mal m'a dit que lui et toi vous vous êtes embrassés pendant tout le film et que tu ne le lâchais pas.

Au lieu de s'énerver, Zoey pouffa de rire.

— Ben voyons. Quoi qu'il en soit, j'ai essayé quelques autres rendez-vous, mais c'était à peu près la même chose que le premier, et je lui ai dit que je ne pensais pas que nous étions compatibles. Il était furieux que je le largue avant d'avoir couché avec moi, alors il m'a laissée en plan à la plage de Lena. J'admets que j'étais déçue que les choses n'aient pas marché entre nous... mais surtout parce que j'avais bon espoir qu'il serait plus comme *toi*. Chaque fois que je t'ai vu au lycée, tu étais prévenant envers les gens qui t'entouraient.

— Mon frère et moi n'avons rien en commun, déclara Bubba, dégoûté par la façon dont Malcom l'avait traitée au lycée.

— Je sais.

Bubba ignorait si elle se rendait compte qu'elle passait sa

paume sur sa cuisse, comme pour l'apaiser, mais il ne pouvait nier que cela lui faisait du bien et lui permettait de garder son calme. L'écouter lui dire qu'elle était sortie avec Malcom alors qu'elle craquait pour lui était difficile.

Entendre que Malcom l'avait traitée comme si elle était négligeable lui faisait voir rouge.

— Je croyais que les jumeaux étaient censés être très proches et se ressembler beaucoup, reprit Zoey après un moment.

Bubba haussa les épaules. Elle ne pouvait pas le voir, mais elle pouvait probablement le sentir contre son dos.

— Mal et moi n'avons jamais aimé les mêmes choses. Quand mon père nous mettait dans les mêmes tenues quand nous étions petits, l'un de nous deux changeait toujours. Mal était le plus impétueux de nous deux, fonçant tête baissée dans les situations avant d'y réfléchir. J'ai toujours été plus prudent. Et disons qu'il y a une raison pour laquelle les filles ne m'ont pas détesté quand on a rompu.

— J'ai vécu une déception, admit Zoey. Je ne pense pas être allée à un autre rendez-vous pour le reste de l'année.

— Comment se fait-il que tu ne sois pas déjà mariée ? demanda Bubba. Euh... tu ne l'es pas, n'est-ce pas ?

Elle secoua la tête contre sa poitrine, et il put sentir le léger parfum de son shampoing. Même après leur journée à marcher dans la forêt, elle sentait encore bon.

— Je ne suis pas mariée. Je n'ai même pas eu beaucoup de rendez-vous ces dernières années.

— Je ne comprends pas pourquoi, admit Bubba. Tu es belle. Attentionnée. Intelligente. Qu'est-ce qui ne va pas avec les citoyens masculins de Juneau ?

Elle souffla un peu.

— Merci. Je suppose que je veux juste... plus. Et ça peut paraître stupide, mais je ne voulais pas épouser le premier homme qui me le demanderait juste parce qu'il pourrait être le seul à le faire. Je veux être avec quelqu'un qui ne peut pas imaginer ne pas être avec moi. Un homme impatient de rentrer à la maison à la fin de la journée parce qu'il sait que je l'attendrai. Quelqu'un qui me traitera avec respect et m'encouragera à poursuivre mes rêves, au lieu d'insister pour que je trouve un boulot minable afin qu'il puisse acheter toute l'herbe et l'alcool qu'il veut.

Bubba se crispa.

— Quelqu'un t'a vraiment fait ça ? demanda-t-il.

— Oui. Mais ne t'inquiète pas, j'ai rompu avec lui deux-trois secondes après qu'il l'ait suggéré. Je sais que je suis une romantique, je ne peux pas m'en empêcher. Je veux un partenaire dans la vie. Pas quelqu'un dont je dois m'occuper, et pas quelqu'un qui pense que *j'ai* besoin qu'on s'occupe de moi. Je suis une femme adulte qui a réussi à garder un toit sur ma tête et avoir de quoi manger dans mon assiette toute sa vie d'adulte. Je ne suis peut-être pas millionnaire, et je n'ai peut-être pas le job de mes rêves, mais je pense que je m'en sors bien.

— Tu as raison, confirma Bubba. Et tu ne devrais pas te mettre en couple. Je pense que c'est un gros problème dans notre ville. Les gens pensent que s'ils n'acceptent pas la première personne qui se présente, il n'y aura jamais personne d'autre. Excuse le cliché, mais il y a beaucoup de poissons dans la mer, et tu ne dois pas te contenter du premier qui saute dans ton filet.

— Oui, acquiesça Zoey.

Ils demeurèrent silencieux un moment, jusqu'à ce que Bubba demande :

— Si je t'avais demandé de sortir avec moi, tu aurais dit oui ?

— En un dixième de seconde, répondit Zoey immédiatement.

— Je voulais le faire, avoua Bubba. Mais après que tu sois sortie avec Malcom, j'ai pensé que ça serait bizarre. Je ne voulais pas que les gens pensent que tu sortais avec moi à cause de lui. C'est puéril, je sais.

Zoey hocha la tête, mais n'ajouta rien.

— Je pense aussi que je ne t'ai pas demandé de sortir avec moi parce que je savais que je partirais juste après la remise des diplômes. Au fond de moi, je savais que si on commençait à sortir ensemble, ça allait être encore plus difficile de partir.

Bubba sentit Zoey tressaillir légèrement contre lui, mais elle ne dit rien et ne se retourna pas.

— Et même si c'est des années plus tard, je sais que j'avais raison. Ça nous aurait fait du mal à tous les deux que je parte, et je ne voulais pas te faire ça.

— Je suis contente que tu ne m'aies pas demandé de sortir avec toi, dit Zoey après une minute ou deux.

Bubba cligna des yeux, surpris. Il ne pensait pas qu'elle dirait cela après avoir entendu sa confession.

— Ah bon ?

Elle hocha la tête.

— Oui. Ça m'aurait tuée de te dire au revoir si on s'était rapprochés, en sachant que tu ne reviendrais jamais. Et regarde-toi. Ce que tu as fait est incroyable. Tu as sauvé d'innombrables vies, tu sers ton pays, et tu fais ce que tu aimes. Rester à Juneau t'aurait étouffé. Tu es un homme bon, Mark, et je suis fière de toi. Je sais que je te l'ai déjà dit, mais ça vaut la peine de le répéter. Ton père parlait de toi tout le temps.

Ses mots lui faisaient du bien. Il n'avait pas beaucoup parlé à son père, et entendre qu'il avait été fier de lui contribuait grandement à atténuer la culpabilité dans son cœur de ne pas avoir été là à sa mort.

— Merci, chuchota-t-il.

Zoey serra la main qu'elle avait posée sur la cuisse de Bubba.

— De rien.

Il sentait combien Zoey était encore tendue contre lui. Il voulait qu'elle se détende. Qu'elle s'appuie sur lui.

— Détends-toi, Zo. Je ne vais pas mordre, et je ne vais pas

penser que le fait que tu t'appuies sur moi signifie que tu veux te déshabiller et t'amuser avec moi.

Elle gloussa.

— Mais si c'est ce que ça veut dire ?

Il fut déstabilisé par cette réponse, mais il se força à rester calme.

— Alors je dirais que quand on arrivera à la civilisation, je serai ravi de te laisser me faire ce que tu veux.

Elle eut un rire mal à l'aise.

— Je plaisantais, précisa-t-elle rapidement.

— Moi non, répondit Mark doucement.

À son grand soulagement, elle ne se libéra pas de son étreinte et ne le réprimanda pas pour l'avoir draguée.

— Je ne comprends pas comment, dans les livres romantiques, lorsque le couple fuit des méchants dans la jungle, ils s'arrêtent toujours pour faire l'amour. Ça ne fait qu'un jour, moins que ça même, et je me sens dégoûtante et sale. Sans compter que je suis gelée. La dernière chose que je veux faire, c'est me déshabiller pour faire l'amour.

Bubba faillit s'étouffer. Puis il partit d'un grand éclat de rire.

— Eh bien, ce n'est pas mon genre, mais je suppose que c'est le romantisme de la situation.

— Ne le prends pas mal, mais ce n'est pas romantique, rétorqua Zoey.

— Quoi ? On a un bon feu, un beau paysage, et nous conversons agréablement. Qu'est-ce qui n'est pas romantique là-dedans ?

— Hmm... il fait froid, nous ignorons où nous sommes ou si quelqu'un sait que nous avons disparu, quelqu'un veut manifestement nous tuer, et nous pourrions être bloqués ici pendant des semaines.

— Tout cela est vrai, mais il faut voir le bon côté des choses, Zo.

— Il y a un bon côté ? demanda-t-elle.

— Il y a toujours un côté positif, lui dit Bubba. On dirait

qu'il n'y a personne qui essaie de nous tuer ; ce n'est pas l'hiver, et même s'il fait frais, il n'y a pas de neige au sol et la température est au-dessus de zéro ; j'ai une boussole pour ne pas nous perdre ; et nous n'allons pas mourir de faim parce que je peux chasser et cuisiner tous les petits animaux assez bêtes pour tomber dans mon piège. Et nous ne sommes pas seuls. Nous sommes là l'un pour l'autre.

— C'est vrai, fit Zoey d'une petite voix. Si j'avais été seule, je n'ai aucune idée de ce que j'aurais fait. J'aurais probablement fait une dépression nerveuse.

— Non, tu aurais fait ce que tu as toujours fait.

— Et qu'est-ce que c'est ? demanda-t-elle quand elle vit qu'il ne finissait pas sa phrase.

— Tu te serais secouée et aurais fait ce qu'il fallait.

— Je crois que c'est la chose la plus gentille qu'on m'ait dite, avoua Zoey.

— Alors je travaillerai plus dur pour faire mieux, répondit Bubba.

Et il ne faisait pas que l'apaiser. Tout ce qu'il avait appris aujourd'hui avait été instructif. Zoey Knight n'était pas quelqu'un qui se laissait abattre par la vie.

— Je suis content de ne pas être seul non plus, avoua-t-il après un moment.

Elle prit un air moqueur.

— Quoi ? dit-il. Je suis sérieux.

— Comme si tu avais besoin de quelqu'un d'autre. Tout ce que je fais, c'est te ralentir.

— Ce n'est pas vrai, reprit Bubba. Avoir une équipe est la chose la plus importante dans une situation comme celle-ci. Tu couvres mes arrières et je couvre les tiens. C'est comme ça que ça fonctionne.

— Tu t'es retrouvé avec un coéquipier de merde alors, Mark.

Qu'elle prononce son nom ne manquait jamais de faire frissonner les papillons dans son ventre.

— Ne dis pas ça, gronda-t-il. Quand je suivais la formation de démolition sous-marine, on nous a appris que chaque personne est vitale pour la mission. Oui, cette journée a été difficile pour toi, mais je t'ai vu prendre de plus en plus confiance en tes capacités au fil du temps. Tu sais comment allumer un feu et faire un abri, maintenant. Mais le plus important, c'est que tu m'as tenu compagnie. Perdre mon père a été comme un coup de poing dans mes tripes. J'ai beaucoup de culpabilité et de regrets concernant notre relation, et le fait que tu parles de lui, que tu racontes des histoires à son sujet, m'a fait me sentir beaucoup mieux. Donc ne pense pas que tu n'es pas une partie vitale de cette mission, Zo. Parce que tu l'es.

— Alors c'est une mission maintenant ? demanda-t-elle.

Le soleil enfin couché, il ne restait pour seule lumière que le feu face à eux. C'était intime et confortable.

— C'est vraiment une mission, expliqua Bubba. Quelqu'un voulait que nous disparaissions. Nous devons découvrir qui et ce qu'il a à y gagner. Nous devons survivre assez longtemps pour retourner à la civilisation. Nous finirons bien par rencontrer quelqu'un. Même si c'est l'Alaska, il y a des milliers de personnes qui vivent hors réseau. On ne veut pas être mangé par un ours ou un élan, on doit trouver notre propre nourriture et notre eau, et le plus important, on doit rester positifs. Alors oui, Zo, c'est vraiment une mission.

— Je suis contente que tu sois là avec moi, avoua Zoey.

— Et je suis content que tu sois là avec moi aussi, répondit Bubba.

Plusieurs minutes de silence s'écoulèrent. Zoey frissonna dans ses bras, et Bubba resserra son emprise. Il devait être épuisé, mais tout comme lorsqu'il était en mission pour la marine, son esprit ne connaissait pas le repos. Comme à son habitude, ses pensées tournaient à mille à l'heure : pourquoi quelqu'un avait pris la peine de les empêcher de terminer leur voyage ? Il repensait à tout ce que Zoey avait raconté sur son père et sur les personnes qui lui étaient les plus proches.

— Sais-tu exactement comment mon père est mort ? demanda-t-il après une vingtaine de minutes dans le silence. Je sais que c'était son cœur, mais c'est à peu près tout ce que je sais.

— Je ne connais pas tous les détails. Il ne se sentait pas très bien depuis un certain temps. Je lui faisais de la soupe de poulet avec des nouilles et d'autres choses quand je lui rendais visite. Certains jours étaient meilleurs que d'autres. Mais il se sentait mieux. J'étais soulagée. Je pensais pouvoir aller tranquillement à Anchorage. Ton père détestait les docteurs, il ne voulait jamais admettre qu'il en avait besoin. S'il avait eu des douleurs à la poitrine ou autre, je sais qu'il ne serait pas allé à l'hôpital comme il aurait dû. Bref, Malcom est allé à la maison pour voir comment il allait, puisqu'il n'était pas venu au travail, et il l'a trouvé dans son lit. Apparemment, il était décédé dans la nuit.

— Je ne savais même pas qu'il était malade, murmura Bubba. Je déteste ça.

Zoey fit alors quelque chose qui époustoufla Bubba. Elle prit sa main, en embrassa la paume, puis la remit autour de sa poitrine.

— Il ne voulait pas que quelqu'un le sache. Je le savais seulement parce que j'étais chez lui tous les deux jours pour prendre son courrier, ranger la maison, des choses comme ça. Sean le savait, et Malcom. Oh, et je suppose que Kenneth le savait aussi, mais c'est à peu près tout. Aucun de ses employés n'était au courant qu'il était malade, et c'est ce qu'il souhaitait. Je l'ai supplié d'aller chez le médecin, mais il disait toujours qu'il se sentirait mieux le matin et remettait ça à plus tard. Mais je te jure qu'aucun de nous ne pensait qu'il aurait une crise cardiaque.

— C'est tout à fait mon père, soupira Bubba. Il va me manquer.

— À moi aussi, dit Zoey. Quel est le plan pour demain ?

— Même chose qu'aujourd'hui. On continue d'avancer vers

le sud. Avec un peu de chance, j'aurai attrapé quelque chose dans le piège et nous pourrons nous procurer des protéines. Nous garderons l'œil sur les champignons et les baies comestibles, et on pourra aussi grignoter certaines feuilles. Nous ne risquons pas de nous déshydrater, parce qu'on dirait qu'il faut traverser un ruisseau tous les cent mètres. On va continuer à avancer jusqu'à ce qu'on tombe sur une ville ou qu'on croise quelqu'un.

— Tu donnes l'impression que c'est si facile, commenta Zoey avec bonhomie.

— Un pied devant l'autre, lui dit Bubba. C'est tout ce qu'on peut faire.

— Tu crois vraiment que tes amis vont se rendre compte que quelque chose ne va pas ?

Plus tôt, en installant le camp pour la nuit, Bubba avait mentionné son équipe, et la certitude qu'ils comprendraient que quelque chose se tramait. Il avait assuré qu'ils viendraient le chercher s'il ne donnait pas de nouvelles.

— Oui. Je parierais tout ce que je possède que Rocco a déjà appelé l'équipe.

Bubba sentit que Zoey se détendait enfin contre lui. Elle s'appuyait de tout son poids, et ce n'était qu'un petit pas vers une relation de confiance, mais la sensation était incroyable. Comme s'il avait franchi un énorme obstacle sur lequel il travaillait depuis des jours.

Il se déplaça jusqu'à ce qu'ils soient tous les deux sur le côté. Il maintint son bras autour de la taille de Zoey et la ramena contre lui. Le feu face à elle, il espérait que la chaleur de son corps la réchaufferait également. Il faisait froid, mais rien qu'il n'ait jamais affronté. Zoey, quant à elle, n'était pas du tout habituée à ça, et, comme elle le disait, sa température corporelle semblait naturellement basse. Il devait la surveiller attentivement afin de s'assurer qu'elle tenait le coup.

— Pour mémoire ? déclara Zoey.

— Oui ?

— La prochaine fois qu'on va camper, je veux la version glamping.

— Glamping ?

— Oui, le camping avec tout le confort de la maison. Un vrai lit, de vrais oreillers, une douche, peut-être même un jacuzzi. Cheminée et room service.

— Ça existe vraiment, ou tu l'as inventé ?

— Ça existe vraiment, expliqua-t-elle. Cherche. Enfin... tu chercheras quand on rentrera à la maison. Je n'aime pas dormir sur le sol.

— Moi-même je ne suis pas très fan, confirma Bubba. Mais je promets de t'emmener faire du glamping quand on reviendra.

— Bien. Mark ?

— Oui ?

— Je ne sais pas comment tu as fait, mais je ne panique pas. J'ai peur... mais avec toi à mes côtés, je crois qu'on pourra rentrer à la maison.

— C'est le cas, on rentrera. Je le jure devant Dieu, je vais te ramener à la maison saine et sauve.

— Bien sûr, rentrer chez soi ne signifie pas que celui qui a orchestré cette petite virée en camping ne va pas essayer de se débarrasser de nous à nouveau, murmura-t-elle.

Bubba se crispa.

Putain. Il n'y avait même pas pensé. Bien sûr que si. Parce que cette personne ne se serait pas donné la peine de les faire disparaître tous les deux s'il n'était pas sérieux. Il ignorait s'ils étaient tous les deux les cibles principales, mais pour le moment, ça n'avait pas d'importance.

— Je vais découvrir qui a fait ça et m'assurer que tu es en sécurité pour vivre ta vie comme tu le souhaites, jura Bubba.

Mais Zoey ne l'entendit probablement pas. Sa respiration, plus profonde, indiquait qu'elle s'était endormie.

Il resserra son étreinte, l'attirant dans ses bras jusqu'à ce qu'il ne sache plus où elle se terminait et où il commençait. Ses pensées dérivèrent vers ses amis.

Je ne t'ai pas appelé Rocco, comme je t'avais dit que je le ferais. J'espère que tu as appelé l'équipe.

* * *

— Quelque chose ne va pas, marmonna Rocco.

Il ne plaisantait qu'à moitié quand il avait dit à Bubba d'appeler après l'atterrissage. Mais l'heure de l'atterrissage passée, et plusieurs autres après cela, Rocco se sentit de plus en plus mal à l'aise.

Son inquiétude s'accrût lorsqu'il appela lui-même Bubba et qu'il tomba immédiatement sur la messagerie vocale. Il consulta les bulletins d'information et ne trouva aucune mention d'un accident d'avion dans la région d'Anchorage. Il contacta même quelques connaissances pour essayer de trouver les détails du vol charter qu'il avait pris, sans succès.

Personne à l'aéroport d'Anchorage ne put ou ne voulut lui dire quoi que ce soit sur un vol censé être parti à peu près à l'heure où il avait eu des nouvelles de Bubba pour la dernière fois.

Son instinct lui soufflait un mauvais pressentiment, et ça suffisait.

Rocco attrapa son téléphone et composa le numéro de la seule personne qu'il savait capable de l'aider immédiatement. Tex.

Il espérait vraiment s'inquiéter pour rien et que Bubba avait atterri sain et sauf à Juneau. Il était peut-être simplement trop occupé à gérer la succession de son père pour se souvenir d'appeler.

Même si cette pensée traversa son esprit, Rocco la rejeta immédiatement. Bubba était un professionnel. Il n'aurait pas plus oublié d'appeler Rocco qu'il ne serait parti en mission sans munitions pour ses armes.

Non, quelque chose était arrivé et c'était grave. Et Rocco ne trouverait pas le repos tant que son ami ne serait pas devant lui, sain et sauf.

Espérant ne pas ramener Bubba dans une boîte en sapin, il retint son souffle en attendant que Tex décroche le téléphone.

CHAPITRE SIX

— Parle-moi de ton équipe, demanda Zoey le lendemain, alors qu'ils marchaient vers le sud.

La matinée s'était déroulée aussi bien que possible. Mark avait attrapé un petit lapin et Zoey s'était sentie mal pour le petit animal. Elle n'était pas très enthousiaste à l'idée de regarder Mark l'écorcher et le vider, mais elle avait refusé de détourner le regard. Si elle devait être sa partenaire ici, elle devait apprendre à faire plus. À faire sa part du travail.

Au début, elle ne s'imaginait pas aimer le lapin, surtout quand son esprit ne cessait de lui rappeler à quel point l'animal avait été mignon et poilu juste avant que Bubba ne le tue. Mais l'odeur de la viande en train de cuire lui avait mis l'eau à la bouche, et une fois la viande cuite, elle n'avait plus eu aucune réticence à l'essayer.

Son estomac n'avait cessé de gronder pendant que Mark cuisinait. Elle n'avait pas l'habitude de ne manger que des baies et un bonbon pour le dîner, et bien qu'elle ait été un peu réticente à prendre la première bouchée, après cela, elle n'aurait pas pu s'arrêter même si elle l'avait voulu.

Les manières qu'elle avait apprises depuis son plus jeune âge passèrent à la trappe après une seule bouchée de nourriture. C'était si bon ! Un peu fade et dur, mais tellement délicieux. Il ne resta pas un seul bout de viande sur les os, et lorsqu'ils eurent terminé, ils se mirent en route, avec un peu plus de force et plus déterminés à trouver des signes de civilisation.

Trois heures plus tard, son enthousiasme pour l'aventure s'émoussa. Même si ses bottes et ses chaussettes empêchaient l'humidité de pénétrer, ses pieds étaient encore froids. Mark avançait comme s'il pouvait continuer ainsi sur encore cent kilomètres, et cela l'agaçait un peu... parce qu'elle savait qu'il en était réellement capable. Elle s'écroulerait épuisée bien avant ça.

Pour oublier ses douleurs et se souvenir de son réveil dans les bras de Mark ce matin-là – un rêve devenu réalité – elle l'avait pratiquement supplié de parler. Il avait piqué sa curiosité la veille en lui parlant de ses coéquipiers qu'il semblait considérer comme ses frères. Elle n'avait jamais eu ce genre de lien avec qui que ce soit, amis ou famille, et elle était très curieuse à leur sujet.

— Que veux-tu savoir ? demanda-t-il.

— Tout, répondit-elle.

Il se mit à rire, et ce doux son enveloppa tendrement son cœur et l'apaisa un peu. Elle ne se souvenait pas que Mark était particulièrement jovial, mais depuis qu'ils étaient perdus au milieu de nulle part, elle l'avait souvent entendu rire.

— Eh bien, nous sommes une équipe de six. Nous sommes ensemble depuis que nous avons été diplômés de l'entraînement SEAL. Rocco est le plus vieux à trente-cinq ans, et notre leader officieux. Je suis en fait le plus jeune de notre équipe à 31 ans.

— Ouah, vraiment ?

— Vraiment. Et nous faisons partie de l'équipe depuis longtemps, donc nous savons presque ce que l'autre pense. La plupart du temps, nous agissons avant que quelqu'un nous donne un ordre.

— C'est plutôt cool, commenta Zoey.

— Oui. J'aime ces gars-là. Je ferais n'importe quoi pour eux, comme ils le feraient pour moi.

— C'est comme ça que tu sais qu'ils vont te chercher ?

— Oui. Et je sais au plus profond de moi que même si nous mourions ici, ils ne s'arrêteront pas tant qu'ils n'auront pas retrouvé nos corps, mais aussi tant qu'ils n'auront pas découvert qui nous a mis dans cette situation et comment nous sommes morts.

— Hmm... c'est un peu morbide.

Une fois de plus, Mark ricana.

— Oui, j'imagine. Mais ce que je veux dire, c'est qu'ils sont les meilleurs amis du monde, et je ne sais pas où je serais sans eux.

— Ça doit être bien, dit Zoey sans réfléchir.

— Tu n'as pas d'amis comme ça ? demanda Mark.

S'en voulant d'avoir abordé le sujet, Zoey tenta d'ignorer sa question.

— Non... C'est bien d'avoir des gens sur qui on peut compter comme ça.

— Et tu n'en as pas ? insista-t-il.

Zut. Il n'allait pas laisser tomber.

— Honnêtement ? Non. Tu sais comment c'est, si tu n'es pas née et élevée à Juneau, tu es une étrangère. Il y a quelques personnes que je vois de temps en temps, mais rien de tel que ce dont tu parles.

— Tu aimerais Caite, Sidney et Piper, reprit Mark.

Elle était heureuse qu'il ne remette pas en question son manque d'amis proches. C'était quelque chose qu'elle détestait, et malgré tous ses efforts pour cultiver des amitiés, elles ne semblaient jamais aller plus loin qu'un verre ou un repas occasionnel.

— Qui ?

— Rocco, Gumby, Ace et leurs femmes.

Zoey secoua la tête.

— Vous avez tous des surnoms très étranges. Il n'y a aucune chance que je t'appelle Bubba. Tu es tellement loin d'un Bubba que ce n'est même pas drôle. Et je suis sûre que tes amis sont probablement dans le même cas. Gumby ? Sérieusement ? Il est grand et vert ?

Mark rigola.

— Non. C'est Phantom qui est grand, un mètre quatre-vingt-cinq.

— C'est celui que tu qualifies d'intense, non ? demanda Zoey.

— Oui. Il a eu une enfance horrible, même s'il n'en parle jamais avec nous. Juste assez pour savoir que le sujet est tabou et que s'il ne revoit jamais sa tante ou sa mère, ce ne sera pas un drame pour lui.

Zoey frissonna, la fraîcheur extérieure en était qu'à moitié responsable. Elle n'était pas très sûre de vouloir rencontrer son équipe. Elle savait que Mark les aimait comme des frères, mais elle ne pouvait pas s'imaginer être entourée de tant de testostérone au même endroit. Elle avait déjà assez de mal à gérer Mark tout seul.

— Parle-moi des femmes.

Zoey l'écouta attentivement raconter comment chacun de ses amis avait rencontré sa femme. Ils avaient tous l'air géniaux, et une pointe de jalousie traversa Zoey.

— Caite a vraiment sauvé la vie de tes amis quand ils étaient au Bahreïn ? demanda-t-elle. Ou est-ce que tu exagères pour embellir l'histoire ?

— Je suis sérieux, dit Mark. Rocco a dit qu'ils essayaient de trouver un moyen d'éliminer la plupart des contrebandiers quand ils ont failli être tués. C'est Caite qui a déplacé la table qui maintenait la trappe fermée. Si elle n'était pas venue à ce moment-là, les contrebandiers auraient pu tirer sur Rocco, Gumby, et Ace qui s'étaient retrouvés piégés dans la cave.

Zoey frissonna. Elle n'aimait pas l'idée que ça aurait pu être Mark. Il ne lui avait pas raconté d'autres de ses missions, mais elle avait le sentiment que ça lui était probablement arrivé à un moment donné. Dieu merci, il était encore là aujourd'hui.

— Je suis si heureuse que Sidney ait sauvé Hannah, reprit-elle.

— Oui, moi aussi. Ce pitbull avait été tellement maltraité, mais on ne s'en douterait pas, aujourd'hui car elle est tellement aimante... sauf si quelqu'un menace ses humains.

— Et je n'arrive pas à croire que Piper et Ace aient pu adopter ces filles si vite ! Ce n'est pas du tout normal, pas vrai ?

— C'est vrai. Mais c'est Tex. Il est incroyable. Il pourrait trouver une aiguille dans une botte de foin sans problème.

Zoey savait qu'elle avait l'air un peu plus perplexe qu'elle ne le voulait quand elle dit :

— Je n'aurais jamais pensé me comparer à une aiguille, mais j'espère que tu as raison et qu'il peut nous trouver dans la botte de foin qu'est cette forêt.

Mark s'arrêta alors et se positionna face à elle. Zoey souhaitait presque qu'il continue à avancer. Comme ça, elle n'aurait pas à essayer d'avoir l'air plus courageuse qu'elle ne l'était. Leur situation s'aggravait chaque heure passée dans ces bois. Ce n'était pas une virée camping difficile. Quelqu'un avait essayé de les faire disparaître pour toujours. Ce quelqu'un espérait probablement qu'ils soient mangés par un ours ou autre.

— Il va nous trouver, dit Mark sans l'ombre d'un doute.

— Tu ne peux pas le savoir.

— Si, je peux. Et tu veux savoir pourquoi ?

— Pourquoi ?

— Parce que c'est le meilleur dans son domaine. Parce que c'est un ancien SEAL. Parce qu'il sait à quel point je serais énervé que quelqu'un ose essayer de me tuer pour quelque chose d'aussi stupide que l'argent.

— Tu penses vraiment que c'est pour ça ? demanda Zoey.

Mark acquiesça.

— Il n'y a pas vraiment d'autre explication. La question est :

qui ? Kenneth ? C'est lui qui avait organisé le charter pour nous. Sean ? L'associé de Pap ? Il pourrait être énervé si Pap m'a laissé une partie des affaires, surtout quand on sait que je n'ai pas été impliqué du tout.

— Peut-être que c'était Ashley, ajouta Zoey, se mettant dans l'esprit de la discussion.

— Qui ?

— Ashley Gilstrap. C'était une infirmière que ton frère avait engagée pour surveiller ton père. Elle venait le voir les jours où je n'y allais pas.

— Je n'étais pas au courant pour elle. Est-elle plus âgée ? Plus jeune ? Mariée ?

— Je dirais probablement autour de notre âge. Célibataire. Je pense que ton frère et elle ont eu une relation pendant un moment, mais je ne suis pas sûre.

— En parlant de ça... on ne peut pas non plus retirer Malcom de la liste.

— Tu crois vraiment que ton propre frère essaierait de se débarrasser de toi ? continua Zoey.

Mark haussa les épaules.

— Non. Du moins, j'espère que non, mais à ce stade, nous devons suspecter tout le monde.

— La femme de Sean est une garce, déclara Zoey. Ton père m'a dit que Vivian Kassamali détestait l'entreprise et disait toujours à Sean de vendre sa part.

Mark ne la quitta pas du regard pendant plusieurs longues secondes.

— Quoi ? fit Zoey en penchant la tête.

— Tu es incroyable, chuchota Mark.

Zoey n'avait aucune idée de ce dont il parlait. Elle fronça les sourcils en le regardant.

— Je sais que tu ne le penses pas, mais le simple fait de pouvoir parler de ces choses avec toi aide. C'est ce que fait mon équipe. Nous faisons des remue-méninges et nous envisageons tous les résultats possibles de chaque action. Ça nous aide à mettre un plan en place et à nous assurer que nous rentrerons en un seul morceau.

— À l'intérieur, je flippe. Je déteste ça, Mark. Personne n'a jamais essayé de me tuer avant et ça n'a aucun sens, avoua Zoey.

— Et ça rend ta manière de gérer les choses encore plus remarquable.

— Pour en revenir à notre sujet initial, Tex et mon équipe vont nous trouver... si nous ne nous sauvons pas avant. Je m'attends à ce qu'ils se montrent, en riant et en plaisantant sur le temps qu'il m'aura fallu pour les trouver.

— Je ne suis pas opposée à ce qu'ils se montrent, mais espérons qu'ils arrivent en hélicoptère pour qu'on n'ait pas à marcher.

Mark rejeta la tête en arrière et se mit à rire, et Zoey fut fascinée par le mouvement de sa gorge. Puis il se reprit et fit un pas vers elle. Il l'engloutit dans une énorme étreinte digne d'un ours, et ce fut merveilleux.

Elle adorait se réveiller dans ses bras. Le sol était froid, le feu presque éteint, et elle ne sentait pas vraiment ses pieds. À un moment de la nuit, elle s'était tournée vers lui, et lui s'était allongé sur le dos. Son nez était enfoui dans son cou et son bras était autour de sa taille, la tenant serrée. Elle sentait la chaleur de son corps même à travers leurs deux couches de vêtements. Pendant un instant, elle ferma les yeux et essaya de faire comme s'ils dormaient ensemble dans son lit à Juneau. Qu'il était venu rendre visite à son père et qu'il était tombé raide dingue d'elle. Il lui avait fait l'amour toute la nuit, et ils s'étaient tous deux endormis d'épuisement.

C'était stupide, mais elle ne parvint pas à contrôler son imagination capricieuse.

— C'est un hélicoptère, Zo, dit Mark, avant de déposer un baiser sur sa tempe et de reculer. Tu es prête à continuer encore un peu ?

Zoey hocha la tête. Elle était fatiguée, mais il était hors de question qu'elle laisse l'homme de fer en face d'elle s'en apercevoir.

Enfin, il agissait comme s'il le savait déjà, de toute façon.

— Juste un moment. On s'arrêtera bientôt et je nous trouverai un casse-croûte. D'accord ?

— OK, dit-elle.

Il la regarda pendant un long moment, et Zoey aurait donné n'importe quoi à cette seconde pour avoir la capacité de lire dans ses pensées et savoir ce qui traversait sa tête. Finalement, il se contenta de hocher la tête, puis il se retourna et ils reprirent leur route.

Trouver leur chemin dans la forêt n'était pas une promenade de santé. Il n'y avait pas de pistes à suivre, ils devaient donc avancer à tâtons à travers les broussailles, sans trop savoir s'ils allaient dans la bonne direction. Mark était constamment à l'affût de bruits d'ours ou d'autres animaux, et plus d'une fois, il leva la main pour qu'elle s'arrête puis resta immobile à écouter pendant de longues minutes. Chaque fois, Zoey n'entendit rien d'autre que son propre cœur qui battait la chamade, sous le coup du stress et de la peur. Mais chaque fois, après un moment, ils reprenaient leur avancée. Jusqu'à présent, ils n'avaient pas croisé d'animal imposant, mais Zoey savait qu'elle pouvait mettre ça sur le compte de la chance.

Au bout d'une heure environ et fidèle à sa parole, Mark trouva un gros rocher sur lequel elle put s'asseoir et se reposer pendant qu'il allait leur chercher quelque chose à manger.

— Ne t'éloigne pas, cria Zoey quand il fut sur le point de disparaître dans la forêt qui les entourait.

Il s'arrêta et revint vers elle. Il posa ses mains sur la pierre à côté de ses hanches et se pencha. Zoey ne put que le regarder avec surprise.

— Je reviens dès que je peux.

— O-OK, bredouilla-t-elle.

— Je n'ai pas l'intention de te laisser ici toute seule.

— Je sais. Mais... nous ne sommes pas vraiment dans une situation idéale.

— Je jure que je reviendrai.

La gorge de Zoey se serra quand elle retint ses larmes, et elle hocha la tête. Elle ne pouvait pas parler sans que Mark réalise à quel point elle était proche de craquer.

Comme s'il le savait de toute façon, il écarta ses cheveux de son visage et se pencha en avant pour l'embrasser au-dessus des yeux. Puis il posa son front moite contre le sien et passa une main derrière son cou.

La position était intime et personnelle. Aucun des deux ne sentait plus très bon, et Zoey savait que ses cheveux étaient probablement en bataille, mais à ce moment-là, rien de tout cela ne semblait avoir d'importance. C'était comme s'ils étaient seuls au monde.

— Je n'ai pas survécu à ma capture par les talibans, à deux crashs d'hélicoptère, et à d'innombrables connards qui ont essayé de me tirer dessus et de me faire exploser pour être éliminé par un ours au milieu de l'Alaska et laisser ma copine se débrouiller toute seule. Je. Vais. Revenir. Si tu ne crois rien d'autre de ce que je dis, crois ça. D'accord ?

Zoey voulait tout savoir sur les talibans et les accidents d'hélicoptère, mais elle se dit qu'il valait sûrement mieux qu'elle ne sache rien. D'ailleurs, il ne pouvait probablement pas en parler de toute façon. Elle se contenta donc de hocher la tête une fois de plus.

— Je sais que ce n'est pas très confortable, mais si tu peux faire une sieste, n'hésite pas. Ferme au moins les yeux et essaye de te détendre. Je reviendrai bientôt avec quelque chose à manger et nous reprendrons notre chemin.

— Fais attention, chuchota-t-elle, quand il se leva finalement.

— C'est promis.

Et sur ce, il se tourna et se dirigea vers la forêt dense qui les entourait. En une fraction de seconde, elle fut seule. Elle n'entendait même pas Mark marcher. C'était effrayant, et elle se força à ne pas l'appeler. Il avait juré qu'il reviendrait, alors il reviendrait.

Prenant une profonde inspiration, Zoey écouta les suggestions de Mark. Elle ferma les yeux et fit de son mieux pour se détendre.

* * *

Bubba détestait la panique qu'il voyait dans les yeux de Zoey. Elle montrait une force incroyable jusqu'à présent. Elle faisait plus que son travail, et il détestait qu'ils soient dans cette situation. Il n'aimait pas penser à la personne, dans l'entourage de son père, qui avait pu organiser leur disparition, mais c'était un sujet qu'il ne pouvait pas ignorer. Quelqu'un avait engagé Eve Dane pour les emmener dans le désert et les laisser en rade.

Ça aurait pu être pire, bien sûr. Celui qui était derrière cette histoire aurait pu saboter l'avion pour qu'ils s'écrasent vraiment.

Toute la situation était tellement bizarre. Pourquoi les laisser en rade si le meurtre était l'objectif ? Celui qui avait engagé Eve n'avait aucun moyen de savoir si Zoey et lui allaient mourir après avoir été abandonnés dans le désert. La possibilité qu'ils sortent en chantant du désert dans quelques semaines était peut-être mince, mais elle existait.

Zoey n'était pas un SEAL, bien sûr, et elle avait raison quand elle disait qu'elle le ralentissait. Mais il s'en fichait. Il préférait l'avoir avec lui que de ne pas l'avoir. Bubba ne savait pas s'il leur fallait parcourir encore 16 km ou des milliers. Il espérait que Rocco et Tex utiliseraient leur magie et voleraient à leur secours le plus tôt possible. En attendant, ils devaient avancer, trouver de quoi manger, et rester au sec et au chaud. Il pourrait probablement tenir des semaines ici tout seul, mais il n'était pas sûr que Zoey en soit capable aussi, même si elle s'était montrée très résistante jusque-là.

Repérant ce qu'il cherchait, Bubba s'agenouilla près d'un arbre et arracha soigneusement les champignons qui poussaient à sa base. Son père lui avait appris il y a bien longtemps à différencier les comestibles de ceux qui ne l'étaient pas. Son père lui avait appris tant de choses, et pendant un instant, Bubba laissa tomber sa tête alors que la réalité de sa mort le rattrapait.

Il n'entendrait plus jamais le rire de Pap.

Il ne l'avait jamais entendu s'enthousiasmer autrement qu'au sujet d'un nouveau plastique.

Il n'avait jamais lu un e-mail de lui dans lequel il ne lui demandait pas s'il avait enfin trouvé une petite amie.

Il ne lui avait jamais dit qu'il voulait être grand-père.

Ce n'était pas juste.

Inspirant profondément, Bubba se releva, les champignons à la main. S'attarder sur le passé n'était pas une bonne idée ou son chagrin le consumerait. Comme il l'avait dit à Zoey, il devait aller de l'avant. Mais avant de repartir, il fit un vœu. Il souhaitait, plus que tout, que les personnes les plus importantes de sa vie sachent combien il les appréciait et les aimait.

En revenant sur ses pas jusqu'à Zoey, il pensa à tous les signes avant-coureurs de problèmes qu'il avait ignorés. Kenneth qui avait insisté pour réserver un vol charter alors qu'un vol commercial pour Juneau aurait été tout aussi rapide. Eve, la pilote, qui n'avait pas voulu le regarder dans les yeux en lui serrant la main lorsqu'ils avaient été présentés. Le fait qu'elle n'ait pas immédiatement lancé un appel de détresse. Son calme douteux alors que l'avion se crashait.

Même le bruit du moteur qui toussait, maintenant qu'il y pensait, ne sonnait pas juste. Il n'était pas pilote, mais il avait entendu suffisamment de moteurs d'avions et d'hélicoptères en panne pour savoir à quoi cela ressemblait.

Oui, il y avait eu beaucoup de choses qui auraient dû le pousser à prendre des précautions supplémentaires, mais il s'était inquiété pour Zoey et avait focalisé son attention sur elle.

Il regrettait d'avoir ignoré les signes, mais pas d'être avec Zoey ici et maintenant. S'il était resté dans l'avion et que Zoey en était sortie, Eve l'aurait-elle laissée seule ? S'il avait protesté de quelque manière que ce soit, Eve aurait-elle sorti une arme et les aurait-elle simplement abattus tous les deux ?

Secouant la tête, Bubba chassa ces « et si » de son esprit. Il ne pouvait rien changer à ce qui était arrivé, et il devait se focaliser sur le présent et le moyen de ramener Zoey à la maison.

Quand il se souvint de la peur sur le visage de Zoey à son départ, la colère l'envahit. Il savait ce que les humains étaient capables de se faire entre eux. Il l'avait vu de près, l'avait personnellement vécu. Mais il détestait que Zoey ait à en faire l'expérience. C'était quelqu'un de bien jusqu'au bout des ongles. Elle était restée à Juneau pour son père. Parce qu'il avait besoin d'elle.

Qu'elle ait peur était inacceptable. Il découvrirait qui était derrière ce plan foireux et les ferait payer lui-même. Ils avaient tout raté en ne le tuant pas directement. Qui que ce soit, ils avaient dû supposer que Zoey et lui périraient au fin fond de l'Alaska, mais la plaisanterie se retournerait contre eux.

— Je vais découvrir qui tu es et te faire regretter d'être né, grommela Bubba en serrant les dents.

Comme si le dire à voix haute lui insufflerait la force nécessaire pour y parvenir.

Il inspira une nouvelle fois afin de calmer sa colère, puis il se mit à marcher plus vite. Zoey devait s'inquiéter pour lui, et il devait y retourner. Il devait la nourrir, s'assurer qu'elle avait assez d'eau, et peut-être même la réchauffer un peu avant qu'ils ne recommencent à marcher. Il n'avait jamais rencontré une femme qui avait toujours froid comme elle.

Elle avait probablement des couvertures partout dans la maison pour se blottir. Peut-être même une couverture électrique sur le lit. Elle aurait aimé Riverton. Il ne faisait ni trop chaud ni trop froid. Elle pourrait aller sur les nombreuses plages, s'allonger sur le sable et profiter des rayons du soleil. Il était parfaitement certain qu'elle s'entendrait parfaitement avec Caite, Piper et Sidney. Au fond, Zoey lui rappelait beaucoup Piper. Lorsqu'ils avaient fui les rebelles au Timor-Oriental, Piper avait été étonnamment résistante.

Quand il réalisa où ses pensées se dirigeaient, Bubba eut un sourire en coin. Bien qu'il ait dit à Rocco qu'il était heureux d'être célibataire, l'idée de ramener Zoey à Riverton avec lui ne lui déplaisait pas le moins du monde.

S'arrêtant dans son élan, il inclina la tête vers le ciel. *C'est toi qui me l'as envoyée, papa ? Est-ce que j'ai mis trop de temps à te donner les petits-enfants que tu as toujours voulus ?*

Il n'y eut pas de réponse, bien sûr, mais la pensée que son père avait en quelque sorte gardé Zoey en sécurité pour lui jusqu'à ce qu'il puisse trouver son chemin vers elle ne quittait pas son esprit.

Bubba croyait beaucoup au destin, et maintenant qu'il avait appris à connaître Zoey, et qu'elle se montrait toujours plus surprenante, il ne pouvait se défaire du sentiment que son père avait sa part de responsabilité dans tout ça. Il n'avait probablement pas l'intention de mourir, mais Bubba espérait qu'il était là, quelque part, à veiller sur eux.

* * *

Quand le téléphone sonna, le Boss jura tout bas avant de répondre :

Une seule femme avait ce numéro.

— Allô ?

— Patron, c'est moi. Le travail est fait. Maintenant j'ai besoin de l'argent que vous m'avez promis.

Surpris qu'Eva Dawkins, alias Eve Dane, soit encore en vie, le Boss comprit aussitôt que les choses allaient mal tourner. Eva avait été engagée pour emmener Mark et Zoey à Juneau, puis prétendre avoir eu des « problèmes de moteur » en cours de route et les abandonner.

Seulement, le problème de moteur aurait dû être réel... et Eva aurait dû périr avec ses deux passagers.

Leur seule disparition ne servirait à rien ! Leurs corps devaient être retrouvés. Mais quelque chose avait mal tourné, puisqu'Eva était à l'autre bout du fil. Mais avant qu'il ne puisse penser à une solution à ce problème, il devait comprendre ce qui s'était passé.

— Pas si vite. J'ai besoin de détails. Où les as-tu laissés ? demanda le Boss.

Eva soupira à l'autre bout du fil.

— Mark s'est endormi juste après le décollage, Dieu merci. S'il avait été conscient, il aurait probablement su que nous ne volions pas vers le sud-ouest en direction de Juneau. J'ai volé directement vers l'ouest et j'ai fait quelques cercles avant de me diriger vers la réserve naturelle du lac Clark. Je suis descendue entre deux chaînes de montagnes et j'ai atterri sur un affluent de Two Lakes.

— Et il n'a rien soupçonné ?

— Non, je ne pense pas. Pas avant qu'il soit trop tard pour faire quoi que ce soit, en tout cas. J'ai coupé le carburant du moteur et j'ai fait comme si nous allions nous écraser. Ils se sont mis en position de sécurité. J'ai atterri sur le lac et leur ai dit que je devais contrôler certaines choses. Je les ai fait sortir, puis quand ils étaient sur la rive, j'ai fait marche arrière et je me suis envolée.

Eva fit une pause.

— Pour être honnête, les regards sur leurs visages me hanteront à jamais. Mark a immédiatement compris ce qui se passait et n'était vraiment pas content. Zoey semblait simplement confuse. Mais après avoir fait demi-tour, j'ai regardé derrière moi. Elle avait un air d'incrédulité et de terreur.

— Et tu ne les as pas laissés avec quelque chose qui pourrait les aider à survivre, n'est-ce pas ?

— Non. Tout ce qu'ils avaient, c'étaient les vêtements qu'ils portaient. Mais, je dois vous dire que Mark avait l'autorisation de transporter un couteau dans l'avion, et je suis presque sûr que les poches de son pantalon cargo étaient pleines, mais je ne sais pas avec quoi. Sinon, ils n'avaient rien d'autre.

— Bien.

Mais ça ne l'était pas. Tout était fichu maintenant. Pour la plupart des gens, avoir un couteau ne serait pas d'une grande aide, mais c'était Mark. Tout le monde savait qu'il était un SEAL. Même avoir un couteau dans le désert de l'Alaska pouvait lui offrait un avantage incroyable, et il pourrait ainsi se sauver lui et la garce avec qui il était.

— Tu es sûre que personne ne sait où tu es allée et où tu trouves maintenant ?

— Aussi sûre que possible, dit Eva. Quand j'ai déposé le plan de vol, j'ai utilisé un faux nom et j'ai falsifié le N et les numéros de série. Donc si quelqu'un me cherche ou cherche mon avion, il ne nous trouvera pas. J'ai laissé l'avion dans une ville reculée avec une piste en terre et j'ai convaincu un habitant de me ramener à Anchorage, où j'ai attrapé le vol pour Seattle. De plus, comme nous volons dans la direction complètement opposée à celle que j'avais déclarée dans le plan de vol, toute personne qui essaiera de les trouver cherchera au mauvais endroit.

— Bien fait pour eux. Ils n'ont aucun droit sur l'argent de Colin. Aucun. Ils ont ce qu'ils méritent.

Mais le plan était bel et bien fichu. Leurs corps étaient censés être trouvés rapidement. L'avion était censé s'écraser peu de temps après le décollage, et les corps récupérés en quelques heures. Maintenant qu'Eva avait effectivement exécuté ce qu'elle pensait être le vrai plan... on ne savait pas quand, ou si, les corps de Mark et Zoey seraient retrouvés.

Et ce n'était pas bon. Pas du tout. Une demande au tribunal pour les faire déclarer morts – au moins pour commencer le processus – ne pourrait pas être déposée avant plusieurs années. L'argent que Colin leur avait laissé serait bloqué au tribunal jusqu'à ce que leur mort soit officielle !

— Alors... quand est-ce que j'aurai mon argent ? demanda Eva.

— Tu l'auras quand je saurai qu'ils ne viendront pas réclamer leur part d'héritage.

— Ce n'était pas le marché ! Tu avais dit que je serais payée quand j'aurais fini le travail.

— Eh bien, le travail n'est pas encore terminé ! Je te recontacterai.

Ne laissant pas à Eva le temps de répondre, le Boss coupa la communication, puis éteignit le téléphone jetable. Il lui faudrait certainement s'en débarrasser pour que la garce ne puisse plus reprendre contact.

Mais Eva ne pouvait pas appeler la police. Elle était coincée. Elle avait désespérément besoin de l'argent qu'on lui avait promis. Si elle osait rentrer chez elle les mains vides, son ex disparaîtrait avec ses enfants, et elle ne les reverrait jamais.

Eva avait été parfaite pour ce travail. Indispensable et bien trop naïve. Elle avait raconté toute son histoire, ce qui faisait d'elle la parfaite victime du plan. Quand Eva avait rencontré Jay, son ex, elle pensait avoir touché le jackpot. Il l'avait séduite, épousée, mise enceinte... puis sa vraie nature avait fini par se révéler. C'était un sale type abusif qui vendait de la drogue pour vivre.

Il lui avait fallu du temps pour se libérer de l'emprise de Jay, et elle pensait avoir réussi. Mais ensuite, il avait demandé quelques faveurs et obtenu d'un juge la garde complète de leurs enfants. Il ne les voulait pas. Il les détestait, en réalité, mais il aimait avoir le dessus. Il aimait savoir qu'il lui faisait du mal. Mais il avait promis de lui rendre ses enfants et de disparaître pour toujours si elle lui rendait chaque centime qu'il avait dépensé pour elle ces quatre dernières années.

C'était plus d'argent qu'elle ne pourrait jamais en trouver toute seule. Bien sûr, Jay lui avait utilement donné le nom d'un contact – le Boss – qui lui paierait ce dont elle avait besoin si elle lui rendait un petit service...

Heureusement pour elle, le vrai plan avait capoté. Mais malheureusement, elle ne verrait jamais un centime de l'argent qui lui avait été promis. Elle n'était pas censée avoir survécu. Elle était censée être morte, tout comme Mark et Zoey.

En soupirant, le Boss comprit que le seul espoir de récupérer l'argent de Colin était de retrouver son fils et cette stupide garce de Zoey. Mais ça allait être délicat. Tout le monde pensait qu'ils allaient d'Anchorage à Juneau, alors qu'en réalité, ils étaient à des centaines de kilomètres dans l'autre direction. C'était un désastre... mais ça pouvait encore être rattrapé.

Cela nécessiterait une planification minutieuse et beaucoup d'action, mais avec un peu de chance, les corps des pauvres Mark et Zoey seraient retrouvés plus tôt que prévu, et tout le monde pourrait reprendre sa vie... beaucoup plus riche.

CHAPITRE SEPT

Le lendemain matin, Bubba ne réveilla pas Zoey immédiatement. Ils devaient se préparer à partir, mais il n'arrivait pas à se lever. À trente et un ans, il avait eu sa part de relations, mais n'avait jamais vraiment compris l'attrait des câlins. Il était plutôt du matin et toujours prêt à se lever et à partir.

Il n'avait jamais ressenti l'envie de rester allongé au lit juste pour le plaisir. Il avait toujours des choses à faire. La plupart du temps, il devait se rendre à l'entraînement avec le reste de l'équipe. Mais après s'être réveillé avec Zoey pendant seulement deux matins, il comprenait ce qu'il avait manqué.

L'air était frais, mais pas glacial. Pour Zoey, cependant, c'était probablement le cas. Elle s'était à nouveau tournée vers lui dans la nuit pour enfouir son visage dans sa poitrine. Ses mains s'étaient glissées sous ses bras, cherchant la chaleur qu'elle savait pouvoir y trouver. Leurs jambes étaient entrelacées, et Bubba ne se souvenait pas s'être déjà senti aussi satisfait du simple fait d'être et de se réveiller avec une femme.

Oui, ils étaient dans une situation unique, mais il avait le sentiment qu'il se serait senti à l'aise avec Zoey même s'ils n'étaient pas en danger de mort. Bubba pensait qu'une partie de la raison pour laquelle il se sentait si à l'aise avec elle était qu'ils n'étaient pas vraiment étrangers l'un pour l'autre. Il l'avait appréciée au lycée, et même si c'était il y a longtemps, il se sentait encore attiré par elle.

Ils connaissaient les mêmes personnes. Elle était même plus proche de son père qu'il ne l'avait été. La nuit précédente, ils avaient parlé des anciens lieux de rencontre de l'époque où ils étaient au lycée, et ils avaient ri du fait que les jeunes d'aujourd'hui faisaient les mêmes choses qu'il y a dix ans. Les choses à Juneau n'avaient pas tant changé que ça, ce qui était à la fois réconfortant et un peu déconcertant.

Bubba se déplaça un peu, essayant de déloger la pierre qui s'enfonçait dans ses fesses, et ses mouvements réveillèrent Zoey. Il sourit quand elle se mit à gémir en se réveillant doucement. Elle était si différente de lui. Quand il était réveillé, il l'était entièrement et aussitôt. Il pouvait passer de l'état de mort-vivant à l'état de Navy SEAL, prêt à se battre, en quelques secondes. Il fallut plusieurs minutes à Zoey pour ouvrir les yeux après son réveil. Il avait l'impression qu'il lui aurait également fallu trois tasses de café pour qu'elle soit assez réveillée pour parler.

— Tu as bien dormi ? demanda-t-il calmement après un moment.

— Non, marmonna-t-elle.

Souriant, Bubba secoua simplement la tête et attendit qu'elle se réveille un peu plus. Ce n'était pas comme s'ils avaient rendez-vous quelque part ensuite. Il pourrait rester allongé là toute la journée avec elle dans ses bras.

Cinq minutes plus tard, elle se réveillait assez pour commencer à bouger légèrement. Cinq minutes pendant lesquelles Bubba ignora le caillou qui lui piquait les fesses et apprécia simplement le corps aux courbes parfaites blotti contre lui. Lorsqu'elle leva finalement la tête et que leurs regards se croisèrent, Bubba sentit quelque chose tressaillir en lui.

Elle était encore endormie et ses cheveux complètement en

désordre. Ses joues étaient rouges, à cause d'un coup de soleil et d'un coup de vent, très probablement. Le maquillage qu'elle avait pu porter avait depuis longtemps été éliminé par le frottement et la transpiration. Ils ne sentaient pas très bon, mais pour une raison qu'il ignorait, il était plus attiré par elle que jamais.

— Salut, dit-il, à court d'inspiration.

— Salut, répondit-elle.

Après un moment, elle demanda :

— Je sens mauvais ?

Bubba eut un petit rire, puis lui mentit droit dans les yeux.

— Non.

Elle leva les yeux au ciel, et il ne put s'empêcher de sourire à sa réaction. Il ne verrait plus jamais quelqu'un lever les yeux de sa vie sans penser à elle.

— Menteur. Mais j'apprécie.

Elle se redressa lentement et gémit une fois de plus.

— Je me demande bien comment tu fais pour être aussi sexy, mais je dois dire que je l'apprécie davantage chaque minute qui passe.

— Si tu veux m'utiliser comme ton chauffage personnel, je suis à ta disposition, assura Bubba sur un ton beaucoup plus sérieux que prévu.

— Merci, fit-elle en riant. Peut-être que tu peux juste me suivre partout et me laisser mettre mes mains glacées sous ta chemise quand j'ai froid.

Dès que les mots sortirent de sa bouche, elle ferma brièvement les yeux, et Bubba vit ses joues rosir encore plus qu'elles ne l'étaient déjà.

— Ignore ce que j'ai dit, marmonna-t-elle. Je suis manifestement en train de délirer.

Bubba ricana. Puis il se leva et lui tendit la main. Alors qu'elle la prenait et qu'il l'aidait à se lever, il dit :

— Non. Fatiguée, affamée et inquiète, peut-être, mais pas délirante.

Puis il attrapa ses deux mains dans les siennes et les glissa sous sa chemise, sur les côtés, et les tint contre sa peau. Elles étaient froides, mais pas au point de le gêner.

L'extase sur son visage était une récompense qui suffisait largement à lui faire oublier le léger inconfort.

Elle ferma les yeux et gémit, et Bubba ne put s'empêcher de penser qu'elle aurait la même réaction s'il faisait autre chose avec elle, mais il repoussa rapidement cette pensée. La dernière chose dont ils avaient besoin était d'ajouter une quelconque tension sexuelle à leur situation déjà stressante. Il avait besoin d'être son ami en ce moment.

— Oh mon Dieu, murmura-t-elle. C'est tellement agréable.

Bubba resta là, les mains sur sa taille, les siennes serrant sa peau nue sous sa chemise, pendant quelques longues minutes avant qu'elle ne soupire et lève les yeux vers lui.

— Merci. Qu'est-ce qui est au programme aujourd'hui ? Une petite pêche à la mouche, suivie d'une promenade tranquille dans les bois et d'un dîner à quatre plats au pavillon quand nous serons fatigués ? Oh, et n'oublions pas non plus de faire trempette dans le jacuzzi sous les étoiles, hein ?

Il se mit à rire.

— Je pensais que nous devrions aller voir si nous avons attrapé quelque chose dans le piège. Si c'est le cas, nous le cuisinerons, puis nous verrons si nous ne pouvons pas avancer un peu plus pour sortir d'entre ces deux montagnes. J'ai aussi pensé que nous pourrions faire un concours aujourd'hui pour voir qui peut trouver le plus de champignons.

Zoey soupira mais lui sourit, jouant le jeu.

— Tu vas perdre, petit SEAL.

— C'est bien d'avoir confiance, répondit-il.

Puis elle le surprit en retrouvant une mine sérieuse et en disant :

— Merci de faire en sorte que ça ne soit pas aussi nul que possible. Pour m'empêcher de penser au fait que quelqu'un a voulu nous laisser mourir ici. Et merci d'avoir mis plus de trucs dans tes poches que je n'en ai dans ma valise. Un couteau, une boussole, une ficelle, un silex, et qui sait ce que tu as d'autre là-dedans. Juste… merci. Je ne peux pas imaginer que cela se passe très bien avec quelqu'un d'autre que toi.

Bubba ne put s'en empêcher. Il tendit la main et toucha sa joue.

— Tu n'as pas à me remercier, Zo. En réalité, je pense que si tu n'avais pas eu la malchance d'être dans cet avion, tu serais à Juneau en train de me maudire parce que je n'aurais pas pris la peine de venir à la lecture du testament de mon père.

Elle fronça les sourcils en le regardant.

— Qu'est-ce que tu veux dire ? Que tu penses être la cible de celui qui a fait ça ?

— C'est exactement ce que je dis.

— Tu sais ce qu'il y a dans le testament de ton père ?

— Non. Et toi ?

Elle secoua la tête.

— Exact. Apparemment, Pap t'a laissé quelque chose. Je ne peux pas dire quoi, tu devrais le savoir mieux que moi, mais ce n'est probablement pas suffisant pour que quelqu'un veuille ta mort.

Zoey le regarda sans ciller, mais ne répondit pas.

— Mais étant donné que je suis son fils… et connaissant la valeur de son entreprise, je suppose qu'il y a pas mal d'argent là-dedans pour moi.

Elle cligna des yeux comme si quelque chose venait de lui passer par la tête.

— Oh mon Dieu, Mark. Tu crois que Malcom va bien ? Et si quelqu'un s'en prenait à lui aussi ?

Bubba y avait pensé aussi, mais il n'avait rien dit parce qu'il ne voulait pas l'inquiéter. Et dans l'éventualité où son frère était responsable de leur situation, alors… il ne serait sûrement pas en danger.

Comme il ne répondait pas assez vite, Zoey demanda :

— Tu penses que Malcom est derrière tout ça ?

— Je ne sais pas, dit rapidement Bubba. Mais en ce moment, la seule chose qui me préoccupe, c'est nous deux. Nous ne pouvons rien contrôler d'autre que notre propre situation. Ça ne sert à rien de s'inquiéter pour un truc pour lequel on ne peut rien faire.

Zoey ferma les yeux, et Bubba vit ses épaules s'affaisser alors qu'elle s'appuyait sur sa main. Il la tint doucement et attendit qu'elle exprime sa pensée.

Finalement, ses yeux s'ouvrirent et elle déclara :

— Je déteste que l'argent puisse faire ça aux gens. *Je déteste* ça. Je ne suis pas stupide. Je sais que l'argent fait tourner le monde, mais c'est fou le peu d'argent qu'il faut pour faire faire aux gens des choses terribles, affreuses. Je n'aime pas trop ton frère. Il est un peu con. Mais il travaille dur et a vraiment aidé ton père. Je ne lui souhaite pas de mal, alors j'espère qu'il va bien.

— Et pour Sean ?

Zoey soupira.

— Oui, il pourrait faire ça. Je sais que Colin et lui se sont beaucoup disputés récemment au sujet de l'entreprise. Je pense que Sean voulait déplacer l'usine à l'étranger, où les produits coûteraient moins cher à fabriquer, mais ton père était contre. Il voulait garder les emplois ici en Amérique. À Juneau. Ils se sont beaucoup disputés à ce sujet.

— De quel côté était Malcom ?

Zoey haussa les épaules.

— Je ne sais pas. Mais tous les combats et la tension étaient difficiles à supporter pour Colin. Cela, ainsi que le fait qu'il soit tout le temps malade, le rendait grincheux et désagréable avec à peu près tout le monde.

Bubba détestait penser que quelqu'un puisse vouloir le tuer, et encore plus quand il imaginait les personnes proches de son père aller au bout de cette idée. Zoey avait raison, c'était nul que l'argent puisse pousser quelqu'un à vouloir tuer pour l'avoir.

Juste à ce moment-là, l'estomac de Zoey laissa échapper un fort grondement. Elle plissa le nez et Bubba retira sa main de son visage. Elle mit une main sur son ventre et dit :

— Peux-tu appeler le service d'étage et demander ce qui leur prend si longtemps pour nous apporter notre commande ?

Il lui sourit et, pour la première fois, remercia Dieu qu'ils soient dans cette situation tous les deux.

— Je vais m'occuper de ça.

— Et je suppose que tu n'as pas de shampoing dans tes poches, n'est-ce pas ? demanda-t-elle, un air plein d'espoir sur le visage.

— Malheureusement, non. Mais j'ai ceci...

Bubba fouilla dans une poche de son pantalon, près du mollet, et sortit un petit peigne noir. À l'expression de son visage, c'était comme s'il venait de sortir un hélicoptère capable de les transporter jusqu'à chez eux.

— Un peigne ! Oh mon Dieu, tu es mon héros ! s'exclama-t-elle.

Bubba n'avait jamais fait grand cas de ce mot, mais l'entendre sortir de ses lèvres et la voir le regarder comme s'il lui offrait la lune lui faisait du bien. Puis, en regardant ses cheveux, il grimaça et dit :

— Tu vas avoir besoin d'aide.

Elle porta immédiatement une main sur ses cheveux pour essayer de les lisser.

— C'est catastrophique, hein ? demanda-t-elle.

Bubba secoua sa tête.

— Rien d'insurmontable.

— Merci, répéta-t-elle.

— Pas de quoi. On est une équipe et on est là-dedans ensemble.

Elle regarda le peigne avec envie pendant un moment, puis prit une profonde inspiration.

— Eh bien, je pense que mes cheveux peuvent attendre. Si tu n'as pas peur d'être vu en public avec moi, avec ces cheveux – si cette forêt peut être considérée comme un lieu public – alors je peux attendre plus tard pour m'en occuper. Nous devons vérifier les pièges, allumer un feu, et déterminer où nous allons aujourd'hui.

Remettant le peigne dans sa poche pour plus tard, Bubba dut se forcer à ne pas prendre Zoey dans ses bras. Elle était incroyable. Pratique et terre-à-terre. Mais il percevait encore la vulnérabilité et l'incertitude dans ses yeux. Cela lui donnait envie de l'encourager à déployer ses ailes et de l'envelopper dans ses bras pour la protéger en même temps. Il se contenta de demander :

— Veux-tu vérifier le piège ou essayer d'allumer le feu ?

— Le feu. Je ne suis pas sûre de pouvoir le faire, mais je te laisse les animaux morts, si ça te va.

— Tu peux t'asseoir ici et ne rien faire si tu veux, lui proposa Bubba.

Il n'avait aucun problème à prendre soin d'eux deux. Mais elle secoua immédiatement la tête.

— Non, je ne suis pas une demoiselle en détresse. Je veux aider.

— OK. Tu te souviens de ce que je t'ai dit hier à propos du silex ?

— Oui. Mais ne nous attendons pas à des miracles cette première fois toute seule, d'accord ?

Il eut un rire grave.

— Si tu as besoin de moi, tu n'auras qu'à m'appeler.

— Bien. Ce n'est pas comme s'il fallait qu'on fasse attention au bruit qu'on fait. Personne n'est là pour nous entendre de toute façon.

Bubba hocha la tête. Les choses auraient été bien pires si la personne qui avait organisé leur disparition avait envoyé quelques tireurs d'élite pour s'assurer qu'ils ne s'en sortent pas, mais ils étaient soit trop radins pour aller jusqu'au bout, soit trop sûrs que les faire atterrir au milieu de nulle part ferait l'affaire.

— Je serai bientôt de retour.

Il fouilla dans sa poche et en sortit le silex qu'il plaça dans sa paume ouverte.

— Voilà, Zo.

— Oui. Appelle-moi Laura Ingalls.

— Qui ? demanda Bubba, confus.

Elle partit d'un grand éclat de rire.

— Ne t'en fais pas. Va. Ouste. Toi homme, fournir viande. Moi femme, faire du feu.

En riant, Bubba se retourna pour quitter leur emplacement de camping improvisé. Il aimait qu'elle le fasse constamment rire.

Oui, il avait Zoey dans la peau... et il l'aimait, maintenant. Beaucoup.

* * *

Zoey fit de son mieux pour contrôler sa respiration alors qu'ils marchaient dans la forêt plus tard ce matin-là. Il s'avéra qu'elle ne fut pas capable d'allumer le feu. Le silex était délicat, et elle avait réussi à faire des étincelles avec, mais elles n'étaient pas tombées là où elle le voulait et elle n'avait pas réussi à faire prendre feu aux petits bâtons qu'elle avait ramassés.

Bien sûr, Mark avait réussi à obtenir une flamme presque immédiatement, ce qui l'irritait un peu. Il avait été assez gentil pour lui dire qu'il avait juste eu de la chance, mais elle savait que ce n'était pas du tout ça.

Plus elle passait de temps avec lui, plus son amour de lycée se ravivait. Mais cette fois, c'était plus qu'un simple coup de cœur. Elle admirait Mark. Elle aimait l'homme qu'il était devenu. Il était généreux, courtois, courageux, et connaissait beaucoup de choses.

Il était aussi très observateur. Elle était en train de perdre son jeu de « recherche de champignons », mais ce n'était pas vraiment une surprise. Elle avait le sentiment qu'il était bien conscient de chaque oiseau qui volait au-dessus de sa tête et de chaque petit mammifère qui faisait du bruit dans les sous-bois. Il tenait la boussole dans sa main et les gardait sur la bonne voie. Il lui indiquait également de faire attention quand il voyait quelque chose capable de la faire trébucher et prenait aussi le temps de trouver quelques baies et champignons sur leur passage.

Si elle ne l'admirait pas autant, cela aurait pu l'ennuyer.

Mais c'étaient les aperçus de l'homme pas si parfait que ça qui l'intriguaient le plus. Pour être honnête, il n'avait pas été le meilleur fils, ni même le meilleur frère. Il envoyait des e-mails à Colin de temps à autre, mais il n'appelait pas beaucoup et ne lui rendait pas visite. Il avait laissé Malcom aider Colin avec les affaires et ses besoins quotidiens.

Il y a dix ans, ce n'était pas un gros problème, mais lorsque le père de Mark était tombé malade, il avait eu de plus en plus besoin d'aide. Zoey avait fait ce qu'elle pouvait, mais Malcom avait dû s'investir davantage. Mark ne s'était même pas rendu compte qu'il était malade.

Et cet homme était du genre très positif.

Elle se disait qu'il le faisait pour elle, mais pour une fois, elle aurait aimé l'entendre se plaindre du fait qu'ils avaient été déposés au milieu d'une forêt. Ou qu'il voulait une douche, autre chose à manger que de la viande d'écureuil, des baies, des feuilles et des champignons. Elle savait qu'il devait être mal à l'aise et irrité, mais il avait été presque caricaturalement optimiste toute la matinée... et c'était exaspérant.

Zoey fit de son mieux pour maintenir rester elle-même positive alors qu'ils continuaient leur randonnée. Il avait essayé d'expliquer son plan et où ils se rendaient, mais Zoey l'avait un peu ignoré. Ça n'avait pas tellement d'importance, parce qu'ils ne savaient toujours pas où ils se trouvaient. Au nord d'Anchorage ? Au sud ? Elle n'en savait rien.

Les pics montagneux sur leurs côtés, tels des gardiens de prison, ne leur laissaient pas d'autre voie que le sud. C'était presque comme s'ils étaient rassemblés dans cette direction, et Zoey ne put s'empêcher de frissonner.

Elle était tellement perdue dans ses pensées qu'elle faillit heurter le dos de Mark quand il s'arrêta. Elle se rattrapa juste à temps et jeta un coup d'œil autour de lui pour comprendre la raison d'un arrêt soudain.

Clignant des yeux d'incrédulité, elle lança un juron devant l'immense lac qui leur barrait la route.

— Merde !

Elle leva les yeux vers Mark et le vit étudier la zone intensément.

En soupirant, elle aperçut un rocher à proximité et s'y dirigea. Elle s'y effondra et remonta ses genoux. Les serrant contre sa poitrine, elle y posa sa joue et ferma les yeux. Quand ce n'était pas une chose, c'en était une autre. Oui, ils pourraient probablement marcher autour du lac, mais ça prendrait une éternité. D'un autre côté, ce n'était pas comme s'ils avaient un quelconque délai à respecter. Ils pouvaient prendre un jour de plus, ou trois, et cela ne ferait pas la moindre différence dans leur situation.

Mais elle ne voulait pas prendre un jour ou trois de plus.

— Les choses pourraient être pires, déclara Mark après un moment.

Zoey serra les dents en signe d'irritation. Elle savait qu'elle était déraisonnablement grincheuse, mais elle ne pouvait pas supporter l'attitude positive de Mark en ce moment. Elle savait que les choses pouvaient être pires, mais ça ne signifiait pas que tout allait bien à l'heure actuelle.

Avec son irritation, sa frustration augmentait également. Pour une fois, elle voulait le voir s'énerver. Ça ne changerait rien, et ça ne les aiderait certainement pas, mais ça le rendrait un peu plus humain à ses yeux.

Elle n'agissait pas de façon très rationnelle, elle ne s'en

rendait compte – ce serait mauvais s'ils paniquaient tous les deux – mais elle ne pouvait pas refouler ce qu'elle ressentait.

Comme elle ne répondait pas, il continua, inconscient de son trouble émotionnel.

— Je crois que je peux voir le bord du lac à l'ouest. Cela prendra du temps, mais avec un peu de chance, nous trouverons de l'autre côté un pêcheur, un chasseur ou autre chose.

Comme elle ne répondait toujours pas, Mark demanda :

— Tu m'as entendu, Zo ? Ce lac est une bonne chose. Nous aurons beaucoup d'eau fraîche à boire, et peut-être même pourrons-nous attraper un poisson pour le dîner au lieu de devoir encore manger un écureuil.

— Super, marmonna-t-elle.

Assise sur son rocher, elle n'était pas rassurée par les paroles de Mark. Elle voulait seulement pouvoir rentrer chez elle, dans sa petite maison, et vivre sa vie ennuyeuse, pourtant si sûre, et parfaitement au chaud.

Elle sentit une des mains de Mark toucher son mollet et supposa qu'il était à genoux devant elle. Elle n'ouvrit pas les yeux pour voir.

— Est-ce que tu vas bien ? murmura Mark.

Il avait gagné.

Elle avait essayé d'être si forte, de contenir sa peur, sa colère et sa frustration, mais elle ne pouvait pas supporter sa compassion en ce moment.

— Non, chuchota-t-elle. Je ne vais pas bien.

— Qu'est-ce qu'il y a ? Parle-moi, Zo.

En levant la tête, Zoey plongea dans les yeux bruns inquiets de Mark et faillit ne pas oser. Elle pouvait lui dire qu'elle était juste fatiguée, et qu'elle s'inquiétait à l'idée de faire le tour de cet énorme lac... ou elle pouvait lui dire ce qui la tracassait.

Elle choisit l'honnêteté.

— Je ne peux plus faire ça.

Les sourcils de Mark se froncèrent.

— Faire quoi ?

— *Ça.* Faire comme si on était en voyage de camping ou autre. Tu ne t'es pas plaint une seule fois. Je comprends que c'est probablement facile comparé à certaines des choses que tu as vues et faites, mais ce n'est pas pour moi. Je déteste ça. Tout ça ! Et t'entendre être si optimiste et positif sans même une seule plainte me rend dingue ! Es-tu vraiment si calme à l'intérieur ? Ce n'est vraiment pas un gros problème pour toi ? Parce que ça l'est pour moi. Quelqu'un veut qu'on meure ici, Mark ! J'ai besoin de savoir que tu es comme un humain normal, un tant soit peu. Que tu souffres. Que tu détestes ça. Que tu as faim, que tu as mal aux pieds, quelque chose ! Et je sais que tout ça a l'air ridicule parce que ça ne serait pas bon qu'on panique tous les deux, mais je ne suis pas du tout à la hauteur, et je veux juste que tu sois honnête avec moi.

Il la dévisagea pendant un instant, et l'espace d'une seconde, Zoey pensa qu'il allait juste essayer de la calmer. Puis il se mit à parler.

— J'en ai ras le bol, dit-il d'un ton qui traduisait plus que sa colère. D'autant plus que ça doit être lié à la mort de mon père et à la lecture de son testament, ce qui signifie que celui qui est derrière tout ça est quelqu'un que je connais probablement. Quelqu'un qui était proche de mon père. Et ça me donne littéralement envie de tuer cette personne. Je déteste avoir baissé ma garde au point de permettre que ça arrive. J'ai merdé, et maintenant on est tous les deux dans cette situation. Je suis inquiet pour toi, mais en même temps, je suis tellement impressionné par la façon dont tu as tenu le coup que ce n'est même pas drôle. J'essaie d'être optimiste et positif parce que sinon tu verrais un côté de moi qui, je pense, t'effraierait. J'ai peur que nous devions marcher encore une centaine de kilomètres avant de trouver la moindre trace d'un autre humain. J'ai peur que nous croisions un ours ou un autre animal enragé, et je n'ai pas d'arme pour nous défendre. J'ai faim, je *suis* fatigué et mon café me manque – mais tu as raison, il n'y a rien que je n'aie jamais fait.

Le regard de Zoey ne se détacha pas un instant de lui pendant qu'il parlait. C'était comme s'il était une personne complètement différente... et elle était un peu gênée d'être aussi excitée qu'elle ne l'avait jamais été en l'écoutant se plaindre.

C'était exactement ce dont elle avait besoin. De voir une émotion profonde de sa part. Savoir qu'il ne prenait pas leur situation à la légère la faisait étrangement se sentir un peu mieux.

— La chose la plus importante pendant une mission est de ne pas s'attarder sur les aspects négatifs, mais de regarder plutôt les aspects positifs. C'est tout ce que j'essaie de faire. Mais je suis humain, Zo. Tout comme toi. Ne pense jamais que je ne suis pas conscient des dangers auxquels nous sommes confrontés. J'en suis probablement plus conscient que quiconque. J'essaie simplement de rester optimiste parce que l'alternative est de nous lamenter si profondément que nous finirions par nous asseoir et abandonner. Et ce n'est pas une option. Je t'aime bien, Zoey. Je t'aimais bien quand nous avions dix-huit ans, et je t'aime encore plus maintenant. Je déteste ne pas pouvoir te demander de sortir avec moi comme un homme normal. Que je ne puisse pas venir te chercher chez toi et te voir toute pomponnée pour moi. Je veux te voir rire et sourire à la lueur des bougies sur la table d'un restaurant chic. Sentir le désir et l'excitation lorsque je te ramène chez toi et que j'essaie de comprendre comment te demander un baiser de bonne nuit sans avoir l'air d'un con. Ça craint... et je déteste ça.

Zoey n'arrivait pas à croire ce qu'elle entendait. Mark Wright l'aimait bien ? *L'aimait bien ?* Bon sang.

— Je n'ai pas besoin de ce genre de choses, dit-elle sans réfléchir. Je n'en ai jamais eu besoin. Je veux un homme qui soit heureux de rester assis à lire, tout en me donnant de temps en temps un petit coup de pied pour me faire savoir qu'il pense à moi. Quelqu'un qui ira faire les courses avec moi et me fera rire au rayon céréales. Un homme qui n'a pas peur de me laisser voir ses émotions, et qui me dira qu'il n'est pas d'humeur parce qu'il a mal à la tête et que ses oignons le font souffrir.

Mark ricana et Zoey fut heureuse de voir que la colère avait déjà quitté son visage. Elle apercevait maintenant un soupçon de ses émotions dans ses yeux, et cela lui faisait beaucoup de bien.

— J'aime que tu sois positif, mais je ne veux pas que tu me caches toutes tes inquiétudes sur ce que nous faisons. Nous sommes une équipe. Parle-moi. Je ne suis peut-être pas un SEAL, mais j'ai vécu en Alaska toute ma vie. Je peux aider. Au moins, j'aime à penser que je peux. Si je ne peux rien faire d'autre, je peux être une caisse de résonance pour toi, reprit-elle. Je ne veux pas te retenir. Je ne veux pas avoir l'impression d'être un fardeau et que tu doives constamment vérifier mon bien-être mental.

Mark hocha la tête. Il n'avait pas retiré sa main de sa jambe, et la chaleur et le poids de celle-ci lui procuraient une sensation très agréable.

— Tu ne me retiens pas, et tu n'es certainement pas un fardeau. Mais je comprends. J'ai trop essayé d'être optimiste. J'ai compris. Je vais faire de mon mieux pour corriger ça, mais tu dois comprendre que j'essaie de te protéger.

— Je sais, et j'apprécie. Je veux juste que tu sois toi-même. Pas qu'on fasse semblant d'être en train de faire une randonnée pour le plaisir. Et j'aimerais dire que je n'ai pas besoin d'être protégée, mais je suis manifestement hors de mon élément ici, malgré mon énorme score de quatre sur l'échelle de confort en plein air.

Elle lui adressa un petit sourire.

Il le lui rendit et déplaça sa main vers l'arrière de son mollet. Elle sentit ses doigts effleurer le dessous de sa cuisse et tous ses muscles se tendirent... dans le bon sens.

— Compris. Et tu t'en sors bien, Zo. Vraiment bien. Je ne mens pas non plus à ce sujet. Je dirais que même après le peu de temps que nous avons passé ici, tu es passée à un cinq, cinq et demi sur l'échelle de confort en plein air.

— Merci.

— De rien. Alors... et ce lac ?

— Oui ?

— Ça craint.

Elle gloussa.

— Oui. C'est ce que je pensais.

— Mais je ne faisais pas que le gars insouciant quand je t'ai parlé des poissons et de la marche autour. Ça craint que ça prenne plus de temps, mais les grands lacs signifient parfois qu'on pourrait y trouver du monde. Donc nous devons juste garder les yeux ouverts.

— Et si on n'en trouve pas ?

— Alors on continue à marcher jusqu'à ce qu'on y arrive.

— Tu penses vraiment que quelqu'un va nous trouver ? Que tes amis te cherchent ? demanda-t-elle pour ce qui devait être la centième fois.

— Nous cherchent. Et oui. Je sais sans aucun doute que Rocco doit devenir fou et a déjà dû appeler la cavalerie pour nous chercher.

— L'Alaska est un endroit idéal pour cacher des cadavres, répondit Zoey d'un ton sombre.

— Je sais. Mais nous ne sommes pas morts, et mes amis ne s'arrêteront pas avant de nous avoir trouvés, même s'ils pensent que nous avons été assassinés et abandonnés quelque part. Ils retrouveront Eve et découvriront où elle nous a laissés et qui est derrière tout ça. Je le garantis.

— Et voilà, tu redeviens insouciant, dit Zoey.

— Non. Pragmatique, rétorqua-t-il.

— Si tu es si sûr que tes amis trouveront Eve et découvriront où elle nous a jetés, pourquoi ne sommes-nous pas restés près de cet autre lac ?

— Parce que je ne sais pas à quel point cette fille est têtue. Ou combien de temps ça va leur prendre pour la retrouver. Et parce que même si nous marchons 160 km au sud, avoir ce point de départ signifie qu'ils vont lentement étendre leur rayon de recherche. Ils finiront par nous trouver... si nous ne nous sommes pas secourus avant. Je ne suis pas prêt à les attendre si je n'y suis pas obligé.

Zoey hocha la tête. C'était logique.

— Alors... tu crois vraiment que tu peux attraper un poisson ? reprit-elle. Ce n'est pas que je n'aime pas ton écureuil du jour, mais je ne serais pas contre un bon gros saumon en ce moment.

— J'espère pouvoir y arriver, dit-il.

Zoey apprécia cette honnêteté plus qu'elle ne pourrait le dire. Il aurait pu lui répondre « oui » pour la rassurer. Elle laissa lentement tomber ses jambes, et Mark se leva comme elle.

— Eh bien, si nous devons faire le tour de ce satané lac, nous ferions mieux d'y aller, dit-elle.

Il lui tendit la main et l'attira dans ses bras, étreinte qu'elle accepta avec plaisir, posant sa joue contre sa poitrine et écoutant les battements de son cœur. Cela l'apaisait et en même temps, sa proximité lui donnait envie de s'accrocher à lui et de ne plus le lâcher. Elle se força à faire un pas en arrière.

— Après toi.

— Tu veux juste que j'y aille en premier pour détruire toutes les toiles d'araignées, se plaignit Mark.

Zoey éclata de rire.

— Ne me dis pas que tu as peur des araignées ?

— Je ne les supporte pas, répondit Mark.

Même si rien n'avait changé – ils étaient toujours coincés au milieu de nulle part avec seulement quelques vêtements qu'ils portaient depuis plusieurs jours maintenant – elle se sentit mieux qu'elle ne s'était sentie depuis qu'ils étaient montés dans le petit vol charter.

— Je te le dirai si j'en vois qui rampent sur toi, je ne manquerai pas de te secourir.

— Je t'en remercie, lui dit Mark. Allez. Allons-y.

Alors qu'elle se lançait à sa poursuite, Zoey ne put s'empêcher de ressentir une étincelle d'espoir. Il continuait à croire que ses amis étaient à leur recherche, et elle devait y croire aussi. Elle priait pour qu'ils trouvent Eve et qu'elle leur dise où elle avait laissé Mark et Zoey le plus tôt possible.

CHAPITRE HUIT

Rocco faisait les cent pas dans la petite salle de réunion de la base, agité. Bubba devait avoir atterri depuis deux jours à Anchorage. Mais comme il n'avait contacté personne depuis son supposé atterrissage, Rocco avait appelé Tex, réuni les gars et ils avaient commencé leur enquête.

Deux jours plus tard, toujours sans nouvelles de Bubba, personne ne semblait savoir où il était. Et pire, l'avion dans lequel il était n'avait pas été vu ou entendu. Ils savaient tous que cela signifiait qu'il s'était probablement écrasé, mais quelque chose ne collait pas, et Rocco suivait toujours son instinct. Cela lui avait sauvé la vie plus d'une fois dans le passé.

— On a appelé tous les hôpitaux d'Anchorage et de Juneau, sans succès. La police des deux villes n'a pas eu de rapports d'accidents d'avion, et le Bureau de la Sécurité Aérienne n'a pas signalé d'appels de détresse à l'heure où il était censé être dans les airs, résuma Rocco en faisant les cent pas.

— J'ai contacté la mère de Zoey Knight à Anchorage, et elle n'a pas non plus de nouvelles de sa fille, déclara Rex.

— Et Kenneth Eklund n'a pas été d'une grande aide, dit Ace en soupirant. Il a même été plutôt inutile. Il ne connaît pas le nom de la pilote ou quoi que ce soit sur l'avion qu'il a affrété. Il a prétendu que son assistante avait organisé le vol. Quand j'ai demandé un reçu, ou quelque chose pour montrer qu'il avait affrété l'avion, il n'a rien pu produire. Puis j'ai demandé à parler à son assistante, et il a dit qu'elle était en vacances cette semaine. C'est très suspect, si vous voulez mon avis.

Rocco était d'accord.

— Exact, mais nous avons pu obtenir le nom de la pilote et le numéro de l'avion à l'aéroport d'Anchorage.

— Mais nous n'avons rien pu trouver sur une Eve Dane, ajouta Gumby.

— Tout ça est très suspect, grogna Phantom.

Rocco leva la main.

— Je suis d'accord. Mais pour l'instant, l'essentiel c'est Bubba. Le commandant nous a donné l'autorisation de monter à Anchorage pour commencer nos recherches à partir de là.

— Je déteste être déprimant, mais nous ne savons même pas par où commencer, déclara Gumby.

— Eh bien, Juneau est au sud-est d'Anchorage, donc on commence à chercher entre les deux villes. Le commandant North nous a mis en relation avec les troupes de l'État d'Alaska, et nous commencerons nos recherches depuis les airs.

Phantom se leva si vite que sa chaise s'écrasa sur le sol derrière lui, mais il ne s'excusa pas et ne la ramassa pas. Comme Rocco, il faisait les cent pas à côté de la table.

— Nous cherchons une aiguille dans une botte de foin, grogna-t-il.

— Il n'y a pas eu de pings du téléphone portable de Bubba parce qu'il l'a probablement éteint avant que l'avion ne décolle. Donc on ne peut pas le suivre de cette façon. Si le petit avion dans lequel il était s'est écrasé, il serait presque impossible de le voir à travers les arbres. Ou, Dieu nous en préserve, s'il s'était abîmé dans l'océan, il aurait coulé comme une pierre. Et qui peut dire s'ils sont allés en direction de Juneau ? On a un plan de vol, mais si quelque chose a mal tourné, la pilote a pu s'en écarter. Nous ne savons pas si cette fichue pilote est allée au nord, à l'est, au sud ou à l'ouest. Il nous faut plus. Quelque chose !

Rocco était d'accord à cent pour cent. Il était aussi énervé que Phantom, mais le fait est qu'ils n'avaient pas d'autres options que de simplement voler et chercher leur ami et coéquipier.

— Écoutez, nous connaissons tous Bubba. Il est coriace. Vous vous souvenez quand nous avons été capturés par ces connards au Moyen-Orient lors de cette opération ? C'est lui qui a réussi à assez bien cacher son putain de KA-BAR pour qu'on ne le trouve pas quand ils nous ont fouillés. Il avait telle-ment de merde dans ses poches que même nos ravisseurs étaient impressionnés. Je ne sais pas ce qui est arrivé à Bubba en Alaska. Mais ce que je sais, c'est que s'il y avait ne serait-ce qu'une chance sur cent de survivre à ce qui s'est passé, Bubba l'aurait fait. Et il a probablement une putain de tente dans une de ses poches qu'il utilise pour se cacher. Je m'en fous si on doit fouiller chaque centimètre carré de l'état, je n'abandonnerai pas tant qu'on ne l'aura pas trouvé, mort ou vif.

Un par un, ses coéquipiers du SEAL acquiescèrent.

Sauf Phantom.

Il semblait extrêmement en colère et frustré et, comme d'habitude, Rocco n'arrivait pas lire ce qu'il pensait.

Finalement, il se mit à parler.

— Il y a un truc qui ne va pas dans cette histoire. C'est une trop grande coïncidence que Bubba ait pris l'avion pour l'Alaska pour régler son héritage et qu'il ait disparu sans laisser de trace. Quelqu'un voulait sa mort, probablement pour qu'il ne puisse pas récupérer ce que son père lui a laissé. Nous savons tous que le sexe et l'argent sont les deux choses qui font perdre la tête à des citoyens apparemment normaux et respec-tueux des lois. Est-ce qu'on sait quelque chose sur cette Zoey qui était avec lui ?

Gumby prit une feuille de papier et en fit la lecture.

— Zoey Knight. Trente et un ans. Elle a déménagé à Juneau

en seconde et y vit depuis. Sa mère est à Anchorage et son père n'est pas dans le paysage. Il ne l'est plus depuis des années. Elle travaille à mi-temps dans une de ces boutiques touristiques kitsch du centre-ville l'été. Elle a aussi aidé Colin Wright pendant une dizaine d'années. Elle loue une maison à Colin, et elle gagne juste assez d'argent pour vivre. Elle a environ mille dollars sur ses comptes. Pas de gros dépôts ou retraits ces quatre derniers mois. Elle était à Anchorage pour rendre visite à sa mère quand Colin est décédé, et l'avocat lui a demandé de venir pour la lecture du testament. Comme elle était à Anchorage, il s'est arrangé pour qu'elle soit sur le même vol que Bubba.

— Donc elle pourrait être impliquée dans ce qui lui est arrivé, conclut Phantom. Peut-être qu'elle sortait avec le père de Bubba, et qu'il lui a dit ce qu'il allait lui laisser. Ça l'a peut-être énervée de ne pas avoir eu plus dans le testament. Si Bubba ne faisait pas attention, elle aurait pu le prendre de vitesse et le tuer, puis travailler avec la pilote pour jeter son corps quelque part avant qu'elles ne disparaissent toutes les deux.

— À ce stade, ça ne me semble pas pertinent, déclara Rocco.

— Comment peux-tu dire ça ? demanda Phantom. Tu sais aussi bien que moi que personne n'est innocent tant que nous n'avons pas trouvé la preuve qu'il n'est pas impliqué.

— Je dis que c'est sans importance, car notre première préoccupation est de trouver Bubba. Si elle est avec lui, bien. Sinon, très bien. Mais on aura le temps de régler cette merde *après* avoir trouvé notre coéquipier. Crois-moi, Phantom. Si nous découvrons que sa disparition est autre chose qu'un accident bizarre, je serai en tête de file pour abattre celui qui a osé lui faire du mal. Mais jusque-là, tout ce qui m'importe est de le retrouver. Plus on reste assis ici, plus il faudra de temps pour le ramener à la maison. Et s'il est blessé ou piégé dans l'épave d'un avion, nous devons avoir des yeux dans le ciel maintenant. Tout le reste peut attendre.

Rocco et Phantom se toisèrent un long moment, sans vouloir reculer. Bien sûr, Tex travaillait déjà pour découvrir ce qu'il s'était passé– mais en attendant, eux devaient retrouver Bubba.

Finalement, Phantom hocha la tête.

— Tu as raison. On aura le temps de régler tout ça quand on l'aura trouvé.

Rocco acquiesça d'un signe de tête, puis se tourna vers les autres.

— Décollage dans deux heures. Rentrez chez vous, faites vos bagages, dites au revoir à vos femmes et faites ce que vous avez à faire. Nous ne reviendrons pas tant qu'on ne l'aura pas retrouvé. Les SEAL ne laissent pas les SEAL derrière eux. Jamais.

Naturellement, personne ne contredit les paroles de Rocco et ils quittèrent la pièce. Rocco rassembla les papiers avant de prendre une profonde inspiration. Il pressa ses lèvres l'une contre l'autre et ne put s'empêcher d'envoyer un appel silencieux à son ami disparu.

Où que tu sois, Bubba. Accroche-toi. Nous venons te chercher.

* * *

— C'est ça. Tu y es presque, félicita Bubba en regardant Zoey essayer d'allumer un feu pour la quatrième fois.

S'habituer à la pierre à feu lui donnait du fil à retordre. Il lui faudrait beaucoup d'entraînement pour réussir à faire atterrir les étincelles là où elles le devaient, puis à les transformer en flamme.

Elle soupira de frustration et se rassit sur ses talons, lui tendant le silex et le percuteur.

— Oublie ça. Je n'y arrive pas.

Bubba ne prit aucun des deux outils.

— Tu y étais presque cette fois. Essaie encore, insista-t-il.

Zoey secoua sa tête.

— Non. Je suis nulle pour ça. Je vais aller chercher plus de bois. Tu t'occupes du feu et de l'abri. Ramasser du bois, je sais faire.

Bubba tendit la main et la posa sur son bras pour l'empêcher de se lever.

— N'abandonne pas, Zoey.

Elle le regarda, et il put facilement lire la défaite et la colère dans ses yeux.

— Mark, j'apprécie que tu essaies de m'apprendre de nouvelles choses, mais je suis fatiguée. Et morte de faim. Et on ne mangera pas tant que ce feu ne sera pas allumé. S'il te plaît. Fais-le, et je vais chercher du bois pour plus tard.

Sachant que la forcer ne servirait rien – sinon à l'agacer plus encore – il hocha simplement la tête. Zoey lui offrit en retour un sourire fatigué et se leva. Dès qu'elle fut à une bonne distance, dos à lui, il se pencha. Quelques secondes plus tard, le bois s'enflammait.

Zoey lui apporta son aide pour construire leur nouvel abri pour la nuit, et bien qu'elle n'ait pas encore trouvé la façon exacte de plier les brindilles et les bâtons pour qu'ils ne se délient pas, elle s'améliorait. D'ici à ce que son équipe les trouve, elle serait déjà devenue une experte en la matière. Elle était frustrée maintenant, oui, mais la plupart du temps, elle se montrait déterminée. Elle donnait tout ce qu'elle avait afin de ne pas être un fardeau et être capable de porter son propre poids.

Cela faisait trois jours qu'ils avaient été abandonnés dans le désert. À leur arrivée, sur une échelle de un à dix de ses capacités dans un contexte comme celui-ci, elle lui avait dit être à quatre. Désormais, elle se plaçait au moins à six et demi.

Bubba l'admirait. Elle ne laissait pas ses frustrations prendre le dessus et la plupart du temps, elle restait optimiste et positive. Il n'était pas surpris qu'elle fléchisse aujourd'hui. La pluie tombait dru, ils avaient donc dû s'abriter la majeure partie de la journée. Être trempés ne leur apporterait que des problèmes. Ils n'avaient pas de vêtements pour se changer et même s'ils n'étaient pas en plein hiver, ce n'était pas l'été non plus. Des vêtements mouillés diminueraient leur température corporelle et ils seraient sujets à l'hypothermie.

Le reste de la soirée passa assez vite. Leur dîner se composa du saumon qu'il avait attrapé, de baies et de champignons. Le poisson était délicieux et changeait agréablement de la viande dure des écureuils qu'ils avaient mangée ces derniers jours. Mais la frustration de Zoey ne semblait pas vouloir la quitter.

Une fois le repas terminé et le feu alimenté autant qu'ils le pouvaient, Bubba tendit une main.

— Viens ici.

Elle le questionna du regard, mais tendit sa main en retour et le laissa la tirer vers lui. Il l'installa dos à lui et l'entoura de ses bras. Ses jambes étaient étendues de part et d'autre des siennes, et le monde sembla s'évaporer autour d'eux. Il lui sembla qu'il n'y avait plus qu'eux. Il posa son menton sur son épaule et ils s'assirent joue contre joue, regardant le feu pendant quelques minutes.

S'il n'aimait pas vraiment discuter de ses missions passées, mais il se dit que, peut-être, les entendre la rassurerait.

— Je t'ai déjà dit que j'avais été retenu captif par les talibans.

Il la sentit tressaillir légèrement de surprise dans ses bras, mais elle ne se retira pas, se contentant de hocher la tête une fois.

— Rex et Ace avaient été blessés, et même avec les quatre autres en bonne santé et opérationnels, nous ne pouvions pas affronter les vingt hommes qui nous encerclaient, alors nous nous sommes laissé prendre.

— Putain de merde, vraiment ? demanda Zoey.

— Oui. On aurait probablement pu s'échapper, mais nous n'allions pas laisser Rex et Ace. Pas moyen de les laisser en enfer.

Zoey tourna la tête pour le regarder, mais ses yeux ne quittèrent pas les flammes crépitantes devant lui. Il n'était pas sûr de ce qu'elle voyait, mais après un moment, elle se retourna, enroula ses mains autour de ses cuisses et s'accrocha fermement.

Il soupira silencieusement, appréciant le contact de ses mains sur lui, mais il devait terminer son histoire.

— Ils nous ont fouillés, et un peu comme cette fois-ci, j'avais une tonne de trucs dans mes poches, et ils étaient trop occupés à se moquer de moi et de mon énorme assortiment de fournitures pour vraiment faire une recherche approfondie.

Zoey inspira brusquement.

— Qu'est-ce qu'ils ont manqué ?

Souriant à cause de la rapidité avec laquelle elle avait compris, il dit :

— Un couteau. Il était rangé dans une poche intérieure secrète de mon pantalon.

— Alors tu l'as utilisé pour les tuer et sortir de là ? reprit-elle.

Secouant la tête, Bubba répondit :

— Non, malheureusement. Ils étaient assez excités de nous avoir à leur merci et ont passé les premières vingt-quatre heures à nous tabasser. Ils nous ont attachés dans des pièces séparées, qui ressemblaient plutôt à des cabines. Il y avait des murs mais aucune porte. Nous étions placées dans des pièces voisines, et ils passaient de l'une à l'autre pour nous tabasser.

Zoey inspira brusquement et ses doigts se resserrèrent sur ses cuisses, mais elle ne fit aucun commentaire.

— Nous entendions ce qui se passait, mais nous ne pouvions pas nous voir. Nous avons été entraînés à résister à la torture, donc ce ne sont pas les coups qui m'ont atteint. J'étais capable de supporter la douleur. C'était l'inquiétude pour Rex et Ace qui m'a presque brisé. Je me suis souvenu qu'on était ensemble à la Semaine de l'Enfer. C'est la troisième semaine de la formation de Démolition Sous-Marine, avant que les Marines ne fassent un investissement coûteux dans la formation opérationnelle des SEAL. C'est cinq jours et demi de pur enfer. Quatre heures de sommeil pendant toute la semaine, courir, nager, pagayer, faire des abdos, des pompes, se rouler dans le sable, se frayer un chemin dans la boue... tout ce que tu peux imaginer, ils nous l'ont fait subir. Le sable m'irritait à des endroits dont je ne veux pas me souvenir, et l'eau salée de la mer brûlait les coupures et les éraflures sur mon corps. Nous devions effectuer des évaluations qui nous demandaient de réfléchir, de diriger, de prendre les bonnes décisions et de fonctionner tout en ayant des hallucinations, en étant en hypothermie et en manquant de sommeil.

— Ça a l'air horrible, commenta Zoey. Pourquoi vous font-ils ça ?

— Parce qu'ils veulent savoir qui veut vraiment devenir un SEAL. Ils veulent savoir qui a les capacités physiques et la force mentale pour réussir l'entraînement et sauver sa propre vie, et celle de ses camarades, quand les choses se gâtent en mission.

— Et tu as réussi, dit Zoey simplement.

— On dirait bien, oui. Mais j'étais arrivé au point où je n'en pouvais plus et j'étais prêt à sonner la cloche.

— Sonner la cloche ? demanda Zoey.

— Oui, démissionner. Les instructeurs de la Semaine de l'Enfer sont très fiers de faire de leur mieux pour inciter les stagiaires à abandonner. Ils utilisent un porte-voix et nous crient que nous n'y arriverons pas. Que nous ne sommes pas bons. Que c'est trop dur. Ils font en sorte qu'il semble logique, voire honorable, d'abandonner. De sortir du froid, de sonner une cloche qui signifie la défaite, et de profiter de beignets et d'une tasse de café chaud. Un peu comme nos voix intérieures, à ce moment-là.

— Mais tu n'as pas abandonné.

— Non. Mais seulement à cause de Rocco, Gùmby, Ace, Rex, et Phantom. Tu vois, la Semaine de l'Enfer, c'est plus une question de survie mentale que physique. Les instructeurs pourraient convaincre n'importe qui d'abandonner s'ils le voulaient vraiment. Ils veulent vraiment que les gens réussissent. Mais les stagiaires doivent avoir la force mentale pour aller jusqu'au bout. Pour ignorer la douleur et la voix intérieure qui veut qu'ils abandonnent. Qui dit qu'ils ne peuvent plus en endurer davantage. Et mes coéquipiers m'ont aidé à trouver ce désir brûlant au fond de moi d'être un SEAL. De ne pas abandonner. De ne pas abandonner et de sonner cette putain de cloche. J'ai pensé à ça quand ces connards de talibans me tabassaient. Ils voulaient que j'abandonne, que je sonne la cloche. Que je cède aux idées qui traversaient ma tête. Je me suis souvenu de ce que mes coéquipiers avaient fait pour moi pendant la Semaine de l'Enfer, et je leur ai rendu la pareille. Chaque fois qu'on me frappait, au lieu de gémir ou de jurer, je criais un mot qui me rappelait la Semaine de l'Enfer. Assez fort pour que mes coéquipiers l'entendent. Le sable, le froid, le bâton, la pagaie, le bateau, la nourriture, le sommeil... ça n'en finissait plus. J'étais entièrement concentré à trouver de nouveaux mots à utiliser au lieu de penser à ce qui m'arrivait, ou à mes coéquipiers blessés.

Zoey était aussi immobile qu'une statue dans ses bras. Il n'était même pas sûr qu'elle respirait. Le fait de vouloir finir son histoire pour pouvoir penser à autre chose le fit parler plus vite.

— Combien de temps ils nous ont tabassés, je n'en ai aucune idée, mais ils ont fini par partir. Nous étions tous encore dans nos propres cellules, et je suis sûr qu'ils pensaient nous avoir brisés. Après un moment, j'ai réussi à glisser ma main hors de la corde qu'ils avaient utilisée pour m'attacher.

Bubba omit de préciser à Zoey qu'il avait dû se déboîter l'épaule et utiliser son propre sang pour lubrifier son poignet afin d'y parvenir.

— J'ai sorti le couteau de ma poche et je me suis libéré. Puis je suis allé de cellule en cellule et j'ai libéré les autres. On a fait de notre mieux pour stabiliser Ace et Rex et se barrer de là. Ce que je veux dire, avec cette longue histoire décousue, c'est que c'est normal d'être frustrée. De vouloir abandonner. Mais on ne peut pas. Même quand les choses semblent horribles et que tu penses que tu ne peux pas continuer, tu ne peux pas abandonner. Je sais que ce n'est pas facile pour toi, Zoey, mais crois-moi quand je te dis que tu t'en sors très bien. Tu n'arrives pas à allumer un feu ? Ce n'est pas un problème. Tu fais plus que tirer ton épingle du jeu. Tu me facilites tellement la tâche que je me sens presque coupable.

— Je te facilite les choses ? dit-elle si bas qu'il eut du mal à l'entendre. Tu as attrapé tout ce que nous avons mangé, fait le feu et l'abri, et tu avais dans tes poches magiques toutes les choses dont nous avions besoin pour survivre. J'ai l'impression d'être une ancre géante qui te retient.

— Mais justement, ce n'est pas le cas. Et je ne mens pas, Zoey. Non, ce n'est pas une promenade de santé pour toi, et tu es hors de ton élément. Mais tu as persévéré et fait du mieux que tu pouvais. Tu n'as pas trop paniqué. Et surtout, tu n'as pas abandonné, ce qui m'aurait forcé à te porter. Et oui, avant que tu ne le demandes, je te porterais si je le devais. Et le plus important, tu m'as parlé. J'en ai plus appris sur mon père au cours des trois derniers jours que ce que j'ai su de lui au cours des treize dernières années. Grâce à toi, j'ai l'impression de le connaître à nouveau. Je regrette de ne pas l'avoir découvert par moi-même, mais je te serai toujours reconnaissant d'avoir pu le redécouvrir. Ta force réside dans la distraction, pour que nous ne pensions pas constamment au froid et à la situation que nous vivons. À quel point nous avons faim. À quel point nous sommes sales et avons besoin d'une douche chaude. Tout le monde a ses forces et ses faiblesses. S'il te plaît, ne lâche pas et ne sonne pas cette cloche. J'ai besoin de toi, Zoey.

Bubba retint sa respiration. Il avait mis du temps à en venir au fait, et il n'était même pas sûr que ce qu'il avait raconté faisait sens, mais il espérait qu'elle avait compris ce qu'il disait.

Cela prit quelques minutes. De très longues minutes, pendant lesquelles Bubba se reprocha mentalement d'avoir parlé de sa capture et de la Semaine de l'Enfer. Son père lui manquait probablement autant qu'à lui, et en parler avait peut-être été une erreur.

— Je n'abandonnerai pas, dit-elle, ce qui permit à Bubba de fermer les yeux de soulagement. Ça craint. Et c'est plus dur que tout ce que j'ai fait dans ma vie. Je ne pense pas que mes doigts et mes orteils vont dégeler un jour. J'ai une peur bleue que personne ne nous trouve et qu'on meure du scorbut ou autre, mais je n'abandonnerai pas. Si tu veux bien me laisser continuer à essayer, je vais devenir une pro du silex et du feu un de ces jours.

Bubba ne put s'en empêcher, il se mit à rire.

— Premièrement, le scorbut est causé par une élimination de la vitamine C de ton corps et il faut au moins trois mois pour que les symptômes apparaissent. Puisque nous mangeons beaucoup de baies et de légumes verts à feuilles, je pense que tout va bien. Et deuxièmement, je n'ai absolument aucun doute sur le fait que tu vas réussir à te débrouiller avec le silex. Tu as presque réussi ce soir.

Zoey se laissa aller contre lui, et ce simple mouvement l'obligea à réaliser quelque chose. L'avoir dans ses bras était agréable. Dormir à côté d'elle le détendait et le réconfortait. Mais quand il sentit qu'elle s'appuyait contre lui, lui faisant confiance pour ne pas la laisser tomber, il se sentit comme un géant.

Il resserra ses bras autour de sa poitrine. Elle leva les mains et s'accrocha à ses avant-bras. Dix minutes passèrent silencieuses, jusqu'à elle dise :

— Je suis désolée de ce qui vous est arrivé. Ils ont l'air d'être tous géniaux.

— Ils le sont. Et tu les rencontreras quand ils nous trouveront.

Elle hésita, puis reprit :

— Tu es vraiment sûr qu'ils nous trouveront, n'est-ce pas ?

— Nous trouver ? Absolument. Je sais que je n'ai pas très

bien expliqué ce que nous avons vécu pendant la Semaine de l'Enfer, mais le lien qui nous unit est plus profond que tout ce que j'ai connu dans ma vie. Je sais que je pourrais les appeler n'importe quand, n'importe où, et qu'ils seront là pour moi. Sans poser de questions. Ils n'apprécieront pas que je disparaisse sans un mot, et ils remueront ciel et terre pour savoir ce qui s'est passé. Ils viennent nous chercher, Zoey. Nous devons juste continuer à faire ce que nous avons fait jusqu'à leur arrivée.

— C'est bien parce que ma mère n'aurait pas la moindre idée de par où commencer pour essayer de me trouver... si tant est qu'elle remarque que j'ai disparu.

— Je suis sûr qu'elle le sait et qu'elle est probablement morte d'inquiétude.

Zoey secoua légèrement la tête et soupira.

— Ma mère n'est... pas comme les autres mères.

— De quelle manière ? demanda Bubba.

— Elle a toujours été un peu égoïste. Ne te méprends pas, je l'aime... mais elle s'est toujours fait passer en premier. On a déménagé des tas de fois avant que j'arrive à Juneau, et c'était toujours parce qu'elle suivait un nouveau petit ami. Elle n'a jamais pensé au fait que déménager pouvait être dur pour moi. Elle veut tellement être aimée par un homme qu'elle est prête à tout pour y arriver. Mais jusqu'à présent, tout ce qu'elle a obtenu, ce sont des chagrins d'amour. Quand j'ai été rappelée à Juneau pour la lecture du testament de ton père, elle venait de rencontrer un nouveau mec. Je sais interpréter les signes. Elle avait déjà complètement craqué, et s'il décidait demain de déménager dans le bush de l'Alaska, elle partirait sans hésiter. Je suis sûre qu'elle s'inquiète pour moi – si elle sait que j'ai disparu – mais elle supposera probablement que les autorités font tout ce qu'elles peuvent pour me retrouver, donc que ça ne vaudrait pas la peine qu'elle panique à ce sujet.

— Tu es très contrariée à ce sujet ? demanda Bubba, incrédule.

— Je sais, ça a l'air nul. En réalité, c'est nul. Mais j'ai dû la supplier de rester à Juneau jusqu'à ce que je finisse le lycée. Elle a fini par céder, mais je savais qu'intérieurement elle n'en pouvait plus. Elle voulait retourner à Anchorage et essayer de trouver « l'amour de sa vie ». Elle ne l'avait pas trouvé à Juneau, et je pense qu'elle a réalisé qu'elle ne le trouverait jamais. Elle m'aime à sa façon, mais je ne suis certainement pas la personne la plus importante dans sa vie. Une fois, je suis restée chez une amie pendant trois jours avant qu'elle ne m'appelle, se demandant où j'étais.

Bubba détestait que Zoey se sente ainsi. Elle méritait d'être aimée sans réserve, surtout par sa propre mère.

— Je pense que c'est pour ça que j'étais si proche de ton père, reprit Zoey tranquillement. Je n'ai jamais regretté de ne pas avoir de père, mais cet amour paternel m'a manqué. Je l'ai eu de Colin. Il était mon ami ainsi que mon père de substitution. Il va beaucoup me manquer.

Bubba la serra un peu plus, ne sachant pas quoi répondre à cela.

Il la sentit s'appuyer plus lourdement contre lui, et il réalisa pour la première fois qu'elle s'était complètement détendue. Elle avait déjà dormi dans ses bras, mais quand ils ne dormaient pas, elle ne se laissait jamais complètement aller, gardant comme une légère distance entre eux. Comme pour se protéger.

Il avait l'impression qu'elle avait fini par le croire quand il disait que Rocco et les autres finiraient par les retrouver.

— Je suis désolé pour ta mère, mais je suis content que mon père ait été là pour toi. Et mes amis vont nous trouver. Ça peut prendre une semaine, affirme-t-il. Ou un mois, mais ils le feront, je n'en doute pas.

— J'espère pouvoir allumer ce putain de feu avant qu'ils arrivent, répondit-elle après un moment.

Bubba secoua la tête et se contenta de rire tout bas.

— Ferme les yeux, ordonna-t-il. Essaie de dormir un peu.

Demain matin, nous devrons enlever nos bottes et laisser nos pieds s'aérer un peu.

— Pourquoi pas maintenant ? demanda-t-elle.

— Je ne veux pas risquer que la température baisse pendant la nuit. La température de nos corps chuterait plus vite sans chaussures ni chaussettes.

Elle soupira.

— Oui, ça ne serait pas une bonne idée. Mais je dois dire que je n'ai pas du tout envie d'enlever mes chaussettes. Mes pauvres orteils frissonnent déjà dans mes bottes.

— Ça t'aiderait si je te promettais de te faire un massage des pieds ?

Étonnamment, elle secoua la tête.

— Non. Beurk. Mark, mes pieds sont dégoûtants. Je n'ai jamais eu de pédicure, et je n'en aurai jamais. Je suis trop chatouilleuse, d'une part, et d'autre part, je ne supporte pas l'idée que quelqu'un touche mes pieds.

Il secoua sa tête. Ses réponses le surprenaient toujours.

— Bien. Pas de massage, mais que dirais-tu si je promettais de ne pas laisser tes orteils trop refroidir durant le processus ?

Elle renversa sa tête en arrière et plissa ses yeux vers lui.

— Comment ?

— Mes aisselles ?

C'était plus une question qu'une réponse.

À cela, elle sourit.

— Mon Dieu, je n'aurais jamais pensé dire ça, mais j'ai le sentiment que coller mes orteils gelés sous tes aisselles sera aussi proche du paradis que possible ici.

Bubba lui rendit son sourire.

— Dors, Zoey. Demain ne sera qu'un jour de plus dans notre aventure sauvage. Nous devrions en profiter tant que ça dure.

Elle secoua la tête et se remit contre lui.

— Tu es bizarre, Mark.

— Oui. Zoey ?

— Tu sais que je dormirai mieux si tu arrêtes de me parler, n'est-ce pas ? plaisanta-t-elle.

— Encore une chose.

— Bon. Qu'est-ce que c'est ?

— Je suis content que tu aies été avec moi dans cet avion. Je ne peux pas dire que tu m'aies manqué depuis que j'ai obtenu mon diplôme d'études secondaires, mais c'est seulement parce que je ne savais pas ce que je manquais. Maintenant que j'ai appris à te connaître, je regrette encore plus de n'être jamais venu rendre visite à papa. Je te trouvais plutôt cool il y a quelques années, et je regrette de ne pas avoir essayé de mieux te connaître à l'époque.

Il crut qu'elle ne répondrait pas car le silence qui suivit s'éternisa. Finalement, elle dit doucement :

— Penses-tu que nous nous reverrons un jour après être sortis d'ici ? Je veux dire, est-ce que c'est un truc lié à notre situation ?

L'idée qu'elle sorte de sa vie et qu'il ne la revoie jamais fit froncer les sourcils de Bubba.

— Nous nous reverrons, déclara-t-il fermement. La situation nous a permis d'apprendre à nous connaître à nouveau, et je ne suis pas assez stupide pour te laisser disparaître de ma vie maintenant.

Comme elle ne répondit pas tout de suite, il ajouta maladroitement :

— Enfin... si tu veux.

— Je te connais depuis des années, dit-elle. Ton père parlait de toi tout le temps. Tellement que j'ai vraiment eu l'impression que nous étions amis. J'ai vraiment envie de te revoir.

— Bien. Maintenant, dors. On a une grosse journée de recherche de champignons, de pieds sous les aisselles et de fabrication de feu demain.

Zoey leva ses pieds et se mit en boule contre sa poitrine. Elle était toujours assise, mais recroquevillée comme elle l'était, il supportait tout son poids. Ce ne serait pas confortable pour lui de dormir ainsi, assis, la tenant contre lui, mais il la tiendrait ainsi aussi longtemps qu'il le pourrait avant de les allonger pour la nuit.

Alors que la respiration de Zoey se faisait plus tranquille et qu'elle s'endormait, Bubba se détendit à son tour. Voilà plusieurs jours qu'il ne s'était pas senti aussi bien.

Ils n'étaient pas hors de danger, loin de là, mais d'une certaine manière, il se sentait plus en paix avec leur situation. Zoey n'allait pas disparaître subitement, et il ferait tout ce qu'il fallait pour les garder en bonne santé et en sécurité jusqu'à ce qu'on les retrouve.

CHAPITRE NEUF

Rocco et le reste de l'équipe prirent place autour de la table au quartier général de la Police Fédérale d'Alaska à Anchorage pour faire le point sur les recherches. Il y avait des représentants de la police d'État, des Agents de la Sécurité Publique, des Rangers du Parc National d'Alaska, des garde-côtes, des agents du Conseil National de la Sécurité des Transports et des services de police de Juneau et d'Anchorage.

C'est comme s'ils avaient fouillé chaque centimètre de terre entre Anchorage et la capitale ces deux derniers jours... sans succès.

Bubba avait disparu depuis presque une semaine. Une putain de semaine ! Il n'y avait toujours aucun signe d'un avion abattu, et même après avoir fait passer le mot à travers l'état et tous les aéroports locaux, personne n'avait rapporté avoir entendu un SOS ou avoir vu un avion atterrir d'urgence.

C'était terriblement frustrant, mais Rocco n'était pas prêt à abandonner.

— Que faisons-nous maintenant ? demanda Malcom.

C'était un peu étrange d'avoir le jumeau de Bubba assis dans la pièce. Mais, même s'il ressemblait trait pour trait à leur coéquipier, Rocco n'aurait jamais confondu les deux hommes. D'abord, Bubba se comportait avec une confiance que Malcom n'avait pas. Et Malcom était au mieux prétentieux, au pire irritant. Bubba était physiquement plus grand et plus fort que son frère.

Malcom avait insisté pour être impliqué dans les recherches et les aider à retrouver Bubba, ce que Rocco ne pouvait pas lui refuser.

— Nous élargissons les paramètres de recherche, dit fermement Rex.

D'un signe de tête, Rocco autorisa le policier à qui il avait parlé plus tôt de proposer un plan.

— Exactement, dit le policier. Nous avons été en contact avec les Agents de la Sécurité Publique de tous les villages périphériques, et personne n'a signalé quoi que ce soit d'inhabituel. Aucun étranger en ville, personne n'a vu ou entendu un avion se poser. Nous pensons que puisque nous n'avons rien trouvé sur la trajectoire de vol entre Anchorage et Juneau, l'avion n'est peut-être pas allé dans cette direction. Bien sûr, il est possible que nous l'ayons manqué de peu, mais nous ne pouvons pas ignorer la possibilité que le pilote ait délibérément volé dans la mauvaise direction et intentionnellement écrasé l'avion dans une zone reculée.

— Oh, allez, déclara Malcom en fronçant les sourcils. Vous pensez vraiment que c'est ce qui s'est passé ? Quel serait son mobile ? C'est complètement fou.

Un inspecteur du département de police de Juneau se pencha en avant et dit :

— Vous croyez ? Colin Wright détenait la moitié d'une entreprise de plusieurs millions de dollars. Je n'ai pas vu son testament, mais je suppose que ces actifs seront partagés entre ses deux fils. Des gens ont été tués pour beaucoup moins d'argent, M. Wright.

Le jumeau de Bubba pâlit et s'assit sur son siège, abasourdi.

— Bien, dit Rocco qui ne souhaitait pas perdre de temps et reprendre les recherches.

Il n'était pas sûr de faire confiance à Malcom, mais ce n'était ni le lieu ni le moment de l'interroger sur sa possible implication dans la disparition de son frère.

— Les soldats et les garde-côtes ont accepté d'effectuer des missions de recherche et de sauvetage, comme ces deux derniers jours, mais cette fois-ci, nous allons nous séparer. Certains voleront vers l'ouest, d'autres vers le nord, et d'autres encore vers l'est. Nous chercherons tout signe de Bubba ou de cet avion. De la fumée qui s'élève, des arbres pliés ou brûlés, des cratères dans la terre. N'importe quoi. Ça va être un travail long et difficile. Nous ne pouvons pas relâcher notre attention, même une seconde.

Il fit une pause, puis scruta la pièce, prenant le temps de regarder chaque personne dans les yeux.

— Bubba est là, dehors. Quelque part. Notre seul objectif pour l'instant est de le trouver. Nous nous occuperons du testament, des problèmes des affaires de Colin, et de tout le reste une fois que nous l'aurons trouvé. Pour l'instant, nous n'avons que nos intuitions sur ce qui s'est passé. Et même si je veux savoir pourquoi et avoir des réponses à toutes mes questions, le plus important, c'est Bubba. Et bien sûr, Zoey et la pilote, qui étaient dans cet avion avec lui.

Tout le monde acquiesça.

— Bien. On se séparera et on verra qui ira où quand on en aura fini ici.

— J'aimerais y aller aussi, insista Malcom.

Rocco secoua immédiatement la tête.

— Non. On a besoin de vous ici. Vous êtes notre intermédiaire avec l'avocat et Sean, l'associé de Colin.

Malcom fronça encore les sourcils, et Rocco se crispa. Il n'avait pas le temps de concourir avec le frère de Bubba pour savoir lequel d'entre eux aurait le dernier mot. L'homme n'était pas entraîné comme les SEAL et les forces de l'ordre. Ils n'avaient pas besoin qu'un civil se mette en travers de leur chemin. Il avait peut-être vécu en Alaska toute sa vie, mais il était évident à le voir habillé de son costume trois pièces qu'il n'était pas préparé à des heures – voire des jours – intenses de recherche.

— Bien. Mais je connais des gens. J'aimerais aussi organiser ma propre équipe de recherche. Ce ne sont peut-être pas des SEAL, mais j'ai des amis qui en connaissent un rayon sur les terrains les plus accidentés d'Alaska. Ils pourraient nous aider. Et je veux être prévenu à la seconde où quelqu'un apprend quelque chose, dit Malcom.

Rocco hocha la tête.

— Super. Nous aurons besoin de toute l'aide possible. Bubba est peut-être votre frère par le sang, mais c'est notre frère par les circonstances. Nous n'abandonnerons pas tant que nous ne l'aurons pas trouvé.

Rocco ne put déchiffrer l'éclat qui éclaira une fraction de seconde le visage de Malcom avant qu'il ne hoche la tête.

— Bien. Je vais appeler Sean et Kenneth pour les mettre au courant. L'avocat ne sera pas content de devoir encore reporter la lecture du testament de mon père, mais je m'assurerai qu'il sache qu'il n'a pas le choix.

— Et Sean sera d'accord pour gérer l'entreprise ? demanda Gumby.

Malcom hocha la tête encore une fois.

— Bien sûr, pourquoi pas ? L'usine est supervisée par le chef de projet, et tout le reste, Sean et moi pouvons nous en occuper, comme nous l'avons fait pendant la dernière décennie. Allez retrouver mon frère, dit-il brusquement. Plus vite nous le trouverons, plus vite les choses pourront revenir à la normale.

Et sur ces paroles, Malcom recula sa chaise.

— Si vous voulez bien m'excuser, j'ai des coups de fil à passer.

Il adressa un signe de tête à la salle et se dirigea vers la porte.

À la seconde où il partit, Ace secoua la tête.

— S'il ne ressemblait pas exactement à Bubba, je ne croirais pas qu'ils soient liés.

Rocco ne pouvait qu'être d'accord, mais il n'avait ni le temps ni la patience de discuter du frère de Bubba pour le moment. Il regarda le gendarme qui était avec eux, puis le représentant des garde-côtes.

— Revoyons encore une fois la grille de recherche, puis nous déterminerons qui ira où.

Les deux hommes hochèrent la tête et se penchèrent pour regarder les cartes devant eux.

Rocco aurait aimé pouvoir oublier la planification et monter tout de suite dans un hélicoptère, mais ils avaient besoin d'un plan avant de s'engager. Il espérait seulement que le temps supplémentaire que cela prenait ne ferait pas la différence entre la vie et la mort de Bubba. S'il était blessé et avait besoin de soins médicaux, chaque minute qui passait pouvait être précieuse.

— Accroche-toi, mon frère, murmura-t-il, avant de reporter son attention sur les autres.

Malcom Wright n'était pas un homme heureux. Il n'avait pas envisagé qu'il serait loin de Juneau pendant si longtemps en arrivant à Anchorage, après avoir appris la disparition de son frère.

Il avait déjà dû organiser seul la cérémonie de funérailles de leur père et parler avec presque tous les habitants de Juneau. Il avait prévu de le faire deux jours après l'arrivée de Mark, et lorsqu'il s'était rendu compte de sa disparition, il était trop tard pour annuler. Tout le monde en ville était là. Tous les employés de l'usine, tous les propriétaires de magasins, et même certains sans-abri de la région étaient venus présenter leurs respects à Colin. Malcom avait préféré continuer la cérémonie sans son frère, car il ne pouvait pas annoncer à la ville entière que tout était reporté.

Il savait que certains n'étaient pas d'accord, notamment Sean, mais Malcom s'en tenait à son point de vue. Toute sa vie, tout avait été centré sur Mark. Même s'il avait quitté Juneau et n'avait jamais regardé en arrière, tout le monde savait qu'il était un SEAL, grâce à Colin.

Pour une fois, l'attention méritait d'être portée sur leur père.

Malcom n'aimait pas être jaloux de son jumeau, mais depuis qu'ils étaient petits, il semblait que Mark était le fils qui réussissait le mieux. Les notes, l'athlétisme, les filles... Mark excellait dans tous les domaines.

Et bien sûr, Pap n'avait aucun problème à comparer Malcom à son frère surdoué.

Pourquoi ne peux-tu pas être plus comme Mark ?

Mark a eu un A, pourquoi pas toi ?

Tu ne vas pas au bal ? Peut-être que Mark peut t'aider à trouver une cavalière.

J'ai reçu un e-mail de Mark aujourd'hui, il vient de rentrer d'une mission et a sauvé la vie de deux douzaines de personnes. C'est incroyable !

Ça n'avait pas cessé. Son père parlait constamment de Mark, alors même qu'il n'avait pas pris la peine de revenir lui rendre visite une seule fois après son départ.

Malcom faisait de son mieux pour garder ses sentiments pour lui, afin que personne ne découvre à quel point il détestait son jumeau.

Personne ne pourrait jamais vraiment comprendre. On lui rappelait sans cesse qu'il devait aimer son frère plus que quiconque au monde. Qu'ils soient jumeaux laissait penser aux autres qu'ils devaient avoir une sorte de connexion.

Ça ne pouvait pas être plus éloigné de la vérité. Pour

Malcom, la disparition de Mark n'était pas la pire chose au monde.

En mettant un pied dehors, il sortit son téléphone et composa un numéro mémorisé depuis longtemps.

— Allô ?

— C'est moi, dit Malcom.

— Des nouvelles ? demanda la voix à l'autre bout de la ligne.

— Pas encore. Il n'y a eu aucun signe de l'avion ou de mon frère. Les connards d'aujourd'hui ont eu le culot de me demander si les affaires allaient bien. Comme si je ne pouvais pas faire tourner les choses comme je le fais depuis des années. Ça m'énerve.

— Et la lecture du testament ?

— Reportée jusqu'à ce qu'ils trouvent quelque chose sur Mark.

— Merde ! Je n'arrive pas à croire que ces connards qu'on a engagés pour saboter l'avion aient autant merdé.

— As-tu réussi à les trouver ? demanda Malcom.

— Non. Ils ont disparu. Crois-moi, si je le pouvais, ils regretteraient d'avoir pris mon argent et de ne pas avoir rempli leur part du marché.

— On aurait dû les faire tuer dans une fusillade ou quelque chose comme ça, marmonna Malcom.

— Oh, ça n'aurait pas du tout été suspect, fut sa réponse sarcastique. Nous devons les trouver avant tout le monde. Tu n'auras jamais l'argent s'ils ont disparu. Je vais trouver quelqu'un pour les chercher, et quand ils les trouveront, s'ils sont encore en vie, ils seront éliminés avant que quelqu'un sache qu'ils ont survécu. La part de Mark que Colin lui a laissé te reviendra.

— Ses coéquipiers sont sacrément déterminés. Ils n'abandonneront pas avant de l'avoir trouvé, mort ou vif.

— Alors on devra s'assurer qu'il est mort, n'est-ce pas ? fit le Boss.

— Nous aurions dû faire les choses différemment, déclara Malcom.

— Trop tard ! Ce qui est fait est fait, et nous devons aller jusqu'au bout, répondit le Boss d'un ton acide.

— Peu importe. Assure-toi juste d'être prêt pour la lecture du testament de Colin après la fin des recherches. Je veux en finir avec ça et avancer dans ma putain de vie.

— Je le ferai. Garde la tête basse. Ne fais rien ou ne dis rien qui puisse mettre la puce à l'oreille de quelqu'un.

— Tu me prends pour un idiot ? Je ne vais pas risquer de perdre tout cet argent à ce stade.

— OK. Je dois y aller. Tiens-moi au courant.

— D'accord. Au revoir.

— Au revoir.

Malcom raccrocha et serra ses lèvres l'une contre l'autre. Rien ne se passait comme prévu. Le charter de son frère aurait dû s'écraser juste après avoir quitté Anchorage. Malcom aurait joué le rôle du fils et du frère en deuil, et tout le monde aurait ainsi été désolé pour lui. Il aurait obtenu la moitié de *Heritage Plastics* et aurait été tranquille pour le reste de sa vie.

Maintenant, Mark et Zoey étaient toujours en vie quelque part, et la pilote risquait de parler à n'importe quel moment.

Ils voulaient aussi la tuer, en inventant un complot insensé pour qu'elle abandonne Mark dans le désert de l'Alaska. Ce qui n'avait aucun sens – si son corps n'était jamais retrouvé, il pouvait se passer des décennies avant qu'il ne soit officielle-ment déclaré mort – mais Eva était trop stupide pour s'en rendre compte, et elle avait mordu à l'hameçon assez facilement.

Maintenant, Malcom n'avait plus qu'à espérer que le Boss pourrait engager quelqu'un d'assez compétent pour se rendre là où Mark et cette garce de Zoey avaient échoué, les trouver et les tuer de façon à ce que l'on croie qu'ils n'ont pas survécu dans la nature.

Mais, une erreur et tout s'était compliqué. Malcolm stressait sérieusement.

Prenant une profonde inspiration, il se rappela de faire confiance au Boss. Tout serait bientôt réglé et, à la fin, il posséderait la moitié d'*Heritage Plastics*.

— Tu ne gagneras pas, mon frère, murmura Malcom. Pas cette fois.

CHAPITRE DIX

Zoey ne savait même plus quel jour on était. Ils se confondaient tous, maintenant. Ils se réveillaient le matin, enlevaient leurs chaussures et aéraient leurs pieds, mangeaient des baies pour le petit-déjeuner, marchaient pendant quelques heures, s'arrêtaient pour faire une pause et prendre un en-cas, marchaient encore, puis Mark leur trouvait un endroit pour camper pour la nuit, elle essayait d'allumer un feu – sans succès – et elle l'aidait à construire leur abri. Mark pêchait ou tendait un piège pour leur dîner, ils s'asseyaient autour du feu pour parler, puis elle s'endormait dans ses bras.

Elle était fatiguée, sale, et son inquiétude grandissait avec chaque jour qui passait.

Mark répétait que ses amis les retrouveraient, et elle le croyait, mais elle commençait à croire qu'ils se seraient sortis seuls d'ici avant que cela n'arrive.

— Eh, tu vas bien ? Comment vont tes pieds ?

Zoey regarda Mark.

— Ils vont bien. Tes aisselles ont fait un excellent travail en les gardant au chaud ce matin.

Il lui sourit, mais il disparut rapidement.

— Je sais que ce n'est pas l'idéal.

Ce n'était pas idéal ? Est-ce qu'il plaisantait ? Il était à deux doigts de revenir à ce truc trop positif qui l'irritait tant. Elle grogna en réponse.

Bien sûr, il ne la laisserait pas s'en tirer comme ça. Mark était l'homme le plus bavard qu'elle ait jamais rencontré. Les SEAL n'étaient-ils pas censés être muets comme des tombes ? Mon Dieu, ce qu'elle donnerait pour pouvoir bouder en paix.

Il s'arrêta devant elle et attendit qu'elle lève les yeux vers lui.

— Quoi ? demanda-t-elle, un peu plus grincheuse que prévu.

Il l'étudia un moment avant de répondre :

— Je sais que c'est difficile.

Zoey ne put s'en empêcher. Elle ricana.

— Mark, la difficulté, c'est se lever parce que tu dois aller travailler même si tu as la gueule de bois. Dur, c'est réussir un test de géométrie alors que tu n'as pas révisé. Dure, c'est ce que la queue d'un mec doit être avant qu'une partie de jambes en l'air puisse avoir lieu. Ce que nous vivons, ce n'est pas dur. C'est impossible. On essaie de traverser l'Alaska à pied avec un couteau, un silex et quelques autres trucs.

Elle n'avait pas réfléchi à ses mots. Elle les avait juste crachés. Mais à la seconde où elle se tut, elle enregistra ses propres paroles et souffla. Elle ferma les yeux, gênée.

Mark ricana et elle se sentit rougir encore plus. Elle n'ouvrit pas les yeux, ne voulant pas le regarder en ce moment.

Mais alors qu'elle s'attendait à voir réapparaître Mark l'Insouciant, elle fut surprise de sa réponse.

— Tu as raison.

Ses yeux s'ouvrirent brusquement et elle le dévisagea.

— J'ai raison ?

— Bien sûr, Zoey. Ça craint. Je préférerais ne pas être ici. Personne ne le voudrait. Je n'ai aucune idée du temps qu'il nous reste avant de trouver un signe de civilisation. Je rêve d'un énorme sundae et, crois-le ou non, de nuggets de poulet. Je donnerais n'importe quoi pour me plaindre de devoir aller au supermarché ou de la circulation à Riverton en ce moment.

Elle attendit ensuite que commence l'inévitable discours d'encouragement. Mais comme Mark n'ajoutait rien, elle le fixa du regard.

— Et ?

— Et quoi ?

— Vas-y. Dis-moi que tes amis vont bientôt nous trouver. Que nous mangerons cette glace demain à la même heure. Sois positif, comme d'habitude, implora-t-elle.

Il soupira.

— La vérité, c'est que j'ai du mal. Tout comme toi. J'ai honte de l'admettre, mais je préférerais presque être au milieu d'un pays lointain à échanger des coups de feu avec les méchants. Au moins, je saurais qu'il y a une fin à ce que nous faisons.

Zoey attrapa le biceps de Mark et répondit :

— Non.

— Non, quoi ?

— Non, tu ne peux pas faire ça. Tu es la personne positive, ici. Celui qui est optimiste. Celui qui est tellement sûr que tes amis vont nous trouver. Même si ça m'ennuie, et même si je t'ai dit il y a quelques jours que j'avais besoin que tu sois plus réel, j'ai changé d'avis. J'ai besoin que tu sois le gars positivement ennuyeux en ce moment.

— Je ne suis pas parfait, affirma Mark. Et ça craint vraiment.

Ils se regardèrent pendant un instant avant que Zoey esquisse un sourire.

— Je me demande bien ce qui te fait sourire, grommela Mark.

Elle s'approcha de lui, passa ses bras derrière son dos et le serra aussi fort qu'elle le pouvait. Elle fut soulagée quand il lui rendit son étreinte. Combien de temps ils passèrent ainsi enlacés, elle n'en avait aucune idée. Aucun des deux ne sentait bon et elle sentait que ses cheveux étaient gras de ne pas avoir été lavés depuis si longtemps. Ses vêtements étaient sales, comme ceux de Mark, et son estomac grondait constamment.

Levant les yeux vers lui, elle dit :

— On va s'en sortir.

Ses lèvres se retroussèrent.

— Qui est le plus positif, maintenant ? rigola-t-il.

— Eh, on ne peut pas être tous les deux négatifs. Et tu as dit qu'on devait être positif pour s'en sortir.

— Vrai.

Prenant un risque, elle tendit la main et la posa sur son visage. Sa barbe avait poussé jusqu'à devenir plus imposante, et ses propres ongles avaient accumulé bien trop de saletés, mais elle n'arrêta pas son geste.

— Une chose que ton père m'a toujours dite quand j'étais triste ou déprimée, c'était, « Zoey, ma fille... aussi mauvaises que soient les choses maintenant, elles peuvent toujours être pires. »

Disant cela, elle imita la voix profonde de Colin.

Elle aimait le sourire qui traversa le visage de Mark.

— Ça lui ressemble bien, de dire ça.

— Comme nous le savons tous les deux, les choses pourraient toujours être pires. Nous pourrions être en décembre et il pourrait y avoir soixante centimètres de neige au sol. L'un de nous aurait pu être blessé lors de cet atterrissage si les choses s'étaient passées différemment. Nous aurions pu être carrément tués. Il y a un grand nombre de choses qui pourraient rendre notre situation bien pire qu'elle ne l'est. Je ne suis pas toujours la personne la plus positive, mais j'ai quand même essayé de faire de mon mieux. Je ne suis pas du tout dans mon élément ici, mais tu as rendu la situation tellement meilleure qu'elle ne l'aurait été. Je t'aime bien, Mark. Beaucoup. Et je t'admire. Je l'ai fait avant même de vraiment te connaître, grâce à ton père, mais après une semaine avec toi ici, je vois tellement plus que je n'aurais jamais imaginé.

Il ne répondait pas, alors elle continua.

— Je vois un homme qui aime suffisamment ses amis pour ne pas douter qu'ils seront là pour lui. Un homme qui a des regrets et qui les reconnaît librement. Un homme qui peut aussi admettre qu'il a tort, et qui possède une immense quantité de connaissances pour se protéger et rester en vie. Tu ne t'es pas plaint de mon incapacité à faire ma part du travail et tu as été patient avec moi lorsque j'essayais de faire à tâtons des choses que tu pourrais facilement faire en quelques secondes. Je peux être la personne positive pendant un moment, mais si tu baisses les bras et que je ne peux pas te remotiver, nous allons mourir ici.

Cela fit naître un petit sourire sur son visage.

— Nous n'allons pas mourir, affirma-t-il.

— Bien. Parce qu'il y a un incroyable magasin de crème glacée à Anchorage où je veux t'emmener quand nous serons de retour là-bas, dit-elle.

Un sourire sincère illumina son visage.

— Marché conclu.

— Vraiment ?

— Vraiment. Et il y a un endroit à mourir à Riverton, en Californie, qui sert les meilleures ailes de poulet que tu n'as jamais goûtées. Je veux t'y emmener.

Les choses devenaient sérieuses, mais Zoey s'en fichait.

— OK.

— OK. Et même si on est tous les deux fatigués, on doit aller un peu plus loin aujourd'hui. Ça te va ?

— Tu vas bien ? rétorqua-t-elle.

— Oui. Ton discours d'encouragement m'a aidé, répondit-il en souriant. Et tu as raison, ce n'est pas difficile. Je serai heureux de te montrer à quel point les choses peuvent être dures une fois que nous aurons été sauvés, et que nous aurons pris une douche, mangé, et probablement dormi.

Zoey secoua la tête en fermant les yeux.

— Comment je savais que tu n'allais pas laisser passer ça ?

Il pouffa.

— Parce que tu me connais.

Et Zoey fut surprise de réaliser qu'il avait raison. Elle le connaissait. Ils avaient passé beaucoup de temps à discuter, et elle avait appris à comprendre sa personnalité et ce qui le faisait tiquer. Et la réciproque était aussi vraie.

— Peu importe, *Navy Boy*.

C'était une réplique bidon, mais elle ne pouvait pas lui dire exactement ce qu'elle lui traversait l'esprit. Qu'il pouvait lui montrer son côté « dur » quand il le voulait.

— Viens, dit-il avec un petit sourire.

Il prit sa main dans la sienne et la porta jusqu'à sa bouche pour en embrasser le dos avant de serrer ses doigts.

— Il est temps de reprendre la route.

— La route ? demanda-t-elle d'un ton sarcastique.

— Route, chemin forestier, brousse à travers les sous-bois... même chose.

Elle ne put s'empêcher de rire.

* * *

Quatre heures plus tard, Zoey ne riait plus. Elle était fatiguée et prête à s'arrêter pour la journée. Comme elle ne faisait plus très attention, elle n'arrêtait pas de lui foncer dans le dos. Elle devait au moins en être à sa centaine de fois quand il s'arrêta soudainement.

Levant les yeux, elle fut surprise par ce qu'elle vit. Cela rappelait l'immense lac qui leur avait bloqué le chemin. Juste devant eux se trouvait un large torrent profond et rapide, un affluent du lac qu'ils avaient contourné pendant des jours. Ils devaient soit traverser l'eau vive ici, soit la suivre pendant un long moment afin de trouver un chemin plus facile. Ils pouvaient aussi faire demi-tour et de revenir sur leurs pas, mais cette option ne lui plaisait pas.

— Merde, marmonna-t-elle.

Mark ne dit rien, il se contenta d'enrouler son bras autour d'elle alors qu'ils se tenaient épaule contre épaule et examinaient l'obstacle devant eux.

— Et maintenant ? demanda-t-elle doucement.

— Nous traversons, répondit Mark d'un ton neutre.

Zoey le regarda avec incrédulité.

— Comment ?

— Très prudemment.

— Petit malin, lui dit-elle. Tu as des idées ?

Mark examina leur environnement. Zoey le laissa réfléchir sans l'interrompre pendant qu'il réfléchissait à une façon de passer. Il se promena dans les environs immédiats, s'intéressant à certains troncs tombés à proximité.

Zoey se contenta de regarder et d'observer pendant qu'il calculait ce dont ils auraient besoin pour traverser. Le soleil était là aujourd'hui, Dieu merci. Elle ne supportait plus la pluie. Il bruinait presque toutes les nuits, et ils avaient failli être pris dans une averse une fois ou deux. Mark répétait sans cesse que la dernière chose dont ils avaient besoin était d'être trempés. Il faisait déjà froid dehors, et le froid contre leur peau les affaiblirait et les tuerait peut-être plus vite que tout autre chose.

Il revint finalement à ses côtés et soupira. Elle n'aimait pas entendre ça.

— Alors ? demanda-t-elle. On fait demi-tour finalement ?

— Non. Je suis presque sûr que ça va marcher. Mais j'ai besoin de ton aide.

— Bien sûr, dit Zoey.

— Il y a un tronc par terre à environ 10 mètres de la limite des arbres qui devrait faire l'affaire. Je crois qu'il sera assez long pour traverser l'eau. Si nous pouvons le traîner jusqu'ici et le placer correctement, nous pourrons le pousser et il devrait enjamber le cours d'eau. Puis nous pourrons marcher ou glisser dessus pour atteindre l'autre côté.

Zoey le regarda comme s'il lui poussait des cornes sur la tête.

— Tu plaisantes ?

— Non.

Il la regarda sans faire preuve d'une once d'humour, qu'elle avait pourtant appris à apprécier au cours de la dernière semaine. Elle tourna la tête et aperçut l'extrémité du tronc dont il parlait. Il était gros ; il n'y avait aucune chance qu'ils puissent le traîner jusqu'à l'eau, et encore moins le redresser et le laisser tomber au-dessus du cours d'eau.

— Tu sais que je ne suis pas un mec, hein ? Que je suis bien plus faible que toi ?

— Je suis bien conscient que tu n'es pas un homme... Dieu merci. J'ai un plan, et je ferai le plus gros du travail. Mais avec ton aide, nous pouvons le faire. Comme le sol est humide, je pense que la boue va nous aider dans cette situation. Le rondin va juste glisser sur le sol.

Zoey savait qu'il édulcorait la situation, mais ne le contredit pas.

— Bien. Que veux-tu que je fasse ?

Au lieu de répondre, Mark la fit sursauter en tendant la main et en la tirant dans ses bras. Elle s'y rendit avec empressement, ne voulant pas laisser passer la chance d'être proche de lui. Plus ils passaient de temps ensemble, plus elle l'appréciait. Il n'était pas parfait, c'était évident après leur discussion de ce matin, mais il semblait l'être pour elle.

Ce qui l'effrayait beaucoup.

Leur situation était inhabituelle, certes. Elle savait que cela avait cimenté ses sentiments pour lui. Elle était certaine qu'il l'aimait aussi, mais la grande question était de savoir s'il l'aimait comme un vieil ami heureux de l'avoir retrouvée, ou comme un homme aime l'amour de sa vie. Elle n'en avait aucune idée.

Il se retira, et elle fit de même en regardant dans ses yeux. Elle ne pouvait pas lire ce qu'elle y voyait.

— T'ai-je dit dernièrement combien je suis heureux que ce soit toi qui sois ici avec moi ?

Zoey hocha la tête.

— Oui.

— Bien. Parce que je le suis.

— Moi aussi. Je pense qu'il est évident que je ne serais pas allée bien loin si tu n'avais pas été avec moi.

Mark secoua la tête.

— Pas du tout. Tu aurais trouvé un moyen de survivre. Je n'ai aucun doute là-dessus.

Zoey savait qu'il avait tort, mais elle ne le lui dit pas. Il porta son regard sur ses cheveux, et elle grimaça, sachant que c'était un désastre. Il sourit et tendit la main pour en arracher une aiguille de pin. En retour, elle attrapa subrepticement une aiguille de pin sur son épaule, puis fit semblant de l'arracher de la pilosité faciale qui avait poussé la semaine dernière sur ses joues.

Il sourit et prit sa main dans la sienne. Il tint leurs mains jointes ensemble. Ses doigts effleurèrent la courbe d'un de ses seins, et elle sentit son téton réagir et se contracter. Maudissant et remerciant à la fois les couches de vêtements qu'elle portait, Zoey se contenta de le regarder.

Lentement, très lentement, Mark approcha sa tête de la sienne. Zoey ne ferma les yeux qu'à la dernière seconde. Ses lèvres effleurèrent les siennes, comme s'il voulait tester les choses, s'assurer qu'elle n'allait pas s'éloigner.

Il était hors de question qu'elle fasse quoi que ce soit pour le repousser. Elle avait envie de l'embrasser depuis qu'elle l'avait vu pour la première fois dans les couloirs du lycée de Juneau, il y a plus de dix ans. Bien sûr, ses fantasmes étaient bien différents de la réalité, mais ça n'avait pas d'importance.

Elle resserra ses doigts autour des siens et s'agrippa à son côté avec son autre main, se mettant sur la pointe des pieds pour essayer de se rapprocher. Elle le sentit sourire lorsque ses lèvres touchèrent à nouveau les siennes, mais elle se moquait de l'amuser. Elle allait embrasser Mark Wright.

Putain de merde.

Et ils s'embrassèrent. Après le premier effleurement de ses lèvres, toute retenue qu'il aurait pu avoir s'envola. Sa tête s'inclina, sa main libre vint se planter dans ses cheveux, la retenant contre lui, et il la dévora.

Le baiser était intense et passionné, presque un peu désespéré. Zoey gémit dans sa gorge et il la tira encore plus près. Leurs langues se battaient et leurs dents s'entrechoquaient sous la passion qui les animait. Aucun des deux ne semblait le remarquer. Ou s'en soucier.

Zoey n'avait plus qu'une envie : s'approcher de lui autant que possible. Elle se pressa contre lui et sentit son érection. Il était dur, et Zoey voulait le voir de près, presque plus qu'elle ne voulait une douche chaude et des vêtements propres.

Elle n'avait aucune idée du temps qu'ils prirent à s'embrasser, mais elle finit par avoir besoin de respirer et elle se retira à contrecœur. Mark la lâcha immédiatement, mais garda sa main sur l'arrière de sa tête et sa main dans la sienne. Ils étaient pratiquement collés l'un à l'autre, des hanches à la poitrine, et Zoey dut pencher un peu la tête pour le regarder dans les yeux.

Elle priait pour qu'il ne dise rien qui puisse gâcher ce moment. Retenant pratiquement son souffle, elle attendit qu'il parle.

Ses yeux parcoururent son visage, puis ses cheveux, puis revinrent sur ses lèvres. Zoey se mit à les lécher inconsciemment, et les doigts de ses deux mains se resserrèrent. Il l'entourait complètement. Il lui donnait l'impression qu'il serait prêt à tuer des dragons pour elle. Elle pria pour que cela ne rende pas les choses plus difficiles entre eux. Qu'il ne regrette pas de l'avoir embrassée. Elle le suppliait silencieusement de dire quelque chose. N'importe quoi.

— J'ai envie de faire ça depuis des jours, avoua-t-il après une minute, et Zoey s'affaissa, soulagée par ses paroles.

— Moi aussi, chuchota-t-elle.

Il lui adressa un sourire.

— Tu m'intrigues, Zoey Knight. Je veux continuer à

apprendre à te connaître. Je veux t'emmener dans le plus chic des restaurants et dans le plus louche des bars. Je veux te présenter à mes amis et m'asseoir sur la terrasse de la maison de Gumby et te regarder rire et jouer avec les enfants d'Ace et Piper sur la plage. Je veux savoir quels aliments tu aimes et détestes. Pour la première fois de ma vie, j'ai l'impression que si un jour passe et que je ne t'ai pas parlé, vu, je vais manquer quelque chose. Je n'ai jamais ressenti ça pour quelqu'un avant. Jamais.

À chaque mot qui sortait de sa bouche, elle fondait davantage.

— C'est probablement à cause de la situation, dit-elle doucement.

Elle ne voulait pas le croire, mais ils devaient être honnêtes.

Il secoua la tête.

— Non. Ce n'est pas ça. Zo, je passe ma vie dans des situations comme celle-ci. La vie et la mort. Intense. Ne pas savoir ce qu'il y a au prochain coin de rue. Nous avons sauvé beaucoup de femmes, et aucune ne m'a touché comme toi. Peut-être que c'est la connexion qu'on a déjà parce qu'on se connaissait avant. Peut-être que c'est parce que je sais que tu aimais mon père autant que moi. Je ne sais pas. Mais je ne pourrai pas te quitter lorsque nous serons sauvés. Dans un jour, une semaine ou un mois. Je veux voir où ça va nous mener quand on sera de retour dans le monde réel.

Zoey ne parvint pas à répondre quoi que ce soit. Elle était tellement submergée par ses sentiments pour Mark que sa gorge semblait se refermer. Elle le voulait. Plus que tout. C'était comme un rêve devenu réalité.

Au bout d'un moment, il fronça les sourcils, et elle sentit son emprise sur elle se relâcher alors qu'il se préparait à s'éloigner.

— Si tu ne ressens pas la même chose, ce n'est pas grave. Je voulais juste que tu le saches.

Zoey secoua frénétiquement sa tête. Elle se jeta presque contre lui, sachant qu'il l'attraperait, ce qu'il fit.

— Je le veux aussi, lui dit-elle rapidement. J'étais juste sous le choc. Je t'aimais bien quand j'étais adolescente, et je t'admirais simplement à partir des choses que ton père me disait. Mais maintenant que j'apprends à vraiment te connaître, je réalise que ce que je pensais savoir de toi n'était qu'un début. Tu es tellement plus. Tu n'es pas seulement le héros militaire ou le beau gosse du lycée que j'avais construit dans mon esprit. Tu es réel. Tu t'énerves, tu t'inquiètes et ton estomac grogne comme le mien quand tu as faim. Et même si j'ai envie d'être sauvée, je le redoute aussi parce que cela signifie retourner à ma vie ennuyeuse. Je redoute de ne pas te voir tous les jours. Je ne veux rien d'autre que de voir où cela va me mener.

Les sillons de son front disparurent et il lui offrit un large sourire.

— Bien. Peut-être un autre baiser pour sceller l'accord avant de s'attaquer à ce tronc et de continuer notre voyage ?

Zoey lui rendit son sourire et hocha la tête avec un peu trop d'enthousiasme.

Il baissa la tête une fois de plus, et ils s'embrassèrent à nouveau. Sa barbe grattait son visage, mais Zoey le remarquait à peine. Elle se concentra sur sa lèvre inférieure, qu'il mordillait, et quand elle s'ouvrit à lui, il n'hésita pas à glisser sa langue dans sa bouche.

Leur baiser fut plus court que le précédent et moins intense, mais il fit quand même frissonner les orteils de Zoey. Il se retira, posa son front sur le sien et dit doucement :

— Nous n'avons pas beaucoup parlé de ce qui se passera après notre sauvetage, mais écoute bien : je ne vais pas m'en aller sans me retourner. Nous ne savons pas qui est derrière tout ça, mais s'il y a le moindre danger pour toi, je ne te laisserai pas te défendre toute seule. Je ne t'abandonnerai jamais. Ça va te paraître fou... mais je veux que tu penses à revenir en Californie avec moi.

Zoey inspira brusquement, mais il ne lui laissa pas l'occasion de répondre.

— Ne dis rien pour l'instant, réfléchis-y. Je sais que tu as une vie à Juneau. Un travail. Des amis. Mais quiconque se serait donné autant de mal pour se débarrasser de nous n'hésitera pas à réessayer, et si tu es là, une cible facile à Juneau... je ne pourrais pas vivre si quelque chose t'arrivait.

— Mark, protesta Zoey. Je ne pense pas être la personne qu'ils visaient ici. Je ne suis personne.

Mark se retira et ramena la paume de sa main pour lisser ses cheveux loin de son visage.

— On en a déjà parlé. Ne sous-estime pas ta valeur, Zo. Nous ne savons pas ce que Pap t'a laissé, et je commence à penser que c'est probablement plus que ce que nous pensions. Mais même si ce n'est pas le cas, ça n'a pas d'importance. Pap t'aimait manifestement. Tu l'aimais.

Zoey frissonna, ne voulant pas penser à quelqu'un qui voudrait la tuer. Elle n'était vraiment pas quelqu'un d'important. L'idée qu'on puisse vouloir la tuer n'avait aucun sens, n'est-ce pas ?

— Réfléchis-y, d'accord ?

Elle hocha la tête.

Mark inspira profondément et dit :

— Bien. Il est temps de se mettre au travail. Tu es prête ?

Zoey imita son attitude et déclara en hochant la tête :

— Continue, ô grand chef intrépide.

Il leva les yeux à son tour, et cette vision fit sourire Zoey.

— C'est du gâteau. Faisons ça et continuons notre journée, plaisanta-t-il.

Quand il se retourna, il garda sa main, et Zoey sut qu'elle n'oublierait jamais ce moment pour le reste de sa vie. Quand l'homme dont elle avait été amoureuse pendant des années l'avait embrassée. Puis avait dit qu'il voulait sortir avec elle. Et avait proposé de l'emmener en Californie pour s'assurer qu'elle serait en sécurité.

Oh, oui, c'était définitivement l'un des meilleurs jours de sa vie.

* * *

Le plus beau jour de sa vie ? Zoey secoua la tête. Elle avait menti. Aujourd'hui, c'était nul. Traîner un simple rondin sur 30 mètres n'aurait pas dû être aussi difficile. La chose était lourde. Vraiment lourde. Il leur fallut plus d'une heure de jurons, de glissades et de force brute pour l'amener assez près du ruisseau.

Ensuite, trente autres minutes furent nécessaires, à l'aide d'une corde que Mark avait dans sa poche, ils firent rouler le rondin là où ils avaient besoin d'aller. Ils réussirent à le soulever sur son extrémité et à le pousser au-dessus du ruisseau, ce qui fonctionna étonnamment bien. Il n'était pas très stable, mais il n'était pas dans l'eau et, sur le papier au moins, ils pouvaient le traverser sans se mouiller les pieds, ce qui était l'objectif initial.

Ils avaient tous deux enlevé leurs surchemises pendant qu'ils travaillaient, car ils étaient en plein soleil et transpiraient. Zoey était en débardeur et chemise à manches longues, et Mark ne portait que son T-shirt vert.

Elle aurait admiré ses biceps saillants si elle n'avait pas été si préoccupée par la traversée de ce stupide torrent. En regardant leur pont de fortune, cela lui parut soudainement être une mauvaise idée. Surtout qu'ils n'avaient aucune idée de ce qu'il y avait de l'autre côté. Ils pourraient traverser cette chose pour tomber sur un autre torrent plus large une centaine de mètres plus loin.

— Peut-être que nous devrions faire demi-tour après tout, annonça Zoey alors qu'ils se tenaient debout en regardant le rondin et l'eau qui passait en dessous à toute vitesse.

— Ça va fonctionner, dit Mark avec son ton positif habituel. Je vais y aller en premier. Pour m'assurer que c'est sûr. Je vais l'ancrer avec des pierres de l'autre côté pour l'empêcher de rouler. Ensuite, tu pourras traverser. D'accord ?

Zoey voulait refuser. Lui dire qu'elle avait trop peur. Mais elle tenta d'être positive, hochant la tête, la gorge serrée.

Mark mit son doigt sous son menton et la força à lever les yeux vers lui.

— Eh, ça va le faire.

Elle esquissa un sourire, mais elle savait que Mark n'était pas dupe.

— Je vais même te laisser porter ma surchemise. Je sais que tu vas commencer à frissonner dans une minute ou deux, et tu auras besoin de cette chaleur supplémentaire.

— Et tu n'as pas froid ?

— Non. Je vais bien. Je suis bien plus habitué au froid que toi. Ce qui est assez drôle, vu que c'est toi qui vis en Alaska. Tu es celle qui est censée penser que ce temps est assez chaud pour prendre un bain de soleil.

Zoey frissonna. Elle ne pouvait pas s'imaginer s'allonger en maillot de bain. Même si le soleil brillait, il ne devait pas faire plus de quinze degrés. De plus, les nuages allaient probablement sortir d'une seconde à l'autre. C'était comme ça au début de l'automne en Alaska. Il pouvait faire beau et ensoleillé une seconde et nuageux et brumeux la suivante.

— Un baiser pour la route ? demanda Mark.

Ça, Zoey pouvait le faire. Elle se mit immédiatement sur la pointe des pieds et l'embrassa. C'était court et doux, mais chaque fois que ses lèvres touchaient les siennes, des étincelles la parcouraient jusqu'aux orteils. Ce fut un moyen très efficace de lui faire oublier où ils étaient et ce qu'ils faisaient, et cela la réchauffa beaucoup.

Mark recula un peu et embrassa sa tempe avant de se tourner vers le rondin. Autour de sa taille, il attacha une longue corde fabriquée avec des lianes, des écorces et des plantes mortes, et Zoey en attrapa l'autre extrémité dans ses mains. Pour une corde de sécurité, ce n'était pas grand-chose, mais il lui avait assuré que c'était simplement une précaution, que rien ne risquait de lui arriver, et qu'il serait sur l'autre rive en un rien de temps.

Zoey le regarda tester la stabilité de leur pont de fortune et grimaça quand il vacilla en s'y abaissant. Au lieu de marcher debout, ce qui aurait été du suicide, il l'enjamba. Il positionna ses pieds derrière lui pour se stabiliser. Il avança lentement, s'arrêtant tous les quelques centimètres pour s'équilibrer alors que le rondin vacillait légèrement sous son poids.

Zoey oubliait parfois de respirer. Elle resserra son emprise sur la fine corde, la relâchant quand il reprenait ses mouvements sur l'arbre tombé.

L'espace d'une minute, elle crut qu'il s'en sortirait vraiment. Il avançait à un bon rythme et était à mi-chemin quand le désastre se produisit.

Il venait de se décaler pour avancer d'un pouce quand Zoey regarda face à elle. Elle écarquilla les yeux et cria :

— Attention !

Mais c'était trop tard.

Un grand arbre tombé quelque part plus loin se précipitait vers Mark et leur pont précaire.

Il s'arc-bouta, et tendit même une main pour essayer de repousser le tronc, mais ce fut inutile. Les branches du tronc flottant foncèrent sur Mark, et l'arbre lui-même vint se loger sous leur pont. La force de l'eau et de l'arbre étant trop grande, Mark disparut dans le torrent au milieu d'un tourbillon de feuilles et de branches.

La corde dans ses mains se tendit aussitôt, et Zoey se battit de toutes ses forces pour ne pas la lâcher. Les brûlures qui menaçaient sa peau ne l'empêchèrent pas de continuer ; son seul objectif était de ne pas laisser Mark tomber. Poussée par la force de l'eau, elle s'affala à plat sur la rive et grogna lorsque l'eau menaça de lui arracher la corde. Pendant un moment, elle imagina qu'il vaudrait mieux se laisser aller, le laisser descendre les rapides jusqu'au lac, où c'était plus calme, mais elle pensa ensuite à la froideur de l'eau. Le torrent provenait sûrement des montagnes, où la neige et la glace fondaient en permanence. Il y avait de fortes chances qu'il n'arrive pas jusqu'au lac, et même s'il y parvenait, il était possible qu'il n'ait pas la force de sortir à cause du froid.

Alors Zoey s'accrocha aussi fort qu'elle le put. Mais elle-même se sentait être entraînée vers le torrent à mesure que le temps s'égrenait. Mark pesait beaucoup plus lourd qu'elle, mais elle refusait de lâcher prise.

Alors qu'elle s'approchait toujours plus de l'eau, elle aperçut un rocher non loin. Elle se tourna légèrement et utilisa ses pieds pour s'y appuyer.

Cela fonctionna. Elle s'immobilisa.

Enroulant les lianes autour de ses poignets, elle se jura de faire tout ce qu'il fallait pour ramener Mark sur la rive. De temps en temps, elle le voyait sortir la tête de l'eau dans les rapides. Il se battait férocement à l'autre bout de la corde pour revenir jusqu'à elle.

Lentement, elle le regarda progresser vers le rivage. Après s'être dégagé de l'arbre, il put avancer un peu plus vite. En trente secondes, Zoey sentit la corde dans ses mains se détendre.

Il y était arrivé.

Détachant la liane de ses mains, sans même remarquer les bleus qui se formaient déjà sur ses poignets, elle courut vers l'endroit où il se traînait à quatre pattes hors du torrent.

— Mark ! Est-ce que tu vas bien ?

— Ne me touche pas, lâcha-t-il

Zoey s'arrêta dans son élan, choquée.

— Quoi ?

— Je suis trempé. Je ne veux pas que tu t'approches de moi. Donne-moi une seconde.

— Qu'est-ce que je peux faire ? demanda Zoey.

Alors même qu'elle le regardait, le corps de Mark commençait déjà à trembler. Maintenant que l'adrénaline de son plongeon dans l'eau avait disparu, le froid s'installait déjà.

— Recule juste un peu, mon cœur. Je vais bien. Je te le promets.

Zoey obéit, s'en voulant de se retrouver si impuissante. Elle demeura près de lui pendant qu'il rampait encore plus loin du torrent. Il arriva sur une parcelle d'herbe et essaya de se lever. Il en fut incapable, et tomba sur les fesses.

— Mark ! s'exclama Zoey.

— Je vais bien, dit-il encore. T-tout va b-bien.

Il leva alors les yeux vers elle, et Zoey vit que ses lèvres devenaient déjà bleues.

Merde, merde, merde !

Mark commença à tâtonner avec les lacets de ses bottes, mais il avait l'air d'avoir du mal.

— Je peux le faire, marmonna Zoey et elle se mit à genoux à ses pieds. Je ne te touche pas.

Elle écarta ses mains et se mit au travail pour défaire ses bottes. Il était difficile de les enlever de ses pieds, mais après avoir tiré un peu plus fort, elle y parvint enfin.

— Les chaussettes aussi, dit Mark.

Il avait raison, bien sûr, mais elle détestait ça. Et comme aujourd'hui semblait être leur jour de chance, au moment où ils en avaient le plus besoin, la lumière du soleil disparut derrière les nuages qui grandissaient rapidement. Elle lui enleva ses chaussettes, et quand ses mains se dirigèrent vers le bouton de son pantalon, le fait qu'il allait réellement se déshabiller fit son effet.

Rapide comme l'éclair, elle se leva et courut jusqu'à l'endroit où ils avaient passé le début de l'après-midi à travailler pour amener le rondin au torrent. Les deux chemises qu'ils avaient enlevées étaient encore accrochées à une branche. Heureusement qu'il avait quelque chose de sec à se mettre et Zoey revint vers lui en courant.

Le temps qu'elle revienne, il avait réussi à enlever son

pantalon et sa chemise. Il était assis sur le sol, seulement vêtu de son caleçon trempé. Dans n'importe quelle autre situation, Zoey aurait été ravie et l'aurait reluqué, mais pour l'instant, elle ne pensait qu'à sa santé et son bien-être.

Il tenta de se mettre à genoux pour enlever ses sous-vêtements, mais il avait du mal à rester debout. Elle laissa tomber leurs chemises sur le sol et s'approcha de lui.

— Laisse-moi t'aider, ordonna-t-elle.

— Je peux le faire, insista Mark.

— Ne dis pas n'importe quoi. Mark, tu trembles tellement que tu ne peux même pas enrouler ton doigt autour de la ceinture. Allonge-toi, dit-elle.

Zoey aurait aimé qu'il puisse garder ses sous-vêtements, mais ils étaient trempés, comme tout le reste. Et la dernière chose dont il avait besoin était ce coton humide contre ses parties les plus vulnérables. Il devait tout enlever, se sécher, et se réchauffer.

Ravalant la panique qui menaçait de la submerger, Zoey se concentra pour faire une chose à la fois.

Fronçant les sourcils, Mark s'allongea. Zoey glissa ses doigts sous le coton et sursauta lorsque Mark ricana.

— Qu'est-ce qui te fait rire ? grogna-t-elle.

— Je voulais que tu poses tes mains sur moi, mais je n'aurais jamais imaginé que ça arriverait aussi vite.

— Tais-toi, fit-elle, secrètement ravie qu'il n'ait pas perdu son sens de l'humour.

— S'il te plaît, rappelle-toi ce que l'eau froide fait à la queue d'un homme, Zo.

À ce moment-là, son regard monta jusqu'au sien – et elle fut surprise de voir dans ses yeux une pointe d'inquiétude qu'il tentait de dissimuler par l'humour.

Secouant la tête, elle baissa les yeux sur ce qu'elle faisait.

— Tu n'as pas à t'inquiéter, *SEAL Man*. Tant que ton paquet ne devient pas cassant comme de la glace, ça me va.

Il éclata de rire, et cela fit du bien à Zoey de savoir qu'elle pouvait provoquer cette réaction. Il n'y avait certainement rien de drôle dans leur situation actuelle.

Elle ne put s'empêcher de voir la verge de Mark alors qu'elle l'aidait à enlever ses sous-vêtements. Même presque gelé, il était encore impressionnant.

Elle enleva rapidement sa chemise à manches longues, frissonnant immédiatement dans l'air frais de l'après-midi, mais elle ignora son propre malaise, sachant que Mark devait se sentir cent fois pire après son plongeon dans l'eau du torrent alimentée par les glaciers. Elle lui tendit sa chemise.

— Tiens, utilise ça pour te sécher du mieux que tu peux. Tu peux mettre ta flanelle sèche et utiliser ma chemise molletonnée pour couvrir tes jambes. Quand tu auras fini d'utiliser cette chemise pour te sécher, elle pourra aussi servir de sous-vêtement pour le moment.

Ce n'était pas suffisant, Zoey le savait. Il ne répondit pas, faisant maladroitement de son mieux pour se sécher avec sa chemise. Ses mouvements étaient désordonnés et raides. Elle se déplaça sur ses fesses et commença à tâtonner avec ses chaussures.

— Qu-Qu'est-ce que tu fais ? demanda Mark.

— J'enlève mes chaussettes. Tu en as plus besoin que moi. La dernière chose dont tu as besoin est de perdre des orteils.

— Je ne prends pas tes chaussettes, dit Mark d'un ton bourru.

— Si, tu les prends, répondit Zoey sans lever les yeux.

— Zo, regarde-moi, bégaya-t-il.

Elle refusa. Elle enleva ses chaussettes, puis remit rapidement ses pieds dans ses bottes et les attacha à nouveau. Elle se leva, attrapa les deux chemises à manches longues et les lui rapporta. Lui arrachant la chemise des mains, elle finit rapidement de sécher son dos et la passa également sur ses cheveux, essayant d'enlever le plus d'humidité possible des mèches. Heureusement qu'ils étaient courts, les cheveux longs auraient mis une éternité à sécher ici. Elle l'aida à enfiler la chemise en flanelle chaude et soupira de soulagement.

— Lève-toi, ordonna-t-elle en poussant sur son épaule.

Mark s'exécuta en se déplaçant jusqu'à ce qu'une de ses fesses parfaites se soulève du sol froid. Elle glissa sa chemise à manches longues, maintenant humide, sous ses fesses, et passa de l'autre côté pour faire de même. Ceci fait, elle fit de son mieux pour attacher nonchalamment les manches autour de sa taille, couvrant ainsi ses parties viriles. Puis elle drapa sa propre chemise molletonnée autour de sa taille, sur le devant. Enfin, elle descendit jusqu'à ses pieds et lui enfila ses chaussettes de laine. Elles n'étaient pas exactement adaptées, mais elles feraient l'affaire.

— Ne bouge pas, ordonna-t-elle, avant de se lever à nouveau.

— Je vais bien, Z-Zo, bégaya Mark.

— Je sais. Tu es un SEAL. Ce n'est rien pour toi, fit-elle, en essayant surtout de se rassurer elle-même.

Au fond, elle savait que ce n'était pas comme la Semaine de l'Enfer. Il lui avait raconté beaucoup d'histoires sur ce qu'ils avaient vécu, mais la différence était qu'il n'y avait pas de cloche à sonner pour quitter l'enfer dans lequel ils se trouvaient actuellement. Pas de médecins prêts à intervenir, juste au cas où. Il n'y avait pas d'hôpital au coin de la rue si les choses tournaient mal. Il n'y avait qu'elle, et elle n'allait pas le laisser tomber.

Zoey ne pourrait pas survivre ici toute seule, c'était un fait, quoi qu'en dise Mark. Par conséquent, il était dans son intérêt de faire tout ce qu'il fallait pour que Mark se réchauffe le plus vite possible.

Sans un mot de plus, elle s'éloigna de lui et se dirigea vers la limite des arbres. Elle ignora qu'il l'appelait et se concentra sur la tâche à accomplir, à savoir, ramasser autant de bois que possible pour faire un feu. Réchauffer Mark était la priorité, actuellement. Peu importe qu'elle coure partout en débardeur et sans chaussettes. Pour une fois dans sa vie, elle n'avait pas froid. Elle ne ressentait absolument rien d'autre que de la détermination.

Elle fit plusieurs allers-retours entre Mark et l'orée des bois, l'ignorant complètement quand il lui demandait de ralentir et de respirer. Elle avait trouvé de la mousse cachée dans un arbre qui semblait relativement sèche, ce qui était un petit miracle. Elle rassembla des bâtons de toutes tailles. La plupart des grosses branches et des rondins étaient humides, mais elle ne pouvait rien y faire pour l'instant.

Après avoir déversé le dernier chargement de bois, elle ressentit une certaine satisfaction la gagner lorsqu'elle posa le regard sur le tas près de Mark.

— Zoey, arrête-toi une seconde et regarde-moi, supplia Mark.

Après avoir pris une grande inspiration, elle décida de l'écouter. Il était toujours assis sur sa chemise, mais avait réussi à faire remonter ses genoux sous sa chemise trop grande. Tout ce qu'elle pouvait voir de lui, c'étaient ses pieds qui dépassaient – recouverts de ses chaussettes de laine violettes – et sa tête. Elle aurait aimé avoir un chapeau pour lui ; elle savait que la chaleur corporelle se perdait surtout au niveau de la tête. Ses lèvres étaient encore bleues sur les bords, et il bégayait toujours, ce qui n'était pas bon signe.

— Je vais bien, lui dit Mark.

Zoey secoua sa tête.

— Non, tu ne vas pas bien. Tu es gelé. Je savais que ce stupide tronc était une mauvaise idée. Merde !

— Zo, dit-il fermement.

Zoey ne pouvait pas s'arrêter. Elle ne pouvait pas le regarder. Elle ne pouvait pas écouter. Il essayait seulement de lui dire qu'il allait bien, mais elle savait que ce n'était pas le cas. Elle s'approcha de son pantalon et fouilla dans la poche où elle savait qu'il gardait le silex. Elle adressa une prière aux cieux.

Faites que ça marche. Ses mains tremblent trop pour pouvoir allumer le feu. C'est à moi de jouer.

Elle arrangea rapidement le bois aussi près de Mark que possible. Ils étaient dans une petite clairière près du torrent, et bien qu'elle aurait préféré être sous les arbres, dans un abri, cela devrait faire l'affaire pour le moment.

Mark semblait enfin comprendre qu'elle ne pouvait pas prononcer un mot pour l'instant. Qu'elle devait faire se concentrer sur ce qu'elle avait à faire, et que parler ne ferait que la distraire. La chair de poule se répandait sur ses bras tandis qu'elle travaillait, même si de la sueur coulait sur le côté de son visage. Elle avait chaud et froid à la fois. Zoey ignora tout et se concentra pour allumer ce feu.

Une fois la mousse en place, et les petits bâtons prêts à prendre le feu pour enflammer les plus gros, Zoey s'assit sur ses talons et prit une profonde inspiration.

— C'est ça, Z-Zo. Tu peux le faire, dit doucement Mark.

Il n'exigea pas qu'elle lui passe le silex. Il n'essaya pas de prendre le contrôle de la fabrication du feu. Il lui faisait confiance, et pensait vraiment qu'elle en était capable.

En hochant la tête, Zoey se pencha sur la mousse et frappa le silex avec le percuteur en métal. Il y eut bien des étincelles, mais comme chaque fois qu'elle avait essayé, elles allèrent dans tous les sens, et ne touchèrent pas la mousse.

— Prends ton temps, l'encouragea Mark.

En serrant les dents, Zoey frappa le silex à nouveau. Et encore. Chaque fois, elle obtenait un peu plus d'étincelles. Elle prenait lentement le coup de main et sa détermination ne la quittait pas, au contraire. Chaque fois que le résultat semblait s'améliorer, elle se sentait plus motivée encore. Elle avait besoin de ce feu. Mark avait besoin de ce feu. Le bois allait s'enflammer, bon sang, quoi qu'il arrive.

Il fallut deux douzaines de coups, mais finalement une étincelle atterrit précisément là où elle en avait besoin. C'était probablement un coup de chance, mais elle s'en fichait. De la fumée s'éleva de la mousse et, sentant son adrénaline monter, Zoey se pencha sur la précieuse étincelle et souffla très doucement dessus, comme Mark le lui avait appris.

En quelques secondes, l'étincelle se transforma en flamme.

Ne voulant rien faire qui puisse éteindre le feu précaire, elle déplaça quelques bâtons vers la mousse fumante. Lentement mais sûrement, ils s'enflammèrent à leur tour et bientôt, ce fut un feu crépitant et chaud qui brûlait.

Zoey se tourna vers Mark, incrédule.

— J'ai réussi.

— Oui, tu as réussi, chérie.

En entendant son bégaiement, Zoey balaya le sentiment d'accomplissement et se traîna vers lui.

— Viens. Tu dois te rapprocher du feu.

Très lentement, et en tenant sa chemise contre sa poitrine, Mark se leva. Zoey se rendit rapidement à ses côtés et l'entoura d'un bras pour le stabiliser. En quelques instants, il était à nouveau assis, cette fois juste à côté du feu. Zoey sentait la chaleur des flammes épouser son corps, et pendant une seconde, elle envisagea de s'asseoir à côté de Mark pour s'en imprégner, mais elle avait encore du travail à faire.

Laissant Mark près du feu, elle rassembla ses vêtements et les débarrassa de leur eau autant que possible. Puis elle les drapa sur des bûches qu'elle avait transportées jusqu'au feu. Il ne pouvait pas continuer sans ses vêtements, et il ne pouvait pas les mettre s'ils étaient encore mouillés. Il lui fallait donc les sécher autant que possible. Heureusement, le pantalon cargo n'était pas en coton à cent pour cent comme un jean, ce qui lui permettrait de sécher assez rapidement. Mais il faudrait un peu plus de temps pour qu'il puisse porter son T-shirt et ses sous-vêtements à nouveau.

Puis elle se mit à chercher ce qu'elle pouvait trouver pour les faire manger. Fabriquer un collet et tuer un écureuil n'était pas dans ses cordes, mais Zoey parvint à trouver quelques baies, quelques champignons et même un bouquet de quenouilles. Elles n'avaient pas un goût, mais Colin lui avait appris qu'on pouvait les consommer quand même.

Le soleil avait complètement disparu derrière les nuages de l'après-midi, et Zoey frissonnait. Elle fit de son mieux pour ignorer son malaise. Mark était dans un bien pire état. Elle pouvait supporter un peu de froid.

Elle ramena ce qu'elle avait trouvé à Marl et le trouva allongé sur le côté. Zoey rajouta un peu de bois sur le feu, ignorant la quantité de fumée qui s'élevait dans le ciel. Tant qu'il y avait des flammes, elle ne se souciait pas de la fumée.

Le bruit qu'elle fit avec le feu réveilla Mark, et il se redressa.

— J'ai trouvé des trucs à manger, annonça-t-elle avec un petit sourire.

Elle vit l'admiration dans ses yeux, mais préféra l'ignorer pour l'instant.

— En plus de notre habituel festin de baies et de champignons, je nous ai trouvé des quenouilles.

— Des quenouilles ? demanda Mark.

Zoey fut heureuse de constater qu'il ne semblait plus trembler autant et qu'il ne bégayait plus.

— Oui. Ton père m'a appris. Je vais faire rôtir les pousses, car c'est ce qu'il y a de plus simple à faire ici. Les racines peuvent aussi être mangées, mais elles ne sont pas aussi bonnes.

— Mon père t'a appris ça ? demanda Mark.

Zoey hocha la tête en utilisant son couteau pour couper les pousses.

— Oui. Un jour, nous parlions de toutes les choses comestibles dans la nature. Il m'a dit que les quenouilles l'étaient, mais je ne l'ai pas cru. Alors bien sûr, il a dû me prouver que j'avais tort, gloussa Zoey. Honnêtement, ça ne va pas être très bon, mais comme je ne peux pas attraper de viande pour nous, ça devra faire l'affaire pour le moment.

— Je ne connaissais pas les quenouilles, dit Mark.

Il avait l'air si différent, Zoey le regarda avec inquiétude.

— Tu es incroyable, Zo.

En rougissant, Zoey haussa les épaules.

— Si j'étais si extraordinaire, j'aurais pu attraper un élan et nous faire des hamburgers d'élan.

Elle n'était pas habituée aux compliments. Pas ceux qui étaient accompagnés d'un regard comme celui de Mark.

— Je dois aller les laver. Je reviens tout de suite.

— Ne tombe pas dans l'eau, plaisanta Mark.

Zoey leva les yeux au ciel.

— Je crois qu'on n'a pas besoin qu'un autre de nous prenne un bain impromptu. Bien que je sois un peu jalouse que tu aies pu prendre un bain et laver le plus gros de la saleté de la semaine dernière.

Elle n'arrivait pas à croire qu'elle plaisantait vraiment sur ce qui s'était passé, mais c'était finalement un bon moyen d'évacuer le stress que la situation avait provoqué.

* * *

Bubba était en colère. Contre lui-même. Ce n'était pas sa faute si l'arbre était tombé au mauvais moment, mais il aurait pu au moins prévoir que cela pouvait arriver. Il aurait pu enlever plus de vêtements, juste au cas où il aurait été trempé. S'il l'avait fait, il ne serait pas assis sur le sol, pratiquement nu, à regarder Zoey s'occuper de lui.

C'était une étrange inversion des rôles, et il n'aimait pas vraiment ça. Il n'aimait pas que Zoey se balade en débardeur. Il voyait facilement qu'elle avait froid, à ses tétons qui pointaient sous son soutien-gorge et la chair de poule qui se répandait sur ses bras chaque fois qu'elle s'éloignait un peu du feu. Il n'aimait pas qu'elle lui ait donné sa chemise et ses chaussettes.

S'ils avaient été tous les deux trempés, ils auraient été fichus. Zoey avait fait tout ce qu'il fallait.

Toute sa vie d'adulte, il avait considéré comme acquis que ses coéquipiers le soutiendraient. S'il avait été avec l'un d'entre eux, il aurait été évident qu'ils auraient fait ce que Zoey avait fait. Mais elle n'était pas un SEAL. Ce n'était pas sa coéquipière. Et pourtant, elle avait agi immédiatement et l'avait empêché de souffrir inutilement. Il n'était pas encore tout à fait sorti d'affaire, mais la chaleur du feu l'aidait à se remettre plus vite que prévu.

Bubba était également très fier que Zoey ait réussi à allumer le feu. Il n'aurait pas pu le faire, ses mains tremblaient trop fort. Mais elle y était parvenue, et le sentiment d'accomplissement qu'il avait lu sur son visage était magnifique.

Elle avait allumé le feu, leur avait procuré de quoi manger, lui avait appris quelque chose qu'il ne savait pas sur les plantes sauvages comestibles, et maintenant il était temps qu'elle arrête de bouger quelques secondes et qu'elle se détende.

— Viens ici, lui dit-il après qu'elle eut mis une autre bûche sur le feu.

Il tendit un bras pour l'encourager à se blottir contre lui.

Elle vint à lui sans hésiter, ce qui lui donna l'impression de mesurer trois mètres de plus. L'erreur qu'il avait commise n'avait pas semblé diminuer sa volonté d'être près de lui. Quand elle vint se blottir contre lui, il sentit le froid de son corps contre le sien.

Il la serra contre lui et les rapprocha un peu plus des flammes.

— Tu sais ce que je souhaite en ce moment ? demanda-t-elle quand ils se mirent à l'aise.

— Un grand steak et des pommes de terre au dîner ? proposa Bubba.

Elle gloussa.

— Oui, mais pas que.

— Non, dis-moi.

— Chez moi, quand je faisais la lessive, j'adorais prendre les serviettes et les draps fraîchement sortis du sèche-linge et me blottir dessous sur le canapé. Ça me réchauffait de l'intérieur. Ils sentaient la fraîcheur et la propreté, et ça a toujours été une de ces petites douceurs que je sais que les autres trouveraient bizarre, mais je le faisais quand même. J'aimerais avoir un sèche-linge ici, et je pourrais sortir ces serviettes chaudes et les enrouler autour de nous.

Bubba l'imagina chez elle en ce moment. Elle souriait et ses yeux étaient fermés alors qu'elle appréciait ces petits bonheurs de la vie. Il voulait lui offrir ça. Il voulait lui donner tout ce qu'elle voulait.

— Quand on sera à Anchorage, je ferai en sorte que ça arrive pour toi, mon cœur.

Il sentit qu'elle haussait les épaules contre lui.

— Ne t'en fais pas. Mark ?

— Oui ?

— Tu m'as fait une peur bleue.

Bubba ferma les yeux. Il s'était un peu effrayé lui-même. Pendant une seconde, coincé sous la branche et retenu dans l'eau rapide, il avait cru être fichu. Et une fois libre, la seule chose qui l'avait empêché d'être emporté fut Zoey, et la corde qu'elle retenait de toutes ses forces.

Il prit la main de Zoey dans la sienne. Elle était sale d'avoir mis la dernière bûche sur le feu, et elle avait des débris sous les ongles. Il la retourna et aperçut une marque de brûlure rouge foncé provenant de la corde qu'elle avait utilisée pour lui sauver la vie, et un bleu qui se formait autour de son poignet, probablement parce qu'elle avait enroulé la corde autour. Bubba embrassa les deux tendrement.

— Merci d'avoir été là. Tu as fait tout ce qu'il fallait, ma chérie.

Elle ne répondit pas, mais se blottit plus étroitement contre lui.

— Je suis désolé de t'avoir fait peur. Je ne peux pas te promettre de ne rien faire à l'avenir qui puisse te mettre mal à l'aise ou t'effrayer, mais je te promets d'être plus prudent. De ne pas prendre de risques. On aurait dû faire demi-tour aujourd'hui. Ou j'aurais dû réfléchir un peu plus aux options alternatives pour contourner le torrent. Je suis désolé.

Zoey hocha la tête contre lui. Il aimait qu'elle ne dise pas que tout allait bien. Ou qu'elle ne tentait pas de lui dire qu'il n'avait pas échoué alors que c'était le cas et qu'ils le savaient tous les deux. Mais il aimait aussi qu'elle ne le réprimande pas ou ne dise rien qui le ferait se sentir encore plus mal qu'il ne l'était déjà.

— Mais tu sais quoi ?

— Quoi ? marmonna-t-elle

— Je pense qu'après aujourd'hui, tu as officiellement un dix sur dix sur l'échelle du confort en plein air.

Elle releva la tête à ce moment-là.

— Sérieusement ?

Il ricana.

— Oui. Tu m'as sorti du torrent. Tu m'as réchauffé. Tu as fait du feu. Tu as commencé à sécher mes vêtements et tu nous as trouvé de la nourriture. Je suis sûr que si tu le devais, tu pourrais aussi nous faire un abri en cas de besoin. Donc ouais, je dirais que ça te fait monter à dix sur dix.

— Eh bien, youpi pour moi, dit-elle sur un ton sarcastique. Quand est-ce que j'aurai ma médaille ?

Bubba se sentait déjà mieux qu'au cours des deux dernières heures. Il ne portait que sa chemise, avait une paire de chaussettes de femme, et sa polaire rose et violette autour de la taille, mais il ne s'était jamais senti aussi bien.

Ils restèrent assis en silence pendant un bon moment, profitant de la chaleur du feu et du corps de l'autre. Zoey ne frissonnait plus, ce qui le soulageait.

Il était sur le point de lui poser une question au hasard quand il crut entendre quelque chose.

Depuis une semaine, les seules choses qu'ils avaient entendues étaient le souffle des feuilles, le chant des oiseaux, leurs propres voix, le vent et la pluie. Le son qui parvint jusqu'à lui n'avait rien de tout ça et sortait de qui était devenu quotidien pour eux.

— Zoey ! Vite, mets plus de bûches sur le feu !

— Quoi ? demanda-t-elle en se redressant.

Bubba poussa sur son épaule un peu plus fort qu'il ne le voulait.

— Maintenant, Zo. Fais-le ! Une mouillée si tu peux en trouver une. Il nous faut de la fumée. Beaucoup de fumée !

Elle obéit. Sans poser d'autres questions, elle se leva d'un bond et se précipita vers la pile de bois qu'elle avait laissée tomber plus tôt et commença à alimenter le feu.

Bubba se leva, et bien qu'il vacillât au début, il retrouva rapidement son équilibre. Il portait les chaussettes violettes de Zoey, serrant sa chemise polaire contre ses parties inférieures, les fesses tournées vers le feu et regardant le ciel.

Les nuages étaient bas, ce qui ne les aidait pas, mais Bubba espéra qu'ils réussiraient.

Zoey s'approcha de lui et passa son bras autour de sa taille. Il mit le sien autour de ses épaules et ils regardèrent tous deux vers le haut.

— Est-ce que c'est ce que je pense ? demanda-t-elle, l'espoir aisément perceptible dans sa voix.

— Oui. C'est un hélicoptère. Mais il n'y a aucune garantie qu'il s'arrête. Aucun moyen de savoir à quelle distance il se trouve. Le son se propage très loin par ici. Il pourrait être à des kilomètres, prévint-il.

— Il va nous voir, chuchota Zoey. C'est obligé.

Bubba jeta un coup d'œil au feu et vit que Zoey avait, une fois de plus, fait un excellent travail en l'agrandissant. Il n'y avait pas d'arbres au-dessus pour bloquer la fumée non plus. Si l'hélico était assez bas, il n'y avait aucune chance qu'il les manque. Mais c'était un gros « si ». Avec des nuages aussi épais, il était possible que l'hélicoptère vole au-dessus d'eux et n'aperçoive pas la fumée. Ou il pourrait tout aussi bien être à des kilomètres.

Zoey se tourna vers lui et enroula ses deux bras autour de sa taille. Elle enfouit sa tête contre lui et le serra fort. Il savait qu'elle priait aussi fort qu'elle le pouvait, et il se joignit à elle.

— Venez, dit-il doucement. Nous sommes juste là. Regardez-nous.

CHAPITRE ONZE

Rex était frustré. Il avait passé la journée dans un hélicoptère des gendarmes d'Alaska. Ils avaient volé à l'ouest d'Anchorage sur la grille de recherche qui leur avait été assignée et y avaient passé la majeure partie de la journée. Au début, le temps était plutôt ensoleillé, mais au fur et à mesure de la journée, le ciel avait commencé à se couvrir de nuages. D'après le pilote, ils allaient devoir retourner à l'aéroport bientôt, car la visibilité avait diminué au point qu'il était dangereux de continuer les recherches.

Ils ne trouvèrent pas la moindre trace de Bubba ou de l'avion dans lequel il était. C'était comme s'il avait vraiment disparu au milieu des airs. C'était frustrant et démoralisant. Les autres leur avaient annoncé par appel qu'ils n'avaient rien trouvé non plus. Ils avaient volé jusqu'au lac Whitefish, une destination assez grande et populaire pour les amoureux de la nature et les chasseurs, mais ils n'avaient rien vu d'extraordinaire.

Le soldat qui était à l'arrière de l'hélico et qui cherchait avec lui ne s'était pas plaint du travail long et ennuyeux. Il comprenait la nécessité pour eux de trouver et de secourir leur coéquipier. Ils avaient perdu quelques soldats lorsque l'hélicoptère dans lequel ils se trouvaient s'était écrasé après avoir secouru un motoneigiste en détresse. Il n'y avait eu aucun survivant, mais ils avaient tous travaillé jour et nuit pour atteindre l'épave et récupérer les corps de leurs frères d'armes.

L'hélicoptère était descendu et volait beaucoup plus bas qu'à l'accoutumée à cause des nuages. Au cours de leur recherche, plus tôt dans la journée, ils avaient traversé la chaîne de montagnes qui abritait le Denali, le pic de six mille mètres d'altitude situé un peu plus au nord d'ici. Il serait beaucoup plus difficile de retourner au-dessus des montagnes, maintenant que le temps était mauvais. Il n'y avait pas de pics aussi haut que le Denali, mais même une montagne de deux à trois mille mètres d'altitude suffisait à les inquiéter.

Ils auraient déjà dû être de retour à Anchorage, mais les policiers avaient reçu un appel d'un Agent de la Sécurité Publique concernant une situation pour laquelle ils avaient besoin d'aide, et ils s'arrêtèrent dans la petite ville pendant quelques heures pour s'en occuper.

Rex apprécia cette pause, car il était difficile pour les yeux de scruter constamment la campagne à la recherche de la moindre chose étrange. Maintenant, il était de nouveau fatigué, et il voulait pouvoir s'allonger quelques heures avant de repartir le lendemain avec un nouveau plan. Demain, ils longeraient le littoral pour voir s'ils pouvaient trouver quelque chose.

Rex rêvait de l'énorme tasse de café qu'il allait se servir à la seconde où ils atterriraient lorsque quelque chose attira son attention plus loin. Il tourna la tête, sourcils froncés, se demandant si ce qu'il voyait était simplement quelques nuages... ou autre chose.

Après quelques secondes à scruter l'horizon, il fut certain que ce n'étaient pas des nuages.

— À quatre heures, aboya-t-il dans le micro. Fumée. Où sommes-nous ? Ça pourrait provenir d'une maison ?

— Pas du tout, dit immédiatement le pilote en faisant

tourner l'hélico dans la direction indiquée par Rex. Nous sommes directement au-dessus de la réserve et de la zone sauvage du lac Clark. Il n'y a rien par ici. Les chasseurs ne sont pas autorisés et il n'y a certainement pas de résidences.

Le cœur de Rex se mit à battre plus vite.

— À moins qu'il ne s'agisse d'un feu de forêt incontrôlable, ce qui est peu probable avec la quantité de pluie que nous avons reçue récemment, il y a quelqu'un en bas, déclara l'autre policier.

Il fit de son mieux pour modérer ses espoirs. Il était possible que ce soit un chasseur qui enfreigne la loi, ou quelqu'un qui campait. Cette fumée ne signifiait pas forcément que c'était Bubba. Mais après n'avoir rien vu de la journée, et par le temps actuel, l'apercevoir était un petit miracle.

La fumée continuait à s'élever et à mesure qu'ils s'approchaient, Rex constata qu'elle provenait d'une sorte de feu de camp. Le pilote ralentit l'hélicoptère autant que possible et commença à voler en cercles au-dessus de celle-ci. Ils descendirent lentement, et Rex pria plus fort qu'il ne l'avait jamais fait dans sa vie.

Quand l'hélicoptère s'inclina et fit demi-tour, Rex vit ce qu'il cherchait. Ce qu'ils cherchaient tous depuis une semaine.

Bubba se tenait au milieu d'une clairière avec une femme contre lui. Un feu flambait joyeusement derrière eux, et crachait de la fumée. Il lui donnait l'impression que la personne qui s'en était occupée ne savait pas que le bois humide produisait plus de fumée.

Rex se pencha autant qu'il le put, sachant que la ligne de sécurité attachée au harnais autour de sa poitrine le garderait en sécurité. Par gestes, il demanda à Bubba s'il était blessé.

Le plus beau spectacle que Rex ait jamais vu, c'est quand Bubba leva un bras, ferma le poing et tapa sur le dessus de sa tête.

Il allait bien.

Bubba allait bien, et ils l'avaient trouvé !

Rex entendit vaguement le pilote annoncer par radio que les cibles avaient été localisées et semblaient être en vie et en bonne santé. Il ne quitta pas son ami des yeux alors qu'ils planaient au-dessus d'eux. Il n'y avait pas d'endroit pour atterrir, donc ils devraient hisser Bubba et la femme, Zoey, en utilisant un panier Stokes. Rex était impatient de les mettre dans l'hélico. Il ignorait où pouvaient se trouver l'avion et la pilote, mais pour le moment, il se contenta du soulagement que lui procura le fait d'avoir retrouvé son ami.

Rex vit que Bubba était pratiquement nu. Il portait une chemise en flanelle à manches longues mais ses jambes étaient dénudées. Il avait ce qui ressemblait à deux chemises enroulées autour de sa taille, une qui se nouait devant et l'autre derrière, ce qui donnait l'impression qu'il portait une sorte de pagne bizarre. Il avait aussi des chaussettes violettes aux pieds. Puis il remarqua ce qu'il supposa être les vêtements de Bubba drapés sur une bûche près du feu. La femme portait un pantalon et des chaussures, mais seulement un débardeur.

Comprenant que leur situation n'était pas idéale, Rex était encore plus impatient de mettre son ami dans l'hélicoptère et de le sortir de cet endroit perdu au milieu de nulle part. Son inquiétude fut tempérée par son excitation et son soulagement. Il avait honnêtement commencé à croire qu'il ne parlerait plus jamais à Bubba. Il était plus heureux que jamais de pouvoir dire qu'il avait eu tort.

* * *

Zoey espérait fortement qu'elle n'ait pas à réitérer une seule fois ce voyage jusqu'à l'hélicoptère. Mark avait insisté pour qu'elle y aille en premier. Elle ne voulait pas être loin de lui, même pour une seconde. Les quelques minutes qu'il avait fallu pour la faire monter dans l'hélicoptère avant que la nacelle ne revienne le chercher lui parurent durer des heures.

Elle était énervée. Elle n'était pas le genre de femme à vouloir compter sur un homme pour son bien-être.

Mais elle décida d'y aller doucement, au vu de ce qu'elle avait vécu la semaine dernière. De plus, Mark et elle avaient été ensemble en permanence pendant sept jours. Ils avaient dû compter l'un sur l'autre pour à peu près tout. À ce stade, il était naturel qu'elle se sente mal à l'aise quand il n'était pas à ses côtés.

Elle savait qu'elle devait surmonter ce sentiment... et vite. Elle comprit, au regard fixe que braquait sur Mark un homme en particulier dans l'hélicoptère, qu'il s'agissait probablement d'un de ses coéquipiers SEAL. Elle ne savait pas lequel, mais il n'était pas difficile de voir qu'il était très inquiet.

Quand la tête de Mark apparut enfin dans l'ouverture de l'hélico, Zoey poussa un soupir de soulagement. Il avait attaché sa chemise à l'envers autour de sa taille pour couvrir ses parties intimes, et sa chemise polaire qu'il avait attachée dans le sens inverse couvrait ses fesses. Ses jambes étaient encore nues, et elle espérait que quelqu'un avait un pantalon supplémentaire pour lui quelque part.

Il portait ses vêtements sur ses genoux, et s'était occupé du feu avant de venir à l'hélicoptère.

S'attendant à ce qu'il salue son ami et les autres membres de l'équipage dans l'hélicoptère, Zoey fut surprise quand, à la seconde où il fut à l'intérieur de la cabine, il vint vers elle.

Le regard de Mark était rivé vers elle, et Zoey ne pouvait pas se rappeler un seul moment où elle s'était sentie plus aimée. Plus couverte d'attentions. Il s'installa à côté d'elle et attrapa la couverture de survie que son ami tenait. Au lieu de l'enrouler autour de lui, il la secoua et la plaça autour de sa poitrine et derrière ses épaules.

L'hélicoptère était très bruyant, et elle savait qu'il ne pourrait pas l'entendre, alors elle secoua la tête et essaya de lui faire comprendre qu'il devait la prendre. Mais Mark l'ignora simplement et prit une autre des petites couvertures compactes que son ami lui tendait. Après l'avoir enveloppée dans les deux, Mark finit par s'occuper de lui-même, s'enveloppant dans la matière fine mais ô combien chaude. Une fois qu'il fut installé, l'autre homme à l'arrière de l'hélico – que Zoey voyait maintenant comme un policier de l'État de l'Alaska – les couvrit tous les deux avec une grande et lourde couverture de laine.

Mark prit alors le casque que son ami lui tendait et le plaça délicatement sur sa tête, l'installant sur ses oreilles avec précaution, ajustant le microphone pour qu'il soit juste contre ses lèvres. Après quoi, il en prit un pour lui.

— C'est bon, Zo ? demanda-t-il.

Elle sursauta au son de sa voix dans sa tête. Il semblait encore plus proche à travers les écouteurs. Elle hocha la tête.

— Bubba, c'est bon de te voir ! dit l'homme qu'elle supposait être son coéquipier.

— Pareil, répondit Mark.

Zoey écouta les deux hommes bavarder, soupirant de contentement lorsqu'elle sentit la main de Mark glisser sur la sienne sous les couvertures.

— Je pense avoir une idée, mais tu veux me dire pourquoi tu ne portes pas de pantalon ?

Mark expliqua comment il était tombé dans le torrent et comment Zoey l'avait aidé à s'en sortir. Comment il avait dû enlever ses vêtements parce qu'ils étaient trempés. Elle vit son ami hocher la tête pendant qu'il lui racontait tout cela, et elle avait le sentiment qu'il comprenait probablement mieux que la plupart des gens.

— Rex, j'aimerais te présenter Zoey Knight. Zoey, voici l'un de mes meilleurs amis et coéquipiers, Rex. Autrement connu sous le nom de Cole Kingston.

— Je te proposerais bien de te serrer la main, mais je suis sûr que tu préfères la garder sous cette belle couverture chaude. Je suis enchanté de te rencontrer, Zoey.

— Pareillement, murmura-t-elle. Mark m'a beaucoup parlé de toi la semaine dernière.

— Que des mensonges, répondit le SEAL avec un sourire.

Zoey ne put s'empêcher de lui rendre la pareille.

— Arrête de flirter avec ma petite amie, grogna Mark.

Zoey se retourna. Sa petite amie ? Mon Dieu, ça sonnait bien. Mais Zoey savait que le monde réel était sur le point de s'immiscer dans le lien qu'ils avaient formé au cours des sept derniers jours. Ils s'étaient liés car ils n'avaient pas eu d'autres choix, et qu'elle comptait littéralement sur lui pour qu'il les sauve tous les deux, après tout.

— Alors c'est comme ça ? demanda Rex.

— Oui, confirma Mark.

Elle le sentit serrer sa main pour la rassurer, mais il ne se tourna pas vers elle. Zoey soupçonnait qu'elle devrait être ennuyée par le fait qu'il la revendique d'une manière aussi macho, mais elle ne pouvait pas se résoudre à s'en soucier.

— Alors, tu veux me donner la version courte de ce qui s'est passé ? Où est l'avion ? Et la pilote ?

— Vous ne l'avez pas trouvée ? demanda Mark, l'air surpris.

Zoey était également choquée. Elle croyait, comme Mark, que c'était comme ça que l'hélico avait su où les chercher.

— Non.

— Alors comment tu nous as trouvés ? Où étions-nous, finalement ? fit Mark.

Rex eut l'air surpris à son tour.

— Vous ne savez pas ?

— Aucun indice. Je dormais quand la pilote nous a dit qu'il y avait un problème avec les moteurs. Elle a atterri sur un lac, et nous sommes descendus pour qu'elle puisse voir si elle pouvait régler le problème. À la seconde où nous avons mis pied à terre, elle a fait marche arrière et a décollé.

— Putain ! jura Rex.

— Oui, admit Mark.

— Vous étiez au milieu de la réserve et de la nature sauvage du lac Clark, annonça Rex.

Mark ne réagit pas, mais Zoey inspira brusquement, attirant son attention.

— Quoi ? Où est-ce que c'est ? lui demanda-t-il.

— C'est à l'ouest d'Anchorage. Il n'y a vraiment aucune grande ville ou village par ici. Eve a dû aller dans cette direction dès la seconde où elle a décollé. Je suis tellement stupide ! Je n'ai même pas remarqué qu'on allait dans la mauvaise direction.

— Ce n'est pas ta faute, fit Rex, devançant Mark. Et pour autant que nous le sachions, Eve Dane n'existe pas. Nous avons cherché dans toutes les bases de données que nous avons pu trouver et il n'y a personne avec ce nom qui soit répertorié comme ayant une licence de pilote en Alaska, ou n'importe où ailleurs d'ailleurs.

— Bordel, jura Mark. Alors comment tu nous as trouvés ?

— Après avoir scruté chaque kilomètre de terre et de mer entre Anchorage et Juneau, on a décidé de se séparer. Rocco et Phantom sont allés au nord, Ace et moi à l'ouest, et Gumby est resté dans la partie est, pour voir si nous n'avions pas manqué un avion abattu. Nous n'aurions pas dû aller si loin, mais les policiers ont reçu un appel à l'aide de l'un des Agents de la Sécurité Publique. Nous volions plus bas que la normale à cause de la météo et nous étions sur le chemin du retour vers Anchorage quand on a vu la fumée de votre feu.

— Putain de merde, chuchota Zoey.

— Quoi ? demanda immédiatement Mark. Est-ce que tu vas bien ? Tu as toujours froid ? Rex, jette-moi une autre couverture.

— Non. En fait... oui, je pense que je vais avoir froid pendant encore un mois, mais ce n'est pas ce que je voulais dire.

Zoey réalisa qu'elle captait l'attention des trois hommes dans l'hélico. Même le pilote s'était tourné vers elle au lieu de regarder la direction qu'il prenait.

— C'est juste que... aujourd'hui, c'était la première fois que nous faisions un feu à l'air libre. Toutes les autres nuits, nous étions sous les arbres, dans un abri. Si nous avions fait demi-tour aujourd'hui et étions revenus sur nos pas, ou si nous avions suivi ce torrent pour essayer de le contourner, et si tu n'avais pas essayé de traverser, ou si nous avions été plus rapides ou plus lents à faire traverser ce tronc... si je n'avais pas pu allumer le feu, ou si le bois n'était pas aussi humide... ils nous auraient survolés sans nous voir.

Les autres hommes dans l'hélicoptère semblèrent s'effacer en arrière-plan. Elle dévisageait Mark, incapable de détourner les yeux. Son regard était d'une intensité perçante et la prise qu'il avait sur sa main lui faisait presque mal, mais elle n'essaya pas de s'éloigner. Elle se sentait plus proche de Mark à ce moment-là qu'elle ne l'avait été la semaine dernière, et ce n'était pas peu dire. Elle réalisait seulement que Rex et les autres auraient pu ne pas les voir.

— J'ai pris ce que je pensais être une décision stupide, dit Mark.

Zoey savait que tout le monde dans l'hélico entendait leur conversation, mais elle avait toujours l'impression qu'ils étaient seuls au monde.

— Mais il s'avère que c'était exactement la bonne chose à faire au bon moment. J'ai eu des rencontres étranges avec le destin dans mon travail, mais là, je dois dire que ce fut plus que de la chance.

— Colin, chuchota Zoey.

Mark hocha la tête.

— Pap, acquiesça-t-il.

C'était difficile pour Zoey de respirer en pensant à la chance qu'ils avaient eue. S'ils avaient fait la moindre chose différemment, Rex et les soldats les auraient survolés sans savoir qu'ils étaient là. C'était une pensée qui donnait à réfléchir.

Pendant le reste du vol, Zoey écouta vaguement Mark parler à Rex de tout ce qui s'était passé la semaine dernière. Il n'y avait aucune trace d'Eve Dane ou de l'avion, la lecture du testament de Colin avait été reportée, et ses cinq coéquipiers SEAL n'avaient dormi que quelques heures et avaient cherché sous chaque pierre et rocher pour trouver leur ami.

Elle était pratiquement endormie quand ils atterrirent enfin à Anchorage. Tout se passa rapidement après ça. Mark refusa d'être séparé d'elle, ce qui fut un énorme soulagement, et ils furent tous deux emmenés en ambulance à l'hôpital pour y être examinés.

Après les avoir déclarés en parfaite santé, Rex s'arrêta pour acheter d'énormes hamburgers, des frites, des salades et deux parts de tarte aux noix de pécan. Il les conduisit à l'hôtel où lui et les autres SEAL avaient séjourné. Sans demander, Mark avait accepté avec joie qu'ils prennent la chambre que Rex et Ace avaient partagée.

Soupirant de soulagement à l'idée de ne pas avoir à se dire au revoir, ils entrèrent dans la chambre d'hôtel. Mark portait des blouses que le personnel de l'hôpital lui avait données. Zoey était habillée de ses vêtements sales, et portait à nouveau la chemise polaire à manches longues qu'elle avait donnée à Mark pour le réchauffer après sa chute dans l'eau.

— La douche est à toi, déclara fermement Mark quand ils entrèrent. Rex est allé te chercher des vêtements et devrait être de retour le temps que tu aies fini.

Zoey secoua la tête.

— Non, c'est toi qui es allé nager. Tu devrais y aller en premier.

Mark posa ses mains sur ses épaules et la tourna vers lui. Elle le regarda dans les yeux.

— Va prendre une douche, ma chérie. Tu peux y rester aussi longtemps que tu veux, l'eau chaude ne devrait pas s'épuiser. Rex a dit qu'il y avait du shampoing et de l'après-shampoing en plus dans la salle de bain, tu peux tout utiliser. Rocco a aussi pris des brosses à dents et du dentifrice dans la petite boutique du hall. Je me fiche que tu restes là-dedans pendant une heure, tant que tu es propre, heureuse et au chaud quand tu sors. Je vais aller me doucher à côté.

Il fit un geste de la tête vers la porte communicante.

— C'est là que se trouvent Rocco, Phantom et Gumby. Si tu as besoin de quelque chose, appelle-moi. Je t'entendrai. D'accord ?

Zoey ne réussit qu'à hocher la tête. Elle était engourdie. Pas à cause de la température, mais plutôt à cause des émotions et des pensées qu'elles faisaient naître. Tant de choses s'étaient passées ces derniers jours. Elle était passée du désespoir à l'inquiétude, à la peur extrême, puis repassée à l'inquiétude avant de connaître enfin l'excitation.

Comme s'il voyait à quel point elle était sur les nerfs, Mark la prit dans ses bras. Zoey ignorait combien de temps ils passèrent ainsi, serrés l'un contre l'autre. Mais elle était loin d'être prête à ce qu'il se recule quand il le fit.

— À la douche, Zoé. Tu te sentiras mieux ensuite. Je te le promets.

Elle hocha la tête et se dirigea vers la salle de bain.

Zoey émargea finalement de la pièce remplie de vapeur une heure plus tard. Elle était restée sous l'eau chaude sans bouger pendant les dix premières minutes. Puis elle avait pleuré. Quand elle eut épuisé toutes les larmes de son corps, elle lava ses cheveux trois fois avant de les enduire d'après-shampoing. Elle frotta son corps jusqu'à ce qu'il soit rose et qu'il picote, puis elle le frotta encore une fois pour faire bonne mesure. Cela n'avait jamais été aussi bon d'être propre.

Après être sortie de la douche, elle fut assez contente que le miroir soit couvert de buée pour qu'elle ne puisse pas voir ses cheveux. Elle avait essayé de les peigner avec les doigts, sans succès. Elle devait voir si Mark pouvait lui trouver un peigne ou une brosse. Zoey n'avait toujours pas de vêtements à se mettre, alors elle enroula une des énormes serviettes moelleuses autour de son corps et ouvrit lentement la porte.

Frissonnant à cause de la différence de température entre la salle de bain et la chambre, elle sortit. Dès que Mark la vit, il se leva et vint vers elle. Il prit une pile de vêtements posée sur le lit au passage et les lui tendit.

— Voici ce que Rex a trouvé. Tu as le choix. Rex peut descendre tes vêtements et les faire nettoyer pour que tu puisses les porter demain, ou il peut retourner acheter d'autres vêtements. Je n'étais pas sûr que tu aies envie de porter ce que tu as porté cette semaine.

Zoey savait désormais qu'elle ne devait pas être surprise de la prévenance de Mark, mais elle rougit malgré tout.

— Je suis d'accord pour porter les mêmes choses. Je préfère ça, en fait.

En hochant la tête, Mark répondit :

— OK, donne-les-moi, et je les donnerai à Rex pendant que tu te changeras. Ensuite, j'ai une surprise pour toi.

Ses sourcils se levèrent.

— Une surprise ?

Mark sourit, et Zoey sentit les papillons dans son estomac s'envoler.

— Oui, ma chérie. Une surprise.

Cela faisait bien longtemps qu'on n'avait pas essayé de la surprendre. Elle retourna dans la salle de bain avec ses nouveaux vêtements. Elle refusa de rougir lorsqu'elle remit ses vêtements sales, y compris ses sous-vêtements. Mark n'était pas un garçon de dix-sept ans, c'était un homme qui n'avait pas hésité à se déshabiller devant elle alors que sa vie était en danger. Ses amis et lui avaient vu des choses bien plus intenses que ses simples sous-vêtements en coton blanc.

Elle sortit de la salle de bains quelques minutes plus tard et vit Mark debout devant la porte ouverte du couloir.

— Va t'allonger sur le lit, ordonna-t-il avec un sourire.

— Qu'est-ce que c'est que ça ? demanda Zoey.

— S'il te plaît ? Je te promets que tu vas adorer ça, supplia Mark.

Elle haussa les épaules et réfréna son envie de se moquer

de lui, Zoey fit ce qu'il demandait. Elle entra dans la chambre et s'allongea sur l'un des deux grands lits.

— Ferme les yeux, ordonna Mark depuis le seuil de la porte.

Soupirant d'exaspération, Zoey ferma les yeux.

Elle entendit des bruits de pas et des chuchotements, mais elle était si fatiguée qu'elle les ignora.

Quelques secondes plus tard, la chaleur la plus délicieuse engloutit son corps.

Ses yeux s'ouvrirent par surprise et elle regarda Mark. Il se tenait au-dessus d'elle, souriant pendant qu'il empilait des tas de serviettes chaudes sur elle.

Il s'était souvenu de l'histoire qu'elle lui avait racontée, celle du linge chaud. Les serviettes provenaient manifestement de la buanderie de l'hôtel. Zoey se demandait comment il avait obtenu l'accord du personnel de l'hôtel, mais elle ne pouvait pas nier le sentiment de chaleur et de confort qui se formait dans son cœur.

— Mark, dit-elle.

Les larmes qu'elle pensait avoir épuisées coulèrent à nouveau dans ses yeux.

— Ferme les yeux et profite, lui dit-il. J'ai promis de plier toutes ces serviettes si on me laisse les emprunter pendant vingt minutes.

Mon Dieu. Personne n'avait jamais fait quelque chose comme ça pour elle avant aujourd'hui. Zoey fut incapable de parler, incapable de protester et de dire qu'elle pouvait se lever et l'aider à les plier. Elle ne pouvait rien faire d'autre que s'allonger et profiter de la chaleur qui s'infiltrait dans ses os.

Rex passa la tête dans la pièce et dit :

— On peut entrer ?

— Oui, dit Mark.

Et avant que Zoey ne sache ce qui se passait, la pièce était remplie de cinq autres des plus beaux hommes qu'elle ait jamais vus. Ils avaient tous une barbe et étaient follement musclés. Ils avaient aussi un air de dur à cuire qui l'aurait fait paniquer et l'aurait poussée à trouver un moyen de sortir de la pièce dès que possible si elle n'avait pas été enterrée sous un monticule de serviettes chaudes.

— Salut ! dit un des hommes joyeusement. Je m'appelle Rocco. On te doit beaucoup pour avoir gardé cet idiot en vie.

Zoey ouvrit la bouche pour protester, pour dire que Mark était celui qui l'avait gardée en vie, quand l'un des autres prit la parole :

— Je suis Ace. Bubba nous a raconté comment tu as sauvé ses fesses de ce torrent et que tu lui as donné les vêtements que tu portais. Merci.

— Et je suis Gumby. Utiliser du bois humide pour ce feu était intelligent, ça a envoyé de la fumée assez haut dans l'air pour être vu.

Les yeux de Zoey se dirigèrent vers le dernier homme dans la pièce. Il fronçait les sourcils, et elle frissonna face à son regard froid. Elle déglutit, presque effrayée d'entendre ce qu'il avait à dire.

— Par élimination, je suis Phantom. Bubba a dit que tu n'étais pas une emmerdeuse quand tu étais là-bas. Venant de lui, c'est un grand compliment, en effet. Merci.

Clignant des yeux de surprise, il lui fallut plusieurs essais avant de pouvoir parler, mais elle parvint finalement à dire :

— C'est un plaisir de vous rencontrer tous. Mark m'a répété que vous nous trouveriez. Je dois admettre que je n'étais pas complètement convaincue. Mais je suis heureuse de savoir que j'avais tort. J'ai tellement entendu parler de vous tous. Je suis vraiment heureuse de vous rencontrer.

Les gars lui firent un signe de tête, puis se mirent à plier les serviettes qui la recouvraient. Ils s'assurèrent de ne pas laisser leurs doigts l'effleurer de manière inappropriée, et Zoey prit plaisir à écouter le badinage entre eux. Il était facile de voir à quel point ils étaient proches, et elle en fut reconnaissante pour Mark. Elle comprenait un peu mieux pourquoi il n'était pas rentré à la maison après s'être engagé dans la marine. Sa famille était juste là, avec lui.

Le téléphone sur la petite table entre les lits sonna, ce qui effraya Zoey. Ace se pencha et répondit.

— Allô ? Oui, c'est sa chambre. Puis-je savoir qui appelle ? Un instant, s'il vous plaît.

Puis il tint le téléphone contre sa poitrine et dit à Zoey :

— Elle dit que c'est ta mère.

Zoey sortit rapidement une main de sous les serviettes et Ace y plaça le récepteur.

— Maman ?

— Oui, c'est moi ! Est-ce que tu vas bien ? Quand la police a appelé pour me dire que tu avais disparu, j'étais tellement inquiète !

— Je vais bien. C'était un peu délicat pendant un moment, mais les policiers d'État et le coéquipier de Mark nous ont trouvés. Tu vas passer à l'hôtel ?

— Oh, chérie, j'aimerais bien... mais je suis en train de faire mes bagages.

L'estomac de Zoey se noua.

— Tu fais tes bagages ?

— Oui ! dit sa mère avec enthousiasme. Tu as rencontré Liam quand tu étais ici. Il vit en fait à Fairbanks et n'était ici que pour un travail temporaire. Il m'a demandé d'emménager avec lui, et nous partons demain ! Je n'ai rangé que la moitié de mon appartement pour l'instant, et je sais que je vais passer la nuit à mettre le reste dans des cartons.

— C'est génial, maman, dit Zoey avec tout l'enthousiasme dont elle était capable.

— Oui ça l'est ! Il est différent de tous ceux que j'ai rencontrés auparavant. Il est si beau, et il a un super boulot aussi.

— Tu es sûre que c'est ce que tu veux, maman ? s'enquit Zoey, même si elle savait déjà ce qu'elle allait lui répondre.

— Oui ! C'est ça, Zoey. Je le sens dans mes os !

— Je suis heureuse pour toi alors.

— Merci, bébé. Je t'appellerai quand je serai installée pour te donner ma nouvelle adresse.

— OK.

— Je suis contente que tu ailles bien !

— Moi aussi. Sois prudente sur la route.

— Promis. Je t'aime.

— Je t'aime aussi, maman. Bye.

— Au revoir.

Zoey rendit le téléphone à Ace et se mit sur le lit. La plupart des serviettes avaient été pliées, et six paires d'yeux la scrutaient.

S'assurant qu'aucune émotion n'apparaissait sur son visage, elle leva les yeux et dit inutilement :

— C'était ma mère.

— Elle ne vient pas te voir ? demanda Rex avec un froncement de sourcils.

Zoey haussa les épaules.

— Apparemment, elle déménage à Fairbanks avec son dernier petit ami.

Personne ne pipa, et comme le silence devenait gênant, Zoey essaya d'expliquer :

— C'est juste sa façon d'être. On ne restait jamais longtemps au même endroit quand j'étais petite. On déménageait de ville en ville quand maman rencontrait un petit ami. Elle pensait toujours qu'ils étaient « le bon ». Je m'y suis habituée. Ça va.

— Elle devrait être ici, dit Phantom sévèrement.

Zoey tressaillit, mais haussa les épaules.

— Elle fait de son mieux. Elle n'a pas eu une vie facile. Nous avons même été sans abri pendant un moment lorsque nous vivions ici à Anchorage. J'étais au collège et nous sommes restés dans notre voiture pendant environ trois mois, jusqu'à ce qu'elle trouve un emploi et que nous puissions emménager dans une de ces chambres de motel louées à la semaine. La seule chose qu'elle veut dans la vie, c'est un homme qui prenne soin d'elle.

Plus Zoey parlait, plus sa mère semblait pathétique, et elle détestait ça.

— Ce n'est pas une mauvaise personne, insista-t-elle. Elle est... c'est juste que son but dans la vie est la stabilité, et elle n'a pas encore été capable de la trouver. Alors elle passe de ville en ville, de gars en gars, pour la trouver.

— C'est pour ça que tu as déménagé à Juneau quand tu étais en seconde ? demanda Mark.

Zoey hocha la tête.

— Oui. Son dernier petit ami vivait là et l'avait convaincue de déménager pour être avec lui. Quand j'étais en terminale, elle a rompu avec lui mais est restée pour que je puisse avoir mon diplôme. Le lendemain de mon passage sur l'estrade, elle est partie à Kodiak avec un nouveau petit ami.

— Bon sang, marmonna Gumby.

— Et tu es restée, dit Mark.

Il ne la quittait pas des yeux.

— Oui. Je me plaisais là-bas, et j'étais fatiguée de déménager. En plus, c'était beaucoup plus facile pour ma mère. Elle n'avait pas à s'inquiéter pour moi.

— Tu veux dire que les idiots avec qui elle sortait avaient une personne de moins à craindre, murmura Rex.

— Oui, ça aussi, en convint Zoey.

Elle savait qu'elle était la cinquième roue du carrosse dans les relations de sa mère. Quelques-uns de ces hommes l'avaient fait savoir plus que clairement. Ils rompaient parfois avec sa mère parce qu'elle avait un enfant, ou choisissaient tout simplement d'ignorer Zoey.

— Mais sérieusement, elle m'aime, et je l'aime. J'espère que ce type est celui pour lequel elle a prié toute sa vie.

Elle ne mentionna pas qu'elle en doutait, jugeant cette information inutile.

— Je vais ramener ces serviettes au service d'entretien, annonça Rocco.

— Je vais t'aider, ajouta Ace.

— On va tous aider, dit Gumby.

En moins de temps qu'il n'en fallait pour le dire, il ne resta plus que Mark.

— Merci, dit-elle. Je ne me suis pas sentie aussi gâtée depuis que mes 10 ans, quand ma mère m'avait offert le petit-déjeuner au McDonald's, le déjeuner au Hardees et le dîner au Kentucky Fried Chicken.

Mark sourit, mais elle voyait que c'était un sourire forcé.

— Je suis désolé que tu n'aies pas pu voir ta mère.

Zoey haussa les épaules.

— Honnêtement, Mark, j'y suis habituée. Et j'ai pu la voir un peu avant de prendre ce stupide avion. C'est bon.

Elle voyait qu'il supportait mal le manque d'attention de sa mère, mais elle se détendit quand elle comprit qu'il allait laisser tomber.

— J'ai une autre surprise, déclara-t-il.

Zoey secoua la tête.

— Tu en as fait assez pour moyen. Je devrais trouver des moyens de *te* gâter.

— Ce n'est pas moi qui ai fait un plongeon dans un torrent alimenté par un glacier.

L'ignorant comme si elle n'avait pas parlé, il reprit :

— Viens t'asseoir sur le sol près du lit.

Il prit un oreiller et le plaça sur le sol au bout du lit.

Fronçant les sourcils, elle descendit du lit et se dirigea vers l'endroit indiqué, s'asseyant lentement sur l'oreiller. Il attrapa un sac sur la commode, puis s'assit sur le lit derrière elle. Ses jambes étaient de part et d'autre de son corps, et elle sentait en elle la chaleur qu'il dégageait.

— J'ai demandé à Rex de s'arrêter à la pharmacie. Il a pris un spray démêlant – je crois que c'est comme ça que ça s'appelle – et différentes sortes de peignes et de brosses. Je ne savais pas ce qui fonctionnait le mieux sur les cheveux et je ne voulais pas les arracher à la racine.

Zoey s'immobilisa une seconde, puis se retourna vers lui.

— Tu as fait ça ?

— Oui. Je t'ai dit que je t'aiderais à te brosser les cheveux quand on serait sauvés, et c'est ce que je fais... à moins que tu préfères que je ne le fasse pas.

Elle secoua la tête.

— Non, j'adorerais ça. Mais j'ai juste...

Sa voix se brisa.

— Tu as juste quoi ? insista Mark.

— Je pensais que tu voudrais passer du temps avec tes amis. Ils sont heureux de te voir. Je suis juste un peu confuse.

— Je ne te quitterai pas, Zo. Je suis peut-être le seul à me sentir un peu perdu, mais je ne veux pas être loin de toi.

— Tu penses que nous sommes toujours en danger ? s'inquiéta Zoey.

— Peut-être. Mais ce n'est pas pour ça que je ne veux pas être loin de toi. Quelque chose s'est passé là-bas. Je t'ai toujours appréciée, Zoey. Même quand nous étions adolescents, je pensais qu'il y avait quelque chose de spécial chez toi. Mais passer chaque jour avec toi pendant une semaine a transformé cette « attirance » en quelque chose de plus. Le respect. L'admiration. Je veux voir où les choses entre nous peuvent aller. Peut-être que le fait d'être dans le monde réel me fera réaliser que ce que je ressentais n'était pas ce que je pensais. Mais si ça me fait me sentir encore plus proche de toi ? Si je dépasse les bornes, c'est le moment de me le dire.

Zoey avala de travers. Elle était à un carrefour de sa vie à cette seconde même. Elle pouvait choisir la voie la plus facile. Retourner à sa vie ennuyeuse et solitaire à Juneau, seule, maintenant que Colin était parti. Ou elle pouvait prendre le chemin sinueux et cahoteux avec Mark. Elle n'avait aucune idée de l'endroit où cette route effrayante, nouvelle et inconnue la mènerait, mais au moins elle vivrait.

Pendant une seconde, elle se demanda si c'était ce que sa mère ressentait quand elle rencontrait ses copains. Que la route sinueuse pouvait la conduire à un chagrin d'amour, mais qu'elle pouvait aussi la conduire à la vie dont elle avait toujours rêvé. Elle comprit un peu mieux sa mère à ce moment-là, et se sentit un peu coupable de l'avoir toujours jugée si durement.

— Tu n'es pas à côté de la plaque, avoua-t-elle à Mark. Je t'admirais et te respectais avant même que nos chemins ne se recroisent à cause de ton père. Il parlait de toi tout le temps. Pour être honnête, j'ai toujours craqué pour toi. Mais maintenant que je te connais ? continua-t-elle en secouant la tête. Tu es tellement plus que les histoires que ton père racontait. Et j'aimerais bien voir où les choses entre nous peuvent aller aussi, mais j'ai une peur bleue d'être comme ma mère. De déménager dans une autre ville chaque fois qu'un homme me le demande.

Mark sourit, puis posa une main sur son épaule, l'obligeant à se tourner pour qu'elle lui tourne à nouveau le dos. Il vaporisa le démêlant sur ses cheveux ébouriffés et commença à les brosser lentement et avec précaution.

— Pour combien d'hommes as-tu déménagé ? demanda-t-il.

— Aucun, répondit Zoey.

— Bien. Je pense à ça depuis qu'on s'est fait ramasser. Je t'ai déjà dit que je voulais que tu viennes à Riverton avec moi, à la fois pour te protéger de celui qui voulait nous faire disparaître, mais aussi parce que je pourrais te voir tout le temps. Je ne veux pas que tu te sentes complètement dépendante de moi, je sais que tu veux être indépendante et je n'ai aucun problème avec ça. J'ai cette voisine... Elle a quatre-vingt-trois ans, et elle vit seule. Elle n'a jamais eu d'enfants, et son mari est décédé il y a environ cinq ans. Elle se débrouille plutôt bien toute seule, mais j'ai remarqué récemment qu'elle ralentissait. Je tonds sa pelouse et j'essaie de la contacter une fois par semaine, mais sa maison n'a pas été nettoyée comme elle l'aime récemment, et je ne pense pas qu'elle mange aussi bien qu'elle le devrait. Elle se sent très seule. Un soir, quand je suis allé lui rendre visite, je suis resté plusieurs heures. Nous avons joué aux cartes et parlé. Elle a dit qu'elle aimerait que quelqu'un reste avec elle, mais qu'elle n'avait plus de famille. Te rencontrer, entendre comment tu as pris soin de Pap, m'a fait réfléchir. Et si *tu* emménageais avec elle ? Elle est vraiment gentille et honnêtement, elle n'a pas besoin de beaucoup de soins. Elle a juste besoin de quelqu'un qui soit là au cas où, et à qui parler. Autant j'aimerais que tu emménages avec moi, autant je ne suis pas sûr que ce soit la meilleure chose pour nous deux en ce moment. Donc ça pourrait être une excellente solution. Je pourrais toujours te voir presque tous les jours, puisque tu vivrais de l'autre côté de la rue, mais tu pourrais être indépendante et faire ce que je pense que tu aimes faire... prendre soin des autres.

Zoey ferma les yeux. Entre ses mains sur ses cheveux qui brossaient lentement, et ses mots, elle était presque en train de se liquéfier. Elle voulait se retourner et se jeter dans ses bras, mais une partie d'elle avait encore peur de mal interpréter ce qu'il disait.

— Donc... tu veux que je vienne en Californie parce que je pourrais encore être en danger, et parce que tu aimerais que quelqu'un s'occupe de ta voisine ?

Il arrêta de brosser ses cheveux et se pencha vers elle, posant sa main sur son menton et la faisant pivoter pour qu'elle n'ait d'autre choix que de le regarder.

— Non. Je veux que tu viennes en Californie parce que l'idée de partir d'ici sans toi me rend physiquement malade. Et je veux que tu t'occupes de Jess parce que je pense honnêtement que c'est quelque chose que tu aimerais. J'ai vu à quel point tu étais animée quand tu as parlé de ce que tu avais fait pour aider mon père. Mais plus que ça, ça te donnera un peu d'indépendance, et tu seras près de moi pour que je puisse te voir tous les jours.

Alors que Zoey ne pouvait que le regarder et essayer de mettre de l'ordre dans ses idées pour répondre, il continua à parler.

— Je sais que c'est soudain et que tu as une vie ici en Alaska. Tu as un travail et toutes tes affaires sont ici. Mais on peut arranger ça. J'ai entendu ce que tu as dit sur ta mère, et ce n'est pas ça. Tu es une femme étonnante par toi-même. Tu n'as pas besoin de moi pour réussir dans la vie. Tu n'as pas besoin d'un homme. Mais je suis assis ici à te supplier de me laisser faire partie de ta vie. Tu as toutes les cartes en main ici, Zoey. Jess peut te payer pour l'aider, donc tu ne seras pas dépendante de moi. Je... Je ne peux pas te laisser partir. S'il te plaît, dis oui. Au moins essaye.

— Oui, accepta Zoey quand il reprit enfin son souffle, probablement pour continuer à dire des choses qui la feraient encore plus tomber amoureuse de lui.

— Oui ? redemanda-t-il.

Zoey hocha la tête pour confirmer.

Mark laissa échapper un petit cri de joie qui fit glousser Zoey, puis il se leva. Il l'entraîna avec lui en la prenant dans ses bras et il tourna en rond en riant avec elle.

— Tout va bien ici ? demanda Rocco, en passant sa tête par la porte communicante.

— Tout va bien, dit Mark. Zoey a accepté de retourner à Riverton avec nous.

— Génial. Oh, et, Bubba, j'ai pris contact avec l'avocat de ton père. La lecture du testament de ton père aura lieu demain.

Puis il s'en alla, sans oublier de fermer la porte derrière lui.

L'enthousiasme de Zoey diminua à l'entente de la nouvelle. Mark la tenait toujours dans ses bras.

— Je suis vraiment désolée pour ton père. Je ne suis pas sûre de te l'avoir dit dans tout ce tohu-bohu.

— Je sais. Et honnêtement, je suis content qu'on en finisse avec ça. Plus tôt nous saurons ce que papa nous a laissé et pourquoi quelqu'un aurait pu vouloir notre mort, plus nous serons proches de découvrir qui est derrière tout ça.

— Tu crois vraiment qu'il y aura de grosses surprises dans son testament ? demanda Zoey. Ton père était l'un des hommes les plus francs que j'aie jamais rencontrés. Je ne peux pas imaginer qu'il ait des millions de dollars cachés quelque part à l'étranger. Ou qu'il soit membre d'une organisation secrète ou autre et que ses « associés » veuillent mettre la main sur son argent.

Mark lui sourit.

— Non, je ne pense pas qu'il y aura quelque chose de choquant. Je suppose que ses affaires seront partagées entre Malcom et moi. Et il a évidemment laissé quelque chose pour toi. Et comme il est à moitié associé dans une entreprise, il faudra bien faire quelque chose avec ça aussi. Je ne vois aucune raison pour que quelqu'un veuille nous tuer.

— Oh... en parlant du testament, as-tu vu ton frère ?

— Oui. Je l'ai vu un bref instant pendant que tu te douchais.

— Et ?

— Et quoi ? Nous étions heureux de nous voir. Il était à Anchorage pour aider à nous retrouver.

— Et ça s'est bien passé ?

Mark la dévisagea pendant un long moment.

— Oui, c'est vrai. Il semblait très heureux de me voir en vie et en bonne santé. Ça m'a surpris, en fait. Soit c'est un très bon acteur, soit il était sincèrement soulagé de me voir.

— Intéressant. A-t-il dit quelque chose sur moi ?

— Qu'est-ce que tu ne me dis pas ? interrogea Mark, l'air préoccupé maintenant.

— Rien. C'est juste que... on ne s'entend pas vraiment, Mark. Et ce n'est pas grand-chose, mais il était en colère contre moi avant que je ne quitte Juneau. Il était censé venir à la maison que je loue et regarder le toit puis faire venir quelqu'un pour réparer une fuite, mais il n'est jamais venu. Je lui ai demandé trois fois quand il pourrait venir avant de devoir finalement en parler à Colin, ce qui a énervé Malcom. J'ai détesté devoir faire ça, mais ce stupide toit n'allait pas se réparer tout seul. Bref… c'est ridicule. Bien sûr, il n'en a pas parlé parce que c'est idiot de s'inquiéter de ça maintenant, alors que tu as disparu et qu'on vient seulement de te retrouver.

— Je ne nierai pas que Malcom et moi nous sommes éloignés depuis que j'ai quitté Juneau, mais honnêtement, nous n'étions pas si proches en grandissant. Nous étions simplement trop différents. C'est toujours mon frère, et je l'aime. Mais s'il t'emmerde demain, ou même s'il te regarde de travers, dis-le-moi et je m'en occuperai.

Zoey soupira.

— Merci. Je suis sûre que ça ira bien.

Mark eut l'air sceptique mais n'ajouta rien sur ce sujet.

— Et si tu t'asseyais et me laissais finir ta coiffure ? suggéra-t-il.

En hochant la tête, Zoey se rabattit sur l'oreiller et ne put contenir la chair de poule qui la traversa lorsque Mark se remit à passer la brosse dans ses cheveux. C'était si bon, et elle ressentit une véritable connexion avec lui à ce moment-là.

Elle s'endormit presque, se balançant légèrement pendant que Mark brossait ses cheveux plus longtemps que nécessaire. Ils étaient pratiquement secs quand il s'arrêta finalement.

— Viens, ma chérie. On va te border.

Il l'aida à se relever et la conduisit jusqu'au lit, et lorsqu'il commença à reculer, elle tendit le bras et l'attrapa.

— Tu restes avec moi ?

— Tu es sûre ? demanda-t-il. J'allais dormir dans l'autre lit.

Zoey secoua la tête.

— S'il te plaît.

Sans commentaire, Mark enleva son pantalon et se glissa sous les couvertures. Il la tira vers lui pour qu'elle utilise son épaule comme oreiller. Elle entrelaça sa jambe avec la sienne, et son bras autour d'elle se resserra.

— Mon Dieu, c'est tellement mieux que le sol dur et froid, murmura-t-elle.

— Complètement. Dors, Zo. Nous sommes en sécurité.

— Je ne me suis jamais sentie plus en sécurité que lorsque tes bras sont autour de moi, reconnut Zoey en s'endormant.

Elle ne le sentit pas se détendre sous son corps, elle ne le sentit pas embrasser sa tempe avec révérence. À la seconde où les mots quittèrent sa bouche, elle tomba dans un sommeil causé par une semaine de manque de confort, de froid et d'incertitude quant à leur sauvetage.

CHAPITRE DOUZE

Le vol jusqu'à Juneau l'après-midi suivant rendit Bubba nerveux. Une fois arrivé, il s'assit autour d'une grande table et écouta Kenneth Eklund, l'avocat de son père, lire les dernières volontés et le testament de Colin Wright. La salle était pleine à craquer, avec lui, son frère, Zoey, Tracy, la femme de l'avocat – qui en était aussi l'assistante –, Sean Kassamali, l'associé de son père, et sa femme Vivian. Rocco et Phantom étaient également présents. Bubba leur avait demandé d'être là afin de surveiller tout le monde, et pour qu'ils puissent transmettre tout nom particulier à Tex. Le génie de l'informatique pourrait ainsi chercher une raison pour laquelle quelqu'un voudrait le tuer lui, et peut-être Zoey.

Plus il réfléchissait au fait qu'ils avaient failli être manqués par l'hélicoptère de recherche, plus Bubba était convaincu que son père avait dû jouer un rôle dans leur sauvetage. D'habitude, il n'était jamais aussi négligent qu'il l'avait été à la rivière. Rien ne s'était passé comme il l'avait prévu, et d'un autre côté... il lui semblait que chaque chose s'était produite exactement comme elles le devaient.

Il était heureux d'être en vie. Heureux d'avoir repris contact avec Zoey. Il était heureux d'avoir pu voir son frère en personne. Parler avec Sean était aussi une bonne chose. Il avait toujours été un peu râleur, mais la mort de Colin semblait l'avoir un peu adouci. Il n'était plus le même crétin dont se souvenait Bubba. Il avait couvert son père d'éloges, et il était clair qu'il aimait son ami et était dévasté par son départ.

— Si tout le monde est d'accord, je vais paraphraser ce que Colin a écrit dans son testament au lieu de lire le jargon juridique mot à mot, proposa l'avocat après que tout le monde se fut assis et soit prêt à commencer.

Kenneth avait une cinquantaine d'années et portait un costume gris orné d'une cravate rouge qui ne semblait pas correspondre à l'occasion solennelle. Il mesurait environ un mètre soixante-quinze et avait une bedaine prononcée. Ses cheveux clairs étaient peignés en arrière et Bubba voyait les lignes que son peigne avait tracées la dernière fois qu'il les avait coiffés.

Sa femme et assistante, Tracy, se tenait derrière sa chaise et semblait s'ennuyer à mourir. Plus tôt, elle avait prononcé de gentilles paroles, en disant à Bubba et Malcom qu'elle était désolée pour leur perte, mais le ton employé ne correspondait pas exactement à ses paroles. Elle était un peu plus jeune que son mari, et faisait la même taille que lui avec ses talons de cinq centimètres. Elle portait une robe noire qui épousait son corps svelte, mais dans l'ensemble, elle avait simplement l'air de trop essayer d'être à la mode et plus jeune qu'elle ne l'était vraiment.

Quand tout le monde eut accepté, il continua.

— Bon, Colin avait donc environ cent mille dollars en liquide sur ses comptes. Cet argent sera partagé équitablement entre Mark et Malcom Wright, et Zoey Knight. La maison dans laquelle il vivait ira à Malcom ; la maison que Zoey louait lui reviendra pour qu'elle en fasse ce qu'elle veut. Quant à ses investissements, il a demandé qu'ils aillent à quatre organismes de bienfaisance différents à Juneau : *The Glory Hall*, un refuge d'urgence et une banque alimentaire ; *Best Friends Animal*

Society, un refuge pour animaux ; *Big Brothers, Big Sisters* ; et cette dernière qu'il a ajoutée à la dernière minute quand il était malade... *l'Hospice and Home Care* de Juneau.

Bubba ne fut pas surpris que son père ait décidé de donner de l'argent aux associations qui lui tenaient le plus à cœur. Il avait toujours eu un faible pour les animaux et les enfants. Il avait aussi toujours détesté le nombre de sans-abri et de personnes en difficulté dans leur ville natale. L'Alaska n'était pas un endroit facile à vivre sans maison ni nourriture. Le dernier point était un peu plus surprenant, mais il supposait que depuis que son père était tombé malade, il avait expérimenté le besoin de soins quand on était en fin de vie.

— Quant à *Heritage Plastics*, poursuivit l'avocat, Colin a toujours été reconnaissant à son ami Sean d'avoir décidé, il y a plusieurs années, de se lancer dans les affaires avec lui et de prendre un pari. Sean, tu es déjà propriétaire à cinquante pour cent, mais Colin te donne cinq pour cent de plus de ses actions. Malcom, tu en auras vingt-trois pour cent ; Mark, dix-sept ; et Zoey, tu recevras les cinq derniers pour cent.

Bubba fut surpris de la manière dont son père avait réparti sa moitié de l'entreprise. En donnant à Sean 5 % de plus, il lui offrait la part majoritaire, même si son père avait donné toutes les autres parts à Malcom.

— C'est des conneries, commenta Malcom. Sérieusement. J'ai été à ses côtés pendant plus de dix ans. J'ai embauché et viré des employés et j'ai fait en sorte que tout se passe bien au jour le jour. Qu'est-ce qu'elle a fait ? Rien. Pas une seule putain de chose, s'exclama-t-il.

Bubba se crispa. Il était aussi surpris que son frère, mais là encore, il n'avait pas travaillé à l'usine un seul jour de sa vie. Il ne savait pas vraiment comment gérer une entreprise de la taille de celle de son père. Mais il ne comptait pas laisser Malcom rabaisser et agresser Zoey.

— C'était déplacé, mon frère, fit-il à voix basse d'un ton dur.

Malcom secoua la tête et se rassit sur sa chaise, les bras croisés.

— Ah oui ? demanda-t-il. Comment le saurais-tu ? Tu n'en as rien à foutre de tout ça. Tu n'as pas pris la peine de mettre un pied à Juneau depuis que tu es parti. Tu nous as laissés en plan et tu t'en foutais. Tu étais parti sauver le monde, mais tu te foutais de la famille que tu avais laissée derrière toi. Est-ce que Pap t'a parlé de la fois où il a presque perdu la maison ? Non, je vois à ton regard qu'il ne l'a pas fait. Les choses étaient dures et il a pris du retard sur l'hypothèque. Mais ce n'est pas toi qui es venu à son secours, c'est moi. Les affaires ont repris peu de temps après et tout s'est bien passé, mais ce que je veux dire, c'est que tu ne le savais pas et que tu t'en fichais. Il y a d'innombrables autres fois où j'étais là pour lui et pas toi. Mais bien sûr, pendant tout ce temps, Pap n'arrêtait pas de chanter tes louanges ! Ce bon vieux Mark, le héros des Navy SEAL ! Mon Dieu, quelle blague.

L'explosion de Malcolm surprit Bubba. Il ignorait que son frère avait autant d'animosité envers lui.

— Je ne savais pas que tu avais besoin d'aide parce que personne *ne me l'a dit*, répondit-il.

— Peu importe, déclara Malcom.

Bubba serra son poing sur ses genoux. Il ne savait pas comment arranger ça. Il avait regretté de rester à l'écart, mais plus le temps passait, plus il était difficile d'appeler son père pour lui dire qu'il venait lui rendre visite. Il avait envoyé des e-mails et appelé de temps en temps, mais bien sûr, ce n'était pas suffisant.

S'il était honnête avec lui-même... il devait reconnaître qu'il avait eu peur que son père le persuade de rester et de diriger *Heritage Plastics* avec Malcom et lui. Ce qui était idiot puisqu'il lui était impossible de quitter les Marines.

Il avait tout raté, et tous les regrets qu'il ressentait avant ce voyage le submergèrent.

Quand il sentit la main de Zoey presser légèrement sa

cuisse sous la table, Bubba ferma les yeux et prit une grande inspiration.

Il avait besoin de ça. Il avait besoin d'elle pour le retenir.

Il n'avait pas eu une vie facile. Il n'avait pas raconté à son père ou à son frère les horreurs qu'il avait vues ou vécues. Il ne leur avait pas dit qu'il avait été capturé par les talibans. Sa vie n'avait pas été rose et ensoleillée, mais il aimait trop sa famille pour l'accabler avec ces détails. Il supposa que c'est pour cela que son père ne lui avait pas parlé de ses problèmes non plus.

— Euh... on peut continuer ? demanda Kenneth.

Bubba jeta un coup d'œil à Zoey et vit que son regard était dardé sur l'avocat. Elle ne regardait ni Malcom ni lui. Mais sa main resta là où elle l'avait posée.

D'un mouvement lent pour ne pas attirer l'attention sur l'un ou l'autre, il couvrit sa main avec la sienne. Comme d'habitude, elle était froide, alors il enroula ses doigts autour des siens, essayant de lui donner un peu de sa chaleur.

Une demi-heure plus tard, l'avocat avait fini de lire le testament. Ils signèrent tous les documents légaux préparés et tout le monde se dispersa. Mark laissa Zoey avec Rocco et Phantom dans le petit hall. Ils s'assureraient qu'elle allait bien et que personne ne la harcèlerait ou ne dirait quoi que ce soit de déplacé.

Il courut pour rattraper Sean et sa femme.

— Sean ?

Le plus vieil ami de son père se tourna vers lui.

— Je suis désolé pour Colin.

— Moi aussi, dit Bubba. Je sais que nous n'avons pas beaucoup parlé durant toutes ces années, mais je voulais te remercier.

Bubba, face à l'homme, remarqua qu'il avait l'air fatigué. Il avait quelques années de plus que son père, mais ses cheveux bruns n'avaient pas encore commencé à grisonner et ses yeux bleus étaient toujours aussi clairs. Le fait d'avoir vécu en Alaska lui réussissait visiblement, car il semblait fort et en bonne santé.

— Me remercier ? Pour quoi ? demanda Sean.

— Pour avoir été l'ami de Pap. De l'avoir laissé faire ce qu'il aimait. Je sais que vous n'étiez pas toujours d'accord, mais je sais aussi qu'il te respectait énormément.

Sean hocha la tête. Puis ses lèvres se rapprochèrent et il soupira.

— Quoi ?

Le regard bleu de Sean rencontra celui de Bubba, et il demanda :

— Puis-je être honnête ?

— Je préfère ça.

— Je ne suis pas emballé par les décisions de Colin concernant l'entreprise.

Bubba se raidit quand l'homme plus âgé continua.

— Malcom a été d'une grande aide, mais il est un peu tête brûlée. Il ne réfléchit pas avant d'agir, ce qui nous a valu de perdre quelques bons employés. Tu n'as pas mis les pieds dans l'usine et tu ne sais pas la moindre chose sur ce que nous faisons, ou sur le côté commercial des choses. Tu es son fils, et tu as certainement droit à une partie de sa succession, mais je pensais qu'il te laisserait de l'argent plutôt que de véritables parts d'*Heritage*. Et le fait qu'il laisse une partie de l'entreprise à Zoey me laisse perplexe.

— Mais il s'est assuré que tu aurais un pourcentage suffisant pour avoir le contrôle, dit Bubba.

— Je sais. Mais cela ne signifie pas que je peux prendre toutes les décisions. Il y a beaucoup de choses qui entrent en compte dans une entreprise de la taille de la nôtre. Je ne peux pas le faire tout seul. Colin et moi parlions quotidiennement des bénéfices et des charges, de nos employés, et nous réfléchissions même à de nouveaux produits. Nous étions en train de discuter de l'expansion à l'étranger quand il est décédé, et je suis fermement convaincu que c'est une chose que nous devrions encore envisager. Mais maintenant, au lieu d'être deux à prendre les décisions, nous sommes quatre. As-tu l'intention de revenir à Juneau ?

— Tu sais bien que non, répondit Bubba.

— Oui. C'est ce que je pensais.

Le vieil homme soupira à nouveau.

— Même si tu n'as qu'une participation de dix-sept pour cent, j'aurai besoin de ton avis, et il y aura des choses que tu devras signer. Attends-toi à beaucoup d'appels et d'e-mails pendant que nous mettons tout ça au point.

Bubba regarda dans les yeux de Sean et ne douta pas de son sérieux.

— Je pourrais te vendre mes parts, suggéra-t-il.

Pour la première fois, il lut un peu d'amabilité se glisser dans l'expression de l'autre homme, mais il secoua la tête.

— C'est très gentil de ta part, fiston, mais ça ne résoudra pas le problème du besoin d'aide pour faire fonctionner cette chose.

— Je pourrais les vendre à Malcom, proposa Bubba.

Il proposait cela en pensant que Sean sauterait sur cette occasion, mais au lieu de cela, il secoua immédiatement la tête à nouveau.

— Non. Ça ne ferait qu'aggraver mes problèmes. On va trouver quelque chose. Promets-moi juste que tu prendras mes appels ?

— Bien sûr.

Puis Sean tendit la main, et Bubba la serra.

— Encore une fois, je suis désolé pour ton père. Colin était un homme bon, et il t'aimait beaucoup.

Avant de laisser partir l'ami de son père, Bubba lui demanda :

— Tu peux me dire ce qui s'est passé ? Je pensais que Pap était plutôt en bonne santé.

— Oui. Moi aussi. Mais tu le connais. Il n'aimait pas aller chez le docteur. Il a attrapé un mal de ventre et n'a pas pu s'en débarrasser. Il ne s'en est jamais vraiment remis. Je l'ai vu à l'usine un jour, puis Malcom m'a appelé pour me dire qu'il était mort dans son sommeil.

Ça correspondait à ce que Zoey lui avait dit. Bubba fronça les sourcils.

— Merde.

— Oui. En tout cas, je suis content que tes amis t'aient trouvé. Prends soin de toi. Fais attention à toi. La vie est courte, et ce qui est arrivé à ton père peut arriver à n'importe lequel d'entre nous.

— Je ferai attention, dit Bubba.

Il n'appréciait pas vraiment l'insinuation de Sean. Le menaçait-il ? Ou était-ce juste une réflexion plus générale ? Bubba l'ignorait.

Ils se dirent au revoir d'un signe de tête, puis Sean retourna vers sa femme et s'éloigna.

Bubba trouva un peu bizarre que Vivian n'ait rien dit. Elle était simplement restée à côté de son mari à les regarder pendant qu'ils discutaient. Même si elle avait cinq ans de moins que lui, l'Alaska n'avait pas été aussi bienveillant avec elle. Elle avait des rides profondes sur le visage et il était plus qu'évident qu'elle teignait ses cheveux en blond. Pendant que Bubba parlait à son mari, elle s'était agitée sur ses petits talons, comme impatiente de partir. Il avait également senti son regard intense sur lui pendant qu'il échangeait avec Sean. Cela l'avait mis mal à l'aise, il chassa cette idée de son esprit. Il devait maintenant parler à l'avocat avant de partir.

Il rattrapa Kenneth et sa femme avant qu'ils ne quittent la salle de conférence.

— Je peux vous parler une seconde ?

L'avocat hocha la tête.

Bubba regarda Tracy Eklund et leva un sourcil.

— Je suis son assistante, lui dit-elle d'un ton hautain. Tout ce que vous lui dites, vous pouvez me le dire.

Bubba savait que ce n'était pas comme ça que ça marchait,

mais comme il n'y avait rien de confidentiel dans ce qu'il souhaitait évoquer, il n'insista pas.

— Je retourne en Californie demain. Je ne serai pas là pour signer d'autres papiers, donc je voulais juste m'assurer que tout était bon ?

— Ça devrait aller, dit Kenneth. Je suppose que ton adresse en Californie est la même que lorsque je t'ai contacté précédemment ?

— Oui.

Bubba eut envie d'être sarcastique et de dire à l'homme qu'il n'avait pas vraiment eu l'occasion de déménager la semaine dernière, perdu au milieu de la nature sauvage de l'Alaska, mais il s'abstint.

— J'ai cependant besoin d'une faveur.

L'avocat arqua un sourcil.

— Zoey vient en Californie avec moi.

— Vraiment ? demanda Tracy.

Quand Bubba la regarda avec ce qu'il savait être un regard protecteur, elle s'empressa d'expliquer.

— Je suis juste surprise. Elle a passé la plupart de sa vie à Juneau. Ça semble rapide. Les choses ont dû bien se passer là-bas dans les bois.

Comme il sentit monter sa colère, Bubba tenta au mieux de la refouler. Les gens allaient parler de la rapidité avec laquelle leur relation semblait progresser, il le savait, mais il s'en fichait. Les expériences intenses avaient l'avantage de montrer à ceux qui les vivent ce qui était important et de leur permettre de mettre de côté les petits tracas.

Mais il eut le sentiment que rien de ce qu'il dirait à cette prétentieuse n'aurait d'importance, aussi se contenta-t-il de répondre :

— Nous vous donnerons sa nouvelle adresse, mais ce que j'allais demander, c'est si vous pouviez nous recommander une entreprise pour s'occuper de la maison de Zoey. Nous n'avons pas parlé de ce qu'elle veut en faire, mais si elle décide de rester en Californie, elle devra soit la louer, soit la vendre. Et qu'elle s'installe définitivement à Riverton ou qu'elle décide de revenir à Juneau, en attendant, elle aura besoin de quelqu'un pour la maintenir en état. S'assurer qu'il n'y a pas de fuites ou autre chose.

— Je peux vous aider, proposa immédiatement Tracy. J'ai un excellent agent immobilier, et je suis prête à l'aider à emballer ses affaires et à préparer la maison si elle veut la vendre.

— Merci. Nous vous contacterons, répondit Bubba, qui n'avait plus qu'une envie : sortir du bâtiment et de cet état.

Les poils de sa nuque se hérissaient, et il ne savait pas pourquoi. Il se retourna et vit que son frère était toujours dans le hall.

Jetant un coup d'œil à Rocco et Phantom qui se tenaient toujours avec Zoey, il leur fit un signe de tête pour qu'ils le rejoignent dehors.

En hochant la tête, Phantom se pencha et dit quelque chose à Zoey. Il la prit ensuite par le coude et la conduisit vers la porte. Elle se retourna vers Bubba qui fit de son mieux pour lui sourire. Il sut qu'il n'avait pas vraiment réussi quand son visage prit un air inquiet alors que ses amis la conduisaient hors du bureau.

Prenant une profonde inspiration, Bubba se dirigea vers l'endroit où se tenait son jumeau.

— Tu vas bien ? demanda-t-il.

Malcom secoua la tête.

— Laisse-moi deviner, tu t'en vas d'ici.

La remarque le blessa un peu. Il se sentait mal. Il hocha la tête en confirmation.

— Je suis parti trop longtemps. J'avais quelques jours de congé pour venir à la lecture du testament et au service commémoratif de Pap, mais j'en ai manifestement utilisé plus que prévu. Je dois rentrer.

Bubba avait été contrarié d'apprendre que la cérémonie de

son père s'était déroulée sans lui, mais pas vraiment surpris. Il avait prévenu Zoey que ce serait sûrement le cas, mais c'était quand même un peu triste. Zoey et lui auraient leur propre cérémonie privée à leur retour en Californie.

— C'est vrai. Je n'en attendais pas moins, marmonna Malcom.

Gagné par la colère, Bubba grogna :

— Tu veux faire ça ici ? Très bien. Pourquoi tu es en colère, mon frère ? Parce que Pap m'a donné un peu de son argent ? Parce qu'il a donné ses placements à des œuvres de charité ? Parce que tu n'as pas eu toutes ses affaires ?

— Tu veux vraiment savoir ? demanda Malcom.

— Oui, je le veux vraiment.

— Bien. Je suis furieux que, même si Pap vénère le sol sur lequel tu marches, tu n'aies pas pu te résoudre à monter ici pour lui rendre visite ne serait-ce qu'une fois. Je suis furieux qu'il t'ait donné une partie de l'entreprise, alors que tu n'y as pas participé un seul jour de toute ta vie et que tu as clairement fait savoir que tu détestais tout ce qui s'y passait dès le premier jour. Et je suis encore plus énervé qu'il en ait donné une partie à cette salope qui a profité de lui depuis le jour où elle l'a rencontré !

Bubba pouvait supporter que Malcom soit énervé car il n'était jamais venu à Juneau. Il s'en voulait lui-même. Mais il ne pouvait pas laisser passer sa remarque sur Zoey.

— Pourquoi tu la détestes autant ? demanda-t-il entre ses dents serrées.

Malcom soupira, et sa voix s'adoucit un peu.

— Écoute, je comprends que vous ayez vécu une expérience éprouvante tous les deux. Je suis heureux que tu ailles bien. Mais Zoey n'est pas ce que tu penses. Tu ne la connais pas.

Bubba ne croyait pas un mot de ce que disait son frère, mais il reprit :

— Et toi, tu la connais ?

— Oui, Mark. Je la connais. Elle lui tourne autour depuis qu'on est diplômés. Elle a toujours une histoire triste à raconter. Elle l'a convaincu de lui louer cette maison pour la moitié du prix qu'il aurait pu obtenir de quelqu'un d'autre. Puis elle s'est immiscée dans sa vie privée aussi. Elle venait et jouait à des jeux de société. Regardait la télé. Elle avait l'œil sur son argent et ses affaires pendant tout ce temps. Je ne serais pas surpris qu'elle l'ait séduit pour avoir cette maison. Elle travaillait sûrement avec Ashley, l'infirmière incompétente qu'il a engagée. Bon sang, elle l'a probablement empoisonné !

Le ressentiment de son frère envers Zoey le stupéfia sur place. Il était vrai qu'il ne la connaissait pas comme Malcom, mais honnêtement, il ne la voyait pas faire les choses dont il l'accusait.

— Tout d'abord, tu as embauché Ashley, pas papa. Deuxiè-mement, Zoey était à Anchorage pour rendre visite à sa mère quand papa est mort, lui rappela Bubba.

Il renifla.

— C'est vrai. Mais je pensais que tu étais malin, mon frère. Elle aurait pu engager quelqu'un pour le tuer. Comme je l'ai dit, il suffirait d'une dose d'arsenic, de cyanure ou autre. Si elle travaillait avec l'infirmière, ça aurait été facile.

— Sérieusement ? Bon sang, Malcom, qu'est-ce qui ne va pas chez toi ? Je n'arrive pas à croire que tu accuses Zoey d'avoir tué papa ! Les gens normaux ne pensent pas immédiatement au meurtre quand leurs proches meurent. Je suis désolé que tu n'aies pas eu plus d'argent de papa que tu ne le voulais, mais ce n'est pas une raison pour te comporter comme un tel connard.

Bubba en avait fini avec cette conversation.

— Je retourne à Riverton dans la matinée. Mais je vais faire le maximum pour être plus impliqué. Si tu as besoin de quelque chose, appelle. Si je ne suis pas en mission, je serai toujours disponible. Je peux aider à gérer les affaires et à prendre des décisions. Je suis désolé de ne pas avoir été là pour papa, mais je suis là pour toi. Je t'aime, Malcom. Tu es mon frère. Mon jumeau. Et on peut se disputer, mais ça ne veut pas dire qu'on n'est pas une famille.

Il vit Malcom se débattre avec ses démons intérieurs pendant un moment avant de hocher la tête. Il tendit la main, et Bubba la serra.

— Merci, mon frère. Je vais te prendre au mot. Et ne sois pas surpris si je te demande de revenir ici dans un futur proche. Il y a beaucoup de choses à faire dans les coulisses maintenant que Pap n'est plus là. Et comme on est tous les deux les deuxième et troisième plus gros propriétaires de l'entreprise, on doit être impliqués dans ces décisions.

— Compris, dit Bubba. Sois prudent là-bas, Mal. Quelqu'un voulait que Zoey et moi soyons hors circuit. Tu pourrais être la prochaine cible.

— Tu crois que Sean est furieux de ne pas avoir eu les parts de papa ?

Bubba aurait dû être surpris de la rapidité avec laquelle Malcom arriva à cette conclusion, mais après ses accusations de meurtre contre Zoey, il ne le fut pas.

— Je n'en ai aucune idée. Tout ce que je dis c'est que tu dois surveiller tes arrières. Tu es ma seule famille maintenant. Je ne veux pas te perdre aussi.

Bubba surprit son jumeau – et lui-même – en le prenant dans ses bras pour un rapide câlin. C'était un peu gênant, mais ça faisait du bien.

— Tu m'as manqué, lui dit-il quand ils s'éloignèrent.

Malcom hocha la tête et répondit :

— On reste en contact.

Puis il tourna les talons et partit.

Prenant une profonde inspiration, Bubba fixa le plafond pendant un bref instant.

— J'essaie, papa, chuchota-t-il, avant de sortir de la pièce pour aller chercher Zoey et ses coéquipiers.

* * *

Tard le lendemain matin, Zoey était assise de Mark dans l'avion qui les mènerait à Riverton. Ils avaient tous passé la nuit dans sa petite maison. Elle s'était sentie coupable que les amis de Mark aient dû dormir sur le sol, mais ils l'avaient rassurée en lui disant qu'ils avaient connu des endroits bien pires. Elle s'était couchée tôt, incapable de garder les yeux ouverts plus longtemps, et n'avait même pas entendu Mark rentrer un peu plus tard. Elle s'était réveillée, le nez dans son cou, au chaud et confortablement installée.

Mais elle n'avait pas pu se prélasser et en profiter, car ils devaient se rendre à l'aéroport pour prendre un avion pour la Californie. Après avoir rempli deux valises de vêtements, elle se retrouva rapidement à bord d'un autre avion... celui-ci beaucoup plus grand que l'hydravion qui avait changé sa vie pour toujours.

Les coéquipiers de Mark s'étaient assis dans les sièges autour, mais cela ne la rassurait pas. C'était son deuxième vol depuis l'accident, mais elle n'était pas plus détendue que celui qu'elle avait pris pour Juneau le matin précédent. Ses mains se crispaient sur les accoudoirs comme si cela pouvait empêcher l'avion de s'écraser.

— Détends-toi, Zo, lui chuchota doucement Mark à l'oreille.

Il enleva sa main de l'accoudoir entre eux et la tint dans les deux siennes sur sa cuisse.

— Je ne peux pas, chuchota-t-elle. Cet avion n'a rien à voir avec cet hydravion, et je sais que nous n'allons pas nous écraser, mais je ne peux pas m'empêcher de repenser à ce que j'ai ressenti lorsque j'étais recroquevillée en position de sécurité et que j'ai cru que nous allions mourir.

— Mais nous ne sommes pas morts, dit Mark calmement. Nous sommes en vie et en bonne santé et on a même vécu une petite aventure amusante.

Zoey leva les yeux au ciel et Mark s'esclaffa.

— Voilà la Zo que je connais et que j'aime.

Son cœur faillit s'arrêter à ses mots. Il ne tenta pas de se reprendre, se contentant de soutenir son regard.

Le pensait-il ? Non, c'était impossible. C'était juste une expression. Elle tenta de trouver quelque chose à répondre rapidement.

— Peut-être que je devrais rester ici. Maintenant que tout le monde sait que je n'ai pas obtenu grand-chose de Colin, ça ira.

— Respire, Zoey, ordonna Mark. Maintenant que tout le monde sait exactement ce que tu as obtenu, tu pourrais être encore plus en danger.

Elle lui lança un regard noir.

— Comment tu le sais ? Une maison, ce n'est pas exactement du cash. Et même si j'adore cet endroit, il faudra beaucoup de travaux pour le moderniser. Et 5 % du chiffre d'affaires, ce n'est pas grand-chose.

— Zo, cinq pour cent équivalent à environ un quart de million de dollars. Et n'oublie pas les trente-trois mille dollars en liquide que tu vas recevoir. Tu ne fais pas attention aux infos ? Tu ne regardes jamais la chaîne Crimes à la télé ?

— Oui, mais c'est la télé. Ici, c'est la vraie vie, dit-elle.

— Ces émissions sont basées sur des cas réels, tu sais. Des gens tuent pour bien moins d'argent que ce que tu viens de recevoir de Pap.

Elle regarda Mark.

— Mais... Malcom et toi avez eu beaucoup plus que moi.

— Et c'est pourquoi je lui ai dit de faire attention aussi.

Zoey avait du mal à croire que c'était ce à quoi allait ressembler sa vie, désormais. Quelqu'un qui voulait sa mort. Elle ne s'ôtait pas de la tête que c'était Mark qui était visé.

— Pour être honnête, je n'arrive pas à croire qu'il m'ait laissé quelque chose, dit-elle en essayant d'ignorer qu'ils étaient sur la piste de décollage.

— Pourquoi pas ? D'après ce que j'ai entendu, tu as occupé une grande partie de sa vie.

— J'imagine, oui.

Elle leva les yeux vers lui.

— Malcom était-il vraiment si énervé que j'aie eu quelque chose ?

Il ne voulait pas l'admettre, elle le vit bien.

— Peu importe, marmonna-t-elle. Je sais qu'il l'était.

— Qu'y a-t-il entre vous deux ? demanda Mark.

Zoey soupira.

— Je suppose que ça a commencé quand j'ai rompu avec lui au lycée. À partir de ce moment-là, il ne m'a jamais portée dans son cœur. Il n'aimait pas non plus que je passe beaucoup de temps avec ton père, mais j'ai refusé qu'il me fasse fuir.

— Il t'a fait peur ? demanda Mark sèchement.

Zoey secoua la tête.

— Façon de parler. Il m'a juste fait savoir par ses regards et ses commentaires sournois ici et là qu'il aimerait que je ne sois pas là. Je sais qu'il a essayé de dissuader Colin de me louer la maison, mais après que ton père a appris que je pensais emménager avec ma mère à Anchorage, il m'a proposé la maison à un prix incroyablement bas. Je savais qu'il me faisait une énorme faveur, et j'avais honte d'avoir à accepter, mais je ne voulais vraiment pas partir.

Elle rougit, puis tourna la tête pour regarder par le hublot alors qu'elle sentait l'avion accélérer et commencer à quitter la piste.

Mark tourna son visage vers lui d'un mouvement de la main.

— Et ensuite ?

— Ensuite quoi ? demanda Zoey.

— A-t-il augmenté ton loyer au bout d'un moment ?

— Non. Mais je lui ai dit de le faire. J'ai même commencé à faire mon chèque de loyer pour un montant plus élevé que celui convenu, mais il remettait toujours de l'argent dans mon sac quand je venais le voir. Alors j'ai abandonné cette idée, mais je suis devenue plus sournoise, demanda-t-elle en souriant.

— Comment ? demanda Mark.

— J'ai commencé à laisser de l'argent dans sa maison. Un billet de 20 ici, un billet de 10 là. Des endroits où je pensais qu'il ne remarquerait pas.

Elle haussa les épaules, gênée par la tendresse sur son visage.

— Je pense qu'il a compris ce que je faisais, mais à ce moment-là, c'était une sorte de jeu entre nous. Il faisait semblant de ne pas remarquer que je le faisais, et je faisais semblant d'être toujours aussi sournoise.

— Ça ressemble bien à quelque chose que Pap ferait. Donc Malcom n'était pas au courant ?

Zoey fronça le nez.

— Non. Je n'allais pas parler de mes finances avec lui. Nous ne nous entendions pas, et il n'était pas ravi que j'aie un accès aussi libre à la maison de Colin, surtout quand il y vivait encore. Mais il ne faisait rien pour aider à la maison. Notre relation a empiré quand je l'ai surpris avec une mystérieuse femme il y a quelques années. Je ne sais toujours pas qui c'était, mais il *n*'était pas heureux que je l'aie vu. Je cherchais Colin pour avoir son avis sur un investissement que je pensais faire, et j'ai appelé l'usine. Sean m'a dit qu'il était rentré chez lui. Alors je suis allé chez lui et j'ai trouvé Malcom à la place. J'ai utilisé la clé que Colin m'avait donnée et j'ai vu le dos d'une femme qui courait dans la pièce où se trouvait Malcom. Il était furieux contre moi d'être entrée. J'étais gênée de les avoir presque surpris en train de s'embrasser sur le canapé. On avait tous les deux une vingtaine d'années, ça n'aurait pas dû être un gros problème, mais pour lui ça l'était. Il m'a crié de sortir et m'a dit que j'étais une intruse et que je n'avais pas le droit d'être là. Alors qu'il savait très bien que j'avais le droit, car j'aidais beaucoup Colin, en faisant des choses que, franchement, ton frère aurait dû faire. Mais je suis juste partie. Les choses ont été encore plus gênantes et tendues entre nous après ça.

— Je suis désolé, Zo. Ça semble stressant.

Elle haussa les épaules.

— Tu sais, je dois admettre que malgré toutes les bonnes choses que ton père a dites sur toi, j'étais nerveuse de te revoir.

— Pourquoi ?

— Parce que j'avais peur que tu sois comme Malcom. Que tu me regardes et que tu penses que je suis une chercheuse d'or ou autre. J'aimais ton père, Mark. Je te le jure. Je n'ai jamais rien voulu de lui à part son amitié.

— Je sais, je te crois. Et... qu'as-tu pensé de moi quand tu m'as revu ? demanda Mark avec un sourire.

Zoey se sentit rougir, mais elle se força à soutenir son regard.

— Je t'ai reconnu immédiatement. J'ai toujours pu faire la différence entre ton frère et toi. Tu te comportes différemment. Tu es plus confiant. Plus... je ne sais pas... ouvert ? Je ne pensais pas que tu me reconnaîtrais.

— Je me suis souvenu de toi assez rapidement, dit Mark. Je ne devrais probablement pas l'admettre, mais il y a eu de nombreuses nuits au lycée où j'ai fantasmé sur toi.

La bouche de Zoey s'ouvrit sous la surprise.

— Tu es sérieux ?

— Oui.

— Si j'avais su ça, j'aurais peut-être eu le courage de te draguer.

Il se mit à sourire.

— Alors c'est ça ? Tu savais que je n'étais pas Malcom et tu pensais que j'étais plus digne de confiance ?

— Eh bien, j'étais nerveuse au début, mais comme tu n'as rien dit de désagréable ou que tu ne m'as pas regardée comme si j'étais le diable incarné, je me suis détendue. Et j'admets t'avoir observé pendant que tu dormais dans l'avion, avant... tu sais... qu'Eve fasse semblant de s'écraser.

Mark grimaça.

— Pas mon meilleur moment. Je n'aurais pas dû dormir.

Zoey leva les yeux au ciel.

— Peu importe. Tu ne pouvais pas savoir qu'Eve, ou quel que soit son nom, ferait ce qu'elle a fait.

Il haussa les épaules, et Zoey comprit qu'il s'en voudrait toujours d'avoir baissé sa garde.

— Alors, qu'as-tu vu quand tu m'as regardé pendant que je dormais ?

Zoey détourna les yeux vers l'extérieur et réalisa qu'ils étaient dans les airs. Il l'avait distraite pendant qu'ils décollaient, pour l'aider à se détendre. Une fois de plus, quelque chose en elle changea. Elle eut envie de fondre en voyant à quel point il était attentionné. Ça faisait partie des choses qui le rendaient différent de son jumeau. Mark faisait tout pour qu'elle soit le moins mal possible, si c'était possible.

Elle baissa la tête et vit que sa main était toujours bien calée dans la sienne. Elle se sentait en sécurité, ce qui était fou, car il ne pourrait rien faire si l'avion venait à s'écraser.

Réalisant qu'il attendait toujours qu'elle réponde à sa question, elle décida d'être honnête.

— Je trouvais que tu avais l'air vingt fois mieux qu'au lycée. Plus aguerri, si je peux m'exprimer ainsi.

Il la regarda dans les yeux, et elle ne put détourner le regard. Comme il demeura silencieux pendant plusieurs secondes, elle se sentit stupide. Elle ouvrit la bouche pour dire autre chose, quelque chose de plus acceptable, mais il l'interrompit avant qu'elle ne puisse le retirer.

— Tu veux savoir ce que j'ai pensé quand je t'ai vu ? demanda-t-il.

Elle n'était pas certaine de le vouloir, mais elle hocha quand même la tête.

— Je regrettais encore plus de ne pas être retourné voir Pap. Et ce n'est pas peu dire, car je l'avais déjà regretté plus que toute autre chose dans ma vie. Je t'ai dit que tu me plaisais quand j'étais adolescent, et ce n'était pas un mensonge. Mais la femme que j'ai vue assise devant moi à l'aéroport était cent fois plus jolie qu'il y a dix ans. Comme tu l'as dit... plus expérimentée. J'ai aimé ça. Beaucoup plus.

Zoey fut incapable de trouver la moindre réponse à cela. Pas une seule. Elle était sidérée et choquée... et plus excitée qu'elle ne pouvait se rappeler l'avoir été dans sa vie. Elle se considérait plutôt normale sur « l'échelle de la beauté ». Elle avait des courbes d'enfer, plus qu'elle ne le souhaitait parfois, et elle aimait ses cheveux épais. Mais elle trouvait le reste de ses traits plutôt décevants. Sans compter qu'elle avait passé la plupart de sa vie emmitouflée parce qu'elle avait constamment froid. Mais rien ne l'avait fait se sentir plus spéciale que les mots de Mark.

Comme s'il savait à quel point il venait de bouleverser son univers, il releva l'accoudoir qui les séparait et la tira vers lui. Zoey se laissa faire, posant sa joue sur sa poitrine, heureuse de ne pas avoir à dire un mot.

Il sentait bon. Vraiment bon. Elle s'était habituée à son odeur masculine musquée après leur séjour dans la nature, mais maintenant, le savon frais et propre et le bain de bouche n'avaient jamais senti aussi bon.

— Pourquoi ne fais-tu pas une sieste ? murmura-t-il, et Zoey sentit les vibrations de sa voix sous sa joue.

Elle hocha la tête contre lui. Elle avait pris l'habitude de dormir contre Mark, et l'idée d'aller se coucher sans lui n'était pas une pensée agréable. Mais elle devait reprendre sa vie en main, tout comme lui.

Elle ignorait comment les choses se passeraient avec sa voisine, Jessica Martens, mais elle espérait que la vieille dame l'apprécierait. C'était effrayant de s'envoler vers une ville inconnue pour débuter une nouvelle vie. Zoey se demandait comment sa mère faisait chaque fois qu'elle déménageait et devait tout recommencer.

Décidant de fermer les yeux pendant une minute ou deux, elle se détendit.

* * *

— Elle dort ? demanda Rex à Bubba depuis le siège à côté de lui.

Bubba hocha la tête. Que Zoey s'endorme si rapidement le surprit. Elle avait eu bien du mal à cacher le stress dû au vol, alors il avait essayé de la détendre en la faisant parler un peu.

— Je suis content que tu la ramènes avec toi, dit Rex.

Bubba leva un sourcil vers son ami d'un air interrogateur.

— D'abord, c'est évident que vous vous aimez tous les deux. Vous vous êtes connectés là-bas, et vous seriez fous de ne pas faire tout ce que vous pouvez pour voir si c'est ça tient entre vous deux.

Bubba fut surpris. Rex ne parlait pas beaucoup des femmes, mais d'un autre côté, il ne sortait pas beaucoup non plus. Tout le monde savait qu'il avait des vues sur une des infirmières de l'hôpital de la base, mais personne ne comprenait pourquoi il ne lui avait encore jamais demandé de sortir avec lui.

— Deuxièmement, celui qui a comploté pour vous laisser mourir dans le désert n'a pas été attrapé.

Bubba hocha la tête. Ça, c'était quelque chose dont il pouvait parler.

— Avez-vous appelé Tex ?

— Bien sûr. Rocco était en contact avec lui depuis le début.

— Et ?

— Et il n'a pas encore été capable de retrouver le pilote ou l'avion.

Bubba fronça les sourcils.

— Ouah, sérieusement ? Elle ne peut pas avoir disparu dans les airs.

— Vous avez presque disparu, rétorqua Rex.

— Elle a simulé une panne moteur, expliqua Bubba. Elle a réussi à couper les deux moteurs et à faire atterrir l'avion en douceur. C'est une pilote qualifiée, pas une gamine qui vole de temps en temps.

— Alors, quelle est ta théorie ? demanda Rex.

Bubba haussa l'épaule sur laquelle Zoey ne dormait pas.

— Quelqu'un ne voulait pas que moi, et/ou Zoey, héritions. Ils ont engagé Eve pour nous emmener au milieu de nulle part et nous y laisser. Ils n'ont pas pris la peine de mettre quelqu'un au sol pour nous tuer, pensant que la nature sauvage de l'Alaska ferait le sale boulot pour eux. Cela me dit que, qui que ce soit, c'est soit un lâche, soit un idiot. Et je dois supposer que la pilote avait probablement tellement besoin d'argent qu'elle a accepté ce plan démoniaque.

— Nous devons trouver la pilote, soupira Rex.

— Oui. J'appellerai Tex en rentrant pour lui dire tout ce dont je me souviens sur elle. Peut-être que ça l'aidera.

— Ça ne peut pas faire de mal, dit Rex. Et Zoey ? Qu'en est-il d'elle ?

— Comment ça ? demanda Bubba.

— Si c'est juste un truc sexuel, ce n'est pas une bonne idée.

Bubba se renfrogna.

— Pas cool, Rex.

Son ami leva une main.

— Écoute-moi.

Après le brusque signe de tête de Bubba, il continua.

—Vous ressentez tous les deux une tonne d'émotions. Vous avez traversé des moments difficiles, surtout après qu'elle t'a sauvé la vie après que tu sois tombé dans le torrent. Vous vous sentiez probablement tous les deux particulièrement vulnérables et dans le besoin. Vous vous appréciez mutuellement. Ça semble être une bonne idée de la faire venir à la maison avec toi. Mais, Bubba, je le vois dans ses yeux chaque fois qu'elle te regarde. Ce n'est pas occasionnel pour elle. Elle est à fond sur toi. À fond. Tout ce que je dis, c'est que tu dois y réfléchir avant d'aller si loin que tu ne puisses plus reculer sans la détruire.

Bubba aurait voulu rétorquer quelque chose à son ami,

mais il savait qu'il cherchait simplement à protéger Zoey. Il ne pouvait pas s'énerver pour ça. D'ailleurs, même Bubba se rendait compte qu'ils avançaient vite.

— On dirait que tu parles d'expérience.

Rex haussa les épaules.

— J'ai fait mon lot d'erreurs dans le passé, et je suis déterminé à ne pas les répéter.

— C'est pour ça que tu n'as pas invité l'infirmière avec qui tu flirtes tout le temps ?

— Je ne suis pas très doué en relations amoureuses, avoua Rex. Je peux être un vrai con, et la dernière chose que je veux, c'est de lui donner l'espoir que quelque chose se passe entre nous deux. Je l'aime bien. Elle est drôle, mignonne, et elle a l'air d'être une sacrée infirmière, mais je n'ai pas eu une seule relation qui ait fonctionné au cours des cinq dernières années. Je n'aime pas faire pleurer les femmes. Tout ce que je dis, c'est que Zoey ne doit pas regretter d'être revenue en Californie avec toi.

Bubba regarda la femme contre lui. Elle l'utilisait toujours comme oreiller, son corps était courbé sur le côté dans une position qui ne semblait pas très confortable, mais elle dormait toujours comme un bébé. Il se tourna à nouveau vers son ami.

— Je pense que tu as tort de dire que tu n'es pas fait pour les relations. Si tu étais le con que tu penses être, tu ne te soucierais pas des sentiments de cette infirmière. Tu sortirais avec elle, tu profiterais du côté physique de la relation, puis tu t'en irais sans un regard en arrière. Mais tu as raison de dire que Zoey et moi, on s'aime bien. On a traversé des moments difficiles, mais pas une seule fois je n'ai souhaité qu'elle ne soit pas là avec moi. J'aimais bien cette femme au lycée, et depuis le temps, elle est devenue encore plus incroyable. Et je suis choqué qu'elle soit toujours célibataire. Je l'amène à Riverton avec l'espoir qu'elle reste. Elle peut vivre avec ma voisine pour un moment, jusqu'à ce que je puisse la convaincre d'emménager avec moi.

— Est-ce que tu l'aimes ? demanda Rex.

Bubba ne perçut ni humour ni sarcasme dans la voix de son ami. Il était sérieux.

— Si je suis amoureux ? Je ne suis pas sûr de savoir ce que c'est. En réalité, je pensais avoir aimé des femmes par le passé, mais rien de ce que j'ai ressenti n'est comparable à ce que je ressens pour Zoey. Elle me trouble et m'excite. Je me réveille en voulant la voir et je m'endors en aimant la sensation qu'elle me procure quand elle est dans mes bras. Je m'inquiète constamment pour elle, je veux m'assurer qu'elle a assez chaud, qu'elle mange suffisamment. Et je ne veux surtout pas qu'on la tue pour l'argent que Pap lui a laissé. Est-ce de l'amour ? Je ne sais pas. Mais je sais que je veux vivre ça. Et je ne peux pas le faire si elle est en Alaska et moi en Californie.

— Sois juste prudent, continua Rex. Zoey a vécu en Alaska toute sa vie. Tout cela sera nouveau pour elle. Vas-y doucement. Si tu tiens vraiment à elle, donne-lui ce dont elle a besoin, pas ce qu'elle demande... Et il y a une sacrée différence.

— Compris. Merci pour le conseil. Et sérieusement, je pense vraiment que tu devrais inviter cette infirmière à sortir. Je ne t'ai pas vu aussi intéressé par quelqu'un depuis très longtemps.

— Je vais y réfléchir, répondit Rex. Mais la rumeur dit qu'elle va se rendre en Afghanistan dans le cadre d'une mission spéciale pour aider à former les infirmières locales sur la santé prénatale et d'autres questions propres aux femmes.

— Combien de temps ?

— Combien de temps dure la mission ? demanda Rex.

— Oui.

— Je ne suis pas sûr. Je pense que c'est un truc à court terme. Peut-être quelques mois.

— Alors fais-lui savoir que tu es intéressé avant qu'elle ne parte, et quand elle reviendra, tu pourras peut-être l'inviter à sortir, dit Bubba.

— Ce n'est pas si facile, ronchonna Rex.

— S'il y a quelque chose que j'ai appris au cours de la dernière semaine, c'est que rien de ce qui vaut la peine d'être obtenu n'est facile. J'ai beaucoup de regrets, Rex, et je ne souhaite cela à personne. Si elle part à l'étranger et que quelque chose se passe, tu vas regretter de ne pas lui avoir au moins fait savoir que tu l'aimes bien et que tu veux sortir avec elle.

— Tu es un connard, maugréa Rex. Si quelque chose lui arrive là-bas, c'est toi que je blâmerai.

Bubba sourit.

— Demande-lui de sortir avec toi, ordonna-t-il gentiment.

— Je vais y réfléchir, dit Rex.

Puis, changeant de sujet, il demanda :

— Tu vas présenter Zoey aux autres femmes ?

— Oui. Absolument. Dès qu'on pourra organiser ça.

Rex sourit.

— Je suis sûr que ce ne sera pas un problème. Elles sont déjà au courant pour elle, puisqu'elles étaient aussi inquiètes pour toi que nous. Rocco a appelé Caite après qu'on t'a trouvé, il lui a dit que tu étais en sécurité – et il lui a dit que Zoey allait rentrer avec toi à Riverton.

— Tu crois qu'elles seront à l'aéroport quand on atterrira ? demanda Bubba avec un sourire.

— Cela ne me surprendrait pas, répondit Rex.

— Je devrais probablement la réveiller et la prévenir, dit Bubba, en regardant de nouveau Zoey.

— Laisse-la dormir. D'après ce que j'ai vu, elle sera capable de se débrouiller et de s'adapter.

Bubba hocha la tête. Oui, sa Zoey s'adapterait, c'était certain. Elle avait dû s'adapter à pire que ça, ces derniers jours.

Sa Zoey. Il aimait la mélodie de ces mots.

Fermant les yeux pour se reposer sur l'appui-tête, il resserra son bras autour de la femme à ses côtés et poussa un soupir de satisfaction lorsqu'elle marmonna quelque chose et se blottit encore plus fort contre lui.

CHAPITRE TREIZE

C'est en début de soirée que l'avion atterrit en Californie du Sud, et malgré la sieste que Zoey venait de faire, elle était encore épuisée après les événements des dix derniers jours. Elle prit le sac à dos que Rex lui avait acheté à Anchorage, espérant que le reste de ses affaires ne tarderait pas à être emballé et envoyé. Elle avait deux valises pleines de vêtements, mais elle avait dû laisser beaucoup de choses derrière elle.

Elle s'était arrangée pour que Tracy Eklund se rende chez elle et lui envoie tout cela, ainsi que quelques affaires personnelles. Tout le reste, elle pourrait l'obtenir plus tard... si elle restait en Californie.

Il semblait irréel qu'elle ait pris une telle décision sur un coup de tête, mais honnêtement, elle se sentait plus à l'aise et plus en sécurité avec Mark qu'avec quiconque. Le fait qu'il ait compris qu'elle avait besoin d'un but, qu'elle ne pouvait pas simplement partir en Californie sans avoir un plan et un travail, en disait long. Il la connaissait déjà.

Elle était impatiente de rencontrer sa voisine et espérait qu'elles s'entendraient à moitié aussi bien qu'elle et Colin.

Penser au père de Mark l'attrista, mais elle refoula cette émotion alors qu'ils marchaient main dans la main vers la salle des bagages. Aucun des SEAL n'avait enregistré de bagages lorsqu'ils s'étaient précipités à Anchorage, emportant juste de quoi tenir quelques jours. Ils avaient réussi à faire la lessive à l'hôtel pendant qu'ils cherchaient Mark, et chacun d'entre eux n'attendait que de rentrer chez lui.

Après avoir récupéré ses sacs, l'équipe descendit vers la sortie. Zoey et Mark étaient à l'arrière lorsqu'elle vit ce qui ressemblait à une petite fête de bienvenue au bas de l'escalator. Il y avait trois femmes et trois enfants – et Zoey comprit aussitôt qu'ils attendaient les SEAL.

À la seconde où les femmes et les enfants aperçurent le groupe qui descendait, leurs visages s'illuminèrent de joie. Les enfants commencèrent à saluer énergiquement, et les femmes se mirent en place, impatientes que l'escalator se dépêche de livrer leurs hommes.

Zoey se sentit mal à l'aise, car elle ne connaissait personne, mais Mark ne la quitta pas d'une semelle. Sa main sur le bas de son dos l'apaisait et la détendait un peu. Mais dès qu'ils atteignirent le sol, Mark fut englouti par toutes les femmes et les petites filles. Zoey fit quelques pas en arrière pour leur laisser de la place. Elles entourèrent Mark et l'enlacèrent à tour de rôle.

— Je suis si heureuse que tu ailles bien !

— Il faisait très froid ?

— J'ai entendu dire que tu t'es pris pour Aquaman !

— Bubba est en sécurité ?

Le dernier mot vint de la plus jeune des petites filles, et Zoey regarda Mark se pencher vers elle et la soulever pour la tenir contre lui. Elle tapota des mains sur ses joues, le sommet de sa tête, et même sa poitrine, comme si elle vérifiait par elle-même qu'il allait bien.

— Je vais bien, Rani, dit Mark à la petite fille. Tu t'inquiétais pour moi ?

Elle secoua sa tête de haut en bas avec enthousiasme.

— Maman a dit que tu étais perdu. Mais tu as été retrouvé.

Il eut un petit rire.

— Oui, c'est à peu près ça.

Elle se tortilla et Mark la reposa au sol, et Zoey la regarda courir vers la femme qui devait être sa mère.

Zoey était plutôt du genre à se fondre dans le décor, elle fut donc réticente lorsque Mark se tourna vers elle et lui tendit une main. Elle l'accepta tout de même, et il l'attira à ses côtés, enroulant son bras autour de sa taille.

— Tout le monde, voici Zoey Knight. Elle a aidé à s'occuper de Pap en Alaska et m'a sauvé la vie quand on était dans le désert.

Zoey secoua la tête. Il exagérait complètement ses actions lorsqu'il s'était retrouvé dans l'eau, mais les femmes ne lui laissèrent pas la chance d'expliquer ce qui s'était réellement passé. Elle fut arrachée à Mark et engloutie dans un câlin collectif.

— Je suis Caite, se présenta la première, dont les châtain clair étaient de la même taille que ceux de Zoey. Blake est mon fiancé.

— Blake ? demanda Zoey, confuse.

Elle se mit à rire.

— Désolée, Rocco.

Zoey hocha la tête. Elle regarda et vit que le grand SEAL aux cheveux noirs avait les yeux rivés sur sa fiancée.

— Et je suis Piper. Les filles sont à moi. Ace et moi ne les avons que depuis quelques mois, mais c'est comme si elles étaient à nous depuis toujours.

Elle posa sa main sur son ventre en parlant, et Zoey comprit qu'elle devait être enceinte.

— J'ai dû passer quelques nuits dans la jungle au Timor-Oriental, mais j'ai l'impression que mon expérience n'avait rien à voir avec la tienne.

Elle frissonna.

— Je ne supporte pas le froid.

Zoey sourit.

— Je ne peux pas dire que je l'apprécie beaucoup moi-même. Même si je vis en Alaska, je ne suis pas une fan.

Les deux femmes s'échangèrent un sourire de connivence.

— Et je suis Sidney, ajouta une petite femme aux longs cheveux noirs.

Elle sourit franchement à Zoey, et cette dernière, bien qu'habituée aux faux sourires des touristes et de ses connaissances, sut que Sidney était sincère.

— Nous sommes si heureux que tu ailles bien. Tu as dû avoir très peur.

Gumby arriva derrière elle et mit un bras autour de sa poitrine. Sidney leva immédiatement les bras et s'agrippa à son avant-bras.

— Je pense qu'elle fait de son mieux pour l'oublier, lui dit-il doucement.

Sidney pencha la tête en arrière et lui sourit, puis ramena son regard sur celui de Zoey.

— Elle est en sécurité avec nous, et si elle a envie d'en parler, alors elle peut, dit-elle à Gumby.

Zoey vit quelque chose dans les yeux de l'autre femme. Quelque chose qui confirmait les paroles de Sidney : elle était en sécurité et pouvait leur parler. Sidney ne la mépriserait pas si elle admettait avoir eu peur de mourir pendant toute la semaine où ils étaient perdus dans le désert.

Elle se souvenait que Mark lui avait dit que Sidney avait elle-même vécu quelque chose de traumatisant, et quelque chose dans l'expression du visage de l'autre femme donnait à Zoey l'impression qu'elle la comprendrait. Qu'elle comprendrait sa peur.

Quand elle se tourna vers les deux autres femmes, elle sentit qu'elles comprenaient aussi. Zoey ne s'était jamais sentie aussi bien accueillie, aussi à l'aise dans un groupe de femmes. Elle avait été la « nouvelle » plus de fois qu'elle ne pouvait les compter, et elle espérait vraiment qu'elle avait finalement trouvé un groupe d'amis où elle pourrait s'intégrer. Qu'elle ne serait pas une étrangère.

— Je dois dire que ce n'était pas vraiment une promenade de santé, admit Zoey après un moment.

Ce n'était ni le lieu ni le moment d'entrer dans les détails de ce qui s'était passé, mais elle reprit :

— Si j'avais été seule, je ne pense pas que j'aurais réussi. Mais avec Mark à mes côtés, c'était cent fois plus facile à gérer.

Elle sentit son bras se resserrer autour de sa taille, mais elle garda les yeux sur Sidney.

— Oui, nos gars ont tendance à rendre toute situation meilleure. Je suis impatiente d'apprendre à te connaître, Zoey.

— Pareil pour moi, répondit-elle.

— Eh ! Je sais ! Que faites-vous ce week-end ? Que diriez-vous d'aller à la maison de la plage de Gumby pour une fête : « Dieu merci, Bubba est plus fort qu'on ne le pensait » ? proposa Piper.

— Alors tu t'invites maintenant ? demanda Gumby en riant.

Zoey lui lança un regard, espérant que l'autre homme n'était pas offensé, mais elle se détendit quand Rocco dit en plaisantant :

— Comme si ça t'intéressait, mec. Je pense que tu es plus heureux quand tu as une maison pleine de gens qui profitent de ton paradis au bord de la mer.

— Vrai, reconnut Gumby. Alors... un barbecue chez nous ? Samedi ? Vers quatorze heures ?

Tout le monde accepta, et Zoey se contenta de s'appuyer contre Mark et d'observer la dynamique du groupe. Même si Phantom et Rex n'avaient pas de femmes pour les accueillir, ils n'étaient pas exclus. La plus âgée des trois filles se tenait à côté de Phantom, lui serrant la main, et Rex tenait la fille du milieu sur sa hanche.

Tout le monde semblait sincèrement heureux d'être

ensemble, un bonheur contagieux qui ne manquait pas de toucher Zoey également.

— Je ne sais pas pour vous les gars, mais je suis prêt à ramener ma femme à la maison et à l'installer, dit Ace.

Il avait maintenant sa main sur son estomac, son pouce caressant doucement d'avant en arrière son petit ventre de femme enceinte.

— J'ai aussi trois petites filles avec qui j'ai du temps à rattraper, et beaucoup de câlins à faire.

Zoey se serait moquée du fait que le grand méchant SEAL soit si fleur bleue, mais c'était l'une des choses les plus tendres qu'elle ait jamais vues. Ace n'avait pas peur d'admettre qu'il voulait s'occuper de Piper, et il admettait librement vouloir passer du temps de qualité avec ses enfants.

C'est ce qu'elle voulait. Un homme qui pouvait se battre contre les méchants, mais qui n'avait pas peur de montrer son côté tendre quand il était avec ses amis.

En quelques instants, le groupe se dirigea vers la sortie. Quand Zoey voulut les suivre, elle fut stoppée par Mark qui lui tirait la main. Elle se retourna vers lui.

— Qu'est-ce qui ne va pas ?

— Rien. Je voulais juste être sûr que tu vas bien et m'assurer que c'est toujours ce que tu veux.

— C'est un peu tard pour me demander si je veux venir en Californie avec toi, plaisanta-t-elle.

Comme Mak ne souriait pas, elle fronça les sourcils.

— Attends, pourquoi ? Tu as des doutes ?

— Non, pas du tout, répondit-il immédiatement, et Zoey se détendit un peu.

— OK, alors quoi ? Je ne comprends pas.

Mark fit un geste de la tête vers l'un de ses coéquipiers, qui se tenait près de la porte avec les bagages de Zoey.

— Rex va nous conduire à la maison, puisque sa voiture est là et pas la mienne. Nous ne ferons pas les présentations avec Jess avant demain. Mais si tu n'es pas à l'aise pour aller chez moi, je peux demander à Rex de t'emmener à l'hôtel. Je paierai, donc tu n'as pas à t'inquiéter pour ça. Mais la dernière chose que je veux c'est que tu te sentes mal à l'aise en étant seule avec moi dans ma maison.

Le cœur de Zoey fondit pour la millième fois en sa présence. Elle posa une main sur la poitrine de Mark et se pencha vers lui, inclinant sa tête en arrière pour pouvoir le regarder dans les yeux pendant qu'elle disait ce qu'elle avait à dire.

— Mark, si tu me déposais à l'hôtel, je changerais probablement d'avis sur ma présence ici et retournerais en Alaska demain matin. Je ne suis pas venue en Californie pour un nouveau départ dans ma vie. Je suis venu parce que c'est ici que tu es. En plus, j'ai passé la semaine dernière avec toi, pourquoi je me sentirais mal à l'aise maintenant ?

Il palpa le côté de son cou avec l'une de ses grandes mains calleuses et la sensation fit naître la chair de poule sur ses bras.

— Je ne veux pas que tu aies l'impression d'être coincée ici. Que tu n'aies pas le choix. Je ne t'ai pas donné beaucoup de temps pour y réfléchir. La dernière chose que je veux, c'est que tu te sentes piégée. Et rester avec moi dans ma maison est très différent que d'être dans le désert, et je pense que tu le sais. On ne dépend plus l'un de l'autre. Tu peux partir quand tu veux. Mais si tu décides de rester... ça signifierait beaucoup pour moi.

— Pour moi aussi, répondit Zoey. Cela signifie que je veux explorer la connexion que nous avons créée dans la forêt. Je ne me sens pas piégée et, pour être honnête, je pense que je me sentirais perdue si j'étais loin de toi ce soir. Ce n'est peut-être pas l'Alaska sauvage, et je n'ai peut-être pas à allumer mon propre feu, mais je ne suis jamais venue ici et c'est tout nouveau pour moi.

La satisfaction remplit les yeux de Mark.

— D'accord. Mais je pensais ce que j'ai dit. Si les choses ne marchent pas et que tu veux rentrer chez toi, je t'aiderai.

— Sans Colin, Juneau ressemble de moins en moins à ma

maison à mesure que je m'en éloigne. Il est temps que je coupe le cordon et que j'expérimente la vie. J'ai passé l'intégralité de mes trente et un ans en Alaska. Je l'adore, mais j'ai envie de voir de nouvelles villes, de vivre de nouvelles expériences. Sais-tu que je n'ai jamais nagé dans l'océan ?

Mark demeura silencieux pendant un moment, et Zoey s'en inquiéta.

— Mark ?

Prenant une profonde inspiration, il reprit :

— Désolé, je pense juste à la chance que j'ai, déclara-t-il en lui faisant un clin d'œil. Allez, je pense que Rex est sur le point de partir sans nous.

Zoey voulut lui répondre qu'elle était la plus chanceuse des deux, mais il se retournait déjà pour ramasser son sac à dos et la dirigeait vers la porte, une main toujours sur son dos. Mark essaya de la mettre sur le siège avant lorsqu'ils atteignirent le parking longue durée, mais elle protesta et s'installa à l'arrière, écoutant Mark et Rex discuter de sujets de SEAL.

Elle était à moitié endormie lorsque Rex s'arrêta devant la maison de Mark. Elle sortit et put voir, pour la première fois, l'endroit où il vivait.

La maison était petite, mais bien entretenue. Elle avait deux étages, de la brique, et un joli petit porche à l'avant. Ce n'était pas très chic, et il était évident que le quartier appartenait à la classe moyenne inférieure, mais Zoey fut secrètement soulagée. Elle n'avait jamais eu beaucoup d'argent dans sa vie, et si Mark avait vécu dans un énorme manoir, elle n'aurait pas su comment réagir.

Mais non, la maison était modeste. Exactement comme Mark.

— Merci pour le trajet, Rex. Je serai en retard demain. Je vais amener Zoey pour qu'elle rencontre Jess et s'installe, mais je te verrai après l'entraînement.

— Ça me paraît bien. Je le dirai au commandant, même si je pense qu'il ne t'attend même pas demain.

— Je serai là, affirma Mark.

C'était une chose de plus que Zoey aimait chez lui. Son éthique de travail, semblable à la sienne. Elle ne voulait pas s'asseoir et ne rien faire. Elle s'ennuierait à mourir en quelques heures. Elle était heureuse de rencontrer Jess demain, et impatiente de commencer à travailler, à faire quelque chose de productif.

— Je suis content que tu ailles bien, dit Rex à Zoey. Merci de t'occuper de ce grand dadais. Je ne sais pas ce que nous ferions sans lui.

— Et tu ne le sauras jamais, dit Mark à son ami. Maintenant, va-t'en.

Rex rit de bon cœur et leur fit un signe de tête avant de se retourner pour regarder derrière lui en quittant l'allée.

— Alors, qu'en penses-tu ? demanda Mark.

Zoey leva les yeux vers lui.

— De quoi ?

— La maison. Le quartier ?

— Je les aime bien tous les deux. Ils ont les pieds sur terre. Un peu comme toi.

Il soupira de soulagement.

— Lorsque nous avons été stationnés ici pour la première fois, j'ai vécu dans la caserne pendant un certain temps, mais c'est vite devenu pénible. Je n'avais pas beaucoup d'argent, mais j'en avais assez pour un acompte. Je voulais une petite maison que je pourrais entretenir. Je ne voulais pas de maison standard et je préférais une plus ancienne avec plus de caractère. Ce quartier n'était pas le meilleur à l'époque, mais mon agent immobilier m'a assuré qu'il était en plein essor. Elle n'avait pas tort. Jess a vécu ici la plus grande partie de sa vie, et elle a une tonne d'histoires folles sur ce quartier dans les années 70 et 80.

— Je suis impatiente de la rencontrer, dit Zoey.

— Demain, répondit Mark en hochant la tête. Viens, je vais te faire visiter.

Zoey le suivit jusqu'à la porte d'entrée et inspira profondément quand ils entrèrent dans sa maison. Son odeur était partout. Elle en avait eu un échantillon lorsqu'ils avaient dormi à la belle étoile, mais depuis qu'ils avaient passé la nuit ensemble à l'hôtel, c'était comme si chaque fois qu'il s'approchait d'elle, elle respirait son odeur. Du savon mélangé à son propre parfum musqué naturel.

Le fait d'être ici, dans son espace et entourée de ses affaires, lui fit réaliser à quel point elle avait fini par apprécier cette odeur. Elle lui donnait une impression de sécurité. Mettre un pied dans sa maison, et sentir son odeur si forte, lui donnait envie de ne jamais en partir.

— Tu vas bien ? demanda Mark, toujours attentif et conscient de ses sentiments.

— Je vais très bien, fit-elle.

— Bien. Allons-y.

Il ne lui fallut pas longtemps pour qu'ils fassent le tour de la maison. Il y avait trois chambres et deux salles de bain, et Zoey en tomba amoureuse immédiatement. Elle était confortable. Habitée. Le parquet avait l'air d'origine avec ses éraflures et ses rayures. La cuisine n'était pas haut de gamme, mais elle avait tout ce dont Zoey pouvait avoir besoin ou envie pour préparer des déjeuners rapides et faciles et des dîners plus élaborés. Les chambres étaient plutôt petites, et elle réussit à ne pas rougir lorsqu'il lui montra la chambre principale avec le grand lit.

Une fois la visite terminée, Mark montra par la grande fenêtre de devant la maison sombre de l'autre côté de la rue.

— C'est la maison de Jess. Je vois que sa pelouse a besoin d'être tondue, et je m'en occuperai demain en rentrant du travail. Assure-toi qu'elle n'ait pas l'idée de le faire elle-même.

Les sourcils de Zoey se soulevèrent.

— Elle ferait ça ?

— Oui, soupira Mark. Et elle l'a même déjà fait. C'est ennuyeux.

Mais le sourire qui se dessina sur son visage lui apprit qu'il n'était pas *vraiment* ennuyé.

— Tu as faim ?

Zoey secoua la tête. Ils avaient mangé juste avant de quitter l'Alaska, et leur semaine passée à ne manger que des baies, des feuilles, des champignons, et occasionnellement du poisson ou de l'écureuil, avait peut-être réduit son appétit.

— C'est bon. Merci.

— Fatiguée ?

Elle voulait dire non. Qu'elle aurait aimé rester debout et lui parler. Mais l'entendre poser cette question la fit immédiatement bâiller.

Mark ricana.

— Allez, Zo. Je suis crevé aussi. Je crois que tout ce temps passé dans les contrées sauvages de l'Alaska m'a fatigué plus que je ne le pensais.

Elle le précéda dans l'escalier et se dirigea directement vers la chambre principale. Mark attrapa sa main et l'arrêta. Elle le regarda avec surprise.

— Si ça peut te mettre plus à l'aise, je peux dormir dans la chambre d'amis.

Oh, merde. Avait-elle présumé quelque chose qu'elle n'aurait pas dû ? Il ne voulait pas dormir à côté d'elle ? Ils avaient partagé un lit les deux dernières nuits, et elle avait supposé que ce serait le cas chez lui aussi. Elle se tortilla, n'étant pas sûre de la meilleure réponse à apporter.

Mais comme chaque fois qu'il lisait ses doutes, Mark la rassura.

— Je ne le veux pas, mais je le ferai si c'est ce que tu veux ou ce dont tu as besoin.

Zoey lui fit part de sa volonté.

— J'ai aimé me réveiller à côté de toi ces derniers matins. Et je sais que nous sommes en sécurité ici, que personne n'oserait nous attaquer dans ta propre maison, mais je me sentirais quand même plus à l'aise si tu étais près de moi.

Mark fit un pas en avant, entra ainsi dans son espace personnel, mais Zoey ne recula pas. Elle s'agrippa à sa chemise sur les côtés alors qu'il prenait son visage dans ses mains.

— Écoute-moi bien, il ne va rien t'arriver.

— Tu ne peux pas le garantir.

— Nous n'avons pas parlé de tout ce qui s'est passé, en partie parce que j'attends de parler à Tex, mais je ferai tout ce qu'il faut pour te garder en sécurité, Zo.

— Tu penses que nous sommes toujours en danger ?

Au lieu de secouer la tête, Mark haussa les épaules. Cela n'inspira pas vraiment confiance à Zoey, mais elle fit de son mieux pour ne pas paniquer.

— Je ne suis pas sûr. Quelqu'un nous a pris pour cibles à cause du testament de Pap, et sur ce plan rien n'a changé. Sauf que maintenant on sait ce qu'il nous a laissé. Mais le fait est qu'on a quand même eu ce qu'on a eu et si quelqu'un n'est pas content de ça, alors il pourrait toujours vouloir nous faire du mal. Mais la bonne nouvelle c'est que je suis presque sûr que nous sommes hors de leur portée maintenant. Nous sommes ici, et ils sont toujours en Alaska. Et honnêtement, la liste des personnes qui pourraient vouloir nous voir partir est assez courte, donc ça me conforte dans ma certitude que nous sommes en sécurité ici.

Zoey hocha la tête. Elle détestait ça plus que tout. Parce que la courte liste des personnes susceptibles d'être contrariées par le testament de Colin était pleine de gens qu'ils connaissaient personnellement. À moins que quelqu'un dans la vie de Colin n'ait pas été inclus dans le testament et estime qu'il ou elle aurait dû l'être – et Zoey ne voyait personne –, leur situation n'avait pas changé. Il était fort probable que leur tueur potentiel soit un de leurs proches. Ce qui craignait. Vraiment.

Mark la dévisagea si longtemps que Zoey trembla sous son regard.

— Quoi ?

— Plus je suis près de toi, plus tu deviens belle. Comment est-ce possible ?

Ses mots la mirent mal à l'aise. Zoey ne se trouvait pas belle. Elle n'était pas sans attrait, mais elle avait toujours été un peu ordinaire. Des cheveux bruns qui, le plus souvent, faisaient ce qu'ils voulaient au lieu de faire ce qu'elle leur intimait, des yeux noisette ennuyeux, un corps plus rond qu'il ne devrait l'être à cause de son amour des glucides.

— Tu ne me crois pas.

Ce n'était pas une question.

Elle haussa les épaules.

— Je suis juste moi, rétorqua-t-elle sans conviction.

— Oui, je sais, répondit-il mystérieusement.

Se penchant en avant, Mark posa ses lèvres sur son front, et Zoey ferma les yeux. Elle en profita pour inspirer profondément, humant le doux parfum de son corps.

Il rit tout bas.

— Est-ce que tu me sens ?

Sans réfléchir, Zoey hocha la tête. Puis grimaça.

— J'aime aussi ton odeur, dit-il sans la moindre gêne en se penchant encore plus vers elle et en caressant la peau entre son cou et son épaule.

Inclinant la tête pour lui laisser plus d'espace, Zoey s'accrocha à sa chemise pour garder l'équilibre. Elle avait l'impression de fondre à ses pieds, mais en quelques secondes, Mark se leva.

Il lui sourit.

— Je ne sais pas comment tu fais.

— Faire quoi ?

— Me faire tout oublier. Que je dois t'installer. Que tu es fatiguée. Que je suis fatigué. Je pense que je pourrais rester ici avec toi toute la nuit et être parfaitement heureux.

— Moi aussi, admit-elle d'une voix douce.

— Allez. Je sais que tu as apporté quelques affaires mais si tu n'as pas envie de déballer quoi que ce soit, tu peux dormir dans un de mes T-shirts ce soir... si tu le veux.

L'idée de mettre un de ses T-shirts la fit frissonner. Elle hocha la tête.

— Bien. Tu as besoin de sweats ou de chaussettes ? Je ne veux pas que tu aies froid.

— Je pense que ça va aller. Euh... tu restes avec moi ?

— Oui, Zo. Je dors ici aussi.

— OK, alors oui, ça devrait aller. Tu es plutôt chaud.

Il sourit alors, et Zoey sut qu'elle ne se lasserait jamais de cette vision.

— Oui, j'ai tendance à avoir chaud. Je vais te tenir chaud.

Il se dirigea vers une commode et en sortit un T-shirt gris sur lequel Zoey vit le mot NAVY inscrit dessus avant qu'il ne se retourne et se dirige vers la salle de bain. Il disparut à l'intérieur et fut de retour seulement quelques secondes après.

— Je vais descendre chercher ton sac à dos pour que tu puisses te brosser les dents et finir de te préparer pour la nuit après t'être changée. Tu as besoin de quelque chose d'autre pendant que je suis en bas ?

Zoey secoua la tête.

— Je reviens tout de suite.

Puis il partit.

Zoey expira brusquement et se dirigea vers la salle de bain. Elle savait qu'il ne mentait pas et qu'il serait de retour d'ici une minute ou deux.

C'était presque incroyable combien sa vie avait changé en une semaine. Elle avait quitté Juneau pour rendre visite à sa mère. Son meilleur ami, Colin, était décédé. Elle avait été laissée pour morte au milieu de nulle part, elle avait repris contact avec son amour de lycée, avait aidé à lui sauver la vie, elle avait quitté son État natal pour la toute première fois, et elle était tombée amoureuse.

Elle s'arrêta net à cette dernière pensée et se regarda dans le miroir de la salle de bain.

Les mêmes vieux yeux ennuyeux la fixaient, et Zoey ne vit aucune différence en elle après cette semaine. Quelques coups de soleil rougissaient ses joues, mais sinon elle était exactement la même.

Ce qui était étonnant, car à l'intérieur, elle se sentait complètement différente. Pour la première fois depuis longtemps, elle était impatiente de voir ce que lui réservait demain. Tout était nouveau et excitant. Ça n'avait rien à voir avec vie ennuyeuse et quotidienne qu'elle avait vécue à Juneau.

Mais l'amour ? Ça semblait fou. Elle se comportait comme une vieille fille qui tombait amoureuse du premier homme qui lui prêtait attention. Et la dernière chose qu'elle voulait, c'était de finir comme sa mère, se laissant constamment séduire par les belles paroles d'un homme. Mais Mark ne semblait pas être le genre d'homme à mener quelqu'un en bateau ou à l'utiliser à ses propres fins, comme elle avait vu des hommes le faire à sa mère. Et il avait été extrêmement tactile depuis qu'ils avaient été sauvés, la touchant toujours d'une manière ou d'une autre. Et aurait-il dit certaines des choses qu'il avait dites s'il n'était pas intéressé par elle ?

C'était difficile à dire avec certitude. Elle n'avait pas beaucoup d'expérience en matière de relations et d'hommes. Si elle avait été ici avec Malcolm, alors elle aurait su qu'il se jouait d'elle pour la mettre dans son lit. Mais Mark n'était pas comme ça. Il avait fait tout son possible pour qu'elle se sente à l'aise et pour ne pas lui mettre la pression.

— Voilà, dit Mark, lui faisant peur.

Elle sauta et faillit trébucher en essayant de s'éloigner de l'embrasure de la porte où Mark était entré.

Il tendit la main et attrapa son bras pour la stabiliser. Dès qu'elle retrouva son équilibre, il la lâcha et recula pour lui laisser de l'espace.

— Je ne voulais pas te faire peur. Désolé.

Zoey secoua sa tête.

— Non, c'est bon. Je ne faisais pas attention.

— Tu as changé d'avis ? demanda Mark calmement.

— Non, lui dit-elle immédiatement, et un peu désespérément. Pas du tout. Ça a juste été une semaine folle.

Les lignes autour de ses yeux se lissèrent.

— Oui, c'est vrai. Prends ton temps. Je vais utiliser l'autre salle de bain.

Puis il s'en alla à nouveau.

Cette fois, Zoey ne resta pas là à se regarder. Elle enfila rapidement son T-shirt, se sentant nue, debout, avec rien d'autre que sa culotte et le vêtement qui lui descendait jusqu'au haut des cuisses. Elle se brossa les dents et se rendit dans la chambre.

Mark n'était pas encore là, alors elle se glissa sous les couvertures, prenant une autre grande respiration. Mon Dieu, elle n'était pas sûre de survivre au fait de dormir dans son lit, dans ses draps. Elle espérait et priait pour que son odeur s'infiltre jusque dans sa peau pendant la nuit, afin d'avoir un morceau de lui à toujours porter avec elle.

Comme elle se considéra bizarre d'avoir ce genre de pensées, elle ferma les yeux et essaya de penser à autre chose qu'à la sensation d'être dans le lit de Mark et le bonheur qu'elle éprouvait à cette simple idée.

Elle l'entendit revenir dans la chambre et, sans un mot, il tira les couvertures et se glissa à côté d'elle. Ses jambes nues frôlèrent les siennes, et une chaleur comme elle n'en avait jamais ressenti parcourut son corps. Lorsqu'il la déplaça et qu'elle se retrouva avec sa tête sur son épaule et son bras sur son ventre plat, Zoey soupira de contentement.

— Confortable ? murmura-t-il.

— Oui.

— Dors bien, ma chérie.

— Toi aussi.

Elle sentit ses lèvres embrasser sa tempe, et elle ne put s'empêcher de tourner la tête pour faire de même sur son épaule. Son bras se resserra autour d'elle pendant une seconde, puis il se détendit à nouveau. Elle voulait rester éveillée. Chérir ce moment. Mais il était trop confortable. Et il sentait trop bon. Et elle se sentait trop bien.

Elle s'endormit quelques minutes après avoir fermé les yeux.

CHAPITRE QUATORZE

Bubba se leva et frappa à la porte de Jessica Martens. Il était huit heures, et il ne se souvenait pas d'un matin qu'il avait plus apprécié. Le simple fait de se réveiller avec Zoey dans ses bras aurait suffi à son bonheur, mais il avait agi sans réfléchir et l'avait embrassée, et elle avait fait plus que lui rendre la pareille. Il lui avait ensuite préparé un petit-déjeuner composé d'œufs brouillés et de bacon, et il n'y avait pas plus agréable que de commencer la journée avec quelqu'un à ses côtés.

Quand Zoey monta se préparer, entendre l'eau couler et savoir qu'elle était en haut dans sa salle de bain, complètement nue, l'excita Plus que de raison. Quand ce fut son tour de se doucher, la pièce sentait les trucs de fille qu'il lui avait achetés à Anchorage, et il avait dû se masturber pour pouvoir se détendre.

Alors que se faire plaisir avait calmé ses ardeurs, dès qu'il vit Zoey l'attendre en bas, pelotonnée sous l'une des couvertures qu'il avait au dos de son canapé, son érection reprit de plus belle. Il ne voulait rien de plus que de se blottir dessous avec elle et lui montrer à quel point il aimait l'avoir dans sa maison.

Mais Jess et le travail l'attendaient. Il n'était pas vraiment enthousiaste à l'idée de commencer sa journée et de se séparer de Zoey, mais il voulait vraiment avoir une conversation avec Tex. Il devait faire la lumière sur ce qui s'était passé, et il avait le sentiment que ça commencerait par retrouver Eve Dane. Et c'est là que Tex excellait.

— Tu es prête ? demanda Bubba à Zoey alors qu'ils attendaient que Jess vienne à la porte.

— Oui. Tu es sûr que j'ai l'air bien ?

Bubba examina Zoey de la tête aux pieds. Elle portait un jean et un T-shirt vert à manches courtes qu'ils avaient acheté à l'aéroport d'Anchorage. Il y avait l'image d'un ours debout sur ses pattes arrière et Juneau écrit autour.

Il l'avait trouvé drôle et l'avait acheté comme cadeau surprise. Elle avait gloussé en le voyant et il avait été ravi de la joie qu'elle avait ressentie pour ce simple cadeau. Elle était plus belle que jamais dedans. Elle avait aussi été surprise de ne pas avoir besoin de porter une veste, disant qu'il lui faudrait un peu de temps pour s'habituer à ne pas être emmitouflée chaque fois qu'elle sortait.

La porte devant eux grinça et s'ouvrit lentement. Bubba sourit à Jess et s'avança immédiatement pour la serrer dans ses bras. Il ne fut pas surpris quand ses bras se refermèrent sur lui avec une force que son apparence ne laissait pas imaginer.

— Salut, Jess, dit-il, le visage dans ses cheveux.

La vieille dame recula et le regarda fixement. Elle était minuscule comparée à lui, il faisait au moins trente centimètres de plus qu'elle. Mais sa personnalité compensait largement sa petite taille.

— Il est temps que tu rentres à la maison, déclara-t-elle. Regarde mon herbe. Elle est bien trop longue, et je crois qu'une famille d'écureuils terrestres y a élu domicile.

— Je m'en occuperai ce soir.

Bubba se tourna, gardant un bras autour de Jess pour s'assurer qu'elle ne perde pas l'équilibre.

— Voici Zoey. Je t'ai parlé d'elle quand j'ai appelé hier.

Observant avec un espoir prudent, Bubba grimaça lorsque Jess se tourna vers Zoey et la serra immédiatement dans ses bras.

— C'est bon de te rencontrer, Zoey. Quiconque peut supporter ce type pendant une semaine au milieu de nulle part doit être un saint. Entre, détends-toi. Je veux tout entendre.

Bubba essaya de les suivre à l'intérieur, mais Jess l'arrête d'une main sur sa poitrine.

— Seulement les filles. Désolé. En plus, il est tard. Tu dois aller au travail et faire tes trucs de super-soldat.

Il entendit Zoey couvrir un gloussement avec sa main, et il sourit à Jess.

— OK, je vois. Je vais y aller. Zoey, tu appelles si tu as besoin de quelque chose ?

Rocco était allé dans un magasin à Anchorage et leur avait acheté des téléphones de remplacement avant leur départ.

— Bien sûr. Mais j'ai le sentiment que tout ira bien.

— C'est sûr qu'on va faire ce qu'il faut pour, poursuivit Jess. J'ai l'épicerie en numérotation rapide, et cette jeune chose sexy avec un fessier sur lequel je pourrais faire rebondir des pièces de monnaie m'apportera tout ce dont j'ai besoin. Alors vas-y. J'ai besoin d'un moment de commérage avec ta jeune femme.

Bubba ne la corrigea pas. Zoey avait l'impression d'être sa jeune femme. Se penchant autour de Jess, il mit sa main sur la nuque de Zoey et la tira vers lui pour l'embrasser brièvement. Ce fut un baiser court, mais il sentit quand même des étincelles le traverser lorsque leurs lèvres se touchèrent.

— Je t'enverrai un message plus tard, lui dit-il.

Zoey se lécha les lèvres, et il jura que ses pupilles se dilataient.

— OK, fit-elle.

— Amuse-toi bien. Jess, ne dévergonde pas trop Zoey, OK ?

— Pff, gronda-t-elle en souriant.

— Au revoir, Mark, chantonna Zoey.

Il lui adressa un signe de tête et se retourna pour traverser la rue et rejoindre sa voiture. Il se surprit à sourire tout le long du chemin.

Il était facile de voir que Jess avait tout de suite accroché avec Zoey, ce qui était un soulagement. La vieille dame n'était pas du genre à tourner autour du pot, et si elle ce premier contact ne lui avait pas plu, elle n'aurait pas hésité à le faire savoir.

Sa petite amie était entre de bonnes mains. Il était maintenant temps de faire la lumière sur celui qui avait essayé de les tuer une fois pour toutes.

* * *

Quatre heures plus tard, il avait rattrapé le travail manqué la semaine dernière, rassuré son commandant, et raconté sa semaine à chaque SEAL qui lui posait la question. Entre-temps, il avait aussi répondu aux appels de son frère et de Sean qui lui posèrent mille questions sur les affaires à Juneau. Il prit un peu de temps pour également appeler Zoey et s'assurer que tout allait bien. Maintenant, il composait enfin le numéro de Tex et posa le téléphone en haut-parleur sur la table.

Rocco, Gumby, Ace, Rex et Phantom étaient dans la pièce avec lui, et tous étaient impatients d'entendre ce que le gourou de l'informatique avait à dire.

— Ici Tex.

— Salut, Tex. C'est Bubba.

— Mon Dieu, c'est bon d'avoir de tes nouvelles, mec, fit Tex. C'est très frustrant de ne rien pouvoir faire pour retrouver une personne quand elle est se trouve au milieu de nulle part, sans technologie pour que je puisse la suivre et sans témoins à interroger.

Bubba ne put s'empêcher de pouffer.

— Je peux imaginer.

— J'aimerais que tu reconsidères l'idée de porter un de mes putains de trackers. J'aurais pu vous localiser à trois mètres près et vous envoyer un hélicoptère dès le premier soir, s'emporta Tex.

Bubba et le reste de son équipe avaient toujours refusé cette proposition. Mais après ce qu'il venait de vivre, Bubba l'envisageait sérieusement.

— Je te tiendrais au courant.

— Il était temps, marmonna Tex.

— Qu'as-tu découvert sur Eve Dane ou son avion ? demanda Rocco. La dernière fois qu'on en a parlé, tu cherchais encore les deux.

— Étonnamment, elle a fait un très bon travail de dissimulation pour un amateur, déclara Tex.

— Tu l'as trouvée ? demanda Rex avec enthousiasme.

— Oui, enfin. Mais la mauvaise nouvelle est qu'elle s'est à nouveau volatilisée.

— Putain, marmonna Bubba.

— Exactement. Mais ce n'est qu'une question de temps, car elle n'est pas au milieu de la nature sauvage de l'Alaska. Elle doit utiliser des cartes de crédit, conduire une voiture, et éventuellement utiliser un téléphone. Je la trouverai.

— Bien. Nous devons savoir qui l'a engagée et pourquoi, dit Phantom.

— Vous voulez entendre ce que j'ai pu découvrir ? demanda Tex.

— Oui, répondirent les six SEAL à l'unisson.

L'autre homme ricana, puis devint sérieux.

— Bien. Tout d'abord, son nom n'est pas Eve Dane. C'est Eva Dawkins. Il a fallu beaucoup de chance pour la trouver aussi. La plupart du temps, lorsque les gens utilisent un faux nom, ils essaient de le garder aussi proche de leur vrai nom que possible. J'ai donc cherché toutes les femmes pilotes en Alaska qui ont entre 20 et 30 ans et dont le nom commence par un E. Ça nous a ramenés à environ 250 personnes. J'ai réduit ce nombre à une dizaine de personnes, mais quand j'ai découvert qu'Eva Dawkins était la seule à avoir complètement disparu du radar, sans utilisation de carte de crédit ou de téléphone portable la semaine dernière, j'ai pensé que c'était elle. Elle a vingt-quatre ans et deux enfants.

— Mon Dieu ! s'exclama Ace.

— Pourquoi a-t-elle fait quelque chose d'aussi stupide ? Elle va être accusée de tentative de meurtre et ruiner sa vie, celle de ses enfants, et probablement aussi celle de sa famille.

— Elle s'est enfuie de chez elle à 15 ans, n'a jamais fini le lycée. Puis elle s'est mise avec un connard. Un des enfants est le sien, l'autre, elle l'avait avant de sortir avec lui. Elle a obtenu son brevet de pilote quand elle vivait à Anchorage parce qu'elle avait besoin d'argent pour nourrir ses enfants et que son petit ami ne lui en donnait pas. Je suppose qu'il y avait une sorte de programme gratuit qui apprenait aux gens à voler. Comme c'est un mode de transport indispensable là-bas, c'est presque aussi courant que d'apprendre à conduire. De toute façon, son connard de petit ami était trop occupé à vendre de la méthamphétamine pour se soucier d'elle ou de ses enfants.

— Putain de merde, souffla Gumby.

— Oui, ce n'est pas du tout l'histoire qu'elle nous a racontée, dit Bubba.

— Oui. Bref, elle est devenue bonne pilote, poursuivit Tex. Elle a été engagée par une compagnie privée et s'en sortait plutôt bien. Puis son copain a décidé qu'il voulait qu'elle l'aide à transporter sa drogue. À développer ses opérations. Pour une raison stupide, elle a accepté.

— Laisse-moi deviner, dit Bubba. Elle s'est fait prendre.

— Oui. Elle a été virée. Elle a décidé que ça suffisait et a finalement rompu avec lui, mais il ne l'a pas très bien pris. Même si c'était sa drogue qu'elle transportait quand elle a été arrêtée, elle n'avait aucune preuve. Il a utilisé son arrestation contre elle et a obtenu la garde temporaire de ses enfants.

— C'est dégueulasse, commenta Phantom.

—Donc elle était là, sans travail, sans enfants, et énervée

contre le monde. Et je suppose que son ex est probablement en train de la faire chanter d'une manière ou d'une autre.

— Bon, alors arrive quelqu'un qui a besoin d'un pilote, et elle a besoin d'argent, dit Rex.

— Et si elle était désespérée, elle aurait probablement fait tout ce qu'il faut pour récupérer ses enfants, ajouta Ace.

— Comme obtenir de l'argent pour payer son ex, ou engager un avocat pour se défendre et obtenir la garde de ses enfants, ajouta Phantom.

— C'est ce que je pensais, acquiesça Tex.

— Eh bien, merde. Je suis censé me sentir désolé pour elle ? demanda Bubba, un peu indigné. Elle nous a laissé mourir, Zoey et moi, au milieu de nulle part, putain. Ses mauvais choix de vie ne signifient pas qu'elle est tirée d'affaire pour ce qu'elle a fait.

— Je n'ai jamais dit ça, dit Tex d'un ton égal.

— Alors pourquoi tu nous as raconté sa putain d'histoire à pleurer ? demanda Bubba.

— Je vous informe simplement de ce que j'ai découvert. Vous voulez découvrir qui est derrière cette tentative de meurtre, non ?

— Bien sûr.

— Et c'est ce que je fais. Je suppose qu'Eva Dawkins n'est pas celle qui veut t'avoir. Elle n'a aucun lien avec Juneau que j'ai pu trouver pour le moment, et je ne pense pas qu'elle connaissait Colin. Quelqu'un d'autre menait la barque. Mais voici ma vraie question... pourquoi vous emmener toi et Zoey au milieu de nulle part et vous laisser mourir ? Cela n'a aucun sens. Si quelqu'un voulait l'argent que tu as reçu de Colin, faire de toi une simple personne disparue ne rendrait pas cela possible. Donc rien de ce qu'a fait Eva n'a le moindre sens. À moins que quelqu'un vous déteste, toi ou Zoey, et veuille juste vous voir souffrir.

Bubba savait que les abandonner n'avait pas de sens. Indépendamment de la méthode, bien qu'il ne soit pas exactement le prince charmant, il ne pensait pas qu'il avait déjà mis quelqu'un en colère contre lui au point de se donner du mal juste pour le voir souffrir. Et il ne pouvait pas non plus imaginer que quelqu'un déteste Zoey au point d'en arriver à de tels extrêmes.

— Voici donc ma question pour vous, continua Tex. Quand je trouverai Eva Dawkins, veux-tu que j'appelle les autorités, que je la fasse arrêter, qu'elle prenne un avocat et qu'elle reste en prison pendant quelques mois le temps que son cas soit traité par la justice ? Ou… ai-je le feu vert pour faire ce qui doit être fait pour obtenir l'information que vous voulez, afin que vous puissiez avancer dans votre vie ?

Bubba soupira. Il n'avait aucune idée de ce que Tex avait prévu, mais la dernière chose qu'il voulait était de regarder constamment par-dessus son épaule. Quelqu'un avait essayé de les tuer, lui et Zoey. Et le fait qu'ils ne soient pas morts et qu'ils aient réussi à être présents pour la lecture du testament de son père n'allait probablement pas plaire à celui qui avait manigancé tout ce plan.

— Je veux qu'on fasse tout ce qu'il faut, répondit Bubba après un moment.

— Exact. Je crois que c'est le bon choix, dit Tex à son ami. La dernière chose que je veux, c'est que celui qui est derrière tout ça ait une seconde chance de finir ce qu'il a raté la première fois. Et je suppose que tu veux avancer dans ta vie avec Zoey, aussi.

— Exact, dit Bubba.

— J'ai suivi Eva jusqu'à Seattle, dit Tex. Ce n'est qu'une question de temps avant que je découvre où elle est allée ensuite. Je suppose qu'elle ne voudra pas s'éloigner de ses enfants.

— Tex ? demanda Ace.

— Oui ?

— Les enfants sont-ils bien avec l'ex ? Avec sa profession peu stable et le fait qu'il n'a manifestement aucun problème à les séparer de leur mère, sont-ils en sécurité ?

Qu'Ace pose cette question ne surprit personne. Il aimait les enfants. Il était né pour être père. Et avec les trois filles que Piper et lui avaient adoptées au Timor-Oriental, et le fait que sa femme était actuellement enceinte, il était encore plus conscient des enfants que les autres.

Tex hésita avant de répondre :

— Si les choses se passent comme je le pense, les enfants vont s'en sortir.

— Qu'est-ce que ça veut dire ? demanda Ace.

— Ça veut dire que je vais m'assurer qu'ils vont s'en sortir, répéta Tex. Écoutez, vous savez que je travaille avec toutes sortes d'équipes. Militaires, sécurité privée, et même certaines qui travaillent en marge de la loi. Je connais un type qui travaille à Colorado Springs… il connaît une équipe d'hommes qui n'hésiteront pas à faire ce qu'il faut quand il s'agit d'éliminer le pire de l'humanité. J'en dis déjà trop, surtout si l'on considère l'endroit où vous êtes assis, mais parfois le mal dans le monde prend un peu trop de contrôle et le bon côté a besoin d'un peu d'aide.

— Qu'est-ce que tu racontes ? demanda Rocco en se penchant en avant et en baissant la voix. Que tu connais un groupe d'autodéfense qui tue des gens en dehors de la loi ? Et que tu les soutiens et les aides ?

— Tu me connais, Rocco, dit Tex avec force. Tu sais que lorsqu'il s'agit de protéger ceux que je connais et que j'aime, ainsi que mon pays, je ferai tout ce qui est nécessaire. Ces gars ont été mis de côté par le pays et les lois qui étaient censés les protéger. Ils ont pris sur eux de faire ce qu'ils doivent faire pour pouvoir dormir la nuit. Je ne leur parle pas directement, mais je discute des injustices que j'ai rencontrées avec une de leurs connaissances. Ce qu'il choisit de leur dire ou de ne pas leur dire ne dépend pas de moi. Je sais sans aucun doute qu'il s'occupera personnellement de la sécurité de ces enfants, ou qu'il prendra contact avec cette équipe et *qu'elle s'occupera* de l'affaire. Mais je vais vous dire, je dors très bien la nuit. Quelqu'un qui non seulement vendrait de la drogue, mais impliquerait sa petite amie, et la laisserait en plan quand elle serait arrêtée, puis manipulerait le système judiciaire pour lui voler ses enfants, n'est pas quelqu'un sur qui je pleurerais quand je lirais sa nécrologie dans le journal. Compris ?

Bubba voyait un côté de Tex qu'il n'avait jamais vu auparavant. Il voulait dire qu'il était choqué, mais honnêtement, il ne l'était pas tant que ça. Tex était là depuis bien plus longtemps que lui ou son équipe. Il avait vu et fait des choses qu'aucun d'entre eux ne connaissait. S'il assistait une équipe de justiciers qui faisaient de leur mieux pour débarrasser la terre du pire du pire, alors il s'en fichait complètement.

Ce dont il se souciait, c'était Zoey. Et ses amis. Et s'assurer que personne ne fasse de mal à ceux qu'il considérait comme ses proches. Et peut-être que c'était trop, peut-être qu'il avait perdu la tête, mais Zoey et lui étaient faits pour être ensemble. Il s'était passé quelque chose là-bas, dans le désert de l'Alaska. Ils s'étaient liés à un niveau qu'il n'avait jamais atteint avec personne auparavant. Qu'il soit damné s'il laissait quiconque lui faire à nouveau du mal. Et si Tex devait employer des méthodes connues seulement de lui pour s'assurer qu'elle soit en sécurité, Bubba l'approuverait mille fois.

— Je me fiche de ce que tu fais ou de comment tu obtiens l'information, Tex. Trouve-la, c'est tout.

— Promis, les rassura Tex. Je reste en contact.

Bubba éteignit son téléphone et le remit dans sa poche. L'envie d'envoyer un message à Zoey, d'entendre sa voix, de s'assurer qu'elle allait bien, était forte, mais il résista.

— Quelqu'un d'autre craint-il que Tex ait finalement franchi une ligne dont il ne pourra jamais revenir ? demanda Gumby, d'une voix feutrée.

Bubba ouvrit la bouche pour répondre, mais Phantom le devança.

— Non. Loin de là. Tex est le plus loyal et le plus droit que j'aie jamais rencontré. Oui, il fait des choses illégales pour obtenir des informations, mais il le fait pour sauver des vies. Nous savons tous que nous avons souhaité plus d'une fois pouvoir simplement éliminer ceux qui méritent de mourir, mais nous avons les mains liées. Imaginez qu'elles ne le soient pas. Imaginez si nous pouvions simplement mettre fin à ceux qui abusent des femmes. Qui tuent des animaux pour le plaisir de le faire. Qui violent des enfants sans défense.

Bubba entendit la douleur dans les mots de son ami, mais ne savait pas comment l'aider. Mais Phantom étant Phantom, il se mêla à la conversation et sa voix se fit plus forte, plus déterminée à mesure qu'il parlait.

— Le but ici est de découvrir qui a essayé de tuer Bubba. Et si nous devons demander l'aide d'un groupe d'hommes que nous ne connaissons pas et dont on n'a jamais entendu parler, très bien. Tout ce que ça veut dire, c'est que si on nous interroge à leur sujet, on ne peut rien dire. Je brûlerais pour chacun d'entre vous, et pour Tex. S'il est d'accord avec ce qu'il fait pour obtenir des informations, je le soutiendrai à cent pour cent.

— Moi aussi, dit Rex.

— Pareil pour moi, dit Ace.

Tout le monde acquiesça, et Bubba soupira.

— Je n'arrive pas à croire que ça arrive vraiment. Oui, Pap m'a laissé un peu d'argent, mais la majorité est liée à son entreprise.

— Alors qui aurait pu faire ça ? demanda Rocco.

— En ce qui me concerne, il n'y a que deux personnes qui pourraient être bouleversées par le testament de Pap, dit Bubba. Sean et Malcom.

— Tu penses vraiment que ton frère essaierait de te tuer pour ça ? s'enquit Gumby.

— Si vous m'aviez demandé il y a une semaine, j'aurais dit non. Mais il n'était pas vraiment ravi des résultats du testament.

— Et les autres personnes avec qui ton père a travaillé ? continua Rex.

— C'est possible, concéda Bubba. Malcom a évoqué un scénario intéressant qui m'a surpris sur le moment... mais plus j'y pense, plus ça m'inquiète.

— Qu'est-ce que c'est ? demanda Rocco.

— Le poison. Zoey et Mal ont dit que papa était malade depuis un moment, mais qu'il ne voulait pas aller voir un médecin. Et quand Zoey est partie à Anchorage pour rendre visite à sa mère, Papa est mort rapidement. Malcom a même suggéré que Zoey travaillait avec Ashley, l'infirmière qui aidait Pap quand Zoey n'était pas là.

— Ce n'est pas une mauvaise théorie, pensa Phantom.

Bubba était sur le point de perdre son sang-froid quand son ami continua.

— Le scénario du poison, sans que Zoey soit impliquée. Il y a eu une autopsie, non ?

— Non, dit Gumby. On n'a pas soupçonné d'acte criminel, et Malcom a fait incinérer Colin presque immédiatement. La cause officielle de la mort était une crise cardiaque.

— Des échantillons de tissus ont été prélevés avant qu'il ne soit incinéré ? demanda Rocco.

— Pas que je sache, mais nous pouvons demander à Tex de s'en occuper, dit Gumby.

— Merde, marmonna Bubba.

Il détestait penser à ça. Il lui semblait déjà irréel de discuter de la mort de son père, encore plus de penser à un assassinat.

— Cela ressemble plus à l'intrigue d'une mauvaise série policière qu'à ma vie, grommela-t-il.

— Ça semble vraiment prémédité, ajouta Ace. Mais nous n'avons pas la preuve que ton père a été assassiné. Il se pourrait simplement que quelqu'un ait profité de sa mort pour essayer d'obtenir ce qu'il voulait.

— Peut-être, dit Bubba en secouant la tête.

— Alors qui d'autre aurait pu planifier ça ? demanda Gumby.

— Je ne sais pas grand-chose des employés de papa, admit

Bubba. Ceux avec qui il traitait régulièrement. Les fournisseurs ou même les directeurs de l'usine.

— Il me semble que Sean Kassamali est le principal suspect ici, dit Rex. Il est associé avec ton père depuis le début, non ? Et s'il avait découvert le testament, et compris qu'il n'aurait pas la part de l'entreprise qu'il pensait mériter ? Il aurait pu être vraiment énervé. Ça ne me rendrait pas heureux de faire tout ce travail et qu'on ne me donne pas ce que je crois mériter.

— Ça pourrait s'appliquer à Malcom aussi, ajouta sèchement Rocco.

— Tu as raison, fit Rex.

— Attends, ce n'est pas l'avocat qui s'est occupé de l'avion privé ? demanda Rocco. Ou son assistante ? Pourrait-il être dans le coup, lui aussi ? Peut-être qu'il était contrarié que Colin ne lui ait rien laissé ? Ce n'est pas commun pour les avocats d'avoir une partie de la succession, mais il a été l'avocat de ton père aussi longtemps que Sean était son associé.

S'ils faisaient ça pour chaque mission, c'était déconcertant pour Bubba d'être celui dont on décortiquait la vie.

— J'ai posé des questions sur la pilote et la femme de Kenneth a dit qu'Eve avait été hautement recommandée par un des clients de son mari.

— Kenneth a pu penser que tout le monde supposerait que l'avion s'était écrasé, tuant le pilote et toutes les personnes à bord, et que l'affaire serait close, déclara Rocco.

Un mal de crâne prenait doucement place dans la tête de Bubba. Il n'aimait pas penser que des gens qu'il avait connus toute sa vie complotaient pour le tuer.

— Peut-être que Bubba n'était pas la cible principale, dit Phantom. Peut-être que Zoey l'était. Qu'est-ce qu'on sait d'elle ? Des ex-petits amis dans le coin ? Sa mère ne gagne pas vraiment le prix de la mère de l'année, peut-être que quelqu'un a fait ça pour se venger d'elle ?

— Assez, dit Bubba en se levant, sa chaise grinçant lorsqu'elle traîna sur le sol.

Ce qui n'aida pas sa tête déjà douloureuse.

— Nous pourrions rester assis ici toute la journée et disséquer ma vie, la vie de Zoey, et la vie de chaque putain de personne que j'ai rencontrée, mais ça ne servira à rien sans preuves tangibles. On doit attendre que Tex et les flics d'Alaska trouvent une solution.

— Tu ne peux pas faire ça maintenant, insista Phantom. On n'est pas chez les Bisounours.

— Tu crois que je ne le sais pas ? demanda Bubba à son coéquipier, en posant ses paumes sur la table en face de lui et laissant tomber sa tête. Je suis parfaitement conscient que quelqu'un a essayé de me tuer. Que même s'ils n'en avaient pas après Zoey, elle a été prise dans cette connerie aussi. Je suis énervé, d'autant plus que c'est probablement quelqu'un que je connais. Mais je suis encore plus énervé parce qu'on m'a volé l'occasion de rendre hommage à mon père comme j'aurais dû le faire. Je suis en colère contre moi-même de ne pas être allé à Juneau pour le voir une dernière fois avant sa mort. Et maintenant je dois me demander si la même personne qui a essayé de me tuer n'a pas aussi réussi à le tuer, lui. Mon père ! Alors oui, je sais qu'on n'est pas chez les Bisounours, mais j'apprécierais que tu ne me le jettes pas à la figure.

Bubba haletait quand il termina sa tirade. Il était tellement fatigué. Fatigué des regrets. Fatigué d'essayer de penser à ceux qui le détestaient tellement qu'ils pensaient qu'il était préférable de le tuer plutôt que de l'affronter.

— Désolé, mec, dit Phantom. J'ai dépassé les bornes.

Bubba soupira et passa une main sur le visage.

— Non, tu n'as pas à l'être. C'est à moi. Je suis désolé.

— Tex trouvera une solution. Il utilisera ses relations pour trouver la pilote et obtenir d'elle les informations dont il a besoin. Ce sera terminé avant que tu ne le saches, et Zoey et toi pourrez arrêter de vous inquiéter et de regarder par-dessus votre épaule et vous concentrer sur la poursuite de vos vies, dit Phantom.

Bubba savait que son ami faisait de son mieux pour le soutenir, et il l'appréciait.

— Merci. Je l'espère. Est-ce qu'on a fini ? demanda-t-il en regardant Rocco.

Il hocha la tête.

— Oui. Tu as l'air épuisé. Rentre chez toi.

— Merci, dit Bubba.

Il quittait rarement le travail plus tôt, mais toute cette histoire le fatiguait et le stressait. Jusque-là, il n'avait jamais réalisé qu'il serait si difficile de passer une journée loin de Zoey. Après avoir partagé toutes ces choses une semaine entière, cette séparation se faisait ressentir. Éprouvait-elle la même chose que lui ?

Décidant de ne pas l'appeler pour la prévenir qu'il quittait le travail plus tôt, il fit de son mieux pour ne pas dépasser les limites de vitesse sur le chemin de sa maison. Il s'arrêta dans son allée, se gara et chercha Zoey à l'intérieur de sa maison. Comme il ne la trouvait pas, il repartit immédiatement et traversa la rue.

Il frappa à la porte et attendit impatiemment que Jess vienne lui ouvrir. Quand elle arriva enfin, il fut soulagé de voir Zoey debout.

— Mark ! Il est tôt, que fais-tu à la maison ? Est-ce que tout va bien ?

Bubba ne comprenait pas ce qui lui arrivait. Mais entre sa discussion avec Tex et le stress de savoir qu'on cherchait probablement à le tuer, il réalisa qu'elle lui manquait. La voir souriante, heureuse et en sécurité lui fit du bien. Tout cela se transforma en un besoin physique de la toucher.

Sa bouche se posa sur la sienne, coupant ce qu'elle aurait voulu dire, et il soupira de soulagement quand, au lieu de lui demander ce qu'il pensait être en train de faire, ses bras se levèrent immédiatement et saisirent ses biceps, le tirant vers elle au lieu de le repousser.

Elle se sentait incroyable.

La connexion qu'il avait ressentie entre eux semblait grandir et se solidifier alors qu'ils continuaient à s'embrasser. Sa tête s'inclina sur le côté et il la sentit se mettre sur la pointe des pieds pour essayer de se rapprocher. Bubba passa un bras autour de sa taille et l'attira contre lui pour qu'ils se touchent de tout leur corps. Sa main se déplaça vers son dos et il sentit ses pieds s'enfoncer dans le sol alors qu'elle essayait de s'unir à lui.

Elle avait un goût de thé et de menthe poivrée, et il n'en avait jamais assez.

Il n'avait pas l'intention de s'éloigner d'elle, mais la voix de Jess coupa la brume de désir et de passion qui l'avait envahi subitement :

— Je ne suis pas opposée à ce que vous le fassiez sur mon perron, mais je doute que ce soit pareil pour les voisins.

Bubba sentit Zoey trembler dans ses bras et il se retira à contrecœur. Il la regarda dans les yeux et fut ravi de voir le même désir qu'il ressentait au fond de son âme. Lissant tendrement une mèche de cheveux derrière son oreille, il se pencha et l'embrassa plus doucement cette fois. Un bref contact de ses lèvres avec les siennes qui ne fit rien pour apaiser le désir en lui.

Mais d'une certaine manière, savoir qu'elle ressentait le même besoin que lui, qu'elle le désirait autant qu'il la désirait l'aidait à se calmer. Elle était ici, en sécurité, et il ferait tout pour qu'il en soit ainsi. Si Zoey pensait qu'il allait la laisser retourner en Alaska une fois que Tex aurait trouvé les réponses qu'ils attendaient tous, elle se trompait lourdement. Les mots de Rex lui revinrent en mémoire, et il refusait de la laisser partir. Il refusait de regretter quoi que ce soit d'autre.

Tournant la tête mais gardant ses bras autour de Zoey, il dit,

— Salut, Jess. J'ai pensé que je devais rentrer plus tôt aujourd'hui et m'assurer que tout allait bien.

La vieille femme gloussa comme s'il avait dit la chose la plus drôle qu'elle ait jamais entendue.

— Bon Dieu, mec, ce n'est pas comme si nous avions passé la journée à polir nos fusils et à fabriquer des bombes ou autre. Zoey et moi faisions seulement connaissance.

— Et ? Tout va bien ?

Zoey n'avait rien dit, mais l'attention de Bubba était sur la vieille femme. Il avait eu l'intuition qu'elles s'entendraient bien, mais tant que Jess ne le lui confirmerait pas, il ne le prendrait pas pour acquis.

Elle leva les yeux au ciel et cela lui fit penser à Zoey. Il se détendit. C'était assez évident que Jess et Zoey avaient probablement sympathisé.

— Ta Zoey a nettoyé ma cuisine de fond en comble pendant que je regardais, assise sur mes fesses. Puis elle a préparé le déjeuner, m'a installé dans mon salon et a rangé pendant ma sieste. Quand je me suis réveillée et que j'ai insisté pour qu'elle se repose, nous avons parlé de ce qui lui était arrivé en Alaska, de sa mère et de toi. On a discuté de politique et on ne s'est même pas tué. Je lui ai dit à quel point Frank me manquait, et elle a fait une liste des choses dont j'ai besoin au supermarché. Elle a promis de m'y emmener demain, ce qui est super excitant, mais je lui ai dit que je n'irais nulle part sans me faire coiffer d'abord. Ça fait trop longtemps que je suis enfermée dans cette maison, et je ne veux surtout pas qu'on voie mes cheveux de vieille dame.

Bubba rayonnait.

— Donc les choses se sont bien passées.

— Bien sûr que oui. Zoey est une poupée. Mais il y a un problème.

Bubba fronça les sourcils, et il sentit Zoey se crisper dans ses bras.

— Quoi ?

— Je vis seule depuis presque six ans. Je n'ai pas besoin d'une baby-sitter. *J'ai* besoin de quelqu'un qui me tienne compagnie pendant la journée, qui m'aide à me rendre à mes rendez-vous et qui m'aide à garder ma maison rangée. Mais tu n'es pas l'homme que je pensais que tu étais si tu es sérieusement d'accord pour que Zoey vive ici. Surtout si ce baiser torride est une indication.

— Jess, se plaignit Zoey, prenant la parole pour la première fois. Nous avons parlé de ça.

— Je sais. Mais je n'étais pas d'accord avec toi. Tes arguments étaient stupides et faux.

— Quels arguments ? demanda Bubba.

— Rien, dit Zoey, mais Jess étant Jess, elle parla par-dessus elle.

— Elle a dit que tu te sentais responsable d'elle, et que la dernière chose qu'elle voulait était que tu l'aides par pitié. Je lui ai dit d'ouvrir les yeux ! Que Mark Wright ne faisait rien qu'il ne voulait pas faire, et que s'il avait passé une semaine avec toi dans les bois et qu'il voulait encore te ramener ici à Riverton et qu'il avait fait des efforts pour que je t'engage, alors la dernière chose qu'il ressentait pour toi était de la pitié.

Zoey ferma les yeux et murmura :

— Tue-moi maintenant.

Mais Jess n'avait pas fini.

— Est-ce que tu mentais quand tu disais que tu craquais pour cet homme depuis que tu l'as rencontré quand vous étiez adolescents ? Si non, alors je ne comprends pas pourquoi tu ne sauterais pas sur l'occasion de vivre avec lui maintenant. Je suis peut-être octogénaire, mais je ne suis pas morte. Frank et moi on faisait des cochonneries dès qu'on en avait l'occasion avant de se marier. Si j'avais eu une chance de vivre avec lui avant qu'il me passe la bague au doigt, je l'aurais prise. Le sexe était *si* bon. Tu veux savoir quelle est la clé d'un bon mariage ?

— Sérieusement, tue-moi maintenant, répéta Zoey.

— Oui, Jess, dis-nous quelle est la clé d'un bon mariage.

Bubba s'était tourné pour que Zoey soit légèrement en face de lui. Son bras autour d'elle et sa paume posée sur son ventre, il la tenait fermement contre lui. Elle sentait sûrement son érection contre le bas de son dos, mais il s'en fichait. Le simple fait de l'avoir dans ses bras l'apaisait.

— Le cunnilingus, dit Jess avec un visage totalement impassible.

Bubba étouffa un rire et Zoey gémit.

— Vraiment ? demanda Bubba quand il reprit le contrôle de lui-même.

Jess se mit à sourire.

— Rigole tant que tu veux, mais j'ai raison. Frank était un pro en la matière, et chaque fois que j'étais en colère contre lui, tout ce qu'il avait à faire c'était de le faire et en quelques instants, j'oubliais la raison pour laquelle on se disputait.

— Jess ! se plaignit Zoey.

— Ne rougis pas, ma fille. J'ai raison, tu sais que j'ai raison.

Elle tourna son regard vers Bubba.

— Et tu n'as pas intérêt à rester là et à me dire que tu n'aimes pas le cunnilingus. Parce que si c'est le cas, tu peux te retourner et foutre le camp de chez moi.

Bubba fit de son mieux pour ne pas exploser de rire car il savait que la pauvre Zoey était très embarrassée. Son visage était rose vif et il la sentait se déplacer, mal à l'aise devant lui.

— J'aime beaucoup ça, dit-il honnêtement à Jess, mais j'apprécierais que nous changions de sujet car cela met Zoey mal à l'aise. Je sais déjà à quel point tu es franche, mais peut-être que tu pourrais faire attention jusqu'à ce que Zoey te connaisse un peu mieux.

Le sourire sur le visage de Jess devint encore plus éclatant.

— Défendre ta copine, j'aime ça.

— Jess, prévint Bubba.

— Très bien, très bien. Mais pour en revenir à mon point. Je n'ai pas besoin d'elle ici la nuit. Je n'ai pas besoin d'une baby-sitter. Tu l'aimes bien, elle t'aime bien et vous êtes juste de l'autre côté de la rue. Si j'ai besoin de quelque chose – ce qui ne sera pas le cas – je t'appellerai et tu pourras venir en courant. D'ailleurs, si quelqu'un vous en veut, ne serait-il pas mieux pour toi d'avoir Zoey avec toi pour être sûr qu'elle est en sécurité ? Deux femmes, dont l'une a plus de 80 ans, ce n'est pas vraiment l'idéal en matière de sécurité.

Jess avait raison. Mais Bubba ne prendrait pas la décision pour Zoey. Est-ce qu'il la voulait avec lui ? Bien sûr. Mais il n'avait jamais forcé une femme à faire quelque chose, et il ne commencerait pas avec elle.

Il fixa Jess du regard.

— Et si je disais qu'elle ne peut pas vivre dans ma maison ? Tu la mettrais vraiment dehors ? Lui faire dépenser le peu d'argent qu'elle a pour un appartement quelque part ? Lui faire dépenser encore plus d'argent pour une voiture et de l'essence ? Je te connais, Jess, tu ne ferais pas ça.

— Mark, arrête. Si elle ne veut pas de moi ici, je peux trouver mon propre endroit pour vivre, dit Zoey.

Bubba ignora Zoey pour le moment. Il savait qu'elle dirait ça, mais il connaissait aussi sa voisine. Jess ne ferait pas plus souffrir Zoey que lui.

Jess plissa les yeux.

— Touché, jeune homme. Tu sais que je ne le ferais pas. Bien, si tu ne veux pas d'elle, elle peut vivre ici.

— Je n'ai jamais dit que je ne voulais pas d'elle, répliqua Bubba. Mais ce n'est pas cool d'essayer de manipuler l'un de nous deux.

Jess sourit.

— Comme si tu allais me laisser te manipuler. Alors... elle va emménager avec toi ou quoi ?

— Tu as fini avec Zoey pour la journée ? demanda Bubba au lieu de répondre à sa question.

Le sourire de Jess ne faiblit pas.

— Oui. Zoey a préparé une soupe et elle a mijoté toute la journée.

Elle regarda Zoey.

— Je te verrai demain matin, d'accord ?

— Oui, madame.

— Je t'ai déjà dit de ne pas m'appeler comme ça. Encore une fois et je te frappe. On se voit demain. Amusez-vous bien ce soir, les enfants !

— Tu as tout ce dont tu as besoin ici ? demanda Bubba à Zoey.

Elle hocha la tête.

— Oui. Je n'ai pas apporté mon sac à main ou quoi que ce soit d'autre, pensant que si j'en avais besoin, je pourrais juste courir le chercher. Mon téléphone et la clé de chez toi sont dans ma poche.

— Super. Passe une bonne soirée, Jess, dit Bubba en conduisant Zoey à l'extérieur vers sa maison.

— Toi aussi ! cria-t-elle avant de fermer la porte.

Zoey ne dit rien quand ils traversèrent la rue pour aller chez lui. À la seconde où la porte fut fermée, elle annonça :

— Je ne suis pas sûre que ça va marcher.

Bubba la conduisit dans sa maison, en gardant une prise ferme sur sa main, et l'assit sur son canapé. Il rapprocha la table basse et s'installa dessus, coinçant les jambes de Zoey entre les siennes. Il ne lâcha pas sa main et en caressa doucement son dos en se penchant plus près.

— Tu n'aimes pas Jess ? demanda-t-il.

Elle leva les yeux vers lui avec surprise.

— Que je ne l'aime pas ? Je l'aime, et je ne la connais que depuis un jour. Je veux être comme elle quand j'aurai son âge. Elle est drôle, franche, et complètement folle. Je respecte ça.

Bubba sourit.

— Alors, qu'est-ce qui ne va pas marcher ?

— Mark, tu l'as entendue.

— Oui.

— Tu ne peux pas... Je ne suis pas... Merde.

— Ne sois pas gênée par Jess. Oui, elle est franche, mais elle a raison. Je ne t'ai pas invité à venir en Californie par pitié. Et je ne t'aurais certainement pas mis en contact avec ma voisine si je ne voulais pas te voir tous les jours. Apprendre à mieux te connaître. Elle nous raconte n'importe quoi ; tu peux tout à fait vivre avec elle et elle en adorerait chaque seconde. Mais la dernière chose que je veux, c'est que tu te sentes obligée de faire quoi que ce soit.

Zoey le dévisageait. Il lisait sans mal l'indécision derrière ses prunelles.

— Elle avait raison sur autre chose aussi, dit-il doucement.

— Quoi ?

— J'ai envie de toi, avoua-t-il sans détour. Je suis rentré plus tôt aujourd'hui parce que je ne pouvais pas attendre plus longtemps pour te voir. Pour voir comment tu allais. Pour m'assurer que tout allait bien dans ton monde. Je n'aimerais rien de plus que de t'avoir ici dans ma maison avec moi la nuit. Si tu veux ralentir les choses, on peut faire ça aussi. Je dormirai dans la chambre d'amis et tu pourras prendre mon lit. Nous prendrons nos dîners et nos petits-déjeuners ensemble, nous apprendrons à nous connaître, à savoir ce que nous aimons et ce que nous n'aimons pas. Nous regarderons la télévision et lirons des livres l'un à côté de l'autre et nous irons aussi lentement que tu le souhaites. Je me sens bien la plupart du temps avec toi, Zoey. Et je veux que cela continue.

— La plupart du temps ? demanda-t-elle.

— Oui.

— Et les autres fois ?

— Confortable n'est pas un mot qui me vient à l'esprit, affirma-t-il sérieusement. Anxieux, agité, excité, étourdi, confus quant à ce que tu peux bien voir en moi, et complètement excité.

Zoey se lécha les lèvres et Bubba ne put en détacher son regard. Il remarqua qu'elle respirait plus vite et elle serra sa main encore plus fort.

— Je n'ai jamais fait ça.

Bubba fronça les sourcils en signe de confusion.

— Quoi ?

— Le... cunnilingus.

Entendre le mot très clinique sur ses lèvres donna à Bubba l'envie de rire. Mais il ne le fit pas, cette conversation était bien trop sérieuse pour qu'il la gâche en se moquant d'elle.

— Non ? Parce que tu penses que tu n'aimerais pas, ou parce que tu n'as pas aimé avec les hommes avec qui tu es sortie ?

— Euh… les deux ?

— Je ne mentais pas, ma chérie. Il n'y a rien que j'aime plus que de faire ça à une femme. Et avant que tu ne le demandes, ça fait un sacré bout de temps que je ne l'ai pas fait. C'est une chose très personnelle qui demande beaucoup de confiance. Je n'ai pas fait confiance à quelqu'un comme ça depuis très long-temps. Mais, puisque nous sommes honnêtes ici, j'ai fantasmé sur le fait de partager ça avec toi.

— Ah oui ?

— Oui, Zo. C'est peut-être à cause de notre expérience dans les bois, mais je te confie ma vie. Je ne peux rien imaginer de plus sexy que de te dévorer, t'entendre crier mon nom pendant que tu jouis dans ma bouche.

Ses joues s'empourprèrent, et Bubba eut le sentiment qu'il était allé trop loin. Mais elle avait décidé d'en parler. Il essaya de contrôler sa libido déchaînée et de ramener leur conversa-tion au point de départ.

— Je te veux dans ma maison, Zoey. Je ne te manipulerai pas de quelque façon que ce soit. Dis-moi ce que tu veux, et je remuerai ciel et terre pour te le donner. Tu veux rester avec Jess ? Louer un appartement ? Rester ici ?

Elle le regarda dans les yeux et lui dit doucement :

— Ici. Si tu es honnête et que ça ne te dérange pas que je sois dans ton espace, je me sentirais plus à l'aise ici.

— Pourquoi ?

Bubba avait besoin de savoir qu'il ne s'agissait pas seule-ment du fait qu'il pouvait la protéger.

— Parce que j'en pince pour toi depuis que je suis en seconde. Parce que tu es généreux à l'excès. Parce que quand tu m'as embrassé, je n'ai pas pu penser à autre chose qu'à toi. Et même si c'est une erreur et que tu découvres que je ne suis qu'une fille de petite ville et que vivre à Riverton me fait peur, je veux quand même tenter ma chance.

— Tu as affronté la nature sauvage de l'Alaska avec moi, ma chérie. La grande méchante ville n'est rien à côté de toi.

Elle lui sourit tendrement.

— Et je m'en veux encore plus de ne pas être retourné en Alaska pour rendre visite à ma famille, parce que si ça avait été le cas, j'aurais pu me lier à toi encore plus tôt, et nous aurions eu plus de temps ensemble.

— Mon Dieu, c'est l'une des choses les plus gentilles qu'on m'ait jamais dites, chuchota-t-elle.

— C'est vrai, lui dit Bubba.

Puis il se pencha lentement en avant, leva son menton et attendit qu'elle le rejoigne à mi-chemin.

Quelque chose en lui se calma quand elle approcha immédiatement ses lèvres des siennes. Ils échangèrent un baiser lent et doux, ne se touchant que les lèvres.

— Alors tu vas vivre ici avec moi ? demanda-t-il en reculant.

— Oui.

— Dormir dans mon lit ?

— Oui.

— Avec moi ?

Elle rougit, mais dit :

— Oui.

— Bien, dit-il avec satisfaction. Je veux y aller lentement. La dernière chose que je veux, c'est profiter de toi ou de tes sentiments. Ne le prends pas mal. Je te veux, Zoey. Je veux te faire mienne de toutes les façons possibles pour un homme, mais je veux que tu me fasses tien aussi. Et nous n'avons pas à nous précipiter dans quoi que ce soit. Cela fait un peu plus d'une semaine que nous nous sommes reconnectés. Aujourd'hui, c'était dur pour moi. Être loin de toi après tout ce qu'on a traversé était plus dur que je ne le pensais.

— Je suis contente de ne pas être la seule à ressentir ça, admit Zoey. Je me suis sentie un peu perdue toute la journée.

— Moi aussi. C'est pourquoi je propose de prendre les choses un jour après l'autre. On va apprendre à se connaître petit à petit. Je sais que tu sais faire un feu et comment tu fonctionnes sous une pression extrême, mais je ne sais pas ce que tu aimes sur ta pizza et quel est ton film préféré.

— Tout sauf les anchois ou l'ananas, et il est impossible que je n'en choisisse qu'un seul, dit-elle en souriant.

Bubba voulut se lever et jeter Zoey par-dessus son épaule comme une sorte d'homme des cavernes, mais il venait de lui dire qu'il voulait y aller doucement. Ce serait contradictoire.

— Qu'est-ce que tu veux manger ?

— Pas de poisson ou d'écureuil, répondit-elle immédiatement.

En riant aux éclats, Bubba se leva, l'emmenant avec lui.

— Marché conclu. Que dirais-tu de spaghettis ? Ce n'est pas gastronomique, un énorme bol de glucides me paraît parfait.

— Absolument, acquiesça-t-elle.

Quelques heures plus tard, après le dîner, et après que Zoey et lui eurent regardé deux films *Die Hard*, Bubba était allongé dans le lit, tenant Zoey dans ses bras pendant qu'elle dormait. Son érection ne le quittait et ses bourses lui faisaient mal parce qu'il n'avait pas pu les libérer, mais il n'avait jamais été aussi à l'aise de toute sa vie.

Il n'avait jamais pensé qu'il pouvait être aussi excité par une femme inexpérimentée qu'il l'était par Zoey. Quand il repensa au conseil de Jess, il ne put que secouer la tête... et être d'accord avec elle. Il ne pouvait pas attendre d'avoir ses mains et sa bouche sur Zoey. Mais pour une raison qu'il ignorait, la tenir comme ça était presque aussi satisfaisant que n'importe quel rapport sexuel qu'il n'avait jamais eu. Il ne savait pas pourquoi, mais peut-être était-ce juste l'effet de Zoey sur lui.

Ils avaient partagé quelque chose de profond, et il avait vu une partie d'elle qu'elle ne montrait pas à tout le monde. Sa force intérieure. Sa détermination.

En tournant la tête et en embrassant sa tempe, Bubba l'entendit marmonner quelque chose, puis elle se blottit encore plus contre lui.

Quelqu'un allait payer pour avoir osé essayer de la tuer. Il espérait que Tex trouverait Eva Dawkins et découvrirait le pot aux roses le plus tôt possible. Mais en attendant, il garderait Zoey en sécurité. Elle était là où elle devait être. Juste là, à côté de lui.

* * *

Eva Dawkins n'était pas heureuse. Elle avait peur et était furieuse de ne pas avoir reçu son argent. Ses enfants étaient toujours avec son ex et psychopathe, et elle n'avait aucune idée de ce qu'elle allait faire. Elle s'était enfuie de Seattle, car rester au même endroit n'était pas un bon plan, et avait fait du stop pour retourner en Alaska. Ce n'était pas très malin de retourner à l'endroit où elle avait été engagée, mais quel autre choix avait-elle ? Ses enfants étaient là-bas. Et si elle voulait les récupérer, elle devait affronter son ex. Avec ou sans l'argent qu'il exigeait.

Pour la première fois depuis des jours, le téléphone jetable qu'elle utilisait pour communiquer avec la femme qui l'avait engagée sonna, et Eva cliqua rapidement sur le bouton vert pour répondre.

— Où est mon argent ? demanda-t-elle en guise de salutation.

— Il n'y a pas d'argent, répondit la femme de façon laconique.

— Quoi ? C'est des conneries !

— Non, ça ne l'est pas. Tu n'as pas respecté ta part du marché.

— Bien sûr que si, lui dit Eva. J'ai fait exactement ce que tu m'as dit de faire. Je les ai déposés au milieu de ce putain de nulle part.

— Oui, eh bien, ce n'était pas suffisant. Ils ont été secourus, et la lecture du testament s'est déroulée comme la loi l'exigeait.

Eva sentit une bouffée de soulagement la traverser. Elle n'avait tué personne. Mais e fait de ne pas les avoir tués n'arrangerait pas sa cause devant un jury. Cela, ajouté à son casier judiciaire pour transport de drogue, la ferait jeter en prison sans que personne n'y réfléchisse à deux fois.

Merde. Elle s'était fait avoir.

Elle fit un ultime effort pour que la femme transfère l'argent qu'elle avait promis.

— Ce n'est pas de ma faute. J'ai fait ce que tu voulais. Tu me le dois.

La femme soupira.

— Tu as raison, tu l'as fait. Mais voilà le problème... il n'y a pas d'argent. J'ai donné ce que je t'avais promis aux gars qui étaient censés saboter ton avion – pour que vous mourriez tous les trois quand votre avion s'est écrasé après le décollage.

Eva sursauta.

— Quoi ? chuchota-t-elle.

— C'est vrai. Si tu y avais réfléchi deux secondes, tu aurais compris que déclarer Mark et Zoey disparus n'avait aucun sens. Aucun argent ne serait débloqué tant que leur mort n'aurait pas été prouvée, et comment le faire s'ils avaient seulement disparu dans la nature au milieu de l'Alaska pour toujours ? Non, j'avais besoin que tout le monde sache qu'ils étaient morts, et pas à cause d'une agression suspecte ou autre. Ce putain d'avion était censé s'écraser et partir en fumée !

— Je ne peux pas te croire, dit Eva, abasourdie au-delà de toute croyance.

Elle avait de la chance d'être encore en vie.

— Crois-le, ricana l'autre femme. Si tu es en vie, c'est parce que ces connards ont dû me doubler.

— Comme ce que tu m'as fait ! protesta Eva.

— Oui, eh bien... désolée.

Elle n'avait pas l'air désolée du tout.

— Salope ! dit Eva. Tu me dois de l'argent, et je le veux maintenant.

— Je ne te dois rien du tout ! lui dit la femme. Je t'appelle pour te dire que toute association entre nous est terminée. Si tu en parles à qui que ce soit, je te ferai arrêter si vite que tu auras la tête qui tourne. Qui crois-tu que les flics vont croire, toi ou moi ? Je vais te dire qui. *Moi.*

— Et mes enfants ? cria Eva de désespoir.

— Ils ne sont pas mon problème. Peut-être que tu n'aurais pas dû écarter les jambes au premier venu. Tu t'es mise dans cette situation, tu peux trouver un moyen de t'en sortir.

— Je l'ai fait ! J'ai fait ce que tu voulais, dit Eva désespérément.

— Tu n'es rien d'autre qu'une pure ordure, dit la femme à l'autre bout de la ligne. Tes enfants n'ont jamais eu la moindre chance. Et ils ne seront rien d'autre que des ordures aussi. Utilise ça comme une chance d'effacer ton ardoise. Déménage dans le Maine ou ailleurs et recommence. C'est probablement la meilleure chose que tu puisses faire pour ces putain de gamins.

Après cette réplique qui lui fendit l'âme, la ligne fut coupée.

Les yeux sur le téléphone dans sa main, Eva fit ce que toute autre mère aurait fait.

Elle se mit à pleurer.

Puis, au plus profond d'elle-même, elle se jura de faire tout ce qu'il fallait pour récupérer ses enfants.

Ils n'étaient pas des déchets. Ils étaient beaux et innocents, et Eva ferait tout ce qu'il fallait pour qu'ils le restent.

Cette femme pensait qu'elle pouvait lui extorquer l'argent qu'elle lui devait en toute honnêteté ? Eva la ruinerait. Elle ne savait pas encore comment elle se débrouillerait, mais elle le ferait. D'une manière ou d'une autre.

CHAPITRE QUINZE

Une semaine plus tard, assise sur le canapé face à Jess, Zoey dissimulait son sourire derrière sa tasse de thé. La vieille dame ne se gênait jamais pour dire ce qu'elle avait sur le cœur, que ce soit approprié ou non. Et Zoey adorait ça.

— Je ne plaisante pas, Frank a dit au vice-amiral : « Si vous voulez bien m'excuser, Monsieur, je suis à ce bal des Marines depuis quatre heures et je ne pense qu'à ramener ma femme à la maison et la mettre au lit ». Puis il a salué l'homme, m'a prise par le bras, m'a ramené à la maison et s'est amusé avec moi.

Zoey ne put retenir un rire en entendant ça.

— Tu te moques de moi ? En fait, tu aimes beaucoup plaisanter.

Jess leva une main.

— Je te jure que je ne plaisante pas. Je pensais que j'allais mourir d'embarras, mais apparemment le vice-amiral était jaloux que nous puissions partir, parce qu'il a simplement dit : « Amuse-toi bien, Marine », avant que nous partions.

Zoey secoua la tête et se leva, s'en allant avec la tasse de Jess afin de la remplir. Et dire qu'elle avait rencontré la vieille dame une semaine plus tôt seulement. C'était comme si elle la connaissait depuis toujours. Travailler avec elle n'avait rien de difficile, bien au contraire. La plupart du temps, Zoey avait même l'impression que Jess n'avait pas besoin d'elle. Sa maison était déjà assez propre, et Jess n'avait aucun problème pour se déplacer. Finalement, le principal problème qu'elle rencontrait, c'était la solitude. Jess était seule. Elle n'avait pas de famille à qui rendre visite et passait la plupart de son temps enfermée dans sa maison.

Chaque jour, elles sortaient et trouvaient quelque chose à faire. Des courses au supermarché, ou une petite promenade dans le parc. Elles allèrent même à la plage et regardèrent les gens surfer et Zoey l'avait emmené une fois au zoo. C'était aussi agréable de sortir et de voir la ville pour Zoey que pour Jess.

— Tu es sûre que tu ne veux pas venir au barbecue avec nous cet après-midi ? demanda Zoey en s'asseyant à nouveau à côté de Jess sur le canapé.

La réunion à la maison de la plage de Gumby avait été reportée pour se dérouler plus tard dans la journée.

— J'en suis sûre. J'ai invité Gretel à venir jouer aux cartes cet après-midi.

Gretel était une femme qu'elles avaient rencontrée à la bibliothèque il y a quelques jours. Apparemment, Jess avait été amie avec elle des années auparavant, mais elles s'étaient perdues de vue. Les deux femmes avaient été absolument ravies de se revoir et avaient prévu de se rencontrer.

— Elle pourrait venir aussi, dit Zoey, ne voulant pas que sa nouvelle amie se sente exclue.

Jess secoua la tête.

— Non, mon enfant. Va t'amuser avec les autres. Tu as besoin de te faire d'autres amis qu'une vieille dame.

— Je peux avoir plusieurs amies, lui dit Zoey.

— Bien sûr que tu peux, mais ces femmes seront spéciales dans ta vie. Elles seront tes meilleures amies, les tantes de tes enfants, les baby-sitters quand Mark et toi aurez besoin de temps pour vous. Elles seront ton système de soutien lorsque Mark sera en mission tout comme tu le seras pour elles. Tu dois cultiver leur amitié, et tu dois commencer dès que possible.

— Jess, dit doucement Zoey, en posant leurs tasses de thé. Je pense que tu as mal compris ma relation avec Mark.

Jess leva simplement un sourcil en réponse.

— Sérieusement. Je veux dire, nous n'avons pas... nous ne sommes pas... nous sommes juste amis pour le moment.

Mensonge ; même elle savait que ce n'était pas tout à fait le cas, mais elle ne voulait pas parler de sa vie sexuelle... ou de son absence de vie sexuelle... avec l'autre femme.

— Crois-moi, cet homme n'est pas seulement ton ami, répondit Jess avec conviction. C'est plutôt mignon que tu fasses l'autruche quand il s'agit de Mark, mais à un moment donné, il va falloir que tu te lèves et que tu prennes conscience de ce qui se passe autour de toi. J'ai vu ce baiser la semaine dernière, ce n'était pas ainsi qu'on embrasse ses amis.

— Oh, mais... ouais, c'est ce que je pensais aussi. Mais il ne s'est rien passé depuis. Pas même une bise sur la joue. Il a dit qu'il voulait y aller doucement, mais je ne pensais pas qu'il voulait dire aussi doucement.

— Il ne couche pas avec toi ?

Zoey se sentit de nouveau rougir, mais elle n'avait honnête-ment personne d'autre à qui parler de ça.

— On dort, mais c'est tout. J'étais presque sûre que nous nous dirigions vers une relation sérieuse, mais maintenant je me demande si je ne voyais pas seulement ce que je voulais quand il s'agissait de nous.

Jess hocha la tête puis se pencha en avant pour prendre la main de Zoey dans la sienne.

Zoey eut envie de pleurer face à ce geste. Cela faisait long-temps que quelqu'un ne l'avait pas regardée avec autant de tendresse que Jess. Elle ne se souvenait pas de la dernière fois où sa mère s'était assise et avait eu une conversation à cœur ouvert avec elle. La dernière fois qu'elle avait eu des nouvelles d'elle – un rapide coup de fil l'autre jour – elle était à Fairbanks avec Liam et les choses se passaient bien.

— Mon Frank était un homme alpha, tout comme Mark. Il était protecteur et revêche quand d'autres hommes me regardaient. Après ses missions, il lui fallait un certain temps pour se remettre dans le bain de la maison. Mais même quand il était le plus grognon des hommes, je n'ai jamais douté de son amour pour moi. Il me préparait des repas, faisait la vaisselle, passait l'aspirateur et faisait la lessive. Il me conduisait au travail quand il le pouvait et venait me chercher. Lorsque je sortais le soir avec mes amis, il restait debout jusqu'à ce que je rentre à la maison ou se proposait d'être le conducteur sobre pour nous ramener tous en sécurité. Il me tenait la main en public *et* lorsque nous étions à la maison. Pour les autres, c'était un gars grognon, mais pour moi, c'était mon Frank. Un homme comme Mark ne voudra pas te presser. Je suppose qu'il attend un signe de ta part pour passer à l'étape suivante.

Les mots de Jess s'installèrent doucement dans sa tête, et Zoey dut admettre qu'elle avait marqué un point. Mark n'avait été que poli et attentionné envers elle. Il avait fait toutes ces choses que Jess avait mentionnées, à part lui tenir la main.

— Et s'il avait changé d'avis ? Les choses étaient assez intenses en Alaska, et maintenant qu'il est rentré chez lui depuis un moment, peut-être qu'il a décidé que c'était juste situationnel.

— Il est intéressé, répliqua Jess. J'ai vu comment il te regarde quand tu ne fais pas attention. Mais ça ne veut pas dire qu'il va rester assis et attendre pour toujours. Tu vas devoir lui faire savoir que tu n'as pas changé d'avis. Dans le monde d'aujourd'hui, les hommes doivent être très prudents lorsqu'ils font des avances aux femmes afin de ne pas dépasser leurs limites.

Un coup frappé à la porte interrompit leur conversation intime. Avant que Zoey puisse se lever et répondre, Jess lui serra la main.

— Prends les conseils d'une vieille dame, Zoey. J'ai le sentiment que ce sera à toi de faire le premier pas, et tu devrais le faire rapidement. Cet homme est un chef de meute, et si j'étais toi, je serais à fond sur lui.

Zoey gloussa.

— Un chef de meute ?

Jess sourit.

— De mon temps, c'était un sacré compliment.

— Ça l'est toujours, dit Zoey.

Un autre coup fut frappé à la porte, et elles entendirent Mark appeler Jess.

— Je dois y aller pour qu'il ne s'inquiète pas, dit Zoey.

Jess hocha la tête et tapota la main de Zoey.

— Rappelle-toi ce que j'ai dit. Il essaie d'être un gentleman et de ne pas te presser. Prends ce que tu veux, mon enfant.

Zoey hocha la tête et se leva pour répondre à la porte.

Elle l'ouvrit, et un petit frisson la traversa en voyant Mark debout. Il était rentré chez lui après le travail et avait enfilé un short kaki et un T-shirt blanc. Il était absolument délicieux avec sa peau bronzée et la courte barbe qu'il n'avait pas rasée après leur aventure en Alaska.

— Salut, dit-il, en se penchant en avant.

Zoey inclina la tête, pour qu'il puisse plus facilement embrasser sa joue, mais au lieu de cela, ses lèvres effleurèrent les siennes.

— Tu as passé une bonne journée ? demanda-t-il.

— Oui, dit Zoey, la bouche sèche.

Les mots de Jess résonnaient encore dans sa tête, mais elle savait que ce n'était pas le moment de lui dire que s'il se retenait d'être intime avec elle parce qu'il pensait que c'était ce qu'elle voulait, il avait tort.

Ils saluèrent Jess, et Zoey ignora le sourire sur le visage de la femme plus âgée et son jeu de sourcils suggestif.

De retour chez lui, Mark attendit patiemment qu'elle enfile un short et un T-shirt et prépare ses affaires pour une journée à la plage. Elle ne put s'empêcher de remarquer qu'il avait pris un de ses sweat-shirts et l'avait également mis dans son sac. Elle savait que ce n'était pas pour lui, qu'il l'avait pris pour elle, sachant qu'elle aurait probablement froid et en aurait besoin plus tard.

Zoey était excitée par le barbecue. Elle voulait apprendre à mieux connaître les coéquipiers de Mark, et avait hâte de parler davantage avec Caite, Sidney et Piper.

Dès leur arrivée à la maison de la plage, ce fut un chaos semi-contrôlé. Les trois enfants de Piper et Ace couraient partout avec l'énergie inépuisable des enfants. Rocco s'occupait du barbecue, tandis que Phantom et Rex s'occupaient des enfants et s'assuraient qu'elles ne se blessent pas et qu'elles s'amusent.

Les autres hommes jouaient au ballon sur la plage, se relayant pour revenir afin de s'assurer que personne ne manquait de quoi que ce soit. Après avoir mangé des hamburgers et des hot-dogs, tout le monde alla se baigner dans l'océan, ce qui était une nouvelle aventure pour Zoey. L'eau était fraîche, mais pas autant que celle de l'Alaska.

Après avoir passé plus d'une heure à jouer dans l'eau et le sable, tout le monde remonta à la maison pour se doucher et se changer. Finalement, les enfants s'installèrent dans la chambre principale pour regarder des dessins animés, et les hommes se réunirent autour de l'énorme télévision du salon pour regarder le football.

Caite, Piper, Sidney et Zoey avaient décidé de siroter du vin et de s'asseoir sur la terrasse arrière pour profiter du coucher de soleil. Enfin, tout le monde sauf Piper qui se contenta d'une bouteille d'eau en raison de son état actuel. C'était la première fois qu'elles prenaient vraiment le temps de s'asseoir et de se poser de tout l'après-midi, et Zoey était plus que ravie d'avoir le temps de parler aux autres femmes en tête-à-tête.

— Comment se passe le travail avec Jess ? demanda Caite.

— Bien. Vraiment bien, répondit-elle. Elle est très amusante. C'est une toute petite femme avec une énorme personnalité. Je jure que j'ai plus rougi en sa présence que dans toute ma vie.

— Les flics ont-ils trouvé autre chose sur celui qui aurait pu engager cette pilote pour vous laisser, Bubba et toi, au milieu de nulle part ? s'enquit Sidney.

Zoey secoua la tête.

— Pas que je sache. Je sais qu'il y a un gars nommé Tex qui se penche aussi sur la question, et Mark pense qu'il devrait découvrir quelque chose bientôt.

Piper hocha la tête avec enthousiasme.

— Tex est incroyable. Si quelqu'un peut trouver qui a organisé tout ça, c'est bien lui.

Elle conta à Zoey ce qu'il avait fait pour elle, en les aidant à organiser l'adoption presque immédiate des filles. Elle lui parla notamment de sa première rencontre, à un barbecue.

— Il était lui-même SEAL mais a perdu une jambe au combat. C'est presque un Dieu ici, et je comprends pourquoi. Je voulais faire quelque chose pour le remercier, mais Beckett m'a dit que si j'essayais, Tex ferait quelque chose de complètement exagéré en retour.

— Comme quoi ?

— Je lui ai posé la question, et Beckett a dit qu'il avait une fois envoyé à quelqu'un une bombe à paillettes explosives après qu'il l'a remercié une fois de trop.

— La vache. Personne ne veut de ce genre de choses dans sa maison. Ça ne part jamais ! s'exclama Zoey.

— Je sais, dit Piper. Sinta m'a suppliée de lui donner de la colle à paillettes pour un projet, et j'ai bêtement cédé. Je n'arriverai jamais à enlever cette cochonnerie de mon tapis.

Tout le monde se mit à rire.

— Bref, continua Piper. Je crois que Tex n'aime pas qu'on lui dise autre chose qu'un simple merci. Mais j'ai demandé aux filles de lui faire chacune une carte, et je m'en suis tirée avec ça.

— Donc vous n'avez toujours aucune idée de qui voulait votre mort ? reprit Caite.

Zoey secoua la tête et haussa les épaules.

— Ça craint. Je sais exactement ce que ça fait, compatit Caite. Mais la bonne nouvelle c'est que tu as Bubba à tes côtés. Comment ça se passe avec lui ?

Ayant une impression de déjà-vu, puisqu'elle venait d'avoir cette conversation avec Jess, Zoey expliqua une fois de plus comment se passait sa relation avec Mark. Elle leur avoua qu'elle voulait que les choses aillent plus vite mais qu'elle avait peur d'aller de l'avant parce qu'elle ne voulait rien faire qui puisse gâcher la connexion qu'elle ressentait avec lui.

Comme personne ne disait rien après qu'elle eut fini d'expliquer, Zoey ne sut quoi penser. Elle avait ressenti un lien fort avec ces femmes, et elle ne tenait pas à tout gâcher à cause de quelques mots. Elles connaissaient Mark depuis plus longtemps qu'elle... enfin, ce n'était pas tout à fait vrai, puisqu'elle l'avait connu quand il était au lycée, mais quand même.

— Alors, voilà le truc, commença Caite après un long moment de silence. Je pense que chacune d'entre nous peut te donner de sages conseils parce que nous savons exactement ce que tu ressens. Nous avons toutes été à ta place. Pas exactement, mais à peu près. Pendant longtemps, je ne savais pas que quelqu'un essayait de me tuer, ce qui était fou, mais une fois que je l'ai su, et que Blake est devenu protecteur, je me suis demandé s'il était avec moi juste pour me protéger ou parce qu'il m'aimait bien.

— Pareil pour moi, dit Piper. De plus, nous étions tellement occupés avec les filles, à les installer et à les acclimater à la vie ici aux États-Unis. J'étais presque sûre qu'il ne m'avait épousée que pour que les filles puissent quitter le Timor-Oriental.

— Comment avez-vous... euh... fait passer votre relation à l'étape suivante ? demanda Zoey, heureuse d'avoir eu un peu de courage pour poser la question.

— C'est arrivé comme ça, dit Caite.

Piper acquiesça.

Ça ne l'aidait pas vraiment.

Sidney se pencha en avant.

— Je serai la première à admettre que j'ai fait une sacrée connerie dans ma relation avec Decker. J'ai fait des choses vraiment stupides, et je suis reconnaissante qu'il ne m'ait pas immédiatement larguée. Mais je vois un conseiller pour parler des problèmes qui m'ont perturbée. Je pense que la clé d'une relation avec des hommes comme les nôtres est de communiquer. Ne pas avoir peur de leur dire ce que l'on veut et comment on le veut. Que ce soit du sexe ou autre chose. Je n'ai pas assez parlé à Decker, et ça a failli nous séparer.

Zoey se mordit la lèvre.

— Mark est l'un des gars les plus gentils que je connaisse. Il m'a engagé pour aider sa voisine.

— Où est-ce que tu dors ? demanda Caite.

Zoey savait qu'elle rougissait, mais elle dit :

— Dans son lit.

— Et où dort-il ? demanda Piper.

— Dans son lit, répéta Zoey.

— Bien, conclut Caite en s'asseyant et en posant ses pieds sur la rambarde du pont. Ce n'est pas de la pitié, et tu lui plais.

— Elle a raison, dit Sidney. Il n'y a pas moyen qu'il t'installe dans son lit et qu'il s'y glisse avec toi s'il ne voulait pas que votre relation soit sérieuse. Ce n'est pas comme ça que nos hommes sont faits.

— Je suis d'accord, dit Piper. Il aurait pu te mettre dans sa chambre d'amis.

— Il a proposé de dormir là lui-même, mais a dit en termes très clairs que c'était à moi de décider, admit Zoey.

Les trois femmes sourirent en chœur et hochèrent la tête. Caite se pencha en avant et leva son verre de vin. Zoey le tapa avec le sien.

— Bienvenue au club, Zoey. Nous sommes ravies de t'avoir avec nous.

— À quoi portez-vous un toast ? demanda une voix grave derrière eux.

Zoey sursauta et faillit en renverser son verre de vin. Elle se retourna et vit Mark debout, son sweat à la main.

— Aux amis, dit facilement Caite.

— Ah, cool. Zoey, je pensais que tu avais peut-être froid, dit Mark en montrant le sweat-shirt.

— Oh, merci. Effectivement.

Il sourit et lui tendit le vêtement et tint son verre de vin pendant qu'elle le passait par-dessus sa tête. Il était bien trop grand pour elle, mais elle s'en fichait. Elle pouvait y respirer l'odeur de Mark, et à part quand elle se blottissait contre lui, rien ne la détendait autant que d'être entourée de son parfum.

— Merci, lui dit-elle en reprenant son verre.

Il l'abandonna, puis la surprit en se penchant et en embrassant sa tempe. Il se tourna vers les autres et dit :

— Ne vous soûlez pas trop, mesdames. Piper, tu es responsable d'elle, elle doit pouvoir encore marcher dans une heure.

Piper leva les yeux au ciel.

— Peu importe. On ne fait pas de shots de Jägermeister ici, tu sais. C'est juste un peu de vin.

Mark regarda la bouteille vide sur la balustrade, et celle d'à côté qu'elles venaient d'ouvrir.

— Ah oui ?

— Oh, tais-toi, dit Caite. Et dégage. On parle de trucs de femmes ici.

— Je m'en vais, je m'en vais, dit Mark.

Il passa sa main sur les cheveux de Zoey avant de se retourner et de rentrer à l'intérieur.

— Oh, oui, tu n'as pas à t'inquiéter, ma fille, dit Sidney une fois que Mark fut parti.

— La plupart du temps, je le pense aussi, mais ensuite les jours passent sans qu'il ne me touche ne serait-ce qu'une fois, sauf quand on va dormir. Et je deviens paranoïaque, admit Zoey.

— Bubba fait partie des bons gars, la rassura Caite. Il fait ce qu'il pense être juste et honorable. Mais crois-moi, un de ces jours il va craquer, et quand il le fera, ce sera fabuleux.

Elles discutèrent pendant environ quarante-cinq minutes jusqu'à ce que les enfants sortent de la maison et se rendent sur la terrasse. Leur dessin animé était terminé et elles s'ennuyaient... et étaient de mauvaise humeur. Peu de temps après, la fête sembla se terminer naturellement. Chacun se disait au revoir, et Zoey fut ravie lorsque toutes les femmes lui donnèrent leurs numéros et lui dirent d'appeler à tout moment, et qu'elles resteraient en contact.

Avant même qu'elle ne quitte la maison de la plage, Caite lui avait envoyé un texto qui lui disait d'être patiente, et de ne pas hésiter à la contacter si elle ressentait l'envie de parler.

Ça faisait du bien.

Tout dans sa vie semblait aller pour le mieux... et cela lui faisait peur. Dans le passé, quand les choses allaient bien, quelque chose finissait toujours par tout gâcher. Mais elle était déterminée à rester positive et à croire, pour une fois dans sa vie, que cette fois-ci serait différente.

* * *

Bubba regarda Zoey et sourit quand il vit qu'elle s'était endormie sur le chemin du retour. Ses joues étaient rougies par l'alcool qu'elle avait consommé et sa bouche légèrement ouverte alors qu'elle respirait profondément.

Il avait parlé à ses amis de sa situation avec Zoey, et du fait qu'il la désirait plus que tout, mais qu'il avait peur d'aller trop vite. Ils lui avaient conseillé de continuer à prendre les choses lentement, et qu'il saurait quand le moment serait venu de passer à l'étape suivante de leur relation.

Le conseil n'était pas exactement celui qu'il attendait. Il voulait que l'un de ses amis lui dise de foncer. Mais il ne voulait pas non plus gâcher ce qu'il avait avec Zoey. Il y tenait beaucoup. Presque autant qu'il voulait la voir nue et se tordre d'extase sur ses draps.

Quand ils furent rentrés, il jeta un coup d'œil à la maison de Jess et soupira de soulagement. Elle avait laissé la lumière du porche allumée, comme à son habitude. Elle faisait ça juste avant d'aller se coucher le soir pour lui faire savoir que tout allait bien.

Bubba fit le tour de sa voiture et secoua doucement Zoey pour la réveiller. Il passa un bras autour d'elle pour la guider à l'intérieur, car elle était encore dans les vapes. Il l'aida à monter les escaliers et elle s'effondra sur son lit, se tournant immédiatement sur le côté et tirant les couvertures jusqu'à son visage.

— Tout sent comme toi, marmonna-t-elle. Si bon...

Bubba resta à côté de son lit pendant cinq bonnes minutes et regarda Zoey dormir. Il la désirait. Très fort. Sa verge était au garde-à-vous, et il était certain qu'il ne lui faudrait pas plus de deux va-et-vient pour jouir.

Il aimait tout chez elle. Elle était gentille avec tous ceux qu'elle rencontrait, et c'était si rafraîchissant. Elle ne disait du mal de personne, ni sur le physique ni sur le comportement.

Il ne put rien faire d'autre que de rester là à la contempler. C'était d'ailleurs tout ce qu'il pouvait faire pour ne pas se pencher, la réveiller avec un baiser, puis la déshabiller et lui faire l'amour jusqu'à ce qu'aucun des deux ne puisse bouger.

Mais c'était trop tôt.

Honnêtement, ça ne lui semblait pas être trop tôt. Même s'il ne s'était pas écoulé beaucoup de temps depuis qu'ils avaient été abandonnés en pleine nature, à cause de leurs expériences et de leur connaissance mutuelle depuis le lycée, il avait l'impression de la connaître depuis toujours.

Mais il devait attendre.

La société disait que sauter dans le lit d'une personne si tôt après le début de leur relation n'était pas la meilleure manière de la transformer en relation à long terme.

Même ses coéquipiers lui avaient conseillé d'attendre.

Il n'en avait pas envie.

Mais il le ferait.

Et le seul moyen pour lui de se contrôler était de mettre un minimum de distance entre eux. Ça le tuerait, mais il le ferait si ça signifiait solidifier sa connexion avec Zoey.

Il se força à se retourner, à sortir de la chambre et à descendre les escaliers. Il ne voulait rien d'autre que pouvoir se coucher avec elle, mais s'il voulait bien se comporter, alors il ne le pouvait pas. Pas ce soir.

Il prit une bière dans le frigo et alluma la télévision. Il fit défiler les chaînes jusqu'à ce qu'il s'arrête sur une émission qu'il avait déjà vue. C'était ennuyeux à mourir, mais il avait besoin d'une distraction. Il prendrait un peu de distance... assez pour donner à Zoey une chance de s'acclimater à Riverton et à sa nouvelle situation. Mais il n'allait pas renoncer à ses nuits. Il avait besoin de la tenir. Pour se rassurer, vérifier qu'elle était là et en sécurité, et pour lui donner un aperçu de ce qu'il avait à attendre de l'avenir.

Il devrait réduire un peu ça, cependant. Il se coucherait plus tard, pour s'assurer qu'elle s'endorme avant qu'il ne se couche. Il pourrait alors la serrer aussi fort qu'il le souhaitait sans qu'elle se sente obligée de faire avancer leur relation plus vite qu'elle ne le souhaitait. Ça pourrait le tuer, mais pour Zoey, il le ferait.

CHAPITRE SEIZE

Deux semaines plus tard, Zoey était plus confuse que jamais. Les choses allaient si bien avec Mark, et elle était prête à essayer de lui faire savoir, aussi subtilement que possible, qu'elle était prête à faire avancer leur relation physique. Mais depuis le barbecue chez son ami, il semblait lointain.

Il partait tôt le matin pour l'entraînement et ne revenait pas à la maison pour le petit-déjeuner, décidant de rester à la base et de prendre une douche au lieu de revenir. Quand il rentrait le soir, ils dînaient ensemble, puis ils s'installaient devant la télé et parlaient. Et tout cela était bien joli, mais il l'encourageait à se coucher tôt, et elle s'endormait toujours avant qu'il se mette dans le lit à son tour.

Elle savait qu'il finissait par monter, parce qu'elle se réveillait quand son alarme se mettait en route le matin et qu'elle était toujours dans ses bras, mais à la seconde où le bip de sa montre retentissait, il se levait et démarrait sa journée.

C'était tellement déprimant.

Mark était stressé, elle l'avait compris. Sean et son frère l'appelaient régulièrement au sujet de l'entreprise. Signer tel formulaire, participer à telle réunion, discuter d'un changement à venir...

Mark ne s'était jamais intéressé à l'entreprise de son père auparavant, mais maintenant qu'il se retrouvait forcé de prendre des décisions la concernant, Zoey voyait que c'était de pire en pire. Mais il était coincé. Son frère et l'associé de son père avaient besoin de lui, ou du moins c'est ce qu'ils prétendaient.

En plus de cela, Tex n'avait toujours pas localisé Eva Dawkins. La nuit précédente, Mark lui avait dit que son ami se rapprochait de sa position et que ce n'était qu'une question de temps, mais il ne parvenait pas à lui cacher sa frustration sur le temps que cette histoire prenait. Il avait besoin de savoir qui avait essayé de le tuer afin de passer à autre chose.

Elle en vint à se dire qu'il attendait que ce mystère soit résolu, pour pouvoir lui dire qu'elle était en sécurité et qu'elle pouvait reprendre sa vie. Peut-être était-ce pour ça qu'il avait mis de la distance entre eux. L'idée lui faisait mal. Très mal. Mais Zoey ne baissa pas les bras, au contraire. Elle releva la tête et continua sa vie. Elle fit de son mieux pour ne pas stresser à cause de choses qu'elle ne pouvait pas contrôler, et en ce moment, elle n'avait aucun contrôle sur l'enquête, les affaires de Colin, la pression mise sur Mark, ou son travail en tant que SEAL.

Mais elle avait le contrôle sur sa relation avec lui. Elle ne pouvait plus continuer comme ça. Elle avait besoin de réponses. Elle ressentait toujours une connexion aussi profonde avec lui, mais si quelque chose avait changé du côté de l'homme, elle devait le savoir. Elle demanderait à Jess si elle pouvait emménager avec elle jusqu'à ce qu'elle puisse trouver un appartement à elle.

L'argent qu'elle avait reçu de la succession de Colin et que Jess lui versait était suffisant pour prendre un nouveau départ quelque part. Zoey aimait Riverton. Le temps était parfait et il y avait une tonne de choses à faire. Elle ne se sentait pas étouffée comme elle l'avait été à Juneau, et elle aimait ne pas rencontrer des tas de gens qu'elle connaissait lorsqu'elle faisait ses courses. Vaquer à ses occupations en parfait anonymat avait quelque chose de très agréable.

Il était tard et, comme d'habitude, Mark était resté en bas tandis qu'elle était montée se coucher. Mais au lieu de se glisser sous les draps et de s'endormir, Zoey était déterminée à obtenir des réponses. Si Mark en avait fini avec elle, elle devait le savoir. Ce soir.

Elle laissa les lumières éteintes et se blottit dans le fauteuil dans le coin de la pièce. Elle tira une couverture et s'enroula à l'intérieur, allumant sa tablette pour jouer au solitaire jusqu'à ce que Mark vienne se coucher. Elle risquait d'attendre longtemps, mais ça lui importait peu. Elle n'était pas fatiguée. Comment le pourrait-elle, quand son cœur battait si vite et que l'adrénaline coulait dans ses veines ? Elle n'était pas du genre à se confronter aux autres, alors cela lui faisait un peu peur.

Elle aurait pu descendre et demander à Mark ce qu'il faisait, mais elle voulait voir combien de temps il mettrait à venir se coucher.

Deux heures plus tard – les deux heures les plus longues de la vie de Zoey – elle entendit finalement des pas dans les escaliers. Elle posa la tablette de côté et attendit. Elle regarda Mark qui entrait, en essayant de faire le moins de bruit possible. En temps normal, elle aurait apprécié cette attention, mais à ce stade, ça ne faisait que l'irriter plus encore.

Il entra dans la salle de bain, fermant la porte entièrement avant d'allumer. Une fois de plus, il était prévenant. Quand il sortit, Zoey ne put plus se taire.

— Il est tard, dit-elle doucement.

Il sursauta, puis se tourna vers le fauteuil sur lequel elle était assise.

— Zoey ?

— Oui, qui d'autre ça pourrait être ?

— Est-ce que tu vas bien ? Est-ce que tu te sens bien ?

— Je vais bien. Mark, il faut qu'on parle.

Elle grimaça dès que les mots sortirent de sa bouche. Tous les hommes détestent entendre ces quatre mots, mais elle ne les avait pas vraiment contrôlés.

En réponse, Mark alluma la lampe à côté du lit et s'approcha d'elle. Il ne portait qu'un caleçon. Son corps était magnifique, et cela lui faisait mal au cœur de le regarder. Il était lisse et tonique et la vue des muscles en V près de ses hanches la fit déglutir. Elle voulait mettre ses mains partout sur lui. Le sentir sous et sur son corps pendant qu'ils faisaient l'amour.

Sachant qu'elle devait se concentrer, Zoey força ses yeux à se poser sur son visage.

Il la regardait avec inquiétude, ne semblant pas se soucier du fait qu'il était pratiquement nu.

— Qu'est-ce qui ne va pas ?

— Nous. Ça, lâcha-t-elle. Ça ne marche plus.

S'agenouillant devant la chaise, Mark posa ses mains sur ses mollets.

— Tu veux partir ? demanda-t-il doucement.

Zoey secoua la tête.

— Non. Pas du tout. Mais tu as fait tout fait ces deux dernières semaines pour me faire comprendre que tu ne veux pas de moi ici.

Il fronça les sourcils.

— Quoi ?

— Ne le nie pas, Mark. Tu passes le moins de temps possible dans la maison, et je ne peux m'empêcher de penser que c'est évidemment à cause de moi. Tu te lèves à l'aube et tu ne rentres que juste avant le dîner. Ensuite, on passe quelques heures ensemble, et je monte me coucher et tu fais exprès de rester loin de moi jusqu'à ce que je m'endorme. Si tu veux que je parte, il suffit de me le dire. Je suis une grande fille, je peux gérer ça.

Mark soupira et baissa les yeux. Le cœur de Zoey s'enfonça encore plus.

— Je sais que Tex n'a pas encore trouvé qui était derrière tout ce qui s'est passé en Alaska, mais je te promets que ça ira. Rien ne s'est passé depuis la lecture du testament de Colin, donc je suppose que celui qui a arrangé cette merde a dû se résigner et accepter que Colin nous a donné quelque chose. J'ai assez d'argent pour louer un appartement. Je vais continuer à aider Jess, parce que j'aime ça. Je *l*'aime. J'ai regardé sur internet, et je peux obtenir un certificat en gérontologie. Tu m'as aidé à réaliser que je pouvais faire carrière dans quelque chose que j'aime faire. Je t'en serai toujours reconnaissante.

La tête de Mark se leva, et il la maintint en place avec un regard si intense qu'elle se figea.

— J'ai tout foutu en l'air, dit-il.

Comme il ne disait rien d'autre, Zoey ne sut pas trop quoi lui répondre. Contredire ou être d'accord ? Alors elle ne dit rien. Elle se contenta d'attendre.

— C'est vrai que je t'ai évité, mais pas pour les raisons que tu crois.

Zoey pouvait à peine respirer. Son cœur lui faisait mal. Entendre que ses craintes étaient fondées ne lui fit pas du bien.

— Zo, la dernière chose que je voulais faire était de te précipiter dans une relation pour laquelle tu n'étais pas prête. Les choses se sont passées très vite entre nous. C'était très intense. Et je ne voulais pas que tu te sentes redevable envers moi, ou que tu te sentes obligée de commencer une relation physique avec moi par reconnaissance.

— Je suis reconnaissante que ce soit toi qui sois resté en rade avec moi, mais la dernière chose que je ferais, c'est de sortir avec toi, ou d'avoir des relations sexuelles avec toi pour cette raison, murmura-t-elle.

Mark grimaça.

— Je suis resté loin de toi autant que possible parce que

c'est littéralement la seule façon que j'ai trouvée de ne pas poser mes mains sur toi.

Les yeux de Zoey s'élargirent sous la surprise. Il continua :

— Je savais que je devais te donner du temps. Pour te laisser te faire des amis et t'acclimater à ta nouvelle situation sans pression de ma part. Alors je suis parti tôt le matin parce que si j'avais dû m'asseoir en face de toi et te regarder prendre ton petit-déjeuner avec le sourire, et parler de toutes les choses amusantes que tu avais prévues avec Jess, je n'aurais pas pu m'empêcher de te prendre juste là, sur la table de la cuisine. J'ai attendu que tu sois endormie pour venir me coucher parce que si tu étais réveillée quand je montais, j'aurais profité de toi et je t'aurais séduit avant que tu ne sois prête. Je n'étais pas assez fort pour dormir dans la chambre d'amis, sinon je l'aurais fait aussi. Le meilleur moment de ma journée, c'est quand je peux venir au lit et me glisser sous mes draps avec toi. Te serrer contre moi. Entendre ton cœur battre et sentir tes souffles chauds sur ma poitrine. Je ne *veux* pas de toi ici ? Zoey, je n'ai jamais rien voulu de plus dans ma vie.

Ses mots mirent un moment à faire leur chemin jusqu'au cœur de Zoey, puis tous les muscles de son corps s'affaissèrent sous le soulagement qui s'emparait d'elle. Il n'avait pas mis de la distance entre eux pour qu'il soit plus facile de la laisser tomber quand il lui dirait qu'elle devait déménager. Il l'avait fait parce qu'il ne voulait pas la brusquer.

Jess avait raison. Elle aurait dû faire plus pour qu'il sache qu'elle était prête à engager une relation physique. Tous les deux avaient souffert inutilement au cours des deux dernières semaines.

Le cœur battant à tout rompre, elle déroula ses jambes et s'accouda au bord de la chaise. Elle tendit les mains de chaque côté du cou de Mark et se pencha sur lui.

— Je suis prête, Mark. Plus que ça. Touche-moi. Fais-moi tienne. Je le veux. J'en ai besoin. J'ai besoin de toi.

Alors qu'il était accroupi devant elle, il ne fallut pas plus d'une seconde pour la prendre dans ses bras et la déposer sur le lit derrière eux.

L'urgence de ses gestes se répercutait sur les siens. Leurs bouches se rencontrèrent, et elle poussa un gémissement rauque. Il introduisit sa langue dans sa bouche et la dévora. Il l'embrassa comme s'il n'avait jamais embrassé personne avant et ne le ferait plus jamais. Alors que leurs langues s'affrontaient, ses mains attrapèrent le T-shirt qu'elle portait. Il s'éloigna juste assez longtemps pour le passer sur sa tête, puis sa bouche fut de nouveau sur la sienne. Le désir urgent tambourinait à travers eux deux.

Les mains de Zoey descendirent le long de son dos musclé et se glissèrent sous son caleçon pour s'agripper à ses fesses.

Ce fut au tour de Mark de gémir, et il releva la tête juste assez pour la regarder. Ses pupilles étaient dilatées par le désir, et elle sentait les bouffées d'air chaud de sa respiration haletante contre son visage.

Au lieu de se pencher pour l'embrasser à nouveau, Mark descendit le long de son corps.

Zoey essaya d'attraper ses épaules pour qu'il reste là, mais il était trop fort et il ignora ses supplications. Il s'installa sur le ventre au-dessus d'elle, et ses lèvres s'accrochèrent à l'un de ses tétons si fortement qu'elle poussa un petit cri et cambra son dos, se pressant encore plus fort contre lui.

Sa bouche était si bonne. Il la léchait et la suçait comme s'il n'en avait jamais assez. Ses mains n'étaient pas immobiles pendant qu'il se régalait sur elle. Elles gonflaient ses seins et, à un moment, il les rapprocha et alterna la succion d'un téton puis de l'autre.

Combien de temps il joua avec sa poitrine, Zoey n'en avait aucune idée, mais elle voulait encore plus.

— Mark, gémit-elle, sans savoir si elle le suppliait d'arrêter ou de continuer.

Au lieu de se déplacer vers le haut, il glissa encore plus bas sur le lit.

Zoey se déplaça, incertaine. Elle n'avait pas menti quand elle lui avait dit que personne ne lui avait jamais fait de cunnilingus auparavant. Elle n'était pas sûre d'elle et se sentait gênée par l'acte.

Il fit descendre doucement sa culotte le long de ses jambes et se lécha les lèvres quand elle fut enfin nue sous son corps.

— Détends-toi, murmura Mark. Tu vas adorer ça. Moi aussi. J'ai rêvé de ça. De te goûter. De te sentir t'épanouir autour de mes doigts et de ma bouche.

Puis il utilisa ses deux mains pour écarter ses cuisses autant que possible... et il se contenta de regarder ses plis trempés.

— Oh, merde, dit Zoey, et elle ferma les yeux.

Elle était embarrassée au-delà de toute croyance. La seule personne qui avait regardé cette partie d'elle d'aussi près que Mark en ce moment même était son gynécologue. Et ce n'était pas pour les mêmes raisons.

— Putain, tu es magnifique, dit Mark avec révérence.

Elle sentit un de ses doigts glisser lentement sur ses plis, étalant l'humidité qu'il y avait trouvée. Quand elle commença à fermer ses jambes, il se déplaça légèrement pour que son épaule et son coude la maintiennent ouverte.

— Ne te cache pas de moi, grogna-t-il. J'aime cette touffe de poils.

Il caressa les poils de son sexe récemment taillés.

— Et le fait que tu sois nue ici, reprit-il en glissant une fois de plus son doigt sur les lèvres lisses de sa vulve, me rend presque fou de désir.

Zoey ne répondit pas. De toute façon, il n'attendait probablement pas vraiment de réponses. Elle ne savait pas quoi faire de ses mains. Elle ne savait pas à quoi s'attendre. Est-ce que c'était normal ? Les hommes avaient-ils l'habitude d'examiner le sexe de leurs partenaires avant de leur faire l'amour ? Elle n'en avait aucune idée, et ça la rendait encore plus nerveuse.

Mais avant qu'elle puisse demander ce qu'elle était censée faire, la tête de Mark se baissa.

Zoey sentit qu'il la léchait. Sa langue était chaude et douce entre les lèvres de son sexe. C'était bon, mais pas bouleversant.

Mais ensuite sa bouche se referma sur son clitoris et il se mit à la sucer. Très fort.

Ses hanches se soulevèrent du matelas et elle cria de plaisir, mais la bouche de Mark ne la lâcha pas. Il s'accrocha comme s'il avait trouvé le Nirvana et que rien ne pourrait l'en détacher. Il se jeta sur elle avec une passion implacable, et Zoey ne put que s'accrocher. Une main agrippait sa tête et les ongles de l'autre s'enfonçaient dans son épaule tandis que ses hanches ondulaient sous sa bouche et ses lèvres habiles. Elle n'était pas certaine de ce qu'elle devait faire. Devait-elle ne pas bouger ? Elle en était incapable, tant il suçait et léchait son clitoris avec une force implacable.

À un moment donné, elle regarda en bas et vit que les yeux de Mark étaient fermés et qu'il affichait un air béat. Son menton bougeait d'avant en arrière pendant qu'il se délectait de son corps et c'était incroyablement excitant.

— Mark, répéta-t-elle alors qu'elle sentait un orgasme affolant monter de plus en plus à la surface.

Elle avait pris son pied plus de fois qu'elle ne pouvait les compter, mais elle n'avait jamais ressenti une telle sensation. D'habitude, lorsqu'elle était sur le point de jouir, elle retirait son vibromasseur de son clitoris ou ralentissait les mouvements de ses doigts.

Mais comme si Mark savait qu'elle était proche, il fit tout le contraire. Il suça plus fort et sa langue se jeta sur son bourgeon sensible encore plus vite. Il ne recula pas.

Cela fit presque mal, mais Zoey n'eut pas le temps de le prévenir qu'elle était sur le point de jouir. Pendant une seconde, tous les muscles de son corps se tendirent et ses fesses s'élevèrent à quelques centimètres du lit, et celle d'après, elle s'abandonnait au plaisir. Tout son corps tremblait, et elle sentit vaguement Mark glisser un doigt dans son corps, la caressant de l'intérieur pendant qu'elle jouissait.

Même là, il ne lâcha pas. Sa bouche resta accrochée à son clitoris comme s'il était un cow-boy sur un cheval sauvage et qu'il devait rester en selle coûte que coûte. Finalement, quand elle sentit son orgasme diminuer, Mark releva la tête et la regarda droit dans les yeux. Se léchant les lèvres, il demeura muet, mais sa satisfaction était facile à voir. Elle voyait ses propres fluides sur son menton, qui scintillaient dans sa barbe, et au lieu d'être repoussée, cela l'excitait encore plus.

Son doigt continuait à entrer et sortir de son corps, faisant frissonner Zoey devant l'intensité des sentiments qu'il suscitait en elle.

— Tu es tendue, grogna-t-il doucement. Tu serres mon doigt si fort que j'ai hâte que ce soit ma queue qui soit là.

Déglutissant difficilement, Zoey hocha la tête. Elle avait senti son érection contre elle et savait qu'il était plus gros qu'aucun des deux hommes avec lesquels elle avait été dans le passé. Elle était nerveuse, mais elle le voulait tellement.

— S'il te plaît, chuchota-t-elle.

— S'il te plaît quoi ? demanda-t-il.

— En moi, dit-elle, sachant qu'elle était probablement rouge de honte.

Elle n'avait jamais été du genre à demander ce qu'elle voulait.

Au lieu de se déplacer immédiatement sur elle, Mark continua à s'amuser avec son doigt. Elle était toujours ouverte sous son corps et il lui fallait tout faire pour garder le contact visuel. Elle savait qu'elle était trempée après son orgasme, son doigt glissant facilement dans son intimité. Elle resserra ses muscles internes pour essayer de le retenir à l'intérieur, mais il continua simplement à la taquiner.

— Je te veux plus que je ne peux le dire, confessa Mark. Mais je suis pleinement satisfait de m'arrêter ici.

Zoey le dévisagea.

— Quoi ?

— Je ne veux jamais faire ce que tu ne veux pas faire. Il est tard. Je t'ai stressé ces deux dernières semaines et si tu as besoin de dormir maintenant, on peut attendre.

— Tu plaisantes ? demanda-t-elle. Si tu n'entres pas en moi dans la prochaine minute, je vais devoir te faire du mal.

Le sérieux de ses yeux était remplacé par de l'humour.

— Oui ?

— Oui.

— Je suis clean, dit-il.

Zoey fronça les sourcils en signe de confusion pendant une seconde, puis comprit ce qu'il voulait dire.

— Oh, ouais. Moi aussi. Et j'ai eu la piqûre Depo.

— Le quoi ?

— Désolé, Depo-Provera. C'est une injection contraceptive. Je la fais tous les trois mois. Ça m'a aidé à réguler mes règles. J'ai encore un mois avant de devoir aller chez le médecin pour en avoir une autre.

Les yeux de Mark s'illuminèrent.

— Je peux utiliser un préservatif si tu le veux. Mais l'idée de pouvoir te pénétrer nu est la chose la plus excitante que j'aie jamais entendue.

Zoey n'hésita pas une seconde.

— Baise-moi, Mark. S'il te plaît.

Il se décida enfin à bouger en entendant ces mots. Son doigt glissa hors de son corps et avant que Zoey ne réagisse, Mark s'avançait sur elle. Il retira son boxer en un temps record et elle ne put s'empêcher de regarder sa verge. Son gland était glissant avec le liquide annonciateur et elle voyait les veines palpiter le long de son membre. Elle n'eut pas le temps de l'examiner, car il se pencha sur elle, s'appuyant sur un bras près de son épaule, et elle le sentit sonder son ouverture avec le bout de sa verge.

— Je vais y aller doucement, promit Mark.

Il ne lui laissa pas le temps d'accepter ou de refuser que déjà Zoey le sentit s'enfoncer en elle.

Il y alla doucement, mais sûrement. Une fois qu'il

commença à la pénétrer, il ne s'arrêta pas. Un peu gênée par la taille de son sexe, Zoey fit de son mieux pour ne pas se crisper. Elle souleva ses hanches pour essayer d'aider, et juste au moment où elle allait lui dire de lui laisser un moment pour s'ajuster, il était à fond dedans. Zoey sentait ses poils pubiens se mêler aux siens, et elle prit une profonde inspiration.

En levant les yeux vers Mark, elle vit que sa mâchoire était serrée et qu'il semblait presque en colère.

— Mark ? dit-elle, un peu incertaine.

— Donne-moi une seconde, dit-il de façon laconique.

Zoey réalisa qu'il n'était pas en colère, mais sur le point de jouir, et cela la fit se sentir beaucoup mieux. Juste pour voir ce qui se passerait, elle resserra ses muscles autour de sa verge et le sentit tressaillir en elle. Elle gloussa, ce qui le poussa à s'enfoncer encore plus en elle.

— Merde, Zoey. Je suis si bien, putain. Je ne peux pas... Je vais... jouir ! Attends.

Sur ce, Mark passa une main sous ses fesses et pressa doucement tout en la tirant vers lui. Ses hanches reculèrent, puis avancèrent lentement. Après trois ou quatre poussées lentes, il perdit le contrôle qu'il avait sur lui-même et commença à la marteler de part en part.

C'était si bon. Zoey n'avait jamais fait l'amour avec une telle envie. Une telle passion. Il la pénétrait comme il l'avait mangée, sans réserve ni gêne. C'était extraordinaire.

Jetant la tête en arrière, elle se cambra et s'abandonna au plaisir qui parcourait son corps. Son clitoris était encore sensible après les coups de langue que Mark lui avait donnés. Elle sentait ses bourses rebondir sur elle et la base de sa verge frôler son bouton à chaque poussée, faisant monter un autre orgasme en elle.

— C'est ça, dit Mark doucement. Jouis encore.

Comme elle ne voulait rien d'autre à cet instant précis, Zoey déplaça une de ses mains entre eux et frotta son clitoris, se donnant la stimulation supplémentaire dont elle avait besoin pour passer à l'acte.

Quand elle sentit une nouvelle fois la verge dure de Mark en elle, elle se perdit dans une extase incroyable.

Elle entendit Mark crier, comme s'il était à l'intérieur d'un long tunnel, lorsqu'il atteint sa propre jouissance.

Il s'abaissa et roula immédiatement sur le côté, entraînant Zoey avec lui jusqu'à ce qu'elle soit allongée sur lui, pantelante.

— Au cas où ce n'était pas clair, je veux que tu sois là, dit Mark quand il reprit son souffle.

Zoey ne put s'en empêcher. Elle se mit à rire si fort qu'elle sentit le membre de Mark glisser hors de son corps. Elle détestait cette sensation, mais elle ne pouvait pas s'empêcher de rire.

— Ce n'était pas si drôle, dit Mark d'un air mécontent.

Zoey se maîtrisa et hocha la tête.

— Je sais. Je suis juste... Je suis tellement soulagée. Je n'ai jamais connu ça.

— Moi non plus, dit Mark sérieusement. C'était un cadeau. Tu es un cadeau. Merci, Zoey. Je sais que j'ai tout gâché ces deux dernières semaines.

Elle secoua la tête et se redressa pour pouvoir le regarder dans les yeux.

— Non, j'aurais dû mieux communiquer avec toi sur ce que je voulais.

— Et si on faisait un compromis et qu'on disait qu'on a tous les deux merdé, et qu'on ferait mieux de parler de ce qu'on veut et de ce dont on a besoin à partir de maintenant ?

— Marché conclu, dit Zoey.

Puis elle soupira de satisfaction.

— Tu veux aller te laver ? demanda Mark.

— Serais-tu dégoûté si je disais non ? rétorqua-t-elle.

— Jamais, la rassura-t-il.

Puis il se leva et posa sa main sur sa nuque pour guider sa tête vers son épaule.

— Dors.

— On devrait peut-être parler de Tex, de l'entreprise et de tous les appels que tu as reçus, dit Zoey en dormant.

— Demain.

— OK.

Zoey capitula sans se plaindre. Elle était fatiguée. Le stress et l'inquiétude concernant leur situation la rattrapaient.

CHAPITRE DIX-SEPT

Pour la première fois en deux semaines, Bubba ne régla pas son réveil sur 0 h 30 et ne sortit pas en douce de chez lui pour aller à la gym. Il se réveilla et envoya un SMS à Rocco pour lui dire qu'il ne serait pas là avant un moment, puis se rendormit avec Zoey dans ses bras.

Lorsqu'il émergea à nouveau, Zoey était à genoux à ses côtés, sa main autour de son membre et le caressant jusqu'à ce qu'il ait une érection dure comme de la pierre. Elle l'enfourcha ensuite et le prit dans son corps, le chevauchant jusqu'à l'orgasme. Puis il les fit tourner et la baisa tout aussi fort par derrière avant de jouir.

Il aimait vraiment ce nouveau côté confiant et sexy de Zoey.

Et il avait failli tout faire foirer. Il avait essayé d'y aller doucement, de s'assurer qu'elle le voulait autant qu'il la désirait, mais il avait été idiot de ne pas lui en avoir parlé plus tôt.

Ils étaient allongés l'un contre l'autre, les membres entrelacés, se remettant de leurs ébats du matin, lorsque son téléphone portable sonna. C'était Malcom. Bubba décida de l'ignorer.

Mais trente minutes plus tard, il sonnait à nouveau, et le nom de Sean apparut sur l'écran.

En soupirant, Bubba sut ce qu'il avait à faire. Il se débattait avec cette décision depuis qu'il avait entendu le testament de son père, mais le moment était venu.

— Je dois aller à Juneau, dit-il à Zoey tranquillement.

Elle ne broncha même pas, lovée contre lui.

— Quand est-ce qu'on part ?

— Je veux que tu restes ici. Ce sera plus sûr.

Elle s'appuya sur un coude à côté de lui.

— Si tu pars seul en Alaska, et que la personne qui a tenté de nous tuer l'apprend, ce serait encore plus simple pour elle de m'éliminer.

Bubba grimaça.

— Pourrais-tu, s'il te plaît, ne pas parler avec autant de nonchalance de ta mort ?

Zoey hocha la tête.

— Je ne sais pas pourquoi tu dois y aller, mais si personne ne sait que tu viens, ils ne peuvent pas organiser de manigances comme la dernière fois. Et c'est vraiment difficile d'arranger quoi que ce soit pour la maison sans être sur place. J'apprécie que Tracy Eklund m'ait envoyé quelques-unes de mes affaires, mais j'aimerais vraiment faire le tour de la maison moi-même et décider de ce que je veux garder. Ce que je dois donner et ce que je veux faire expédier ici.

Bubba se tourna pour regarder Zoey dans les yeux.

— As-tu décidé ce que tu allais faire de la maison ?

— Je pense que je veux la vendre. Je n'ai pas trop envie d'être propriétaire et de la louer, et...

Sa voix s'arrêta.

— Et ? demanda Bubba.

— J'aimerais m'installer ici définitivement. Même si ça ne marche pas entre nous, je me plais ici. J'aime Caite, Sidney et Piper, et je peux obtenir mon diplôme à l'université ici.

— Toi et moi, on va réviser, dit Bubba d'un ton sévère.

Zoey lui sourit et enroula une main autour de sa nuque. Il adorait qu'elle aime poser ses mains sur lui. Il avait raté tant de choses ces deux dernières semaines en essayant d'y aller doucement. Il ne referait plus cette erreur.

— Alors, reprit-elle. Je viens avec toi et je pourrai m'occuper de la maison pendant que tu fais ce que tu as à faire.

— Je vais vendre mes parts de l'entreprise à mon frère.

Zoey n'eut même pas l'air surprise.

— Bien, fit-elle avec un hochement de tête.

— Bien ?

— Oui. Ça ne te rendra jamais heureux. C'est évident. Chaque fois que Malcom ou Sean appellent pour poser une question ou pour te demander de signer quelque chose, tu es vraiment stressé. Ta vocation est d'aider les gens. D'être un SEAL. J'aimais ton père, et je pense qu'il savait au fond de lui que tu ne rentrerais jamais à la maison pour faire du business avec lui. Et il était d'accord avec ça. Il t'aimait exactement comme tu es.

— Merci, dit doucement Bubba. Je ne suis toujours pas sûr que t'emmener avec moi soit une bonne idée. Je ne peux pas faire ce que je dois faire et m'assurer que tu es en sécurité en même temps. J'ai l'impression de te jeter dans la gueule du loup, et ce serait stupide.

Zoey haussa les épaules.

— Alors vois si un de tes amis peut venir avec nous. Il peut rester avec moi à la maison pendant que tu fais ton truc. Combien de temps penses-tu que nous aurons besoin d'être là ? Est-ce qu'un de tes coéquipiers peut venir avec toi ?

Bien sûr. Il aurait dû y penser.

— Je pense que nous pourrions partir jeudi et être de retour le dimanche soir. Il y aura peut-être d'autres petits voyages que je devrai faire là-bas pour finaliser des papiers ou autre, mais Kenneth pourrait envoyer les papiers dont j'ai besoin par la poste, et je pourrais les faire notarier ici et les renvoyer. Qui serait le plus à l'aise pour venir avec nous ?

— Phantom, répondit Zoey sans hésiter.

Bubba fut surpris.

— Vraiment ?

— Oui. Ace, Gumby et Rocco ont leurs propres familles dont ils doivent s'occuper, et même si j'aime et respecte Rex, Phantom me rend toujours un peu nerveuse. Il est du genre... intense. Mais c'est aussi pourquoi je me sens en sécurité avec lui dans les parages. Nerveuse, mais en sécurité. Il ne rate pas grand-chose, et il suffira de le regarder pour que même le citadin le plus curieux y réfléchisse à deux fois avant de seulement oser m'approcher.

Bubba hocha la tête. Il n'aimait pas qu'elle ne soit pas complètement à l'aise avec Phantom, mais il savait que c'était l'effet que produisait parfois son ami sur les autres. De plus, peut-être qu'un voyage comme celui-ci leur permettrait d'apprendre à se connaître un peu mieux, et elle deviendrait plus à l'aise avec lui.

— Je vais lui demander s'il est libre ce week-end pour y aller avec nous, dit Bubba.

— Vraiment ?

— Vraiment.

— Mark ?

— Oui, Zo ?

— Je suis fière de toi.

— Pourquoi ?

— Parce que tu fais ce qui est bien. Malcom fait partie de l'entreprise de ton père depuis qu'il a été diplômé du lycée. Je ne l'aime pas beaucoup, mais il le mérite vraiment. Si tu ne gardes pas ta part, je ne veux pas la mienne non plus. Peut-être que je peux la vendre à Sean ou quelqu'un d'autre.

— Tu es sûre ? Tu renoncerais à beaucoup d'argent à long terme, prévint Bubba.

— Je suis sûre, dit Zoey. J'ai tout ce dont j'ai besoin ici.

Puis elle baissa la tête et se blottit contre lui.

Bubba savait qu'il était l'homme le plus chanceux de la planète.

— Je vais prendre les dispositions nécessaires aujourd'hui. Préviens Jess que tu ne seras pas là.

— Oui. Je ne doute pas que Caite et les autres puissent passer la voir. Quelle heure est-il ? demanda Zoey.

Bubba commençait à reconnaître cette lueur dans ses yeux.

— Huit heures et quart. Pourquoi ?

— Oh, sans raison, dit-elle en descendant le long de son corps. C'est juste que je n'ai jamais fait ça et je me suis dit que tu avais peut-être un peu de temps avant de partir au travail pour m'apprendre ?

Bubba inspira brusquement lorsque sa main se referma sur sa verge qui durcit aussitôt sous le contact.

— Je peux être en retard, répondit-il en suffoquant.

Zoey se mit à rire.

— Bien. Dis-moi si je le fais mal.

Pendant les vingt minutes qui suivirent, Bubba ne put penser à rien d'autre qu'à la sensation de la bouche et des mains de sa femme sur lui. Et il ne mentit pas quand, lorsqu'ils eurent terminé, il lui dit qu'elle avait été parfaite.

— Détends-toi, ordonna Zoey à Mark lorsqu'il serra fortement sa main alors qu'ils traversaient l'aéroport de Juneau quelques jours plus tard.

Phantom marchait derrière eux aussi silencieusement que son surnom l'impliquait. Elle savait que Mark était énervé, mais ils étaient arrivés sans problème et n'avaient dit à personne qu'ils étaient en route.

Mais elle savait mieux que lui à quelle vitesse la nouvelle pouvait se répandre dans une si petite ville. Elle avait déjà aperçu deux connaissances à l'aéroport, et elle avait le sentiment que Malcom et Sean sauraient qu'ils étaient là avant d'arriver à *Heritage Plastics*.

Malcom avait quitté l'appartement qu'il louait pour s'installer dans la maison de son père après la lecture du testament. Zoey et Mark n'avaient pas prévu d'aller à la maison aujourd'-hui, mais après avoir visité l'usine, et avec un peu de chance, avoir organisé une réunion avec Sean, Malcom et Kenneth, ils iraient dans ce qui était désormais la maison de Zoey.

— Peut-être que c'était une mauvaise idée, murmura Mark alors qu'ils faisaient la queue à l'agence de location de voitures, et après qu'elle eut dit bonjour à une autre personne qu'elle connaissait.

— C'est bon, tenta de l'apaiser Zoey.

— Mark Wright ? C'est toi ? cria une voix féminine.

Zoey se retourna pour voir Heidi Reynolds, une fille avec qui ils avaient passé leur bac.

— Oui... hum... je suis désolé, je ne me souviens pas de ton nom, dit Mark en s'accrochant à la main de Zoey comme si c'était une bouée de sauvetage.

— Sérieusement ? On n'a été dans la même classe que pendant douze ans, gloussa l'autre femme. Je m'appelle Heidi. Heidi Reynolds. Je ne peux pas croire que tu ne te souviennes pas de moi. Nous sommes sortis ensemble en dernière année. Je suis sûre que tu *t'en* souviens.

Elle fit un clin d'œil suggestif.

Le ton de Mark ne changea pas.

— Non, je suis désolé, je ne m'en souviens pas.

Heidi eut l'air décontenancée.

— Oh, eh bien... d'accord. Je suis désolée pour ton père.

Zoey avait l'habitude d'être ignorée. Comme elle n'était pas une « locale », c'est-à-dire qu'elle n'avait pas vécu toute sa vie à Juneau, beaucoup de gens, surtout ceux de sa classe de lycée, avaient tendance à l'ignorer. Ce qui était franchement ridicule. Elle avait vécu ici plus de quinze ans, elle aurait pensé que c'était assez long pour perdre le titre de « nouvelle arrivante », mais apparemment non.

— Merci, lui dit Mark.

Puis il tourna le dos à Heidi et passa son bras autour de la taille de Zoey, l'attirant à ses côtés. Elle ne put s'empêcher de sourire. Heidi affichait sûrement un air aigri sur son visage. Elle n'avait jamais aimé être ignorée, surtout par quelqu'un d'aussi beau que Mark.

— Ça va être comme ça tout le temps qu'on sera ici, n'est-ce pas ? demanda Mark quand Heidi comprit enfin l'allusion et s'en alla.

— À peu près, lui dit Zoey en haussant les épaules. Colin a fait de son mieux pour que tout le monde sache à quel point tu étais incroyable. Il a raconté des histoires sur toi à tout le monde. Tu es le héros de ta ville natale, Mark. Tu vas devoir t'y habituer.

Il soupira et pressa ses lèvres l'une contre l'autre.

— C'est en partie la raison pour laquelle je ne suis jamais rentré à la maison. Je savais que ça allait être comme ça. Je veux dire, dire bonjour est une chose, mais flirter avec moi ou aller trop loin avec ce truc de héros, c'est trop.

— Nous ne serons pas ici très longtemps, dit Zoey, faisant de son mieux pour l'apaiser.

—Bien.

La personne devant eux dans la file d'attente prit les clés de sa voiture de location et Mark s'approcha du comptoir. Zoey demeura en retrait pendant qu'il s'occupait de la paperasse et du paiement. Elle se retourna pour dire quelque chose à Phantom et vit qu'il ne faisait pas attention à elle ou à Mark, mais qu'il était constamment à l'affût, prêt à arrêter quiconque tenterait de les embusquer.

Mais là encore, elle supposa que cela leur était déjà arrivé.

Elle soupira en réalisant que ce voyage ne serait pas de tout repos avec deux hommes constamment sur leurs gardes. Elle se tourna vers Mark.

Il accepta les clés d'un SUV de taille moyenne de la part de l'employé de l'agence. Il enroula à nouveau son bras autour de sa taille et ils sortirent tous les trois du petit aéroport. Le temps était plus frais qu'un mois auparavant lorsqu'ils avaient été bloqués, mais la neige n'avait pas encore commencé à tomber dans la région. Zoey en était heureuse, car cela rendait les déplacements plus faciles.

Ils s'installèrent dans la voiture et Mark quitta le parking.

— On va toujours à l'usine d'abord ? demanda Zoey.

— Oui, répondit Mark. J'aimerais la voir, et je suppose que c'est là que nous trouverons Sean et Malcom. Je veux qu'une rencontre avec eux soit fixée dès que possible. Plus vite je m'occuperai de ça, plus vite nous pourrons retourner en Californie.

— Tu es vraiment si inquiet que quelque chose arrive ? demanda Zoey.

— Je ne peux pas l'expliquer, mais il y a quelque chose dans le fait d'être de retour ici qui me donne la chair de poule, dit Mark. Sans compter qu'après avoir atterri et rallumé mon téléphone, j'ai reçu un message de Tex. Il disait qu'il avait enfin trouvé Eva Dawkins. Je n'ai pas voulu en parler avant que nous soyons sortis de l'aéroport.

— Il l'a trouvée ? demanda Zoey avec de grands yeux. Putain de merde. Qu'est-ce qu'elle a dit ? Qui l'a engagée ? Pourquoi elle nous a laissés dans le désert ?

Mark lui serra la main.

— Doucement, Zo. Je ne sais pas. Il a dit qu'il l'avait trouvée, mais qu'il n'avait pas encore eu l'occasion de lui parler. Il envoyait quelqu'un pour la récupérer puis il allait l'interroger.

— La récupérer ? Qu'est-ce que ça veut dire ?

Mark ricana.

— Ce n'est pas ce que tu penses. C'est juste que Tex connaît des gens partout. Il est en train de demander à un militaire à la retraite qu'il connaît et qui vit à Anchorage de se rendre à l'endroit où il l'a repérée pour la dernière fois. Une fois qu'il l'aura convaincue que rien ne lui arrivera, à elle ou à ses enfants, il la mettra en contact avec Tex. Et quand ce sera fait, et qu'il découvrira enfin qui était derrière toute cette merde, il me le fera savoir. Jusque-là, nous devons juste nous montrer prudents.

— Tu penses qu'aller à l'usine est une bonne idée alors ?

demanda Phantom depuis le siège arrière. Si quelqu'un est énervé de ne pas avoir eu une part du gâteau de ton vieux père, te voir pourrait le faire agir. La dernière chose dont nous avons besoin est que quelqu'un apporte une arme à l'usine et commence à tirer dans le tas.

— Nous venons d'atterrir. Et même si je sais que les nouvelles vont vite, je pense que tout ira bien pour l'instant. Demain pourrait être une autre histoire. Je vais juste rencontrer Sean et Malcom très rapidement, organiser une réunion, probablement au bureau de Kenneth Eklund, signer les papiers nécessaires, puis nous repartirons.

Mark était méfiant mais calme, et c'est ce qui permit à Zoey de se détendre un peu.

— J'ai juste besoin que tu gardes un œil sur Zoey. Si quelque chose se passe, sors-la de là.

— Bien sûr, dit Phantom, balayant les mots de son ami comme s'il était ennuyé qu'il ait à les prononcer. Fais juste attention à arrières.

Frissonnant à cause de la conversation, et ne voulant pas penser à ce qui pourrait arriver à qui que ce soit, Zoey fit de son mieux pour ne pas y penser. Mark s'approcha et augmenta le chauffage dans la voiture, et ce simple geste améliora l'humeur de Zoey. Il était toujours si prévenant avec elle. Elle avait du mal à croire qu'il était à elle.

Ils s'arrêtèrent devant la grande usine située à la périphérie de la ville et entrèrent tous les trois dans le bâtiment. Après s'être enregistrés auprès de l'agent de sécurité à l'entrée, Zoey et Phantom furent conduits dans une petite pièce sur le côté du hall, et Mark disparut dans les profondeurs du bâtiment.

— Est-ce qu'il va s'en sortir ? demanda Zoey une fois que Phantom et elle furent seuls.

— Bien sûr, dit Phantom, mais elle décela l'inquiétude dans ses yeux.

Incapable de rester en place, Zoey fit les cent pas en attendant son retour.

* * *

— C'est bon de te voir, dit Sean en serrant la main de Bubba. C'est une surprise.

— Oui, on a beaucoup échangé ces dernières semaines, j'ai décidé que je devais venir ici et voir les choses en personne.

— J'aurais aimé que tu nous préviennes de ton arrivée, dit son frère.

Bubba haussa les épaules.

— C'était une sorte d'impulsion du moment. Zoey voulait prendre d'autres affaires et voir comment mettre la maison sur le marché.

— Les choses se passent bien entre vous deux alors ? demanda son frère.

— Très bien, dit Bubba avec un sourire.

— On dirait que ton aventure dans les contrées sauvages de l'Alaska a été bénéfique pour ta vie amoureuse, plaisanta Sean.

Bubba regarda l'ami de son père avec incrédulité.

— Je ne peux pas croire que tu viennes de dire ça.

Comme s'il réalisait à quel point ses mots étaient horribles, Sean rougit.

— Désolé, je ne voulais pas dire ça comme ça. Je suis juste soulagé que les choses aient bien tourné et que tu ailles bien.

Bubba regarda l'homme avec méfiance. Il savait que Sean était furieux que son père ait laissé la plupart de ses parts de l'entreprise à quelqu'un d'autre que lui. Il avait mis son sang, sa sueur et ses larmes dans l'entreprise, et cela ne pouvait que lui déplaire que Colin ne lui laisse pas l'entreprise.

— Quoi qu'il en soit, je suppose que tu n'as pas fait tout ce chemin pour parler de l'inventaire et de la modification des horaires de travail, comme on l'a évoqué lors de notre dernier appel téléphonique, déclara Malcom.

— Non, tu as raison. Je serai ravi de signer tous les papiers que vous avez pour moi pendant que je suis ici, mais je voulais savoir si vous étiez tous les deux libres demain pour nous rencontrer, Kenneth et moi.

— L'avocat ? demanda Sean. Tout va bien ?

— Oui. Alors, demain ? Peut-être dans la matinée, pour que je puisse aider Zoey avec sa maison ?

— Bien sûr, dit Sean, en hochant la tête. Dix heures, c'est bon ?

— Dix heures, c'est parfait, dit Bubba. Mal ?

— Je suppose que oui. Tu es très secret. Pourquoi ne pas le dire maintenant au lieu d'en faire tout un plat ?

Bubba haussa les épaules.

— Je veux vous revendre mes parts à tous les deux. Zoey aussi. Il est évident que vous savez tous les deux ce que vous faites ici, et devoir me parler de chaque décision et attendre mon approbation ne fait que ralentir les choses. Ce n'est que justice.

Les deux hommes se contentèrent de le regarder sans rien dire pendant un long moment. Bubba n'arrivait pas à savoir ce qu'ils pensaient.

— Je vais parler à Kenneth des détails et de la façon dont ça va fonctionner. Je pensais que vous seriez contents... mais d'après vos réactions, je n'en suis pas si sûr.

Sean fut le premier à se remettre. Il secoua la tête.

— Désolé, Mark. C'est juste que... c'est une surprise.

— Je sais, et je suis désolé. C'est juste que je n'ai pas le temps ou l'énergie pour me consacrer à l'entreprise comme je le devrais. Je sais que Pap m'en a laissé une partie, mais vous deux ferez un bien meilleur travail que je ne le pourrais jamais. Ce n'est pas dans mon sang comme c'est dans le vôtre.

Bubba regarda son frère et attendit qu'il dise quelque chose.

Finalement, Malcom fronça les sourcils.

— Je suis étonné, mon frère. Je ne suis pas sûr de savoir quoi dire.

— Réfléchis-y, dit Bubba. Nous pouvons parler des spécificités et des détails demain.

— Très bien.

— On se voit demain à dix heures alors, dit Bubba et il se tourna pour partir.

Il faillit se retourner pour leur parler de Tex et de la façon dont il avait trouvé la pilote qui les avait abandonnés, mais quelque chose le retint. Il pourrait en parler demain au bureau de l'avocat.

Il revint rapidement là où il avait laissé Zoey et Phantom, comme libéré d'un poids qui ne l'avait que trop pesé. Il appréciait que son père lui ait laissé une partie de son héritage, mais la vérité était qu'il n'en avait pas besoin. Et il n'en voulait pas non plus. Il se sentait coupable d'avoir pris quelque chose de son père. Il aurait pu être un meilleur fils, et même s'il essayait de surmonter la culpabilité de ne pas être rentré avant qu'il ne soit trop tard, il n'y parvenait pas.

Le simple fait de voir Zoey le soulagea un peu. Il n'arrivait pas à croire à quel point elle était devenue importante pour lui en si peu de temps.

— Comment ça s'est passé ? demanda Zoey, se précipitant vers lui avec inquiétude.

— C'est bon. Je dois appeler Kenneth et organiser ça, mais j'ai dit que je les rencontrerai au bureau de l'avocat demain vers dix heures.

— Je vais conduire pendant que tu l'appelles, dit Phantom en tendant la main pour les clés.

Sans hésiter, Bubba les lui remit.

— Viens, sortons d'ici, fit-il en posant sa main sur le bas du dos de Zoey alors qu'ils se dirigeaient vers la porte.

Après avoir salué plusieurs personnes sur le chemin du retour, et avoir reçu d'autres condoléances, Bubba était plus que prêt à se rendre chez Zoey.

Il appela Kenneth en chemin, lui fit part de ses souhaits, et l'avocat indiqua qu'il rédigerait les papiers et leur donnerait le lendemain matin.

Phantom monta une colline escarpée jusqu'à la maison que Zoey louait à son père, et comme la première fois qu'il l'avait vue, Bubba dut se mordre la langue pour garder ses opinions pour lui. La maison n'était pas dans le meilleur état. De vrais petits arbres poussaient dans les gouttières. Ce n'était pas trop surprenant, puisque la région était humide la plupart de l'année, mais Bubba aurait aimé que la maison dans laquelle Zoey avait vécu soit mieux entretenue. Les volets des fenêtres tombaient et l'herbe ne semblait pas avoir été tondue depuis au moins un mois.

Il y avait de vieux journaux sur le porche, et il était évident pour quiconque passait par là que la maison n'était plus habitée.

— Mince, souffla Zoey quand ils arrivèrent à côté.

Il n'y avait pas d'allée, alors Phantom se gara sur le côté de la rue devant la maison.

— D'habitude, c'est beaucoup mieux que ça, dit-elle en fronçant les sourcils.

— Je croyais que tu avais payé pour que quelqu'un s'occupe de la maison ? commenta Bubba.

— C'est ce que j'ai fait, soupira Zoey, et ils sortirent tous du SUV.

Elle sortit ses clés et se dirigea vers la porte.

— Je pensais que tout était arrangé. Je vais devoir appeler l'agent immobilier que Tracy a engagé pour s'occuper de la maison et voir ce qui s'est passé. Peut-être que c'était un problème de mauvaise communication. Il faut espérer que l'électricité soit toujours là.

Elle déverrouilla la porte et commença à entrer, mais Bubba l'arrêta gentiment.

— Laisse-nous regarder d'abord.

Elle fronça les sourcils, mais Bubba fut soulagé quand elle hocha la tête en reculant.

— On en a pour une seconde.

Zoey sortit son téléphone et appuya sur quelques boutons avant de les regarder, lui et Phantom.

— J'ai le 9-1-1 prêt. Tout ce que j'ai à faire est de me connecter.

Bubba eut envie de rire, mais Zoey était tout à fait sérieuse. Il ne pouvait pas s'en empêcher. Cela faisait trop longtemps qu'il ne l'avait pas embrassée, et elle était tellement adorable en ce moment. Il se pencha et toucha le côté de son cou et inclina sa tête vers lui.

Il l'embrassa longuement et passionnément, ravi qu'elle lui rende la pareille. Ce n'est que lorsque Phantom se racla la gorge avec impatience que Bubba s'arrêta.

— Tu as ton couteau ? demanda Zoey après s'être léché les lèvres de façon sensuelle.

Bubba ne voulait rien d'autre que la pousser contre le côté de la maison et la goûter à nouveau, mais il se força à faire un pas en arrière.

— Bien sûr. Je l'ai sorti de mon sac dès qu'il est sorti du tapis roulant.

— Bien. OK, je vais attendre ici.

Après lui avoir adressé un signe de tête, Bubba se tourna vers Phantom.

— Prêt ?

Phantom avait son propre couteau KA-BAR à la main et semblait plus que prêt à se battre.

— Prêt.

Un dicton disait qu'il ne fallait jamais apporter un couteau lors d'un combat à main armée. Ça impliquait que la personne qui apportait le couteau se trouvait désavantagée, mais Phantom et lui étaient plus que dangereux avec les leurs et avaient, plus d'une fois, soit désarmé quelqu'un qui avait une arme à feu, soit blessé assez gravement l'adversaire pour que tirer soit le dernier de leurs soucis.

En se frayant un chemin à travers la maison, Bubba se focalisa sur la vérification de chacune des pièces, s'assurant que personne n'était à l'affût.

Quand ils eurent fini de traverser la petite maison et qu'ils eurent tous deux remis leurs couteaux dans les fourreaux au bas de leur dos, Phantom dit :

— Zoey n'a pas dit qu'elle avait aussi payé quelqu'un pour commencer à emballer ses affaires ?

Fronçant les sourcils, Bubba hocha la tête.

— Oui. On dirait bien qu'il n'y a pas grand-chose d'emballé, ça, c'est sûr. Putain.

Phantom appuya sur l'un des interrupteurs et la pièce fut baignée de lumière.

— Au moins, l'électricité fonctionne, dit-il en haussant les épaules.

— Probablement parce qu'elle payait directement la compagnie d'électricité, grommela Bubba.

Il se dirigea vers le porche d'entrée et poussa un petit soupir de soulagement en voyant Zoey debout, exactement là où il l'avait laissée.

— Tout va bien ? demanda-t-elle anxieusement.

— Oui, Zo. Tout va bien, la rassura Bubba.

Elle hocha la tête et rangea son téléphone.

— Tu dis ça, mais le ton de ta voix dit autre chose.

— C'est juste que... la personne que tu avais payée pour emballer tes affaires a probablement pris ton argent et n'a rien fait du tout.

Zoey se contenta de soupirer.

— C'est ce que je craignais. J'appellerai la femme de l'agence immobilière demain et je verrai ce qu'il en est. J'ai tout mis en place par l'intermédiaire de Tracy, et elle était censée entrer en contact avec l'agent immobilier et ils devaient s'en occuper.

— Tracy ? demanda Bubba.

— La femme de l'avocat.

— Oh, oui, c'est vrai.

— Sean a proposé l'aide de sa femme. J'aurais dû le prendre au mot, dit Zoey en fronçant les sourcils.

— Je peux aussi parler à Kenneth demain et voir ce qu'il en est, lui dit Phantom.

— Merci. Ce serait sympa.

Zoey pénétra dans la maison, posa son sac à main sur une table contre le mur et se dirigea vers la cuisine.

— Je suppose qu'il n'y a pas grand-chose à manger. Qui veut sortir pour aller chercher le dîner ?

Bubba regarda Phantom d'un air entendu.

Son ami sourit et dit :

— Je suppose que c'est moi.

— Tu aimes les fruits de mer ? demanda-t-elle à Phantom.

— J'adore ça, répondit-il.

— Bien. Il y a un endroit appelé *The Salmon Spot*, et c'est l'un de mes endroits préférés pour manger ici. Je vais appeler et commander un mélange de trucs et on pourra tous partager. Ça vous va ?

— Bien sûr, répondit Bubba.

Il fouilla dans sa poche et sortit son portefeuille, attrapant sa carte de crédit et la lui tendant.

— Tiens, utilise ça.

Zoey ne la prit pas.

— Je peux payer, dit-elle avec entêtement.

— Je sais. Mais tu ne le feras pas, répondit Bubba sévèrement.

Ils se regardèrent sans ciller pendant un long moment, une bataille de volontés que Bubba savait sans aucun doute qu'il gagnerait. Puis elle soupira et lui arracha le plastique des mains.

— Bien. Mais la prochaine fois, c'est moi qui paye.

Bubba ne répondit rien.

Elle ne payerait pas. Pas du tout. C'était peut-être un peu macho de sa part, mais c'était lui l'homme et il paierait leurs repas. Point final.

Il l'écouta d'une oreille distraite pendant qu'elle commandait leur dîner. Elle donna à Phantom des instructions très détaillées sur la façon de se rendre au restaurant, comme s'il pouvait se perdre ou quitter Juneau, ce qui était impossible, puisqu'il n'y avait pas de routes pour sortir de la ville. C'était mignon qu'elle oublie constamment que lui et ses amis étaient des Navy SEAL. Ils s'étaient frayé un chemin dans les villes et les jungles les plus reculées du monde avec seulement une boussole, et parfois même sans.

Bubba avait le sentiment que Phantom mettrait plus de temps à revenir, simplement pour lui donner un peu de temps seul avec Zoey.

À la seconde où la porte se referma derrière son coéquipier, Bubba prit Zoey dans ses bras et recula dans le salon. Il s'écroula sur le canapé, Zoey toujours dans ses bras, adorant les rires que ses pitreries causèrent.

— Mark ! Laisse-moi partir. Je dois me lever et m'occuper de ce désastre qu'est la maison.

— Dans une minute, dit-il, en frottant la peau derrière son oreille.

Zoey tourna la tête, lui laissant un peu de place tout en disant :

— Nous n'avons pas le temps pour ça. Le restaurant n'est pas très loin, Phantom ne sera pas parti longtemps.

— Nous n'irons pas trop loin, lui dit-il. J'ai été près de toi toute la journée, mais tu me manques toujours.

Il la sentit fondre dans ses bras.

— C'est mignon, murmura-t-elle.

— C'est vrai. Maintenant... embrasse-moi, femme, dit-il en baissant volontairement la voix pour avoir l'air bourru.

Elle rit à nouveau et se redressa sur ses genoux pour se mettre à califourchon sur lui.

— Avec plaisir, répondit-elle avant de poser ses lèvres sur les siennes.

Ils s'embrassèrent sur son canapé pendant plusieurs

minutes. Bubba savait qu'il ne se lasserait jamais de ses courbes sous ses mains. Il aimait tout chez elle. Ses formes. Les petits gémissements qu'elle émettait du fond de sa gorge. Sa façon de ne pas pouvoir rester en place quand il taquinait ses tétons...

Bubba se figea quand il se mit à réfléchir.

— Quoi ? Qu'est-ce qui ne va pas ? demanda Zoey, l'air inquiet.

— Tout va bien, la rassura-t-il rapidement, s'en voulant de l'avoir effrayée ne serait-ce qu'une seconde. C'est juste que... je t'aime, Zo.

Elle cligna des yeux, surprise. Ils s'écarquillèrent comme si elle ne pouvait pas croire ce qu'il venait de dire.

— Tu m'aimes ?

— Oui.

— Pourquoi ?

— Pourquoi ? demanda Bubba en riant. Tu veux que je te fasse une liste de toutes les raisons ?

Elle secoua la tête.

— Non, je me suis mal exprimée. Je veux dire, tu es sûr ?

Zoey était adorable, et Bubba se sentit plus libre et plus léger qu'il ne l'avait été depuis longtemps.

— Je suis sûr, mon cœur.

— Eh bien, c'est un soulagement. Parce que je pense que je t'aime depuis qu'on est coincés dans les bois ensemble. Ce qui est fou, mais honnêtement, avec tout ce que ton père a dit sur toi et en voyant comme tu es devenu génial, *comment ne pas* tomber amoureuse de toi ? Il avait une photo de toi que tu lui avais envoyée sur sa cheminée, et chaque fois que je passais devant, j'imaginais comment ce serait de te revoir, même si je savais que tu ne viendrais pas à Juneau de sitôt. Puis ton père est tombé malade, et je suis allée voir ma mère, et... tu étais là. Je ne savais pas quoi te dire à l'aéroport et je savais juste que je m'étais ridiculisée.

Elle fit une pause et grimaça.

— Exactement comme maintenant.

— Tu ne te ridiculises pas, dit Bubba.

Elle leva les yeux au ciel et secoua la tête, et Bubba ne put retenir le rire qui éclata.

— J'aime même quand tu lèves les yeux au ciel. Tu l'as fait quand on était en rade, tu sais. J'aimais ça à l'époque, et j'aime ça maintenant.

— Tu dois savoir que je ne te mérite pas. Mais je te jure que je vais faire tout ce qui est en mon pouvoir pour m'assurer que tu es heureux. J'ai souvent l'impression de ne pas être à ma place avec toi. Comme si j'étais une petite fille naïve et que tu étais un héros plus grand que nature. Mais sache que j'essaie de m'endurcir. De m'ouvrir au monde.

— Ne change pas, Zoey. Je t'aime comme tu es.

Elle le regarda pendant une seconde avant que des larmes ne commencent à envahir ses yeux.

Bubba l'attira contre lui et ne prit pas la peine de lui dire de ne pas pleurer. Lui aussi était submergé par l'émotion. Zoey l'aimait en retour. Ils passeraient le reste de leur vie ensemble. Personne ne la lui enlèverait, et il ne ferait rien qui puisse lui donner envie de le quitter.

En la faisant reculer pour qu'il puisse la regarder dans les yeux, il dit :

— Être avec un SEAL n'est pas facile, Zo. Quand on m'appelle pour une mission, je dois y aller. Je ne peux pas te dire où je serai ni combien de temps je serai parti. Tu peux gérer ça ?

— Oui.

Sa réponse fut immédiate et sincère.

— J'apprécie, mais je veux m'assurer que tu sais dans quoi tu t'engages avec moi avant de rendre ça permanent.

Ses yeux s'écarquillèrent.

— Permanent ?

— Oui. Si, après quelques missions tu ressens toujours la même chose pour moi et mon métier, je te demanderai de m'épouser. Notre relation a été rapide, et même si je t'épousais demain, je veux que tu sois sûre.

— J'en suis sûre, fit-elle sans hésiter. Mark, je suis amoureuse de toi depuis plus de treize ans. Tu viens de me dire que tu m'aimes et que tu veux m'épouser. Je ne vais pas laisser quelque chose comme ton travail se mettre entre nous.

— Caite et les autres seront toujours là quand nous serons absents, lui dit-il. Si tu as besoin de quelque chose, tu peux les appeler.

— Je sais. Elles sont géniales. Elles m'ont toutes envoyé des textos non-stop depuis le barbecue. Je n'ai jamais eu d'amies comme elles. Elles m'ont acceptée sans réserve. Contrairement à tous ceux que j'ai connus dans ma vie, à part ton père. J'ai toujours été la nouvelle venue. L'étrangère. Mais pour elles, je fais déjà partie de leur cercle intime. C'est fou, et tellement agréable que je ne peux même pas le décrire.

— Je suis content. Zo ?

— Oui ?

— Combien de temps penses-tu que Phantom va rester ? Elle lui fit un sourire.

— Au moins dix minutes de plus, je dirais.

— Bien. Assez de temps pour que je te fasse jouir au moins une fois.

— Mark ! Non, je...

Ses mots se transformèrent en gémissements lorsque les doigts de Bubba se mirent à défaire habilement le bouton de son jean. Il se retourna et la jeta sur le canapé et glissa sa main dans sa culotte, gémissant quand il sentit combien elle était déjà humide.

Il fallut 13 minutes et demie de plus à Phantom pour revenir, mais quand il fut de retour, Zoey était à nouveau assise sur le canapé avec Bubba à ses côtés. Ses joues étaient un peu rouges, mais personne n'aurait pu deviner que quelques minutes auparavant, elle se tortillait et criait son nom en jouissant sur ses doigts.

Se léchant subrepticement le doigt, Bubba fit un clin d'œil à Zoey lorsqu'elle rougit à nouveau. Être avec Zoey était excitant... et amusant. Il ne se souvenait pas de la dernière fois où il s'était amusé avec une femme. Il ne pouvait pas attendre jusqu'à plus tard dans la nuit quand ils iraient au lit. Il voulait être en elle plus qu'il ne pouvait l'expliquer.

Se forçant à être patient, Bubba se dirigea vers l'évier pour se laver les mains et aider à préparer le dîner.

Les fruits de mer sentaient bon, et Bubba réalisa que son estomac grondait. Ce voyage à Juneau ne s'était pas si mal passé jusqu'à présent. Demain, il s'occuperait de son héritage, puis l'amour de sa vie et lui pourraient rentrer en Californie et reprendre le cours de leur vie.

Cinq heures plus tard, Bubba sentit l'épuisement le prendre de court. Il avait aidé Zoey à emballer ses affaires et elle avait l'énergie du petit lapin rose Duracell. Ils avaient fait plusieurs piles : les choses à garder, à donner ou à jeter, et elle avait fait une liste de ce qui devait être réparé avant que la maison puisse être mise sur le marché.

— Zo, ça suffit, je suis crevé, fit Bubba quand il semblait qu'elle allait s'attaquer à la cuisine.

Elle le regarda avec surprise.

— Oh, quelle heure est-il ?

— Tard.

Zoey regarda sa montre et grimaça.

— Merde. Je n'en avais aucune idée. Je suis vraiment désolée. Va te coucher, je te rejoindrai dès que j'aurai terminé ce placard.

Bubba secoua la tête, la prit par la main et la traîna pratiquement vers l'arrière de la maison où se trouvait la chambre principale. Phantom avait déjà abandonné et leur avait souhaité une bonne nuit deux heures plus tôt. Il était probablement profondément endormi dans la chambre d'amis à l'étage. Bubba savait que s'il laissait Zoey seule dans la cuisine, il ne la verrait pas pour le reste de la nuit. Une fois qu'elle avait quelque chose en tête, c'était comme si elle avait des œillères. C'était à la fois attachant et frustrant.

— Mark ! Sérieusement, je dois finir de trier l'armoire. Ça va me rendre folle si je la laisse à moitié finie.

— Non. Je t'emmène au lit. Tout de suite.

Elle n'objecta pas, et il se retourna vers elle en entrant dans sa chambre. Elle souriait, et il reconnut l'expression de désir sur son visage.

— Emmène-moi au lit ou perds-moi pour toujours, dit-elle de façon dramatique.

Bubba fronça les sourcils.

— Quoi ?

— Oh mon Dieu, tu ne reconnais pas cette réplique de film ?

— De toute évidence, non, avoua Bubba en mettant ses mains sur le bas de son T-shirt et en commençant à le tirer lentement vers le haut.

— C'est de *Top Gun*, lui apprit Zoey, la voix étouffée par le T-shirt qu'on lui enlevait.

— Humm.

Bubba ne put retenir ce bruit, son attention portée sur ses seins qui se balançaient dans son soutien-gorge.

Il ne pouvait détacher ses yeux de son corps alors qu'elle se baissait et défaisait le bouton de son jean.

— Suis-je la seule à être nue ici ? demanda-t-elle en grimpant sur le matelas.

Rapide comme l'éclair, Bubba se déshabilla et vint se placer au-dessus d'elle. Il était déjà dur et prêt à la prendre, mais comme d'habitude, il voulait s'assurer qu'elle jouisse d'abord. L'idée de la goûter lui mettait l'eau à la bouche. Il descendit le long de son corps, ses yeux rivés sur les siens.

Le sourire s'effaça du visage de Zoey et elle se lécha les lèvres dans l'attente de son contact.

— Je t'aime, Zoey, lui dit-il, avant d'enfouir son visage entre ses jambes.

— Je t'aime, répondit-elle.

Ses mots résonnant dans sa tête, il concentra son attention sur le trésor en face de lui. Il ne se lasserait jamais de ça. D'elle. Il se lécha les lèvres, et se mit au travail pour montrer à Zoey à quel point il l'aimait.

Une heure plus tard, Zoey lovée dans ses bras et ronflant légèrement, Bubba n'arrivait pas à faire taire son esprit pour pouvoir dormir. Tout allait si bien. Zoey déménageait définitivement en Californie, vendait cette maison, emballait ses affaires. Elle l'aimait, et il l'aimait. Il n'aurait plus à s'occuper des problèmes quotidiens de l'entreprise de son père à partir de demain.

Mais il n'avait plus entendu parler de Tex. Et il ignorait si le fait de vendre ses parts dans la société rendrait heureux celui qui avait essayé de le tuer. Il détestait ne pas avoir les informations dont il avait besoin pour prendre des décisions. C'était comme ça que les gens finissaient par mourir. Il avait l'impression que sa vie ne faisait que commencer, maintenant qu'il avait rencontré Zoey. La dernière chose qu'il voulait était qu'une surprise mortelle l'attende en coulisses.

Après sa réunion avec Malcom, Sean et Kenneth dans la matinée, il appellerait Tex pour voir ce qu'il avait pu trouver. Il avait besoin que cette situation prenne fin une fois pour toutes. Ce n'est qu'alors qu'il pourrait vraiment se détendre.

Il lui fallut encore une trentaine de minutes, mais Bubba finit par s'endormir, le poids de Zoey dans ses bras le réconfortant.

CHAPITRE DIX-HUIT

— Cet endroit s'appelle le GonZo Café ? demanda Phantom le lendemain matin.

Zoey hocha la tête.

— Oui, nom bizarre, mais excellente nourriture. Leurs petits-déjeuners sont les meilleurs. Je vais aller faire des courses plus tard dans la journée et prendre quelques trucs pour nous dépanner pour le reste du week-end, mais crois-moi, tu vas adorer leur nourriture.

— Bien. Bubba, tu peux rester ici ?

— Oui.

— C'est bon, mais je suis affamée, dit Zoey. Plus de mouvement, moins de paroles, s'il vous plaît.

Elle savait que Mark se moquait d'elle, mais elle ne se retourna pas pour le regarder. Elle était de très bonne humeur ce matin. Même si elle n'avait pas pu finir de trier la cuisine et de déterminer ce qu'elle voulait garder et ce qu'elle allait donner à *Glory Hall* et aux autres refuges pour sans-abri de la ville, elle ne pouvait pas être fâchée de la façon dont la soirée s'était terminée.

Mark l'aimait.

C'était presque incroyable.

Elle n'avait jamais été aussi heureuse.

Même si Mark allait parler à Kenneth, elle voulait encore appeler Tracy pour savoir ce qui s'était passé avec l'agent immobilier qui s'était occupé de la maison afin de la proposer à la vente, mais même cela ne pouvait pas ternir son bonheur ce matin.

Le souvenir de ce que Mark lui avait fait la nuit précédente était presque embarrassant, mais tellement excitant. Chaque fois qu'il la dévorait, il donnait l'impression de ne pas en avoir assez. Elle n'avait aucun point de comparaison, mais elle ne pensait pas que la plupart des hommes étaient aussi enthousiastes pour cette tâche. Elle avait beaucoup de chance.

Elle avait encore mal entre les jambes car il l'avait prise rapidement et durement une fois qu'elle eut joui sur sa bouche et ses doigts. C'était très sexy, et c'était difficile de croire que c'était désormais sa vie.

Rien ne pouvait abattre Zoey ce matin. Pas même le grincheux Phantom qui ronchonnait car il devait sortir dans le froid pour aller chercher de quoi manger.

— Tu m'en dois une, dit-il en s'apprêtant à sortir.

— Je sais. Je vais faire une tarte aux noix de pécan cet aprèsmidi. Crois-moi, tu vas adorer ma tarte.

— C'est ma tarte, murmura Mark alors que Phantom se tournait pour partir.

Zoey était sur le point de faire une remarque intelligente sur Mark citant le film *The Revenge of the Nerds* quand Phantom leur dit :

— Faites attention à vous. L'air est lourd aujourd'hui.

Zoey fronça les sourcils. Elle n'avait aucune de ce qu'il voulait dire, mais Mark sembla comprendre, car il répondit :

— C'est noté. Toi aussi.

En hochant la tête, Phantom sortit et ferma la porte derrière lui.

— C'était quoi ça ?

Mark haussa les épaules.

— Parfois, nous avons des sentiments sur certaines choses. Phantom se sent visiblement mal à l'aise à propos de quelque chose.

— Penses-tu que tu devrais reporter ta réunion d'aujourd'hui ? demanda Zoey, inquiète.

— Absolument pas. Plus vite j'en aurai fini avec ça, et plus vite nous aurons réglé les choses ici à la maison, plus vite nous pourrons passer au reste de nos vies. Ensemble.

Zoey sourit et enroula ses bras autour de la taille de Mark. Elle se pencha sur lui et sentit sa verge remuer.

— Je suis tout à fait d'accord, dit-elle, l'air séductrice. Tu penses avoir le temps de me donner une autre leçon sur le sexe oral avant que Phantom ne revienne ?

Mark gémit, et elle le sentit tressaillir contre son ventre.

— Je ne pense pas que tu aies besoin d'autres leçons, jeune fille. Tu es déjà parfaite, et tu le sais.

Zoey savait qu'il disait cela par gentillesse, mais elle n'eut aucune envie de le contredire. Elle se mit sur la pointe des pieds et l'embrassa alors qu'il penchait la tête vers elle.

Ils étaient tellement absorbés qu'ils n'entendirent pas la porte arrière s'ouvrir avant qu'il ne soit trop tard. Mark se retourna et poussa Zoey si vite qu'elle ne réalisa ce qu'il faisait que lorsqu'elle fut derrière lui.

— Bon sang, Malcom ! Tu m'as fait peur, dit Mark, le soulagement perceptible dans sa voix.

Les yeux de Zoey faillirent sortir de sa tête lorsque Malcom leva un pistolet et le pointa droit sur son jumeau.

— Bien. Tu devrais avoir peur, dit-il d'un ton monocorde.

Tous les muscles du corps de Mark se contractèrent, et Zoey eut l'impression que le mystérieux sentiment de Phantom était juste. Bordel.

* * *

Bubba dévisagea son frère, son cœur se brisant en réalisant que la personne qui voulait sa mort était son frère. Son jumeau. Il pensait que Sean était coupable. Pas Malcom.

Il leva les mains.

— Doucement, mon frère. On peut arranger ça.

— C'est trop tard pour ça. Si on ne t'avait pas retrouvé, ça n'arriverait pas.

— Comment tu le sais ? demanda Bubba.

Il devait faire traîner les choses en longueur. Plus il ferait parler Malcom, plus Phantom avait de chances de revenir à temps. À eux deux, ils pouvaient facilement mettre Malcom à terre sans que personne ne soit blessé. Mais pour l'instant, tout ce qui préoccupait Bubba était Zoey. Il ne pouvait pas bouger sans la mettre en danger, et c'était la dernière chose dont il avait.

— Si toi et cette salope étiez morts, j'aurais eu tout ton argent et les actions que Pap t'a laissées, et elle n'aurait pas été là pour récupérer ce qui aurait dû être à moi.

Le raisonnement de son frère n'était pas tout à fait vrai car si Mark était mort, son testament laissait tout ce qu'il avait à son seul parent vivant, Malcom. Ils ne se parlaient peut-être pas beaucoup, mais il était du même sang. Mais si Zoey mourait, la maison, l'argent et une partie de l'entreprise que Pap lui avait laissée iraient à ses proches à elle.

Peut-être que, dans l'esprit de Malcom, il espérait que Zoey n'ait rien.

Il avait besoin de gagner du temps.

— Tu voulais cette maison ? reprit Bubba.

— J'emmerde cette maison, ricana Malcom. Je n'en ai rien à foutre de ce taudis. Mais j'aurais pu la vendre et récupérer l'argent, comme elle a l'intention de le faire. Cet argent devrait être à moi.

— Je t'ai dit pourquoi j'étais ici hier, dit Bubba. À dix heures aujourd'hui, tu pourras avoir ce que tu voulais.

— Non, je ne peux pas ! cria Malcom, l'arme vacillant légèrement pendant qu'il parlait.

Bubba poussa Zoey plus loin derrière lui. Si le coup partait, il ferait tout son possible pour qu'elle ne soit pas celle qui recevrait la balle.

— Tu veux vendre tes actions à Sean et moi ? Quelle blague ! Je n'ai pas l'argent pour les racheter. Et même si je l'avais, je ne devrais pas avoir à le faire. Quel fils était là quand Pap avait besoin d'aide pour virer un employé ? Moi ! Quel fils était là pour travailler quand quelqu'un ne se présentait pas ? Moi ! Quel fils écoutait pendant des heures et des putains d'heures Pap parler de son précieux business plan, et quel fils lui donnait des conseils sur la façon de faire plus d'argent ? Moi, putain ! Voilà qui c'était. Pas toi. Pas l'enfant chéri qui se baladait dans le monde entier en jouant les héros. Je vais prendre ta part de ce qui aurait dû être à moi – sans payer !

Chaque phrase qu'il prononçait voyait le ton augmenter. À la fin, il hurlait presque sur son frère.

— Si tu arrêtais d'en parler et que tu le butais, ce serait fini, dit une voix féminine derrière Bubba.

Merde. Les choses passaient de préoccupantes à critiques en un instant. Bubba se tourna sur le côté, gardant Zoey dans son dos.

Tracy Eklund se tenait juste à l'intérieur du salon. Ils n'avaient pas fermé la porte à clé quand Phantom était parti, et elle était manifestement entrée en se faufilant.

Il avait dit à Zoey que la plupart des gens tuaient pour l'argent ou le sexe, et il semblait que dans ce cas, c'était les deux.

— Laissez-moi deviner, vous et mon frère avez une liaison.

Tracy prit un air suffisant mais ne répondit pas.

Quand Malcom reprit la parole, Bubba reporta son attention sur lui. La situation craignait. Ils étaient au milieu de deux personnes qui avaient fait de leur mieux pour les tuer. Il ne pouvait pas protéger Zoey de Malcom et de Tracy en même temps. Merde, merde, merde.

— Je l'aime. C'est mon âme sœur, déclara Malcom.

— Elle est bien plus âgée que toi, dit Bubba pour essayer de faire réfléchir son frère. Je suppose qu'elle t'a dragué, n'est-ce pas ?

— La ferme ! hurla Tracy. Je ne suis pas beaucoup plus vieille que Mal. Je n'ai que quarante ans !

— Avec ces racines grises, tu aurais pu me tromper, dit Zoey. Kenneth a… quoi ? La cinquantaine, comme Colin ? Qu'est-ce qui s'est passé, votre mari n'était plus performant ?

En entendant ces paroles, Tracy passa la main au-dessus du plan de travail et attrapa un grand couteau de cuisine du tiroir que Zoey avait voulu ranger la veille sans en avoir le temps.

— Tais-toi, salope ! Tu n'es rien d'autre qu'une sangsue. Tu t'accroches à Colin et tu prends son argent à ceux qui devraient l'avoir. À savoir, Malcom !

— Doucement, dit Bubba, en levant une main vers Tracy.

— Je vais te découper, salope, fit Tracy, ses yeux sur Zoey.

Bubba mit ses mains derrière son dos et serra les avant-bras de Zoey. Malcom et Tracy avaient probablement l'impression qu'ils se tenaient les mains derrière son dos, mais Bubba s'assurait d'avoir une bonne prise sur la femme qu'il aimait, de sorte que s'il devait la jeter hors de son chemin en une fraction de seconde, il serait en mesure de le faire.

Le téléphone de Bubba vibra sur le plan de travail de la cuisine, annonce d'un appel entrant. Le son était irritant, mais tout le monde l'ignora.

— Oui, elle m'a draguée quand on a commencé à se voir, dit Malcom, le pistolet vacillant. Et tout allait bien. Mais ensuite, tu as envoyé un mail à Pap et mentionné une possible visite. Il était tellement heureux, c'était dégoûtant ! Il a pris rendez-vous le jour même pour modifier son testament, jurant que si tu revenais et que tu voyais à quel point les affaires marchaient bien, tu en tomberais amoureux et tu reviendrais à la maison. Il se faisait des illusions ! Tout le monde savait que tu ne reviendrais pas. Mais j'ai compris que je devais faire quelque chose.

Le sang de Bubba se figea.

— Qu'est-ce que tu as fait, Mal ?

— Tais-toi, Malcom, ordonna Tracy.

Malcom l'ignora. Il planta son regard dans celui de son frère.

— Elle a dit que c'était la seule solution. Que tu serais toujours l'enfant chéri. Son préféré. Que je ne serais jamais à la hauteur. Je devais l'être !

— Qu'est-ce que tu as fait ? demanda Bubba.

— C'était juste un peu au début, pour voir ce que ça donnerait. Ça a très bien marché. Il est tombé malade presque immédiatement...

Bubba entendit Zoey inhaler brusquement, mais elle demeura silencieuse. Il se sentait mal.

— Tu as tué Pap ?

— Je devais le faire ! cria Malcom. Tracy disait que ce serait facile. Qu'il ne sentirait rien !

— Mais il a souffert, n'est-ce pas ? demanda Zoey doucement. Colin a souffert. Il a dû avoir tellement mal.

— Oui, mais c'est parce que j'ai merdé et que je ne lui en ai pas donné assez. Quand tu es partie voir ta mère, c'était le moment. Je lui ai donné assez d'arsenic pour que son cœur s'arrête.

Bubba serrait les dents si fort qu'elles lui faisaient mal.

— Et tout ça pour rien, parce que vous n'êtes pas morts, putain ! cracha Tracy. Toi et cette salope de pilote étiez censés mourir après le décollage. Les gars que j'ai engagés pour saboter l'avion ont pris mon argent et se sont enfuis. Vous laisser mourir dans le désert n'était que le plan ridicule que nous avons inventé pour qu'Eva accepte le contrat. Elle ne se doutait pas que ce vol était censé être son dernier.

Bubba ne pouvait pas croire à quel point la femme en face de lui était sans cœur. Non seulement elle voulait les tuer, Zoey et lui, pour de l'argent, mais elle n'avait aucun scrupule à se débarrasser également d'une femme innocente. Eva n'était pas complètement innocente, son avis ne changeait pas là-dessus, elle avait suivi le plan qu'on lui avait donné et les avait abandonnés, mais elle ne les avait pas tués.

Il sentit Zoey se déplacer derrière lui, et il paniqua pendant un moment, jusqu'à ce qu'il réalise qu'elle se pressait simplement encore plus contre son dos. C'était bon pour lui. Plus elle était proche, plus il serait facile de la protéger.

Le fait qu'il ait à la protéger de son propre frère était insensé. Mais pour l'instant, le pistolet de Malcom représentait un plus grand danger que le couteau que Tracy tenait.

— Je suppose que c'est toi qui as dit à Malcom ce qu'il y avait dans le testament de Pap, hein ? lui demanda-t-il.

— Bien sûr. Je suis l'assistante de mon mari, après tout. Qui prépare tous ses documents, d'après toi ?

Le téléphone de Bubba sonna à nouveau, et il aurait tellement aimé pouvoir y répondre. Celui qui était à l'autre bout insistait pour lui parler.

— Tue-les, ordonna Tracy à Malcom. Ça doit se terminer maintenant.

— Comment penses-tu que ça va se terminer exactement ? demanda Bubba.

Il sentit Zoey se déplacer contre lui une fois de plus... puis réalisa qu'elle sortait lentement son KA-BAR du fourreau situé dans le bas de son dos.

Mon Dieu, elle était tellement intelligente – et parfois un peu effrayante.

— Si tu nous tues, que vas-tu faire de nos corps ? Comment vas-tu expliquer nos morts ? Sean et Kenneth m'attendent au bureau dans une heure et demie. Et tu auras peut-être mes parts de l'entreprise, mais ça ne te donnera pas assez pour passer outre Sean. Et celles de Zoey iront à sa mère. Et ensuite, Mal ? Tu vas tuer Sean aussi ? Puis sa femme, puisque ses parts lui reviendront probablement ? Quand est-ce que ça va se terminer ? Quand est-ce que tu pourras arrêter de tuer ? C'est fini, mon frère. Pose le pistolet et résolvons ça. Ensemble.

— Non. Ça va marcher. Je le sais !

— Ne l'écoute pas, Malcom. Il essaie de t'embrouiller, dit Tracy à son jeune amant.

— J'essaie de l'embrouiller ? demanda Bubba. Je lui dis la vérité. Il veut le business, mais s'il nous tue, il ne l'aura jamais.

— Nous ne voulons pas de cette putain d'entreprise ! cria Tracy, un peu hystérique. J'ai déjà un acheteur pour notre moitié de Heritage Plastics. Il est prêt à payer cash. On va pouvoir quitter cette ville de merde et commencer une nouvelle vie ailleurs.

Bubba tourna la tête vers son frère.

— Je ne peux pas croire ça, putain. Si tu voulais partir, pourquoi tu ne l'as pas fait ?

— Ce n'était pas si simple, argumenta Malcom, le désespoir et la frustration faciles à percevoir. Je ne suis pas comme toi. Je ne suis pas fort. Je n'avais pas d'autre choix que de rester et de travailler pour Pap.

— On a toujours le choix, répondit Bubba tristement. Et je n'arrive pas à croire que tu aies pensé que me tuer, moi, ta propre chair et ton propre sang, était ta meilleure option.

— Tracy a dit...

— Écoute-toi, mon frère, implora Bubba avec force, l'interrompant. Oublie-la une seconde. C'est une femme désespérée, qui en a marre de la vie ennuyeuse qu'elle mène avec son mari et qui veut de l'excitation. Elle t'a choisi, et tu es tombé dans le panneau – hameçon, ligne et plomb. Elle t'a convaincu de tuer papa ! Et d'essayer de me tuer. Regarde-moi dans les yeux et dis-moi que tu es d'accord pour me tuer.

Bubba regarda son frère et lui demanda de sortir de la transe que Tracy Eklund lui avait imposée.

Dans son dos, il sentit Zoey glisser le manche de son couteau dans sa paume.

Tout se produisit au ralenti ensuite. Le poids familier de

l'arme dans sa main le rendit cent fois plus confiant quant à l'issue de la situation. Il pouvait éliminer Malcom d'un coup de poignet, puis s'occuper de Tracy.

Mais l'idée de blesser ou de tuer son frère lui faisait mal. Peu importe les décisions qu'il avait prises dans le passé – même s'il avait admis avoir tué leur père, et ce qu'il préparait à cette seconde – Malcom était son frère. Son jumeau.

— C'est fini, mon frère, dit doucement Bubba. Ça doit se terminer maintenant. Je vais t'aider. Je vais t'obtenir le meilleur avocat possible. Tu n'étais pas le cerveau derrière tout ça, on le sait tous les deux. Tu iras probablement en prison, mais je ferai tout ce qui est en mon pouvoir pour t'aider à passer un accord. Quelques années. C'est tout. Pose ton arme, Mal.

— Ne l'écoute pas, Malcom, grogna Tracy. Tu as tué Colin. Il n'y aura pas d'accord. Et tu es celui qui a engagé cette pilote. Il te ment. C'est toi qui vas tomber pour ça, pas moi. Tue-le maintenant et nous pourrons partir ce soir ! On prend l'argent dans le coffre de Kenneth et on disparaît.

Le bruit d'un moteur qui ralentit se fit entendre à l'extérieur, et Bubba comprit que Phantom était revenu. Il lui avait semblé que des heures s'étaient écoulées depuis que son frère était apparu dans la maison, mais cela n'avait probablement duré que quelques minutes.

— Fais-le ! hurla Tracy. Ne sois pas une mauviette et tire-lui dessus, putain ! Si tu ne le fais pas, tu vas aller en prison pour le reste de ta vie !

Au moment où Malcom levait l'arme une fois de plus, Bubba bougea.

Le couteau dans sa main fendit l'air et atteignit sa cible.

Alors que Malcom tombait au sol, Bubba se retourna et fit un pas vers Tracy.

Mais il avait été trop lent. Zoey l'avait battu à plate couture.

Il perdit dix ans de sa vie quand il vit Zoey attraper la main de Tracy, celle qui tenait le couteau.

Il fit un pas en avant, mais Zoey était déjà en train d'exécuter les mouvements d'auto-défense les plus parfaits qu'il ait jamais vus.

Alors que Tracy essayait de revenir vers elle pour la poignarder, Zoey lui donna un coup de genou à l'entrejambe aussi fort en y mettant toute la force dont elle était capable. Elle savait manifestement que ce mouvement était aussi efficace sur les femmes que sur les hommes. Comme on pouvait s'y attendre, Tracy se plia immédiatement sous la douleur, oubliant le couteau, et Zoey enfonça alors son genou dans le visage de la femme plus âgée.

Tracy tomba comme un sac de pommes de terre sur le sol, du sang coulant de son nez, assommée.

Zoey arracha le couteau de la main de Tracy et tourna sur elle-même comme si elle était prête à entrer dans n'importe quel combat entre Bubba et son frère.

Bubba n'eut pas le temps d'être impressionné, car lorsqu'il entendit Zoey haleter et regarder derrière lui, il se retourna, prêt à se défendre et à défendre Zoey contre Malcom.

Mais il n'eut pas à le faire.

Le couteau qu'il avait jeté dans la cuisse de Malcom avait fait ce qu'il souhaitait. Malcom agonisait sur le sol. Son frère aurait pu commencer à tirer sauvagement, mais il ne le fit pas.

Au lieu de pointer son pistolet sur Bubba, Malcom le pointa contre sa propre tête.

La porte d'entrée s'ouvrit, et Bubba sut que Phantom assurerait ses arrières. Il n'avait pas à s'inquiéter pour Zoey, son coéquipier s'assurerait que Tracy n'était pas une menace.

— Pose le pistolet, Mal. On peut s'arranger.

— Non, on ne peut pas. Elle a raison. Je vais tomber pour ce que j'ai fait. Tout ça. Comme je le devrais.

— C'est elle qui tirait les ficelles, lui dit Bubba. Nous trouverons un bon avocat qui montrera à un jury que tu as été détourné du droit chemin. Je témoignerai même en ta faveur.

— Moi aussi, ajouta Zoey derrière lui.

Bubba sentit une dose d'amour s'emparer de lui, mais

malgré cela, il n'arrivait pas à respirer. Pas quand son frère avait cette arme sur sa tête.

— Ce n'est pas bon. J'ai tué papa ! sanglota Malcom. Elle a raison. J'aurais pu dire non. J'aurais pu l'arrêter quand elle a eu l'idée de vous tuer, toi et Zoey. Je suis faible. Et je suis fatigué. Je suis tellement fatigué, putain.

— Fatigué ? Mal...

— Fatigué d'être le deuxième. De cette ville. Des gens qui me regardent comme si je ne valais rien.

— Personne ne te regarde comme ça, dit Zoey.

— Si, tout le monde, rétorqua Malcom. Même toi. Je savais que tu aimais Mark au lycée, mais je m'en fichais. Je te voulais pour moi. Mais tu l'as quand même choisi, comme tout le monde. Pour ce que ça vaut... je suis désolé. Je suis désolé d'avoir été un con avec toi, Zoey. Je suis désolé pour ce que j'ai fait à Pap. Il ne le méritait pas. Et je suis désolé d'avoir engagé cette pilote pour vous faire ça.

— Je te pardonne, dit Bubba.

Et il ne mentait pas. Il aimait Malcom. Il n'avait pas été le meilleur frère, mais Bubba n'avait pas essayé d'être là pour Malcom non plus. Peut-être que s'il était rentré plus souvent, les choses entre eux se seraient mieux passées. Il aurait pu voir plus tôt le poison que Tracy avait été pour son frère.

— Merci, dit Malcom.

Son doigt se crispa sur la gâchette du pistolet...

Et avant que Bubba ne puisse faire plus que crier « non ! », tout était fini.

Zoey cria lorsque le son du coup de feu résonna dans la pièce, et Bubba se tourna immédiatement pour la protéger de l'horreur qui s'était déroulée devant eux.

— Oh mon Dieu ! Oh mon Dieu ! hurla Zoey. Appelez le 9-1-1 ! On doit lui trouver une ambulance.

— C'est trop tard, lui dit Bubba.

Il n'avait pas besoin de se retourner pour savoir à quoi

ressemblait une balle dans la tête. Ce que ça faisait au corps humain. Il avait vu de dizaines de blessures par balle.

Marchant lentement vers la porte d'entrée avec elle, le seul but de Bubba était d'éloigner Zoey. Pour s'assurer qu'elle n'ait pas un aperçu de ce qui restait de Malcom.

— Je m'occupe des ordures, dit tranquillement Phantom lorsque Bubba le dépassa, désignant de la tête Tracy, toujours allongée sur le sol.

Acquiesçant, Bubba s'arrêta juste assez longtemps pour prendre son téléphone sur le plan de travail. Quelqu'un l'appelait une nouvelle fois.

Il baissa les yeux et vit le nom de Tex s'afficher. Il avait l'impression que le SEAL retraité avait enfin eu sa discussion avec Eva Dawkins. Mais c'était trop tard.

Épuisé et vide à l'intérieur, Bubba poussa Zoey hors de la maison. Si ça ne tenait qu'à lui, aucun d'entre eux n'y remettrait les pieds. Il en avait fini avec Juneau. Avec l'Alaska. Il lui avait apporté Zoey, son plus beau cadeau, mais aussi le plus grand chagrin de sa vie.

Il entendit Phantom parler à un répartiteur d'urgence depuis l'intérieur de la maison, mais il ne put pas se concentrer sur autre chose que Zoey. Dieu merci, elle allait bien. Malcom aurait pu facilement lui tirer dessus. Ou si elle n'avait pas été aussi rapide, Tracy aurait pu enfoncer le couteau dans son corps et l'aurait tuée.

Enfouissant son visage dans ses cheveux, Bubba s'accrocha. Quand il se mit à trembler, Zoey le serra encore plus fort. Il ne saurait dire quand les larmes commencèrent à couler de ses yeux, mais la femme qu'il aimait plus que tout au monde ne le lâcha pas, elle le serra simplement plus fort, lui donnant la stabilité dont il avait besoin pour s'effondrer.

CHAPITRE DIX-NEUF

La journée avait été longue. La plus longue de la vie de Bubba. La police était arrivée, et au début, ils avaient cru que c'était lui qui avait tué Malcom. Il avait été menotté et mis à l'arrière d'une voiture de police, et Zoey avait perdu les pédales.

Apparemment, elle connaissait la plupart des officiers, et elle les avait prévenus que s'ils ne le laissaient pas sortir, elle les poursuivrait en justice, ainsi que le département et la ville entière. Bubba était fier d'elle, mais il se sentit comme anesthésié. Il ne put rassembler l'énergie pour montrer sa reconnaissance quand les officiers s'étaient excusés et avaient retiré ses menottes après avoir compris que Malcolm s'était infligé ça lui-même.

Puis lui, Zoey et Phantom durent raconter leur version des faits au moins quatre fois de plus. Bubba avait été séparé de Zoey, ce qui l'avait presque rendu fou. Les inspecteurs lui avaient posé les mêmes questions encore et encore jusqu'à ce qu'il n'en puisse plus.

Tex finit par s'en mêler, passa quelques coups de fil, et finalement Bubba et Zoey purent partir. Ils se trouvaient maintenant dans une chambre d'hôtel dans le centre-ville de Juneau, car aucun d'entre eux ne voulait retourner chez elle, ou chez son père.

Phantom avait été réticent, comme à l'accoutumée, mais il avait aussi été un solide pilier pour Zoey et lui Bubba ne pourrait jamais le remercier d'avoir été présent durant cette période. Il les avait forcés à manger quelque chose, puisqu'ils n'avaient pas eu le temps de prendre le petit-déjeuner qu'il leur avait apporté plus tôt. Il avait appelé l'équipe en Californie et les avait informés de la situation. Rocco avait immédiatement proposé de prendre l'avion pour l'Alaska, mais Phantom lui avait dit que ce ne serait pas nécessaire, puisqu'ils rentreraient dès qu'ils le pourraient.

Il avait aussi appelé Sean Kassamali pour lui faire part du drame. Il était venu au poste et avait rassuré Bubba en lui disant qu'il s'occuperait de l'entreprise, qu'il ne fallait pas s'inquiéter. Le plus ironique, c'était que maintenant que Malcom s'était suicidé, toutes ses parts dans la société revenaient à Bubba. C'était presque risible, compte tenu de tout ce qui s'était passé, mais Malcom était tellement sûr que leur plan fonctionnerait qu'il n'avait à aucun moment préparé son propre testament.

Et comme Bubba ne voulait toujours pas s'occuper de l'entreprise, Sean finirait par en posséder la totalité tôt ou tard.

Bubba allait vendre ses parts à l'homme plus âgé pour un dollar symbolique juste pour que ce soit légal. Zoey avait prévu de faire la même chose avec son petit pourcentage. Si Malcom était venu à la réunion avec Kenneth, il aurait découvert que Bubba comptait lui vendre ses parts pour ce même prix et non pour un prix exorbitant, comme Malcom l'avait finalement supposé.

Bubba aurait dû se sentir soulagé d'en avoir fini avec l'entreprise une bonne fois pour toutes, mais au lieu de ça, il n'éprouva que de la tristesse.

— Rien de tout cela n'aurait dû arriver, murmura-t-il.

Il était assis sur le canapé de la suite que Phantom leur

avait réservée à l'hôtel, et Zoey s'était blottie contre lui. Le seul moment où il avait l'impression qu'il n'allait pas exploser en mille morceaux était lorsqu'il pouvait la serrer dans ses bras. Il n'oublierait jamais le désespoir dans les yeux de Malcom quand il avait tenu cette arme près de sa tempe.

Phantom passa sa tête dans la pièce.

— Tex est au téléphone. Tu te sens prêt à parler ?

Bubba hocha la tête.

— Oui, finissons-en.

Zoey serra ses bras autour de lui, et sa présence rendit les choses tellement plus faciles. Tout n'était pas parfait, mais il se sentait déjà bien mieux.

— Tu es là ? demanda Tex par le haut-parleur.

— Oui.

— Je suis vraiment désolé de ne pas avoir trouvé Eva plus vite.

Bubba secoua la tête, même s'il savait que Tex ne pouvait pas le voir.

— Ne dis pas ça. Ce n'est pas ta faute. C'est celle de mon frère. Et celle de Tracy. Rien de tout ça n'est de ta faute.

— Tu dis ça, mais ça n'en fait pas une vérité, dit Tex. Quoi qu'il en soit, Tracy connaissait en quelque sorte l'ex d'Eva. Le lien est un peu flou. Malcom a pris contact avec elle pour la première fois et lui a proposé de l'argent pour faire un travail. Une fois qu'elle a accepté, parce qu'elle avait désespérément besoin d'argent, Tracy s'est occupé des arrangements. Apparemment, l'ex d'Eva a dit qu'il lui rendrait ses enfants si elle lui versait trois cent mille dollars. Elle n'avait évidemment pas cette somme, et Tracy et Malcom ont facilement réussi à la convaincre de faire leur sale boulot. Après vous avoir laissés au milieu de nulle part, Eva a fait atterrir l'avion dans une toute petite ville. L'avion lui-même n'a été découvert que récemment, ce qui confirme son histoire. Quoi qu'il en soit, elle est allée à Seattle, comme on le lui a ordonné, pour attendre que les choses se calment ici, et s'attendait à être payée pour son rôle dans le complot.

— Laisse-moi deviner, elle n'a pas eu l'argent, dit sèchement Phantom.

— Non. Tracy et Malcom n'avaient pas l'intention de lui donner de l'argent parce qu'ils pensaient qu'elle mourrait en même temps que vous deux. En fait, il n'y avait pas d'argent à lui donner. Eva a passé deux semaines à faire du stop pour rentrer à Anchorage. Elle n'était pas sûre de ce qu'elle allait faire, mais c'est là que sont ses enfants. Elle a été engagée dans un club de strip-tease et vit dans sa voiture.

Bubba ne put s'empêcher d'avoir pitié de cette femme. Elle avait pris des décisions horribles, on ne pouvait pas le nier, mais si quelqu'un prenait ses enfants, il savait qu'il ferait tout pour les récupérer.

— Ses enfants ? demanda-t-il à Tex.

— On s'en occupe.

Bubba repensa à ce que Tex leur avait dit plus tôt. À propos de l'équipe d'hommes qu'il connaissait et qui n'avaient aucun problème à s'occuper de salauds comme l'ex d'Eva.

— La question maintenant est... allez-vous porter plainte ? demanda Tex.

Bubba ouvrit la bouche pour répondre, mais Zoey le devança.

— Non.

Bubba se tourna vers elle.

— Zo...

Elle leva la main pour l'arrêter.

— Je sais, Mark. Je sais ce qu'elle a fait. On aurait pu mourir. Tu as failli mourir. Mais nous allons bien. Et honnêtement, quelles autres options avait-elle ? Je n'excuse pas ce qu'elle a fait. C'était horrible, et elle aurait dû aller voir les flics avant de suivre le plan de ton frère, mais sa voix s'éteignit.

— Elle est désolée ? demanda Bubba à Tex.

— Pour ce que ça vaut, oui, je pense qu'elle l'est. Elle

semblait presque soulagée d'avoir été retrouvée. La première chose qu'elle a demandée, c'est comment vous alliez tous les deux. Elle savait que tu avais un tas de cochonneries dans tes poches, Bubba, et elle s'était convaincue que tu irais bien.

Bubba ferma les yeux. Il ne pouvait pas se soucier d'Eva Dawkins. Mais pour le bien de ses enfants qui n'auraient personne si leur mère allait en prison, il soupira et demanda :

— Et maintenant ?

— Je lui ai trouvé un travail en Floride, dit Tex. Rien d'énorme, mais assez pour qu'elle reste solvable. Elle et ses enfants s'y envolent demain. Elle n'aura pas à s'inquiéter que son ex revienne dans le paysage. Avec ta bénédiction, elle prend un nouveau départ dans sa vie. Je lui ai dit de ne pas tout gâcher, parce que je la surveillerai. Un seul faux pas, et je lui ferai enlever ses enfants et jeter son cul en prison avant même qu'elle puisse cligner des yeux.

Bubba ne put s'en empêcher. Il sourit légèrement. C'était le Tex qu'il connaissait et aimait.

— Bien.

— Zoey ? Tu vas bien ? demanda Tex.

Bubba la vit lever les yeux vers lui, étudier son visage, puis elle répondit finalement :

— Je vais bien.

— J'ai de la paperasse à faire, alors je vais y aller. Je suis désolé pour ton frère, Bubba.

— Merci.

— Tex ? demanda Phantom.

— Oui ?

— Des nouvelles de ce que je t'ai demandé de surveiller pour moi ?

— Pas vraiment. J'ai eu vent de quelques rumeurs, mais je n'ai pas encore assez d'informations pour les partager. Je te contacterai dès que j'aurai du concret.

— Merci.

— Peu importe. Restez proches, les gars. On se parle bientôt.

— Au revoir, Tex. Merci pour tout, dit Bubba avant que Tex ne raccroche.

— Oui, merci, Tex, répéta Zoey, mais ses mots tombèrent dans l'oreille d'un sourd car Tex avait déjà mis fin à la connexion.

— Tu n'as rien à me dire ? demanda Bubba à Phantom.

L'autre homme secoua la tête.

— Non. Ce n'est rien. Juste quelque chose que j'ai demandé à Tex de vérifier pour moi.

Bubba observa son coéquipier pendant un long moment. Ce n'était pas rien. Si Phantom avait tendu la main au génie de l'informatique, c'était sérieux. Mais s'il ne voulait pas partager, il ne l'obligerait pas. Il en parlerait quand le moment serait venu.

— Je me sens un peu désolée pour Eva, murmura Zoey.

Bubba posa son menton sur le dessus de la tête de Zoey. Ses paroles ne le surprenaient pas. Elle avait tendance à toujours voir le bon côté chez les gens. C'était l'une des millions de raisons pour lesquelles il l'aimait. Une partie de lui avait voulu dire à Tex de faire de la vie de la pilote un enfer, mais il semblait que c'en était déjà un. Elle était autant une victime dans cette affaire que Zoey et lui l'avaient été.

— Des nouvelles de ce qui se passe avec Tracy ? demanda Bubba.

— Aux dernières nouvelles de Sean, son mari aurait contacté un de ses grands amis avocats à Anchorage pour qu'il prenne son affaire en charge, dit Phantom.

— Sérieusement ? demanda Zoey. C'est n'importe quoi. Je comprends qu'ils sont mariés, mais un, elle avait une liaison depuis je ne sais combien de temps, et deux, elle n'avait aucun problème à nous tuer, à tuer ton père, et qui sait combien d'autres personnes ! Elle allait quitter Kenneth et aller au Mexique avec Malcom !

Bubba passa une main autour de sa nuque et y fit glisser son pouce d'avant en arrière afin de tenter de la rassurer.

— Doucement, Zo.

— Non. Sérieusement, il est stupide ! Il aurait dû immédiatement demander le divorce au lieu de la soutenir. Mark, si je fais un jour quelque chose comme ce qu'elle a fait, ne reste pas avec moi. Tu dois t'éloigner de moi et arrêter les frais

Bubba ne put s'empêcher de ricaner. Il n'arrivait pas non plus à croire qu'il riait après la journée qu'il avait passée, et après tout ce qu'il avait découvert sur son frère, son père, et la raison pour laquelle Zoey et lui avaient été abandonnés dans le désert, mais il riait.

— Tu ne pourrais pas tuer quelqu'un, mon cœur. Aucun risque.

— Je pourrais, dit-elle obstinément. Si Tracy avait retourné ce couteau contre toi, j'aurais pu.

— En parlant de ça... où as-tu appris à mettre quelqu'un à terre comme ça ? demanda Bubba, son pouce continuant ses mouvements sur sa peau, faisant de son mieux pour l'apaiser.

— Colin a fait venir un spécialiste de la sécurité à l'usine pour donner des cours d'autodéfense à tous ceux qui le souhaitaient. Il m'a laissé les suivre.

Parler de son père assombrit son expression.

— Je ne peux pas croire qu'il ait été empoisonné.

Bubba soupira et resserra ses bras autour d'elle.

— Moi non plus.

— Je suis désolé, Mark.

— Merci.

— Je suis désolé aussi, ajouta Phantom.

Bubba acquiesça.

— D'une certaine façon, je suis content que Malcom se soit suicidé, admit-il. Je sais que je n'aurais pas pu le faire.

— Tu aurais pu, lui dit Phantom sans ambages.

Bubba regarda son coéquipier avec surprise.

— Ce n'est pas parce que tu es lié à quelqu'un par le sang

qu'il va automatiquement t'aimer et vouloir ce qu'il y a de mieux pour toi. Parfois, tu dois faire ce qu'il faut.

— C'est du vécu ? demanda Bubba, car c'était l'impression que lui laissaient les paroles de son ami.

Phantom haussa les épaules.

— Les familles, ça craint, dit-il, puis il se leva. Tout le monde n'a pas un parent aimant pour s'occuper d'eux. Le mal est ainsi, et parfois les innocents sont simplement coincés avec les pires parents du monde. Je vais aller me coucher. Vous avez besoin de quelque chose ?

Bubba voulut demander à son ami de s'asseoir. De lui parler. Pour l'aider à comprendre comment et pourquoi Malcom s'était retourné contre lui, parce qu'il avait l'air d'avoir une certaine expérience dans le domaine de la famille pourrie, mais au lieu de cela, il se contenta de secouer la tête.

— C'est bon.

— Zoey ? demanda Phantom.

— Je vais bien. Merci.

Quand Phantom eut fermé la porte de l'autre pièce de la suite, Zoey leva les yeux vers Bubba.

— Est-ce qu'il va bien ?

— Je ne sais pas. Phantom ne parle pas de sa vie. Pas du tout. Mais d'après les choses qu'il a dites ici et là, il est évident qu'il n'a pas eu une enfance heureuse. Je pense que tous les deux nous aurons plus de choses à nous dire maintenant.

Zoey se retourna et se mit à cheval sur ses genoux. Elle enroula ses bras autour de son cou et posa son front contre le sien.

— Tu vas bien ?

— Non, lui dit Bubba.

— Que puis-je faire pour aider ?

— Ça, c'est très bien. Serre-moi. Sois là pour écouter quand j'ai besoin de parler. Raconte-moi des histoires sur mon père. Et sois simplement toi, Zo. C'est ce dont j'ai besoin.

— Marché conclu. Puis elle se drapa sur lui, son nez caressant la peau de son cou alors qu'elle faisait de son mieux pour s'enfouir en lui.

Étonnamment, l'avoir dans ses bras lui permit d'aller mieux. Il ne se sentait pas si seul. Il avait perdu son frère et son père, mais il avait gagné une partenaire. La vie réserve parfois de drôles de surprises.

CHAPITRE VINGT

Zoey sourit en regardant Mark allumer un feu dans le foyer à l'extérieur de leur logement. Le mois avait été difficile pour tous les deux, mais surtout pour Mark. Il avait dû retourner deux fois à Anchorage pour parler aux procureurs qui préparaient l'audience d'avant-procès de Tracy.

Il avait dû mettre en vente la maison de son père et fouiller dans les affaires de Colin et de son frère. Chaque fois qu'il avait eu une conversation téléphonique avec quelqu'un de Juneau, ou qu'il revenait d'Alaska, il lui fallait un certain temps pour redevenir lui-même.

Zoey détestait le retrouver ainsi, et voulait le voir heureux et souriant à nouveau. Elle avait donc organisé ce voyage en glamping dans l'espoir d'apporter un peu de joie dans sa vie. Elle se souvenait qu'ils avaient eu une conversation sur le glamping lorsqu'ils n'étaient que tous les deux, perdus en Alaska, et elle pensait que ce serait un moyen, peut-être, de mettre le passé derrière eux une fois pour toutes, et de se tourner vers l'avenir.

Jusqu'à présent, son plan avait fonctionné. Ils avaient pris l'avion jusqu'à Sacramento puis avaient roulé pendant 45 minutes jusqu'à Colfax, en Californie, une petite ville pittoresque. Elle avait loué la yourte mongole parce qu'elle semblait presque ridicule dans le cadre de la Californie du Nord. De l'extérieur, elle ressemblait à une tente blanche ordinaire, mais à l'intérieur, elle était incroyablement colorée et ostentatoire, et la première fois que Mark l'avait vue, le sourire qui s'était répandu d'une oreille à l'autre avait valu chaque centime qu'elle avait dépensé pour cet endroit.

Il y avait aussi un jacuzzi, une douche extérieure, un sauna, une piscine et un hamac dont ils pouvaient profiter. Mais jusqu'à présent, ils s'étaient contentés de paresser et d'hiberner loin du monde. À l'intérieur de la tente somptueusement décorée, ils avaient l'impression d'être seuls au monde.

Ils s'étaient enfin aventurés dehors pour s'asseoir autour du feu et profiter de l'air de la nuit. Quand le feu fut allumé – par Mark –, il entra dans la yourte, prit une couverture dans le lit, et s'assit derrière elle, les enveloppant tous les deux. Zoey savait que Mark n'avait pas froid, il n'avait jamais froid, mais elle aimait les efforts qu'il fournissait pour elle.

Levant les yeux vers les étoiles, Zoey se détendit contre Mark et soupira.

— Heureuse ? demanda-t-il.

— Très. Mais c'est moi qui devrais te le demander.

— Tout le temps que je peux passer avec toi me rend heureux, répondit-il.

Zoey enroula ses mains autour de ses avant-bras en travers de sa poitrine.

— Je suis inquiète pour toi.

Il posa sa joue contre la sienne et dit :

— Je sais. Et j'aimerais qu'on commence notre vie ensemble sans tout ce drame au-dessus de nos têtes.

— Tout le monde a des problèmes, rétorqua Zoey. La vie n'est pas toujours faite de chiots et de fleurs comme sur les réseaux sociaux. J'aimerais juste pouvoir faire plus pour t'aider.

Mark ricana.

Zoey fronça les sourcils et tourna la tête pour le regarder.

— Quoi ?

— Zo, je ne suis pas sûr que j'aurais pu traverser tout ça sans toi à mes côtés. Savoir que tu es là pour moi est la meilleure chose qui puisse m'arriver dans la vie. Et ce voyage m'a fait réfléchir.

— À propos de quoi ?

— « Nous ». Comment tout dans nos vies est interconnecté. Comment une petite décision peut changer la trajectoire de nos vies, en bien ou en mal. Si j'avais refusé le vol que Kenneth a organisé pour nous... que sa femme a organisé... je ne suis pas sûr que nous serions ici en ce moment. Tu aurais pu mourir dans le désert. Malcom et Tracy auraient pu s'en tirer en tuant papa. Il y a une centaine de petites décisions qu'on a prises qui nous ont menés ici. Et même si j'aurais aimé que mon père soit encore là, et que mon frère n'ait pas été un idiot fini, je ne peux pas regretter de t'avoir trouvé à travers tout ça.

Les yeux de Zoey se remplirent de larmes. Ses mots signifiaient tout pour elle. Pour lui, traverser tout le mal qu'il avait vécu, perdre sa seule famille, et réussir à être encore heureux de l'avoir dans sa vie... c'était presque trop.

— Je t'aime, dit-elle en serrant ses bras. Quand j'étais au lycée, je t'aimais bien à cause de ton apparence. En vieillissant, je t'ai admiré à cause des histoires que Colin me racontait et de ce que tu faisais pour notre pays. Mais maintenant que j'ai appris à te connaître, je t'aime pour l'homme que tu es.

— Cela signifie tout pour moi, fit Mark. Je n'aurai pas toujours mes muscles. Mes cheveux vont probablement tomber et je vais prendre une centaine de kilos. Les choses que j'ai faites ne seront rien d'autre qu'un souvenir et une note de bas de page dans un tiroir top secret enterré quelque part au Pentagone, mais je serai toujours exactement qui je suis. Et ce que je suis, c'est un homme qui fera tout ce qu'il faut pour te garder en sécurité et heureuse.

C'était ça. Zoey en avait fini de s'asseoir autour du feu. Même s'ils venaient de s'y aventurer, cela avait perdu de son attrait. Elle lutta pour se lever, ayant besoin de l'aide de Mark pour se détacher de la couverture. Elle se tenait devant lui et lui tendait la main.

— Emmène-moi au lit ou perds-moi à jamais.

Comme Mark lui avait révélé qu'il n'avait jamais vu le film *Top Gun*, elle lui avait fait découvrir un soir.

Sans hésiter, il répondit par la phrase emblématique de Goose dans le film :

— Montre-moi le chemin de la maison, chérie.

Puis il lui prit la main, la tira en avant pour qu'elle tombe sur son épaule, et il se leva avec elle, se dirigeant vers la tente qu'ils appelaient leur maison pour quelques nuits encore.

Riant, Zoey se soutint en posant ses mains sur ses fesses, et elle haleta quand il la jeta sur le matelas à l'intérieur de la tente.

D'après l'intensité sur le visage de son homme, Zoey eut le sentiment qu'ils ne sortiraient pas de la yourte avant le matin.

— Devons-nous nous inquiéter pour le feu ? demanda-t-elle, ne voulant pas tuer l'ambiance mais s'inquiétant de le laisser sans surveillance.

— Je vais me lever et m'en occuper... plus tard.

— OK.

Mark se pencha sur elle, l'encerclant de ses bras et touchant pratiquement son nez contre le sien.

— Je t'aime, Zoey Knight.

— Et je t'aime aussi.

Il ferma les yeux un moment, comme s'il souffrait, mais quand il les rouvrit, tout ce que Zoey put voir, c'était du désir. Pour elle.

* * *

Plusieurs heures plus tard, Zoey gisait heureuse et épuisée dans les bras de Mark. Il s'était jeté sur elle comme un homme qui mourait de soif et dont le seul moyen de l'étancher était de boire le nectar de son corps. Il l'avait dévorée pendant au moins une heure avant de la respirer un peu. Mais même alors, il avait joué avec et caressé chaque centimètre de son corps pendant qu'elle faisait récupérait.

Elle savait que certains hommes aimaient le cunnilingus, mais Mark avait élevé ça à un tout autre niveau. Il était insatiable quand il s'agissait d'elle, et Zoey ne s'était jamais sentie aussi chérie que lorsque Mark lui faisait l'amour.

Après qu'elle eut cessé de trembler, Mark la pénétra lentement et avec révérence. Il la regarda dans les yeux tout le temps qu'il lui fit l'amour, lui murmurant des mots d'adoration. Finalement, quand ils n'en purent plus tous les deux, il la retourna sur ses mains et ses genoux et la prit comme si sa vie en dépendait.

Zoey ne pouvait pas dire ce qu'elle aimait le plus. Le sexe oral, l'amour lent et doux, ou le sexe rapide et brutal.

Elle savait que Mark ne dormait pas, car son pouce faisait des petits cercles sur le bas de son dos alors qu'il la tenait contre lui. Sans crier gare, se souvenant de quelque chose que Jess leur avait dit, elle lâcha :

— Alors, j'imagine que Jess avait raison ? La clé d'une bonne relation est le cunnilingus.

Il eut un petit rire.

— En réalité, ce qu'elle a dit, c'est que la clé d'un bon mariage est le cunnilingus. Et je suis d'accord avec elle.

Mark se pencha et attrapa quelque chose sur la petite table à côté du lit. Elle ne l'avait pas remarqué avant, mais maintenant elle ne pouvait que regarder le petit sac de velours noir dans ses mains avec de grands yeux.

Il l'ouvrit et en sortit une magnifique bague solitaire en diamant de taille émeraude.

Zoey haleta.

— Je sais que c'est rapide, mais tant pis. Toute notre relation a été non conventionnelle. Veux-tu m'épouser ? Je ne peux pas imaginer passer le reste de ma vie sans toi à mes côtés. Je suis peut-être un Navy SEAL coriace, mais sans toi, je ne suis rien. Je me fiche de la durée de nos fiançailles. Une semaine, un mois, cinq putains d'années, tant que tu seras à moi, je serai heureux.

— Je suis déjà à toi, lui dit Zoey tranquillement. Un certificat de mariage ne changera pas ça.

Quand elle vit l'incertitude dans ses yeux, elle poursuivit rapidement.

— Bien sûr que je vais t'épouser, Mark. Je t'aime.

Il sourit alors et la serra dans ses bras. Fort.

Quand il se retira et fit glisser la magnifique bague le long de son doigt, Zoey ne put s'empêcher de dire :

— Mais seulement si tu promets de continuer à me faire des cunnilingus.

— Comme si tu pouvais me tenir éloigné de ton beau corps, dit Mark avec un sourire. En fait, je crois que j'ai de nouveau faim.

Zoey poussa un cri lorsque Mark l'attrapa par la taille et l'aida à s'agenouiller, puis se glissa sous son corps d'un mouvement rapide. Elle était à genoux au-dessus de lui, et il continua à glisser jusqu'à ce qu'il soit entre ses jambes. Il plaça un oreiller sous sa tête, et lorsque Zoey regarda le long de son corps, tout ce qu'elle put voir, c'étaient ses yeux qui regardaient entre ses jambes avec une intensité presque effrayante.

— Je t'aime, Zoey. De tout mon cœur, et toute mon âme. Je promets de faire tout ce qui est en mon pouvoir pour te rendre heureuse. Je te ferai passer en premier dans ma vie, et je tuerai quiconque essaiera de te faire du mal.

— Je ne suis pas sûre pour la partie où tu veux tuer des gens, mais d'accord pour le reste.

Il lui sourit avant de lui écarter les cuisses jusqu'à ce qu'elle n'ait d'autre choix que de s'agripper à la tête de lit pour ne pas perdre l'équilibre.

— Attends, ma chérie. Je suis affamé.

Zoey rejeta la tête en arrière au premier contact de ses

lèvres avec son clitoris sensible et fit ce qu'il demandait, s'accrochant au lit.

Après avoir eu un orgasme et s'être allongée sur le côté, blottie contre lui, elle regarda la bague à son doigt. Elle allait épouser Mark Wright. L'homme qu'elle avait voulu pendant la majeure partie de sa vie.

La vie fonctionne de façon mystérieuse.

* * *

— Tu es sûr que c'est ce que tu veux ? demanda Rocco à Phantom.

Ils finissaient tout juste l'entraînement, et Phantom avait pris son ami à part pour lui demander une faveur.

— Oui. Je sais que les thérapeutes de la base ont une autorisation, mais j'aimerais que tu sois là pour écouter ce que je dirai quand l'hypnotiseur m'endormira.

— Tu es si sûr d'avoir manqué quelque chose qui s'est passé au Timor-Oriental ? demanda Rocco.

— Oui. J'ai vu quelque chose, mais dans le chaos qui régnait lorsqu'on a dû quitter l'orphelinat à l'arrivée des rebelles, j'ai oublié ce que c'était, lui dit Phantom.

Rocco fronça les sourcils.

— Qu'est-ce que tu espères trouver avec ça ?

— C'est ça le problème, je ne sais pas.

— Phantom... Kalee est morte. On a tous vu son corps. Elle ne reviendra pas, dit doucement Rocco.

Phantom serra les dents.

— Je sais.

Il mentait.

Le truc, c'est qu'il avait ce sentiment tenace que la femme qu'ils avaient été envoyés sauver n'était pas morte. Mais il savait que s'il le disait à voix haute et sans aucune preuve, ses amis le croiraient aussi fou que le père de Kalee.

M. Solberg avait été libéré de l'hôpital psychiatrique et

reprenait ses médicaments. Phantom souhaitait le voir. Pour prendre des nouvelles de sa fille. Pour entendre des histoires sur ce qu'elle était. Mais il était trop peureux. La dernière chose dont il voulait était de lui donner de faux espoirs concernant Kalee, ou provoquer une rechute et qu'il finisse à nouveau à l'hôpital.

Mais ce sentiment à l'intérieur de lui ne se calmait pas, aussi fort qu'il essaye de s'en débarrasser. Il ne voulait pas se taire. Il s'était remis en question maintes et maintes fois, et il avait fait tout son possible pour se souvenir du moment où il avait trouvé la fosse avec les corps des enfants assassinés, mais en dépit de ses efforts, il y avait un minuscule blanc qu'il n'arrivait pas à remplir.

Après avoir découvert le charnier, ses coéquipiers et lui avaient dû fuir la zone avec Piper et les trois orphelines.

— Si tu veux vraiment que je vienne, je viendrai, dit Rocco.

Phantom hocha la tête.

— Merci.

— Dis-moi juste l'heure et le lieu.

— C'est noté.

Les deux hommes se serrèrent la main, et Phantom se dirigea vers sa voiture pour rentrer chez lui et prendre une douche avant de retourner à la base. Ils se préparaient pour une autre mission. Ça faisait un moment qu'il n'avait pas eu de réelle mission, et il était plus que prêt à retourner à ce qu'il faisait de mieux. Dès que Bubba serait rentré de ses courtes vacances, ils s'attaqueraient aux renseignements et seraient probablement déployés dans la semaine.

Contrairement à ses coéquipiers qui avaient maintenant des familles et des femmes à eux, Phantom attendait toujours avec impatience leurs missions. Cela lui permettait de ne plus penser au trou dans sa mémoire... et à la peur indéniable d'avoir échoué. Génial.

Il avait demandé à Tex de l'aider et ne savait pas de quoi il parlait quand il avait mentionné les « rumeurs », mais il savait que Tex le lui dirait dès qu'il aurait quelque chose de concret. En attendant, il devait s'occuper, rencontrer l'hypnotiseur et essayer d'avancer dans sa vie.

* * *

Rex sortait tout juste de la douche et dégustait son omelette aux quatre œufs debout en regardant les informations du matin lorsque son téléphone portable sonna. Ses coéquipiers et lui étaient rentrés d'une courte mission la veille, et il avait sa journée de congé. Il avait hâte de s'asseoir et de décompresser.

— C'est Rocco, dit son coéquipier dès que Rex répondit. Tu dois retourner à la base dès que possible.

Rex bougea avant que Rocco ait fini de parler. Il jeta les œufs restants à la poubelle et demanda :

— Quoi de neuf ?

— Nous partons dès que tout le monde sera là.

— Merde, dit Rex.

Plusieurs fois, ils avaient été appelés pour une mission sans beaucoup de travail préparatoire, mais leur commandant aimait avoir le plus d'informations possible avant de les envoyer au front.

— Qu'est-ce qu'il y a ?

Il y eut un moment de silence à l'autre bout du fil, et l'estomac de Rex se serra d'inquiétude. Rocco n'avait pas pour habitude de tourner autour du pot. Ça devait être grave.

— C'est Avery, dit Rocco tranquillement.

Pendant une seconde, Rex ne fut pas sûr de qui son ami parlait.

Puis ça le frappa.

— *Ma* Avery ?

Pourquoi disait-il ça ? Avery Nelson n'était pas à lui. Ils ne sortaient même pas ensemble. Il avait flirté avec elle, et elle avait flirté en retour. Rex avait fait des voyages supplémentaires à l'hôpital pour la voir, et il avait trouvé le courage de l'inviter à sortir. Mais elle était partie pour environ un mois et demi. Elle avait été assignée à un détachement spécial qui était parti en Afghanistan pour une mission humanitaire pour aider à enseigner les techniques de soins infirmiers aux femmes.

Mais elle était la seule Avery qu'il connaissait, et si Rocco était très prudent en lui disant ce qui se passait, ça devait être elle.

— Oui. Elle est portée disparue. Il y a dix jours, un convoi d'armes légères a été attaqué près de la clinique qu'elle était chargée d'assister.

Le sang de Rex se glaça.

— Quelle est notre mission ? demanda-t-il

Il enfreignait le protocole. Rocco et lui savaient qu'ils n'étaient pas censés parler au téléphone de l'endroit où ils allaient ou de ce qu'ils étaient envoyés faire, mais il ne pouvait pas empêcher la question de surgir.

— Sauvetage, dit brièvement Rocco. Des amis dans la région ont dit qu'elle et quelques autres du convoi ont été emmenés dans les grottes des montagnes voisines.

— Alors elle est vivante ? demanda Rex en jetant quelques objets de première nécessité dans un sac de voyage.

— Pour autant que nous le sachions, oui, dit Rocco.

Prenant une profonde inspiration, Rex continua :

— Je serai là dans trente minutes, maximum.

— Conduis prudemment, dit Rocco, puis il raccrocha le téléphone.

Rex ferma les yeux et pensa à la dernière fois qu'il avait vu Avery. Il était allé à l'hôpital pour lui dire au revoir avant sa mission. Elle riait avec une autre infirmière quand il l'avait vue, et il avait été frappé une fois de plus par sa beauté. Ses cheveux roux brillaient dans les lumières fluorescentes de l'hôpital et chaque fois qu'il la voyait, il se faisait la réflexion que de nouvelles taches de rousseur apparaissaient sur ses joues et l'arête de son nez.

Il s'était approché et, après l'avoir vu, elle lui avait fait un tel sourire qu'il avait l'impression d'être le centre de son monde à ce moment-là.

— Hey.

— Salut, toi, avait-elle répondu.

— J'ai entendu dire que tu allais bientôt partir.

— Oui. Après-demain.

Rex ouvrit la bouche pour lui demander si elle voulait prendre un café ou quelque chose avant cela, mais juste à ce moment-là, une alarme se mit à retentir dans l'une des chambres, et elle lui lança un regard contrit.

— Désolée, je dois aller voir ce que c'est.

— C'est bon, avait dit Rex. Sois prudente là-bas, et je te verrai à ton retour.

Elle lui lança un coup d'œil qu'il ne sut pas interpréter, mais finit par hocher la tête.

— J'aimerais bien, avait-elle dit.

Puis elle partit. Elle se précipita dans le hall pour examiner son patient.

— J'aurais dû l'inviter à sortir, dit Rex à voix haute, en ouvrant les yeux et en reprenant la préparation des bagages pour la mission inattendue.

Il n'allait pas faire la même erreur deux fois. Il savait mieux que quiconque combien la vie était courte. À quelle vitesse les choses pouvaient changer. Il avait été idiot, et il obtenir une chance d'arranger les choses. Il savait sans avoir à demander de détails à Rocco qu'ils allaient aller sauver Avery et les autres.

— Accroche-toi, Avery, chuchota-t-il. Accroche-toi. On vient pour toi.

* * *

Avery Nelson cligna des yeux, mais comme les deux cent mille vingt-trois dernières fois où elle avait répété ce geste, rien ne changeait. Elle ne voyait absolument rien. Pas un rayon de lumière où que ce soit. Sa tête lui faisait mal, et elle se doutait qu'elle avait eu une commotion cérébrale lorsqu'une roquette avait frappé la clinique à côté de laquelle elle était accroupie.

Le gros morceau de béton qui était tombé et l'avait frappée au visage ne lui avait pas fait de cadeau. Elle avait été désorientée, et quand l'un des terroristes qui avaient attaqué le convoi l'avait croisée, elle n'avait pas pu se protéger. Il l'avait forcée à monter dans l'un des camions transportant les armes américaines et s'était enfoncé dans les montagnes avec elle, les armes et deux autres otages du convoi.

Elle avait été jetée dans l'une des centaines de grottes de la montagne et battue à mort. Elle n'avait pas vu les deux autres otages depuis qu'elle était arrivée, mais les terroristes ne cessaient d'affluer.

Ils avaient caché les armes qui se trouvaient dans les camions qu'ils avaient volés au convoi dans une grotte près de l'endroit où ils la détenaient. Et tous ceux qui venaient chercher une arme étaient invités à la regarder. À la frapper s'ils le souhaitaient. À la torturer.

Dans le cadre de sa formation, on lui avait appris à résister à la torture. Comment rester forte face à l'adversité. Mais elle n'était pas certaine de pouvoir plus longtemps encore.

Les hommes avaient pris ses bottes, et elle n'avait rien d'autre sur elle que le T-shirt beige foncé qu'elle portait sous son uniforme de camouflage pour le désert et son pantalon cargo. Elle n'avait pas été violée, mais les coups et la torture mentale avaient été tout aussi terribles.

Ils entraient dans la petite alcôve où elle avait été attachée et s'asseyaient juste à côté pour manger leur déjeuner. Ils versaient des bouteilles d'eau à ses pieds, puis riaient quand elle tombait à genoux pour essayer d'aspirer le liquide du sol. Ils lui apportaient du pain moisi et de la viande pourrie, et prenaient un grand plaisir à la regarder essayer de ne pas vomir.

La seule chose qui l'avait gardée en vie aussi longtemps était le fait qu'ils la laissaient seule la nuit. Ils s'assuraient que la chaîne autour de sa cheville était bien fixée, puis la laissaient avec un seul garde à l'extérieur de la grotte. À la tombée de la nuit, elle rampait silencieusement vers le mur de l'alcôve et léchait l'eau qui dégoulinait sur les parois des rochers.

Elle l'avait remarqué le premier jour, alors qu'elle était allongée dans la boue, souffrant atrocement de la pierre qui lui était tombée sur la tête et des coups qu'elle avait reçus. Les hommes n'avaient même pas semblé le remarquer. Cette eau était son salut. Sans elle, elle n'aurait même pas été capable de se tenir debout. Son corps aurait commencé à décliner maintenant.

En tant qu'infirmière, elle savait mieux que quiconque ce dont le corps humain était capable, et sans eau, il était voué à l'échec.

Mais hier, son enfer avait été différent.

Personne n'était venu chercher d'armes. Personne ne lui avait jeté de nourriture périmée et moisie, riant quand elle la mangeait comme si c'était la meilleure chose qu'elle ait jamais goûtée.

En début d'après-midi, un groupe d'hommes arriva mais ils ne pénétrèrent pas dans l'alcôve arrière où elle était retenue. Puis le silence l'enveloppa au départ des hommes.

Avery sentit ses espoirs augmenter. S'ils la laissaient seule, ne serait-ce qu'une heure, elle trouverait un moyen de se libérer de la manille attachée à sa cheville et de se tirer de là.

Mais au lieu de cela, peu de temps après qu'ils furent partis, il y eut une grande explosion, laissant Avery dans le noir complet.

Elle était dans l'obscurité depuis lors, sans avoir la possibilité de voir le soleil se lever et se coucher, elle n'avait aucune idée du temps qui avait passé. Elle ne savait pas si c'était le jour ou la nuit.

Mais elle n'allait pas abandonner. Pas question. Ces ordures pensaient l'avoir tuée ou enterrée vivante, mais ils avaient tort.

Leur erreur fut de ne pas lui tirer une balle dans la tête avant de faire sauter l'entrée de la grotte.

Depuis qu'elle avait réussi à briser, à l'aide d'une pierre, les maillons de la chaîne qui attachait sa cheville au sol de la caverne, elle faisait peu à peu, pierre par pierre, de son mieux pour se désincarcérer.

C'était lent, mais Avery ne s'arrêta pas. De grosses pierres. Des petites pierres. Des rochers si gros qu'elle ne pouvait les faire rouler qu'en s'asseyant sur ses fesses et en utilisant ses pieds et ses jambes pour pousser. Peu lui importait, si elle devait creuser pour arriver en Chine, alors c'est ce qu'elle ferait. Elle sortirait de cette grotte.

Mais plus les jours passaient, plus elle se sentait faible. Son pantalon était suffisamment lâche pour qu'il tombe presque de ses hanches. Elle n'était pas déshydratée, car elle avait toute l'eau qu'elle pouvait boire, grâce aux gouttes qui coulaient le long du mur dans l'alcôve arrière. Mais bientôt, même cela ne serait plus suffisant.

En tremblant, Avery se força à ramper vers l'endroit où se trouvait l'ouverture de la grotte et à ramasser une autre pierre. Elle la serra contre sa poitrine et recula, plaçant la pierre derrière elle et sur le côté, avec les autres qu'elle avait dépla-cées jusqu'à présent.

Elle était épuisée, mais refusait d'abandonner.

Quelque chose finirait bien par céder. Les terroristes reviendraient – ce qui était hautement improbable puisqu'ils supposaient sûrement qu'elle mourrait dans leur tombeau arti-ficiel – ou bien elle déplacerait suffisamment de pierres pour sortir de sa prison. Quoi que ce soit, elle sortirait d'ici. Ce qui se passerait alors, Avery n'en avait aucune idée. La zone était très probablement remplie de terroristes ou de sympathisants. Elle ignorait comment retourner à la base américaine en chaus-settes mais elle n'allait pas abandonner.

Elle cligna des yeux une nouvelle fois, elle espéra aperce-voir un éclat de lumière provenant de l'amas de rochers. Cette vision signifierait qu'elle était sur le point de se libérer, mais elle soupira de déception lorsque l'obscurité totale ne diminua pas.

En rampant vers le tas de pierres, Avery en ramassa une petite et la jeta aussi fort qu'elle le pouvait derrière elle. Elle était effrayée, fatiguée, affamée, et sa tête lui faisait mal. Mais elle ne pouvait pas abandonner. Elle ne le voulait pas.

Alors qu'elle continuait, elle ne put s'empêcher de se demander si quelqu'un savait qu'elle avait disparu. Si quelqu'un la cherchait.

S'arrêtant un moment, Avery s'assit sur ses talons. Elle ferma les yeux, non pas que cela fasse une différence, puisque l'obscurité restait l'obscurité, et pria plus fort qu'elle n'avait jamais prié dans sa vie.

Je suis là. Je suis juste là. S'il vous plaît, que quelqu'un me trouve.

Puis, prenant une grande inspiration et grimaçant à la douleur de ses côtes meurtries par les coups qu'elle avait endurés, elle ramassa une autre pierre.

DU MÊME AUTEUR

<u>Autres livres de Susan Stoker</u>

<u>Forces Très Spéciales : L'Héritage</u>

Un Sanctuaire pour Caite

Un Sanctuaire pour Brenae

Un Sanctuaire pour Sidney

Un Sanctuaire pour Piper

Un Sanctuaire pour Zoey

Un Sanctuaire pour Avery

Un Sanctuaire pour Kalee

<u>*Hawaï : Soldats d'élite*</u>

Un paradis pour Élodie

Un paradis pour Lexie (10 Aug 2021)

Un paradis pour Kenna (19 Oct 2021)

Un paradis pour Monica

Un paradis pour Carly

Un paradis pour Ashlyn

Un paradis pour Jodelle

<u>Mercenaires Rebelles</u>

Un Défenseur pour Allye

Un Défenseur pour Chloé

Un Défenseur pour Morgan

Un Défenseur pour Harlow

Un Défenseur pour Everly

Un Défenseur pour Zara

Un Défenseur pour Raven

Ace Sécurité

Au Secours de Grace

Au Secours d'Alexis

Au Secours de Bailey

Au Secours de Felicity

Au Secours de Sarah

Forces Très Spéciales Series

Un Protecteur Pour Caroline

Un Protecteur Pour Alabama

Un Protecteur Pour Fiona

Un Mari Pour Caroline

Un Protecteur Pour Summer

Un Protecteur Pour Cheyenne

Un Protecteur Pour Jessyka

Un Protecteur Pour Julie

Un Protecteur Pour Melody

Un Protecteur pour l'avenir

Un Protecteur Pour Les Enfants de Alabama

Un Protecteur Pour Kiera

Un Protecteur Pour Dakota

Delta Force Heroes Series

Un héros pour Rayne

Un héros pour Emily

Un héros pour Harley

Un mari pour Emily

Un héros pour Kassie

Un héros pour Bryn

Un héros pour Casey

Un héros pour Wendy

Un héros pour Mary

Un héros pour Macie

Un héros pour Sadie

Un héros pour Annie (Feb 2022)

<u>En Anglai</u>

<u>Delta Force Heroes Series</u>

Rescuing Rayne

Rescuing Emily

Rescuing Harley

Marrying Emily (novella)

Rescuing Kassie

Rescuing Bryn

Rescuing Casey

Rescuing Sadie (novella)

Rescuing Wendy

Rescuing Mary

Rescuing Macie (novella)

Rescuing Annie (Feb 2022)

<u>Delta Team Two Series</u>

Shielding Gillian

Shielding Kinley

Shielding Aspen

Shielding Jayme

Shielding Riley

Shielding Devyn

Shielding Ember (Sep 2021)

Shielding Sierra (Jan 2022)

Eagle Point Search & Rescue

Searching for Lilly (Mar 2022)

Searching for Elsie (Jun 2022)

Searching for Bristol (Nov 2022)

Searching for Caryn (TBA)

Searching for Finley (TBA)

Searching for Heather (TBA)

Searching for Khloe (TBA)

SEAL of Protection: Legacy Series

Securing Caite

Securing Brenae (novella)

Securing Sidney

Securing Piper

Securing Zoey

Securing Avery

Securing Kalee

Securing Jane

SEAL Team Hawaii Series

Finding Elodie

Finding Lexie (Aug 2021)

Finding Kenna (Oct 2021)

Finding Monica (May 2022)

Finding Carly (TBA)

Finding Ashlyn (TBA)

Finding Jodelle (TBA)

Ace Security Series

Claiming Grace

Claiming Alexis

Claiming Bailey

Claiming Felicity

Claiming Sarah

Mountain Mercenaries Series

Defending Allye

Defending Chloe

Defending Morgan

Defending Harlow

Defending Everly

Defending Zara

Defending Raven

Silverstone Series

Trusting Skylar

Trusting Taylor

Trusting Molly (July 2021)

Trusting Cassidy (Nov 2021)

SEAL of Protection Series

Protecting Caroline

Protecting Alabama

Protecting Fiona

Marrying Caroline (novella)

Protecting Summer

Protecting Cheyenne

Protecting Jessyka

Protecting Julie (novella)

Protecting Melody

Protecting the Future

Protecting Kiera (novella)

Protecting Alabama's Kids (novella)

Protecting Dakota

Badge of Honor: Texas Heroes Series

Justice for Mackenzie

Justice for Mickie

Justice for Corrie

Justice for Laine (novella)

Shelter for Elizabeth

Justice for Boone

Shelter for Adeline

Shelter for Sophie

Justice for Erin

Justice for Milena

Shelter for Blythe

Justice for Hope

Shelter for Quinn

Shelter for Koren

Shelter for Penelope

À PROPOS DE L'AUTEUR

Susan Stoker est une auteure de best-sellers aux classements du New York Times, de USA Today et du Wall Street Journal. Elle a notamment écrit les séries Badge of Honor: Texas Heroes, SEAL of Protection et Delta Force Heroes. Mariée à un sous-officier de l'armée américaine à la retraite, Susan a vécu dans tous les États-Unis, du Missouri jusqu'en Californie en passant par le Colorado, et elle habite actuellement sous le vaste ciel du Tennessee. Fervente adepte des fins heureuses, Susan aime écrire des romans où les sentiments laissent place au grand amour.

http://www.StokerAces.com

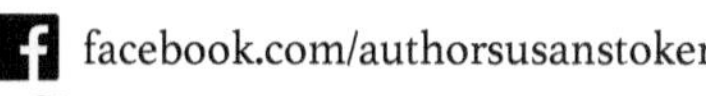
facebook.com/authorsusanstoker

twitter.com/Susan_Stoker

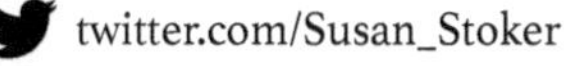
instagram.com/authorsusanstoker

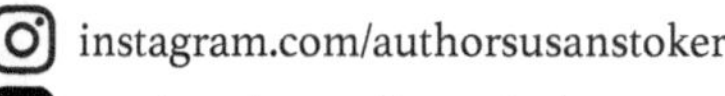
goodreads.com/SusanStoker